国家社科基金
GUOJIA SHEKE JIJIN HOUQI ZIZHU XIANGMU
后期资助项目

鲁迅早期思想的本土语境

The Traditional Context of Lu Xun's Early Thoughts

孙海军　著

中国社会科学出版社

图书在版编目（CIP）数据

鲁迅早期思想的本土语境/孙海军著. —北京：中国社会科学出版社，
2021. 8
ISBN 978 - 7 - 5203 - 8914 - 3

Ⅰ.①鲁…　Ⅱ.①孙…　Ⅲ.①鲁迅（1881 - 1936）—思想评论
Ⅳ.①I210. 96

中国版本图书馆 CIP 数据核字（2021）第 163196 号

出 版 人	赵剑英
责任编辑	郭晓鸿
特约编辑	杜若佳
责任校对	师敏革
责任印制	王　超

出　　版	中国社会科学出版社
社　　址	北京鼓楼西大街甲 158 号
邮　　编	100720
网　　址	http://www.csspw.cn
发 行 部	010 - 84083685
门 市 部	010 - 84029450
经　　销	新华书店及其他书店

印　　刷	北京君升印刷有限公司
装　　订	廊坊市广阳区广增装订厂
版　　次	2021 年 8 月第 1 版
印　　次	2021 年 8 月第 1 次印刷

开　　本	710×1000　1/16
印　　张	17. 25
插　　页	2
字　　数	310 千字
定　　价	96. 00 元

国家社科基金后期资助项目

出　版　说　明

　　后期资助项目是国家社科基金设立的一类重要项目，旨在鼓励广大社科研究者潜心治学，支持基础研究多出优秀成果。它是经过严格评审，从接近完成的科研成果中遴选立项的。为扩大后期资助项目的影响，更好地推动学术发展，促进成果转化，全国哲学社会科学工作办公室按照"统一设计、统一标识、统一版式、形成系列"的总体要求，组织出版国家社科基金后期资助项目成果。

全国哲学社会科学工作办公室

序

汪卫东

2009 年下半年在台湾东吴大学访问期间，海军通过电邮寄来他的材料，想报考我的博士。他是应届硕士，材料中只提供了硕士学位论文，写的是对鲁迅小说及其生命状态的一些分析，当然还谈不上深入，但思路清晰，文笔顺畅，思考颇能进入细部，因而对其思维能力和写作能力是认可的。

海军家居南通，父母务农，能一路读到博士，自然很不容易，来苏州大学读博，也算是回苏了，我之愿意招他，这也是考虑的一个因素。海军为人朴实谦和，自知学习机会来之不易，为学勤勉踏实。

作为导师，有责任发现学生的长处与短处，取长补短，发挥长处固然是捷径，补短也许更为重要。聊天的时候，我指出他的优势所在，也指出其思路偏向于感性叙述，需要加强理性的梳理与分析能力，所以让他多关注鲁迅思想尤其是早期思想研究方面的问题，有意加强这方面的训练，同时，也看他在这个方向上能不能找到兴趣点，可以做博士学位论文的选题。海军后来告诉我，他对佛学有了解的兴趣，晚清佛学兴盛，是否可以研究晚清佛学与鲁迅早期思想的关系。我认为找一个具体的切入口固然好，但若只从佛学影响入手，对于鲁迅早期思想，恐怕资料支撑不够，论题也会偏窄，建议扩大影响研究的范围。最后，我们确定抓住鲁迅早期思想的"主观主义"特征作为主要对象，在晚清思想学术的整体范围内寻找其形成的语境和影响源。选题就这样确定下来。

2013 年，海军的博士学位论文《鲁迅早期思想的"主观主义"倾向与晚清学术思潮》定稿。论文主要做了两件事：一是由鲁迅日本时期对"主观之内面精神"和"主观与意力主义"的关注，确认鲁迅早期思想中存在"主观主义"倾向；二是进入晚清思想与学术语境，探寻晚清思想与学术思潮对于鲁迅早期"主观主义"思想倾向的形成有着怎样的影响关系。对于前者，作者围绕鲁迅早期五篇文言论文，论述其思想表述中的"主观主义"倾向，对于后者，主要以"精神""心力""意力""自性"为中心范畴，具体分析鲁迅早期思想的"主观主义"倾向与晚清思想与学术思潮之间的关联，涉及对庄子、儒家心学、宋明道学、晚清佛学等学术思想中主观主义倾向的梳理。论文的选题和问题意识都处于鲁迅研究的前沿，牵涉的知识面广，更需要识见的深度。海军的博士学位论文在相关论题上都作了认真踏实的探索，对晚清多重思想线索及其在青年鲁迅这里汇聚形成新的个性思维的复杂过程，都梳理分析得有条不紊，其思维与写作的条理性在面对复杂的思想史问题时也得到了提升，虽在系统性上还有待加强，但"选址"不错，"地基"深厚，具备了继续建造的基础，我希望他以后在此方向上进一步思考。

海军后来到河南任教，所发表的文章大多与博士学位论文论题相关，并成功申报与此相关的国家社科基金项目，说明他在不断延续深化这一课题。即将出版的新著《鲁迅早期思想的本土语境》，就是在这些年研究的基础上形成的，如他在绪论中的第一句话："本课题是在博士学位论文基础上继续向前追问的结果。"

作为"继续追问"的新成果，在我看来，海军新著在以前的基础上有如下新的拓展和收获。一，扩大了考察的范围。研究对象由鲁迅早期思想的"主观主义"倾向扩大到"整个鲁迅早期思想"，在原有"主观主义"论题之外，增加了"立人""国民性""精神革命"等视点；在影响研究方面，博士学位论文的关注点在学术思想方面，现在扩大到整个晚清思想语境，涉及与青年鲁迅更为密切的流亡者语境和留学生语境二者共同营构的晚清思想语境，这样，鲁迅早期思想的图景及其更为广阔的形成语境和影响源就得以更为丰富细密地展开了。二，整体性与系统性得到加强。在"主观主义""立人""国民性""精神革命"等多维视野中，鲁迅早期思想的整体轮廓更为立体，对这些早期思想点的影响源的探讨，可以辐射延伸到对鲁迅后期思想的考察，"早期思想"的问题，就不是某一片段的研究，而是属于鲁迅研究的整体。海军在研究的过程中，这种整体意识在加强。

在鲁迅早期思想的形成过程中，西方思想、日本语境和本土资源三者的影响都是存在的，它们共同构成了鲁迅思想发生的历史语境，海军认为，学界对鲁迅早期思想资源的研究，相对忽视了中国传统思想文化，尤其是对鲁迅而言属于当代史的清中叶以来的本土语境对其思想建构产生的影响。强调传统文化价值是近些年的一个思想倾向，但海军说："本课题从本土语境切入鲁迅早期思想并非对 1990 年代以来传统文化热（国学热）的一种回应，更非一种跟风之举。当然，更不可能由此运思理路推导出中国传统文化具有内源性发展进而走向现代的可能。""不能用今天传统文化热的思路去套鲁迅那代人跟传统文化的关系。"海军的这一学术立场是清醒的。

着眼于本土传统的影响，海军的思考在于："传统文化的一些因子已经成为转型时代知识人的思想甚至生命中的一部分，尽管价值主导的意识层面出于现代化的变革诉求，会使得他们自觉跟传统保持一定距离，但是无意识层面的文化积淀、价值判断甚至思维范式等，其实处处彰显着传统文化对他们的巨大影响。"同时还认识到，在青年鲁迅思想形成的晚清时代，现代性视野下的世界图景尚未完全建构起来，传统/现代二元对立的历史观亦未完全形成，建基于这一历史观之上的诸多现代价值判断尚未成形，传统与现代之间的壁垒还不是十分严明。我认为这一认识对于这一论题的探讨也是重要的。

海军的研究还基于对研究现状的反思，他认为鲁迅早期思想与本土语境研究近年来虽然取得不少突破，但依然存在两个问题：一是这一论域的研究目前还相对零散，围绕鲁迅早期思想中的"立人"、国民性、个性主义、进化论等视角分别展开研究，缺少整体性的专题研究；二是未能将鲁迅早期思想作为一个有机整体加以把握。研究的碎片化确实是当下鲁迅研究的一个问题，我也曾在文章中呼吁，希望当下鲁迅研究具备整体意识。作为"80后"学者，海军能有这一整体性意识是可贵的。当然，要在这一论题中从事整体研究，面临许多挑战，首先是对于鲁迅这个复杂研究对象的整体意识；其次，面对鲁迅早期思想生成的相关历史语境，研究者单一的专业背景也可能限制研究视野，因而需要文学专业之外的知识储备的支撑。

面对鲁迅早期思想的本土语境这个论题，需要处理两个问题：一是鲁迅早期思想的样态和初步结构，二是鲁迅早期思想的形成受到哪些本土资源的影响。第一个问题虽是研究的一个前提，相较而言后者才是其核心所在。海军在第一个问题上颇费心力，试图初步整理出鲁迅早期思想的一个框架，他以许寿裳曾经指出、冯雪峰再度阐述的"精神革命"为核心，梳理鲁迅早期思想的内在逻辑，认为"最能涵盖鲁迅早期思想特质的就是这一价值取向""可以涵盖其早期思想各个维度"。在他看来，鲁迅对国民性问题发生兴趣，并致力于用文艺运动来改变国人的精神，所有这些努力贯穿着一个始终不变的致力方向，即"精神革命"的指向。

抓住"精神革命"的要点，海军找到了鲁迅早期思想与晚清学术与文化语境之间的逻辑关联。晚清危机叠发，严复、梁启超、章太炎、刘师培、谭嗣同、蔡元培、蒋观云等人先后开始关注国人道德层面的问题，将关注的重心转向人的精神维度，提出如"新民""道德革命""革命之道德"等变革主张。这一思路与晚清"以复古求解放"的学术思潮相结合，在资源上直接对接传统。为倡导"道德革命"，梁启超借助于陆王心学，章太炎之"革命之道德"则取法佛教，晚清谭嗣同、刘师培、蒋观云等不同背景的学人均试图从传统思想文化中寻求更新中国人道德的路径。这些共同成为鲁迅思想建构的时代背景与学术进路，进而成为鲁迅诉诸"主观之内面精神"的"精神革命"的思想资源。

在这一思路中，海军分别探讨了晚清进化思潮中的唯意志论倾向对鲁迅的影响、晚清思潮对"心力"的强调与鲁迅早期"意力主义"的关系、"立人"方案形成的晚清语境与传统思想资源、鲁迅早期国民性思想的相关思想背景、鲁迅早期思想与晚清佛学复兴学术思潮的影响关系、鲁迅早期革命观的本土语境、精神革命观念与鲁迅文学自觉的内在联系等等，这些论题都关涉鲁迅早期思想的重要方面，海军在多维线索上的论述，初步呈现了鲁迅早期思想的基本面貌，展现了其得以形成的晚清思想语境，并试图挖掘其传统思想资源。学界以往关注鲁迅思想形成的外来影响，海军旨在揭示鲁迅思想形成的本土资源，这对于进一步认识作为中国现代思想重要遗产的鲁迅思想，是具有重要学术价值的。

有关鲁迅早期思想的影响源，西方思想、日本语境和本土资源三者既是并列存在，实际上也是交互的存在，如何在三者整体关系中进一步探讨此一问题，可能是下一步需要继续思考的；鲁迅早期思想与文学是分不开的，如何在思想与文学的关系中认识鲁迅早期思想的整体面貌、鲁迅早期文学观的本土资源等问题，也是需要进一步追问的。人文学术之旅，就是自我与对象不断对话的过程，我想，既然海军青睐鲁迅这个内涵丰富的研究对象，就一定会继续对话下去，通过对话不断加深对世界与自我的认识。

2020 年 9 月于姑苏

目　　录

绪论 "精神革命":在传统与现代之间

本书是在笔者博士学位论文基础上继续向前追问的结果，博士学位论文认为青年鲁迅注重对个体"主观内面之精神"的高扬，其思想明显表现出"主观主义"倾向。博士学位论文的主要着眼点在学术思想方面，因此对青年鲁迅置身其间的由流亡者语境和留学生语境共同营构的晚清思想语境重视不够。换言之，博士学位论文对鲁迅早期思想生成的时代语境的考察远未周详，存在很多值得深入挖掘和继续思考的空间。此外，笔者在梳理鲁迅早期思想研究史的过程中，发现学界对鲁迅早期思想资源的研究，过于重视西方思想资源与日本流行语境对鲁迅的影响，相对忽视了中国传统思想文化，尤其是对鲁迅而言属于当代史的清中叶以来的本土语境对其思想建构产生的影响。[①] 正是以上两点构成了本书展开进一步研究的理论前提。

一

选择从本土语境阐释鲁迅早期思想，正是基于鲁迅与中国传统思想文化之间存在的密切联系。虽说晚清是一个西学东渐的时代，但在晚清庞杂的时代语境中，关于中国传统思想文化的言说依然是其中最重要的组成部分，"以复古为解放"的逻辑进路直接引发诸多古代学说的复兴：

> 第一步，复宋之古，对于王学而得解放。第二步，复汉唐之古，对于程朱而得解放。第三步，复西汉之古，对于许郑而得解放。第四步，复先秦之古，对于一切传注而得解放。夫既已复先秦之古，则非至对于孔孟而得解放焉不止矣。[②]

[①] 关于笔者对鲁迅早期思想研究现状的梳理与分析，详见本书附录"鲁迅早期思想研究的历史与现状"。

[②] 梁启超：《梁启超论清学史二种》，朱维铮校注，复旦大学出版社1985年版，第6页。

置身多元学术语境之中的鲁迅自然会受到这种学术氛围影响，并由此加深对中国传统思想文化，尤其是晚清语境重点宣扬的那部分传统文化的认知。即是说，原本有着扎实传统文化功底的鲁迅，通过晚清语境的媒介作用，进一步加深了对传统思想文化的理解。换言之，传统思想文化已经透过晚清语境成为鲁迅思想建构不可或缺的思想因素。解读鲁迅早期思想的本土语境，必须清楚鲁迅与中国传统文化之间究竟存在着怎样的关系，这种关系又是通过哪些途径建立起来的。概言之，青年鲁迅与中国传统思想文化的紧密联系主要体现在如下方面。

其一，鲁迅自幼接受过纯正的私塾教育，就读三味书屋期间不仅"四书五经"是其日常功课，而且中国传统思想文化的基础书目，鲁迅均有涉及，用他自己的话说，"几乎读过十三经"①，由此打下了坚实的传统文化功底。此外，鲁迅在浙东史学传统的影响下自幼对历史尤其是历代野史表现出浓厚的兴趣，不仅阅读过大量历史典籍，而且从事过乡贤故书方面的辑佚工作。② 这些都加深了青年鲁迅对于传统文化的理解。留日期间鲁迅又亲炙章太炎，由此对文字学、诸子学、庄学甚至佛学产生浓厚兴趣，并直接影响到其早期文言论文的写作。某种意义上，对鲁迅来说传统文化遗产已经内化为其生命的一部分。但五四反传统的时代氛围，导致人们误以为鲁迅跟传统文化之间似乎水火不容，事实上，一方面所谓的传统不能一概而论，鲁迅反对的只是被统治阶级利用来钳制人民思想自由的意识形态化的儒家学说，而对于文化层面的传统从未全盘反对，鲁迅对大禹精神、墨子学说乃至陆王心学不仅不反对，反而多有提倡。另一方面，即便是对于儒家学说，鲁迅也并未全盘否定，这从鲁迅对孔子本人和被统治阶级捧起来的孔夫子截然不同的态度即可看出。鲁迅不仅称赞孔子"生在巫鬼势力如此旺盛的时代，偏不肯随俗谈鬼神"③，而且肯定他"'知其不可为而为之'的事无大小，均不放松的实行者"④ 精神，鲁迅反对的是"权势者们捧起来的""和一般的民众并无什么关系"的孔夫子和读书人用作"敲门砖"的孔夫子。⑤ 由此可见，鲁迅在这个新旧过渡的时代，并未全盘反传统，而是能够相对理性地看待传统，某种意义上表现出近似于

---

① 鲁迅：《华盖集·十四年的"读经"》，《鲁迅全集》第 3 卷，人民文学出版社 2005 年版，第 138 页。本书所引鲁迅著作均出自该版本，不再一一标注。
② 参见陈方竞《鲁迅与浙东典籍文化》，《社会科学战线》1992 年第 2 期。
③ 鲁迅：《坟·再论雷峰塔的倒掉》，《鲁迅全集》第 1 卷，第 202 页。
④ 鲁迅：《且介亭杂文末编·出关的"关"》，《鲁迅全集》第 6 卷，第 540 页。
⑤ 鲁迅：《且介亭杂文二集·在现代中国的孔夫子》，《鲁迅全集》第 6 卷，第 327—328 页。

汤因比描述的"'在'而'不属于'两个社会"① 的时代特征。

其二，鲁迅留日期间正是晚清"以复古求解放"的传统学术思潮复兴的时期，在章太炎"文学复古"的强大影响下，青年鲁迅同样表现出"复古"倾向，"我们那时大抵带些复古的倾向"②。当然，鲁迅这一时期的复古倾向不仅表现在"喜欢做怪句子和写古字"③ 之类的写作习惯上，更重要的是在民族主义激励下表现出的对于中国传统文化的激赏，"昔者帝轩辕氏之戡蚩尤而定居于华土也，典章文物，于以权舆，有苗裔之繁衍于兹，则更改张皇，益臻美大"，"中国之在天下……若其文化昭明，诚足以相上下者，盖未之有也"。④ 正是基于对传统文化的肯认，鲁迅多次指责清季青年菲薄传统的做法："近世人士，稍稍耳新学之语，则亦引以为愧，翻然思变，言非同西方之理弗道，事非合西方之术弗行，掊击旧物，惟恐不力"⑤，"大都归罪恶于古之文物，甚或斥言文为蛮野，鄙思想为简陋，风发浡起，皇皇焉欲进欧西之物而代之"⑥。由此可见，鲁迅留日时期在文化民族主义的感召下，的确表现出对中国传统文化的强烈认同。但值得指出的是，鲁迅式复古并非对中国传统文化的盲目崇信，相反，青年鲁迅对传统文化表现出理性主义的审慎态度，正如有研究者指出："他对于中国的传统，仅仅追慕远古，珍视'古民之心声手泽'，以及没有受到文化玷污的'农人'、'野人'和少数'赴清渊之冷'（自杀）的'硕士'……至于从《诗经》、屈原以下的中国文学和儒家的'诗教'传统，以及教人退婴、'理想在不撄'的老庄哲学，以及那些动辄以中国古代文明为骄傲、像阿 Q 那样'中落之胄'，'喋喋语人''厥祖'如何如何，他在《摩罗诗力说》里早就加以全盘否定了。"⑦ 应该说，这一判断是较为中肯的，鲁迅此时对于传统文化的态度，与后期的"拿来主义"遥相呼应。

其三，鲁迅受到梁启超等晚清人物很大影响。梁启超可谓执晚清舆论

---

① "这一个联络官阶级具有杂交品种的天生不幸，因为他们天生就是不属于他们父母的任何一方面，他们不但是'在'而'不属于'一个社会，而且还'在'而'不属于'两个社会。" [英] 汤因比：《历史研究》（中），曹未风等译，上海人民出版社 1986 年版，第 192—193 页。

② 鲁迅：《呐喊·自序》，《鲁迅全集》第 1 卷，第 439 页。

③ 鲁迅：《坟·题记》，《鲁迅全集》第 1 卷，第 3 页。

④ 鲁迅：《坟·文化偏至论》，《鲁迅全集》第 1 卷，第 45 页。

⑤ 鲁迅：《坟·文化偏至论》，《鲁迅全集》第 1 卷，第 45 页。

⑥ 鲁迅：《坟·文化偏至论》，《鲁迅全集》第 1 卷，第 57 页。

⑦ 郜元宝：《鲁迅六讲》，北京大学出版社 2007 年版，第 255 页。

界之牛耳的风云人物，先后影响了从辛亥至五四几代人。梁启超流亡日本后虽然接触到大量西方学说，并做了不少译介工作，但是梁启超的学问根基依然是中国传统文化。所以，一方面传统思想文化的思维方式已经成为梁启超生命中固有的一部分，即便是在不断汲取西方现代思想，但骨子里的传统思维方式已经根深蒂固。另一方面，青年时代的学术训练，也给梁启超提供了十分重要的思想资源，比如他倡导"道德革命"时就会不自觉地转向陆王心学，这在当年风行一时的《新民说》尤其是《德育鉴》中表现得淋漓尽致。① 梁启超等人的这种思想倾向及其凸显出的传统思想资源，无疑通过晚清语境影响到鲁迅等一代青年，并在不断形塑着他们的知识结构、思维方式乃至价值取向。青年鲁迅正是在阅读梁启超、章太炎等人的文章中，不断反刍并逐渐加深了对中国传统思想文化的理解，梁启超等人推崇的陆王心学、章太炎所推崇的魏晋学说②等传统思想文化因子，日后均成为鲁迅思想的骨骼。

　　总之，之所以从本土语境追索鲁迅早期思想生成过程中带有原质性的文化因子，不仅因为鲁迅自幼接受了以儒家文化为核心的传统文化熏陶，对传统思想文化有着精湛了解，而且这一阶段也是鲁迅与传统文化关系最为密切的时期。一方面，对青年鲁迅而言，传统/现代二元对立的历史观尚未完全建立起来，建基于这一历史观之上的诸多现代价值判断也尚未成形，传统与现代之间的壁垒还不是十分严明，加之鲁迅固有知识结构里的传统文化因子的无意识作用，所有这些均会影响到鲁迅对传统文化的态度。另一方面，占据此时舆论界之重要地位的梁启超、章太炎等人文章中的传统文化因素十分繁复，作为积极进取的时代青年要进入时代语境，必须具备相应的传统文化知识储备，这也在无形中促使青年鲁迅主动、深入地了解传统思想文化，由此理解学术/文学"复古"背后的时代意涵。③

　　晚清时代，现代性视野下的未来世界图景尚未完全建构起来，鲁迅和梁启超、章太炎等人一样，依然生活在前现代向现代转型的思想语境与现实土壤中。现代的日本与前现代的晚清，始终是盘亘在他们心头不可磨灭

① 参见陈来《梁启超的"私德"论及其儒家特质》，《清华大学学报》（哲学社会科学版）2013 年第 1 期。
② 详见高俊林《现代文人与"魏晋风度"——以章太炎、周氏兄弟为个案之研究》，河南人民出版社 2007 年版。
③ 鲁迅在《"一是之学说"》中随手写下的一句话就表现出晚清传统文化背后的现实指向："又如民国以前的议论，也因为时代的关系，自然多含革命的精神，《国粹学报》便是其一，而吴君却怪他谈学术而兼涉革命，也就是过于'融合'了时间的先后的原因。"鲁迅：《热风·"一是之学说"》，《鲁迅全集》第 1 卷，第 414 页。

的两种印象，这种空间的错位无疑会带给他们时间的错位。即是说，虽然现代性视野呼之欲出，但是前现代的思想遗产却并非一日可去，甚至几千年的文化依然是他们不得不时时反顾并试图从中寻求解决方案的思想宝库。何况，晚清语境给青年鲁迅提供了一种十分复杂的传统文化样态，在这种文化样态中鲁迅对传统文化的理解也在逐渐加深，其中一部分就这样悄无声息地成为鲁迅思想建构的原理性因素，甚至成长为鲁迅思想的躯干。

二

但是，从本土语境切入鲁迅早期思想，并试图从中找寻鲁迅思想生成的本土性思想因子，这一研究思路并非文化保守主义思想作祟的结果。本书虽然强调本土语境对鲁迅早期思想生成的重要影响，但并不否认西方思想与日本语境在鲁迅思想建构中所发挥的作用，只是说，在鲁迅思想的形塑中，西方思想、日本语境和本土资源三者是并存的，它们共同构成了鲁迅思想发生的历史语境。进言之，西方思想、日本语境处于相对醒目的表层，不仅因为青年鲁迅谈论的诸多话题明显留有西方/日本的影子，甚至直接受其影响，而且作为"转型时代"[①]知识分子的鲁迅，一心祈求着传统中国的现代化变革，因此，从鲁迅来说，他对二者的理解带有明显的时代性与即时性，也是情理之中的。事实上，传统文化的一些因子已经成为转型时代知识人的思想乃至其生命不可或缺的一部分，尽管价值主导的意识层面出于现代化的变革诉求，迫使他们自觉跟传统文化保持一定距离，但是无意识层面的文化积淀、价值判断甚至思维范式等，其实处处彰显着传统文化对他们的巨大影响。美国学者勒文森在研究中国近代人物时，洞察到他们在"感情"和"价值"上存在着的深层矛盾，"每个人对历史都有一种感情上的义务，对价值有一种理智上的义务，并且每个人都力求使这两种义务相一致"。这种"感情"和"价值"上的矛盾，导致他们在面对熟悉的传统文化时不可避免地出现两难心境，勒文森以梁启超为例指出："由于看到其他国度的价值，在理智上疏远了本国的文化传统；由于受历史的制约，在感情上仍然与本国传统相联系。"[②] 其实不独梁启超如

---

① 张灏将 1895 年至 1925 年前后大约三十年的时间，称为中国近代思想史上的"转型时代"。张灏：《中国近代思想史上的转型时代》，《幽暗意识与民主传统》，新星出版社 2006 年版，第 134 页。

② ［美］约瑟夫·阿·勒文森：《梁启超与中国近代思想》，刘伟、刘丽、姜铁军译，四川人民出版社 1986 年版，第 4 页。

此，鲁迅亦然，这正是转型时代在他们身上留下的烙印。

　　林毓生虽然认为勒文森的研究思路存在一定问题，但他自己在分析"五四全盘反传统主义"思潮时同样指出："在西方的冲击下，知识分子的思想和价值观念曾发生根本性的变化，然而，在思想内容改变、价值观念改变的同时，传统的思想模式依然顽强有力，风韵犹存……"① 林氏这里所谓的"思维模式"具体是指中国传统思想文化中强调心之功能的一元论和唯智论的思想模式，在林氏看来，这种根深蒂固的思想模式"是现代中国前两代知识分子主张借思想文化以解决问题的根源"：

　　　　历史事实是经典儒家以后的一元论和唯智论的思想模式，把心的智能所获得的基本思想的力量和领先地位看成是最后的或极终的分析点。这种思想模式与中国知识分子以思想文化为解决问题的途径是一脉相通的，它也是把思想力量和思想领先看成是分析的终点。由此可知，中国知识分子的借思想文化作为解决问题的途径，主要是受了这种传统思想模式的影响。②

　　学界对林毓生的批判，主要集中在他所谓的"五四全盘反传统主义"的论断上，对其从中国传统思想中提炼出的一元论和唯智论思维模式的批评则相对较少。杨念群曾指出林氏对传统思维模式的提取带有超越性质的本质主义的倾向，他认为这种研究范式存在的最大弊端在于"太偏重于对文化超越性本质特征的探索"，进言之，"这个时期的思想史研究与知识界的关系表现为：涉及多层因素的复杂历史问题极易被化约为一个文化性质的问题"，如"家族意识"、"心理结构"乃至"商人伦理"等。③ 但夏中义在考察王元化晚年思想变迁时，某种意义上却承认了林毓生对王氏的影响，进而肯定了林氏上述研究模式的学术价值。④ 林氏对中国传统思想中强调心之功能的一元论和唯智论的思维模式的提取，虽然存在本质主义之嫌，但是某种意义上的确反映出原始儒家以来绵延不绝的中国知识分

---

① ［美］林毓生：《中国意识的危机："五四"时期激烈的反传统主义》，穆善培译，贵州人民出版社1986年版，第46页。

② ［美］林毓生：《中国意识的危机："五四"时期激烈的反传统主义》，穆善培译，贵州人民出版社1986年版，第75页。

③ 杨念群：《中层理论：东西方思想会通下的中国史研究》，江西教育出版社2001年版，第67—68页。

④ 参见夏中义《林毓生与王元化"反思五四"——兼论王元化学案"内在理路"与"外缘影响"之关系》，《清华大学学报》（哲学社会科学版）2015年第3期。

子惯常的思维方式。这对于我们从"长时段"来理解鲁迅等五四人物与中国传统文化的关系有着绝大的启示意义，更有利于我们从辩证的角度来理解五四人物与传统文化之间的复杂关系。吊诡的是，林氏由此认定这就是现代知识分子"借思想文化解决问题"之运思理路的理论支撑，进而断定五四人物的反传统是一种全盘性的反传统主义，这从逻辑上就讲不通了。其中最紧要的是，林氏未曾意识到他的论证图式本身存在着的地方悖论，如果说鲁迅等五四人物全盘反传统之思路的形成来自传统一元论和唯智论的影响，便不能断言五四人物全盘反传统，在传统思维方式支配下的全盘反传统是怎样的全盘和彻底，可想而知。仅就这一点来说，其立论就不攻自破。其研究最具价值的部分在于，为我们展现出中国现代化进程中传统与现代之间极为复杂的文化演进样态，这种复杂样态的展现某种意义上破除了长期以来传统/现代、激进/保守等二元对立的研究思路，学术研究的目的某种意义上即是对这种复杂样态的揭示，而非单一价值立场下有意识的证明。

因此，本书从本土语境切入鲁迅早期思想并非对1990年代以来传统文化热（国学热）的一种回应，更非一种跟风之举。当然，更不可能由此运思理路推导出中国传统文化具有内源性发展进而走向现代的可能。从本土语境切入鲁迅早期思想，只是为了丰富鲁迅思想研究的面向，改变以往研究中存在的过于重视西方资源和日本语境的偏颇，进言之，改变现有研究中研究者不肯承认或是尚未意识到，但事实上存在的某种先验价值判断。我们认为，在青年鲁迅所处的那样一个多元文化交融、碰撞的时代语境中，单独突出某一元思想文化对鲁迅思想建构的影响，都是一种文化上的自负甚至刻意为之的一种文化霸权主义的体现，因此我们不排除西方思想和日本语境对鲁迅思想生成的影响，同样不应忽视清季本土语境乃至中国传统文化对鲁迅思想的形塑。

当然，这里所说的传统文化与当下流行的国学相去甚远，我们也无意于将鲁迅打扮成所谓的国学大师或传统文化的守护者。鲁迅留日期间虽然有过一段倡导古学复兴的时期，甚至抱持着与国粹学派近似的文化观，尤其对先秦诸子、魏晋风度、佛教文化等多有揄扬。但鲁迅等人古学复兴的背后有着"外之既不后于世界之思潮，内之仍弗失固有之血脉，取今复古，别立新宗"①的现代文化建构的宏大抱负，如今名目繁多的所谓国粹及其倡导者的价值预设与晚清国粹派诸君宣扬国学的初衷，已然不可同日

---

① 鲁迅：《坟·文化偏至论》，《鲁迅全集》第1卷，第57页。

而语。① 因此，研究鲁迅早期思想与晚清语境乃至传统思想文化之间的关系，一方面要抛开所谓的五四"全盘反传统"的片面印象，另一方面，也不能用今天传统文化热的思路去套鲁迅那代人跟传统文化的关系。这两种思路并非科学研究应有的态度，而是先验理论视角下主体价值赋予的过程，因此，研究鲁迅早期思想应该回到鲁迅所处的真实历史语境，作"理解之同情"，如此方能洞悉鲁迅早期思想与本土思想语境之间的细微关联。当然，鲁迅在面对相关本土语境时，绝非单向的被动接受，我们不能忽视作为主体的鲁迅的能动性，应该在鲁迅与时代关切、本土语境的互动中来阐释问题。正如杨念群所指出的那样："每个时代任何阶层身份角色的变迁都可能是本质主义与时代主义互动关系的产物，而不可能具有不变的超越性。"② 因此，本书在考察本土思想资源对鲁迅思想建构发生影响的同时，更会注意鲁迅思想建构的时代语境以及鲁迅自身的主体性。

三

张灏在《危机中的中国知识分子：寻求秩序与意义，1890—1911》开篇首先质疑了学界常见的几种关于中国近代史的阐述模式，即革命—改良二元史观、民族主义话语以及现代化模式对中国近代知识分子阐释的有效性。他通过对康有为、谭嗣同、章炳麟、刘师培等四位近代知识分子的研究，发现他们的思想远比想象的复杂，更非上述几种阐释模式所能穷尽，但与此同时张灏也洞察到他们思想认识方面所具有的一个共同点，"居于他们思想中核心地位的是一种关于人和社会的道德—精神性观念"。张灏进而提出"以他们成长的思想环境"作为研究起点的思路：

> 谈到思想环境，我在一定程度上是指在一个特殊环境中流行的思想和价值，也即生活于特定环境中的人们所身处的所谓思想风气……它在其间通过它的思想和价值可以转换成人们的动机、目标和关怀，尤其是在人们思想形成过程中被灌输进人们的头脑中。③

---

① 郑师渠：《晚清国粹派——文化思想研究》，北京师范大学出版社 1993 年版，第 109—130 页。
② 杨念群：《中层理论：东西方思想会通下的中国史研究》，江西教育出版社 2001 年版，第 66 页。
③ ［美］张灏：《危机中的中国知识分子：寻求秩序与意义，1890—1911》，高力克、王跃译，中央编译出版社 2016 年版，第 4—5 页。

当然，某一时代的思想风气，要对身处其间的特定个体发生影响，需要与之相当的"情境"的发生，即"只有当个人周围流行的思想和价值被感知时，情境所提供的东西才会对他或她的思想转变发生影响"。并且，"思想风气"与"情境"之间存在着一种循环论证或辩证的关系，"因为往往正是凭借由思想风气的影响而产生的思想和价值，这些知识分子才能以他们自己的方式去理解和确定'情境'。同时，也正是通过情境的媒介作用，这种影响才得以在他们的思想上产生作用"。① 张灏以上论述至少带给我们以下两点启示。

第一，从道德—精神性观念的角度去把握人和现实世界的关系，依然是中国近代知识分子惯常的认识自身与周遭世界的一种思维方式。从道德—精神性角度认知现实世界，固然留有中国传统思维方式影响的痕迹，可以说是一种根深蒂固的东方式的认知方式，这也就造成了中国传统学术中注重个人道德修养方面的学说异常发达，而向外拓展的实用性的知识则相对匮乏。张之洞在改变新儒家体用概念原始意义基础上，提出的"中学为体，西学为用"所凸显的对中国精神和西方技术的重视恰好说明了这一点。② 同时，这也表明传统在近代中国并未远去，至少对于转型期的中国知识分子来说依然如此。张灏研究的康有为、谭嗣同、章太炎、刘师培等不同背景的四位知识分子，展现出的近似的把握人和社会关系的视角，实际上是在昭示我们一种"思想风气"的存在。清季这种从道德—精神性观念的角度去把握人和现实世界的"思想风气"，恰恰构成了鲁迅早期思想建构的时代语境。进言之，青年鲁迅之所以将自己的关注点聚焦于"精神革命"这一维度，不仅是梁启超"道德革命"、章太炎"革命之道德"影响的结果，更是晚清中国思想文化语境下的一种能动的反应。这更加说明，鲁迅对西方注重个人、精神、意志的一系列思想家的肯认，并非直接受到他们学说感召的结果，毋宁说正是鲁迅先有了从道德—精神性观念角度把握世界的先验视角，才转而寻求西方唯意志论思想家的理论支援。借用列文森在分析近代中国思想家遭遇西方思想资源时所提出的"词汇"和"语言"一组概念来说，在鲁迅思想建构过程中，西方资源只是一种"词汇"，并未上升

① ［美］张灏：《危机中的中国知识分子：寻求秩序与意义，1890—1911》，高力克、王跃译，中央编译出版社2016年版，第5页。

② ［美］列文森：《儒教中国及其现代命运》，郑大华、任菁译，中国社会科学出版社2000年版，第56—57页。

到"语言"的高度。①

即是说，在晚清西学东渐的学术趋势下，鲁迅表面上（词汇层面）
谈论的是时髦的西学，但其思想的内里（语言层面，以及把握世界的方
式）依然是古老的中学。当然，必须肯定的是，在鲁迅接触西方唯意志
论思想家的过程中，唯意志论思想家的思维方式，事实上也反过来坚定了
鲁迅从道德—精神性观念角度来认知世界。由此可见，青年鲁迅"精神
革命"的运思理路并非孤绝，应该将其放在中国近代思想家从道德—精
神性观念角度认知世界的脉络中加以理解。这样，不仅鲁迅"精神革命"
的命题获得了一个宽阔的思想史背景，从纵向上拓展了鲁迅思想研究的深
度，而且对鲁迅早期思想的研究也就具有了超越鲁迅研究的学术意义，即
可将早期鲁迅看作审视晚清思想文化走向的一个窗口。在这个意义上，由
鲁迅这一文学主体走进中国近代思想文化的脉络并非绝无可能。

第二，更重要的是，张灏先生上述这段话带给我们学术研究的方法论
意义。研究鲁迅早期思想必须深入其思想生成的相关思想语境，尤其是当
时人们一致关注的构成"思想风气"的某些时代话题及其思想资源。这
种时代风气对于建构中的思想主体的影响十分明显，张灏在谈到这种影响
时用到"被灌输"一词，十分生动。王汎森在其思想史研究中，也注意
到时代风气的重要性，在《执拗的低音：一些历史思考方式的反思》中
他借刘咸炘的术语将一个时代的思想风气称为"风"，王氏所谓的"风"
与张灏这里所讲的"思想风气"虽不尽相同②，但足以启示我们对于鲁迅
早期思想的研究，其中很重要的一部分任务就是还原出青年鲁迅所处时代
的"思想风气"，然后在此基础上考察处于这一特定情境中的鲁迅及其对

---

① "外来思想传播的效果如何，它影响原有思想环境的程度如何，看来并不是取决于它们
是作为某种游离于传统社会之外的抽象思想，而是取决于它们在多大程度上使异质的母
体社会脱离了原有的轨道。只要一种社会没有被另一种社会彻底摧毁，外来的思想就只
能作为某种新词汇为原有的思想环境所利用；而一旦外来的冲击及其对于原有社会的颠
覆达到相当的程度，外来思想就开始排除本土思想，那么发生改变的就不只是'词汇'，
而是'语言'本身。"［美］列文森：《儒教中国及其现代命运》，郑大华、任菁译，中
国社会科学出版社 2000 年版，"序"第 8—9 页。

② 当然，刘咸炘的"风"不仅指时代风气，王汎森做出简明概括："一、'风'除了是指
风俗及风俗对政治、社会、人事等无所不在的影响之外，更重要的是'无不有风'。每
件事都有风，而政事、人才等无不在风中。二、'纵'、'横'、'时风'、'士风'之间的
作用。三、破除史目之分，从前后左右进行'综合'之工作。四、在'事实'之外要
能把握'虚风'。五、'宇宙如网'的史学概念。"王汎森：《执拗的低音：一些历史思
考方式的反思》，生活·读书·新知三联书店 2014 年版，第 186 页。

相关思想风气的感知、接受与表达。①

所以，对我们来说第一步就是要辨析出鲁迅所处时代语境中的哪些话题、哪些思潮构成了该时代的思想风气，一方面我们要抛弃诸多后设视角造成的误读乃至误判，更不能以我们今天或鲁迅后来的言论为根据，去认识那样一个业已逝去的时代；另一方面我们也要意识到"思想的层次性"问题②，我们所还原出的鲁迅时代的思想风气应该是鲁迅熟悉的有所接触的，所以我们在确立了哪些时代思潮构成了鲁迅思想建构的语境之后，还应该去深入发掘这些时代思潮背后的中外思想资源，因为这些资源会因为对"话题"的兴趣而不知不觉"被灌输"进青年鲁迅的头脑中，进而成为构筑其思想的基石。本书对晚清以降"心力"说的梳理、对中国化的进化论中唯意志论因素的发掘、对佛学复兴思潮的考察乃至对传教士国民性话语的梳理，看似与鲁迅并无直接关联，事实上正是上述思潮构成了鲁迅思想建构的时代语境与意义网络，鲁迅之所以为鲁迅，离开这张思想史织成的网是无法想象的。青年鲁迅正是在充分吸收上述晚清思潮的基础上，提出了"精神革命"的命题。

四

青年鲁迅之所以表现出对"主观之内面精神"的置重，之所以对国民性问题发生兴趣，之所以致力于用文艺运动来改变国人的精神，其实，所有这些努力均贯穿着一个始终不变的致力方向，即"精神革命"的终结指向。据冯雪峰回忆，鲁迅曾跟他谈及自己留日时期的思想倾向，"那时候（指一九〇七年前后），相信精神革命，主张解放个性，简直是浪漫主义，也还是进化论的思想。主张反抗，主张民族革命，注重被压迫民族的文学作品和同情弱小者的反抗的文学作品之介绍，也还是教人警惕自然淘汰，主张生存斗争的意思"。③ 无独有偶，许寿裳也将鲁迅早期文学的宗旨归结为"精神革命"，"他曾在《浙江潮》和《河南》两种杂志上撰

---

① "我只是借他来反思近代学术受线性进化的发展观念无处不在的影响之后忽略了其他可能性的情形。风的吹掠不一定有物质直接的接触，也不一定是线性的因果关系，有时是示范性的，有时是仿佛性作用，有时候是'铜山崩而洛钟应'式的影响，有时是'化'，有时'熏习'，有时是一种'空气'，在此'空气'之下，'虽有智者，亦逃不出'（胡适）。"王汎森：《执拗的低音：一些历史思考方式的反思》，生活·读书·新知三联书店2014年版，第202页。

② 王汎森：《思想是生活的一种方式：中国近代思想史的再思考》，北京大学出版社2018年版，第13—20页。

③ 冯雪峰：《冯雪峰忆鲁迅》，河北教育出版社2002年版，第20页。

文，又翻译《域外小说集》，都是着重在精神革命这一点"。① 由此可见，
"精神革命"的确是青年鲁迅的核心关切之所在。

鲁迅提出"精神革命"这一命题至少有两点值得注意。其一，从鲁
迅与晚清语境的联系看，鲁迅的"精神革命"其实是对晚清思想遗产的
一种继承与深化。鸦片战争以来，国人先后经历了器物层面、制度层面的
诸多变革及其失利，这导致晚清士大夫群体不得不转向个体精神方面寻求
突破。严复率先对军事强国思想提出批评，指出"收大权，练军实"只
是"富强"之"标"，"至于其本，亦于民智、民力、民德三者加之意而
已。果使民智日开，民力日奋，民德日和，则上虽不治其标，而标将自
立"②。严复对"民智""民力""民德"的重视，扭转了洋务运动以来国
人只注重物质层面、制度层面改革的偏颇，开始转向国民精神层面的变
革。梁启超受严复影响，在此基础上力倡"新民"说，指出："苟有新
民，何患无新制度，无新政府，无新国家？"③ 在梁启超看来，"新民"成
为"新制度"、"新政策"乃至"新国家"的源头，是救亡图存的"第一
急务"，而在梁启超对于"新民"的想象中，道德层面的革新占据着十分
重要的位置，梁氏甚至直接举起"道德革命"的旗帜：

> 今世士夫谈维新者，诸事皆敢言新，惟不敢言新道德，此由学界
> 之奴性未去，爱群、爱国、爱真理之心未诚也。盖以为道德者日月
> 经天，江河行地，自无始以来不增不减，先圣昔贤，尽揭其奥以诏
> 后人，安有所谓新焉旧焉者？殊不知道德之为物，由于天然者半，
> 由于人事者亦半，有发达，有进步，一循天演之大例，前哲不生于
> 今日，安能制定悉合今日之道德？使孔孟复起，其不能不有所损益
> 也，亦明矣。……呜呼！道德革命之论，吾知必为举国之所诟病，
> 顾吾特恨吾才之不逮耳。若夫与一世之流俗人挑战决斗，吾所不惧，
> 吾所不辞。④

清末民初，倡导道德革命论者并非梁启超一家。在梁启超举起"道
德革命"大旗后，章太炎、刘师培、蔡元培、蒋观云等人相继开始关注

---

① 许寿裳：《〈民元前的鲁迅先生〉序》，马会芹编：《挚友的怀念——许寿裳忆鲁迅》，河
　北教育出版社 2002 年版，第 100 页。
② 严复：《原强》，王栻主编：《严复集》第 1 册，中华书局 1986 年版，第 14 页。
③ 梁启超：《新民说》，商务印书馆 2016 年版，第 4 页。
④ 梁启超：《新民说》，商务印书馆 2016 年版，第 23—24 页。

国人道德层面的问题①,其中章太炎的《革命之道德》一文对鲁迅影响尤巨。即是说,青年鲁迅之所以在《文化偏至论》《破恶声论》等文中大力批判军国主义、批判制造商估、批判国会立宪等物质层面、制度层面的内容,延续的是与严复、梁启超、章太炎相似的思路,同样凸显出对个体道德—精神的置重。在这一点上,可以说"精神革命"是鲁迅对晚清思潮最重要的提炼,鲁迅也因此成为晚清遗产最大的继承者,并进而影响到五四一代。进言之,许寿裳等将鲁迅早期工作概括为"精神革命",不仅准确抓住了鲁迅早期思想的特质,同时也由此透露出早期鲁迅与晚清语境之间的密切联系。一方面,鲁迅的"精神革命"并非无源之水,而是沿着晚清"道德革命"而来的一种生发,比之于"道德革命","精神革命"不仅是一种拓展,更是一种主体性精神的深化。另一方面,因为"道德革命"与中国传统思想学说之间存在着千丝万缕的联系,为倡导"道德革命",梁启超借助于陆王心学,而为了提倡"革命之道德",章太炎则取法于佛学,晚清谭嗣同、刘师培、蒋观云等不同背景的学人,均试图从传统思想文化中寻求更新中国人道德的原理,所有这些共同构成了鲁迅思想建构的时代背景与学术进路,进而成为鲁迅"精神革命"的思想资源。

其二,对鲁迅来说,"精神革命"的确是一个足以涵盖其早期思想诸多维度的中心视点。鲁迅从严复、梁启超等人的思路中,读出了"新民"的重要性,从而将关注的重心转向人的精神维度,并在此基础上提出"尊个性而张精神"为主旨的"立人"学说。至此作为建构现代民族国家基本单位的"民"进一步摆脱其政治属性而落实到独立个体之上("人"),现代意义上具有自由意志和独立思想的个人成为可能。即是说,所谓"立人"其实就是鲁迅倡导"精神革命"的终极目标。为实现这个目标,鲁迅先后采取了国民性批判和文艺运动两种举措,二者虽然侧重点稍有不同,但均致力于"以'文'为手段的革命"②。鲁迅指出,"我们民族最缺乏的东西是诚和爱"③,而他之所以从事文艺运动,根本目的则是要改变国人的"精神"。可以说,国民性批判和文艺运动是鲁迅实现其"精神革命"的两翼,鲁迅对于国民性的思考,一方面回应了晚清国民性批判

---

① 参见黄进兴《从理学到伦理学:清末民初道德意识的转化》,中华书局 2014 年版,第86—132 页。

② "鲁迅之所以重要,也正因为他是'五四'新文化时期以'文'为手段的代表性的革命家,这也是鲁迅文学的独特之处。"林少阳:《鼎革以文——清季革命与章太炎"复古"的新文化运动》,上海人民出版社 2018 年版,第 18 页。

③ 马会芹编:《挚友的怀念——许寿裳忆鲁迅》,河北教育出版社 2002 年版,第 110 页。

话语体系，另一方面也是其"精神革命"的一种负面表出。文艺方面，则试图从语言层面来更新国人的精神世界，而支撑其去完成这个终极目标的理论武器则是中国化的进化论。所谓中国化的进化论其实是一种注入了唯意志论因素的相信人定胜天的进化思想，鲁迅的进化论明显带有精神进化论的痕迹。最后，为了实现"精神革命"的目标，鲁迅动用了大量东西方思想资源，除去西方新神思宗和摩罗诗人，与本书相关的本土语境主要有陆王心学、庄学、佛学等传统思想资源。上述思想传统均强调通过主体道德—精神的锻炼，在自我道德完善的基础上进而改造外部世界。同样，因为其"精神革命"的价值预设，不可避免影响到鲁迅对于现实革命的态度，鲁迅虽然认为"一血刃而骤列于共和"[1] 的暴力革命并非绝无可能，但他更加看重的却是"革命先要革心"[2] 的运思逻辑，所以他一直与现实革命保持着一种若即若离的关系。总之，鲁迅早期思想存在着一个以"精神革命"为中心的内在逻辑系统，"精神革命"的运思逻辑不仅留有梁启超"道德革命"、章太炎"革命之道德"的痕迹，更重要的是，这一由锻造主体精神下手逐渐突进外在世界的思想进路，某种意义上正是传统中国"修齐治平"之思路的现代转化。这一思想传统对"人心中具有一种价值自觉的能力"[3] 的肯认，不仅成为晚清一代倡导"道德革命"的逻辑前提，某种意义上同样成为鲁迅"精神革命"的思想底色。

---

① 鲁迅：《集外集拾遗补编·中国地质略论》，《鲁迅全集》第 8 卷，第 9 页。
② 马会芹编：《挚友的怀念——许寿裳忆鲁迅》，河北教育出版社 2002 年版，第 100 页。
③ 余英时：《中国思想传统的现代诠释》，江苏人民出版社 1989 年版，第 37 页。

第一章　鲁迅早期思想的演进轨迹

　　学界对鲁迅思想的分期存在"两分法"和"三分法"之别，前者以1927年为界将鲁迅思想分作前后两个时期，后者则将鲁迅前期思想进一步细化为早期（1902—1917）和中期（1918—1927）[①]，而鲁迅早期思想又以留学日本时期（1902—1909）为中心，所以本书所说的鲁迅早期思想主要指鲁迅留日时期的思想倾向，当然，在相关论述中也会涉及南京时期和归国初期。研究鲁迅早期思想，首先必须对其有一个纵向的理解，因此，本章主要梳理鲁迅早期思想演进的不同阶段、内在线索及其精神特质。

一　鲁迅留日前期（1902—1906）思想倾向剖析

　　一般认为鲁迅早期思想以1906年重返东京、弃医从文为界分为前后两个阶段，为方便表述，我们将前一阶段（1902—1906）称为鲁迅留日前期，此时鲁迅如大部分留日学生一样，"除学习日文，准备进专门的学校之外，就赴会馆，跑书店，往集会，听演讲"[②]。当然，鲁迅的文字生涯也滥觞于这一阶段，1906年前鲁迅文字方面的主要工作有如下两项：

[①]　徐麟较早提出"中期鲁迅"的概念："在这里，我设定了一个鲁迅'中期'的概念，以特指他文学生涯中最辉煌的时期，即《呐喊》、《彷徨》和《野草》的创作期。它始于《呐喊》首篇《狂人日记》的写作（1918年），终于《野草》末篇《题辞》的完成（1927年）。我所以把它作为鲁迅生命中的一个阶段，并作为专门对象来研究，不仅因为这一时期的鲁迅创作，确是首尾呼应，自成一体，具有相对独立的完整性，而且因为这是鲁迅一生中精神最痛苦、思想最复杂的时期。"徐麟：《鲁迅中期思想研究》，"序"，湖南师范大学出版社1997年版；邱焕星则从重新发现"鲁迅革命传统"的角度否定了将鲁迅思想分成前后两个时期的惯例，认为"我们很有必要在前期和后期两个阶段中，单列出一个'中期鲁迅'，他起自《新青年》分裂，终于革命文学论争，前后将近十年，而核心就是1924—1927年的国民革命时期"。邱焕星：《当思想革命遭遇国民革命——中期鲁迅与"文学政治"传统的创造》，《中国现代文学研究丛刊》2018年第11期。

[②]　鲁迅：《且介亭杂文末编·因太炎先生想起的二三事》，《鲁迅全集》第6卷，第578页。

其一，翻译西方文学作品，这方面的成绩主要有历史小说《斯巴达之魂》、雨果的《哀尘》以及法国作家凡尔纳的两部科幻小说《月界旅行》和《地底旅行》；其二，介绍、编撰科学方面的最新成就与现实状况，前者如《说鈤》，后者则以《中国矿产志》和《中国地质略论》为代表。纵观鲁迅这一时期的文字，青年鲁迅所瞩目的依然是以"国家"和"科学"为中心词语的时代共同话题。郜元宝明确将这一阶段称为"科学时代"①，青年鲁迅对"国家"和"科学"的关注，一方面残留着以梁启超为代表的维新派启蒙思想的影响，另一方面，也说明作为独立个体的鲁迅思想远未成形，此时青年鲁迅只是"清国留学生"大群中的一分子。

但 1906 年后，特别是 1907—1909 年间，青年鲁迅的思想逐渐趋于成熟，鲁迅之所以为鲁迅的特质也逐步展现出来，最为明显的是，青年鲁迅放弃了原先对于"科学"的期望，而开始从事文学方面的工作，从科学到文学的转向，某种意义上彰显出青年鲁迅的思想特质，即对于"主观之内面精神"的置重。而促发这一转向的正是所谓"幻灯片事件"，虽然日本学者经过多方考证，并未找到鲁迅所说的幻灯片，但就鲁迅早期思想进展的内在轨迹来说，作为转捩点的"幻灯片事件"是真实的，并且对青年鲁迅思想的建构产生了深远影响：

> 因为从那一回以后，我便觉得医学并非一件紧要事，凡是愚弱的国民，即使体格如何健全，如何茁壮，也只能做毫无意义的示众的材料和看客，病死多少是不必以为不幸的。所以我们的第一要著，是在改变他们的精神，而善于改变精神的是，我那时以为当然要推文艺，于是想提倡文艺运动了。②

鲁迅自述的弃医从文的心路历程，展现的并非其对于医学的失望，而是凸显出在"体格"和"精神"的二元结构中他对于"精神"的置重，由科学到文学的转向，充分彰显出他对于文学所具有的改变精神之力量的肯认，"精神"由此进入青年鲁迅的思想视野，并成为影响其一生的重要维度。对"精神"的置重在其后两年间写下的五篇文言论文《人间之历史》（收入文集时改名《人之历史》）、《科学史教篇》、《摩罗诗力说》、《文化偏至论》和《破恶声论》中表现得尤为充分。纵观五篇论文，可以发现

---

① 郜元宝：《鲁迅六讲》，上海三联书店 2000 年版，第 2 页。
② 鲁迅：《呐喊·自序》，《鲁迅全集》第 1 卷，第 438—439 页。

鲁迅关心的主题已经从"国家""国民""科学"之类的时代共同话题逐渐向内转，"个人""精神""心灵""意志"等个体主观因素成为其更大的关注点①，以至于郜元宝径直将这一时段命名为"心学时代"："随着鲁迅对'心'的理解逐渐明朗化，短暂的科学时代结束了，'心学'时代揭幕。"②"'心学'时代的揭幕，是文学家鲁迅告别科学家鲁迅之始，也为日后文学家鲁迅告别学者鲁迅埋下了伏笔。"③ 论者将 1907 年至 1909 年命名为鲁迅的"心学时代"，并由此探讨青年鲁迅与传统心学之间的思想关联，这一点值得肯定，因为这在某种程度上突破了鲁迅思想研究中西方资源一元论的倾向，有助于加深鲁迅与中国传统思想文化之关系的研究。但郜元宝将鲁迅留日前期称为"科学时代"的做法，却值得商榷。

　　鲁迅从事文学方面的工作是从翻译外国文学作品起步的，留日前期鲁迅的文字工作主要在翻译方面，因此，要探讨青年鲁迅思想的建构及其倾向，也必须由最初的翻译作品入手。这一时期，特别是 1903 年，鲁迅翻译的西方文学作品主要有历史小说《斯巴达之魂》、雨果的《哀尘》以及法国作家凡尔纳的两部科幻小说《月界旅行》和《地底旅行》。除此之外，鲁迅还写有一组科学性更为明显的文章，即《说鈤》、《中国矿产志》以及《中国地质略论》。纵观这一时期的文章，青年鲁迅的确表现出对于"国家"和"科学"等时代共同话语的关注，在《中国地质略论》中鲁迅不仅对祖国大加赞美，"吾广漠美丽最可爱之中国兮！而实世界之天府，文明之鼻祖也"④，而且以主人自居，倡言："中国者，中国人之中国。可容外族之研究，不容外人之探险；可容外族之赞叹，不容外族之觊觎者也。"⑤ 这种中国/外族的二分逻辑，鲜明表现出青年鲁迅强烈的民族主义思想。因而民族主义所要求的"大群"观念也为鲁迅所欣赏："夫中国虽以弱著，吾侪固犹是中国之主人，结合大群起而兴业，群儿虽狡，孰敢沮者，则要索之机绝。"⑥ 将扭转中国羸弱命运的重任寄托在大群的兴起，明显留有以梁启超为代表的主流民族主义思想的痕迹。"群"在民族主义盛行的年代则具体化为"国民"，这同样是青年鲁迅的希望所在，这

---

① 参见钱理群《与鲁迅相遇——北大演讲录之二》，生活·读书·新知三联书店 2003 年版，第 69—76 页。

② 郜元宝：《鲁迅六讲》，上海三联书店 2000 年版，第 2 页。

③ 郜元宝：《鲁迅六讲》，上海三联书店 2000 年版，第 3 页。

④ 鲁迅：《集外集拾遗补编·中国地质略论》，《鲁迅全集》第 8 卷，第 5 页。

⑤ 鲁迅：《集外集拾遗补编·中国地质略论》，《鲁迅全集》第 8 卷，第 6 页。

⑥ 鲁迅：《集外集拾遗补编·中国地质略论》，《鲁迅全集》第 8 卷，第 19—20 页。

在其翻译的《斯巴达之魂》中有着很好的体现："不欲亡国而生，誓愿殉国以死"；"汝旅人兮，我从国法而战死，其告我斯巴达之同胞"；"激战告终，例行国战，烈士之毅魂，化无量微尘分子，随军歌激越间，而磅礴载刺于国民脑筋里。而国民乃大呼曰，'为国民死！为国民死！'"。[①]"国民"无疑成为这里的中心词语，并且"国民"是从属于国家（"国法"）的，为国而死成为一种值得赞赏的英勇举动，可见这里的"国民"依然是一个群体概念。对于"科学"的理解同样如此，在《月界旅行·辨言》中鲁迅强调指出，"导中国人群以进行，必自科学小说始"，由此可以看出，鲁迅这里所推崇的依然是文学（科学小说）对于人群的引导与教化，以便能够跟上进化的大潮。还有一点同样值得指出，此时鲁迅对科学的认识带有一种神化的色彩，或者说对科学的效用有着近乎迷信的理解，主张通过科学小说的翻译来普及一般科学知识，以"破遗传之迷信，改良思想，补助文明"[②]。在《中国地质略论》中，鲁迅认为，"凡是因迷信以弱国，利身家而害群者，虽曰历代民智所经营养成者矣，而亦为地质学不发达故"，这明显表现出一种"科学强国"的思想倾向，这一切均说明此时的鲁迅依然处在时代强音的影响之下。换句话说，鲁迅依然抱持着当年日本留学生中大多数人所共有的主流观念和共同情绪，还远未真正形成其个人特色。

但是否能以此为基础，断言青年鲁迅这一时期为"科学时代"呢？笔者以为这一观点值得商榷。对于"国家"、"国民"和"科学"的关注，只是时代话语在鲁迅身上的投影，就思想的建构而言，只是一层表象，并不能构成一种资源性的思想来路或者影响性的思维范式，随着鲁迅主体性思想的逐渐觉醒，这些必将遭到扬弃。换言之，这一倾向并非青年鲁迅的主要面向，更不是对其思想建构产生重大影响的方面，青年鲁迅自投身文字工作起，就不是一个单纯的科学主义者，他肯定科学小说，实质上是对小说所具有的改变人之主观精神力量的认可，即是说鲁迅此时所瞩目的是文学而非科学。下面主要由鲁迅最初翻译的三部作品入手，进一步考察鲁迅其时的思想倾向。

鲁迅翻译雨果的小说《哀尘》刊发于浙江同乡会创办的《浙江潮》第5期，小说讲述了芳梯的悲惨遭遇，故事情节并不复杂，在雨果而言也只是小说素材而已，但青年鲁迅却选择翻译这篇作品，究竟是出于什么考虑呢？日本学者工藤贵正认为："鲁迅之所以被雨果这篇作品吸引而产生

① 鲁迅：《集外集·斯巴达之魂》，《鲁迅全集》第7卷，第11—13页。
② 鲁迅：《月界旅行·辨言》，《鲁迅译文集》第1卷，人民文学出版社1958年版，第4页。

翻译的念头，是因为雨果的《水夫传》序中表现了鲁迅当时特别倾心的与进化论有关的思想。那就是：'宗教、社会、天物'为'人之三敌'，亦为'人之三要'。而讲到'天物'，也讲到'宗教'与'社会'，特别是反映'社会'的《随见录——芳梯的来历》，正如思轩所说的那样，'其文淡宕而有远韵，本篇似更优于《哀史》一层。'较之《悲惨世界》，也许这是鲁迅更为中意的素材。"① 工藤贵正由进化论入手探讨鲁迅翻译这篇小说的意图，并洞悉到作品中潜在的人与"三敌"／"三要"之间存在的对抗关系，"宗教教义有足以杀人者，社会法律有足以压抑人者，天物有不能以人力奈何者"②，在进化论盛行的年代，对这种对抗关系的叙写，某种意义上更能激发起作为主体之人的反抗意识。即是说，在天／人的二元对立思维结构中，青年鲁迅无疑更倾向于对人之主观力量的肯定。

这一倾向在鲁迅接下来的翻译活动中表现得更为明显，特别在《月界旅行·辨言》中，以往论者由科学主义者鲁迅的定向思维出发，看到的只是其中"导中国人群以进行，必自科学小说始"，"破除遗传之迷信，改良思想，补助文明"③ 的文字，而忽视了对鲁迅思想的形成更为关键的话语。鲁迅在此首先简要回顾了人类社会发展（科学）的历史，并在此基础上提出"人治日张，天行自逊"的观点，某种意义上，"五洲同室，交赜文明"的"今日之世界"正是这种精神创造的结果。这一观点与严复《天演论》的主旨较为契合，在天／人的二元结构中，同样更加倾心于人所具有的改造社会的主观能动性。更重要的还是下面几句。鲁迅笔锋一转，指出造化对人类社会的压抑，"造化不仁，限制是乐"，其结果必然是"沉沦黑狱，耳滞目矇，夔以相欺，日颂至德"。鲁迅接着敏锐地指出："斯固造物所乐，而人类所羞者"，这里造物／人类的二元结构再次凸显，但鲁迅在心理的天平上显然更倾向于人类社会：

> 然人类者，有希望进步之生物也，故其一部分，略得光明，犹不如餍，发大希望，思斥吸力，胜空气，泠然神行，无有障碍。若培伦氏，实以其尚武之精神，写此希望之进化者也。④

---

① ［日］工藤贵正：《鲁迅早期三部译作的翻译意图》，赵静译，陈福康校，《鲁迅研究月刊》1995 年第 1 期。

② ［法］嚣俄：《哀尘》，庚辰译，《浙江潮》1903 年第 5 期。

③ 鲁迅：《月界旅行·辨言》，《鲁迅译文集》第 1 卷，人民文学出版社 1958 年版，第 4 页。

④ 鲁迅：《月界旅行·辨言》，《鲁迅译文集》第 1 卷，人民文学出版社 1958 年版，第 3 页。

"希望""精神""进化"显然是这段话的关键词语，精神是进化的动力，更是希望的源泉，换言之，希望与进化的根本即在"精神"，因此可以说，鲁迅在此对人类社会的肯定实际上就是对于"精神"的一种肯认。"精神"也由此进入鲁迅的思想视野，成为其建构思想的重要维度。不仅如此，鲁迅接下来的一句话更加彰显出其"主观主义"倾向："凡事以理想为因，实行为果，既莳厥种，乃亦有秋。"① 对"理想"的肯定，某种意义上即是对人类所具有的主体精神力量的肯定，明显带有主观唯心主义的倾向。而《地底旅行》的翻译意图与此相似："都是从中华民族的危机意识出发，再次具体表现了'尚武之精神'和'希望之进化'。""也就是说，被'月界'、'地底'、'北极'等'造物'封闭的人，以'尚武之精神'和'希望之进化'为武器进行了挑战。通过这样的'人'的形象的描写，促使中国人奋起。我认为这就是鲁迅翻译一系列凡尔纳作品的意图之所在。"② 这一方面彰显出《天演论》的思维模式对青年鲁迅的影响，另一方面，也再次凸显出青年鲁迅对主观精神的置重。

青年鲁迅的这一思想倾向在其翻译的历史小说《斯巴达之魂》中同样有所体现，这是一篇从日文转译、用文言改写的小说。作品主要描写了公元前480年，希腊的斯巴达人不顾众寡悬殊，坚守要隘，抗击波斯侵略军的英勇故事。理解这篇小说有两个不得不提及的背景。一，政治背景。鲁迅的这篇小说是在"拒俄事件"③ 的背景下发表的，这一主旨在鲁迅所加的按语中体现得较为充分："世有不甘自下于巾帼之男子乎？必有掷笔而起者矣。"鲁迅试图借此号召青年效仿斯巴达人自觉反抗外来侵略。二，思想背景。梁启超等人对所谓"民族魂""国魂"的强调④，无疑影响到青年鲁迅，鲁迅对斯巴达之魂的追寻显然出自同一思路。这两个背景又在民族主义的旗帜下汇合到一起，从而更突出了这一思想倾向。

即便是这一时期纯粹谈论科学的文章，也掩饰不住青年鲁迅对个体主观精神的置重，他之所以介绍新元素"镭"的发现，并非简单地向国人报告这一科学事实，而更多地瞩目于其对于人类思想的巨大影响："由是

---

① 鲁迅：《月界旅行·辨言》，《鲁迅译文集》第1卷，人民文学出版社1958年版，第4页。

② ［日］工藤贵正：《鲁迅早期三部译作的翻译意图》，赵静译，陈福康校，《鲁迅研究月刊》1995年第1期。

③ 关于"拒俄事件"的详细情形可参见《浙江潮》第4期《留学界记事·拒俄事件（二）》相关报道。

④ 如梁启超《中国魂安在乎？》，《清议报》1899年第33期；《国魂篇》，载《浙江潮》1903年第1期；壮游《国民新灵魂》，载《江苏》1903年第5期。

而思想界大革命之大风潮，得日益磅礴，未可知也！"况且，居里夫人"镭"的发现，某种意义上正是以个人主观努力对传统偏见的一种反抗，在"怀疑之徒，竟不可得"的盲从心理支配下，居里夫人以一己之力使得以往种种谬论"皆蒙极酷之袭击，踉跄倾欹，不可终日"①，这里凸显的正是居里夫人独立自主的主体性精神。在其后对于镭的介绍中，鲁迅特别指出："尤奇者，其放射力，毫不假于外力，而自发于微小之本体中，与太阳无异。"② 由此可见，鲁迅之所以向国人介绍镭，在某种意义上，正是因为镭所具有的这种不假外力、自发本体的独立精神契合了鲁迅对国人的期许。在《中国地质略论》中，鲁迅在简要介绍了地质分布情况后，突然笔锋一转，指出："犹谭人类史者，昌言专制立宪共和，为政体进化之公例；然专制方严，一血刃而骤列于共和者，宁不能得之历史间哉！"③鲁迅"一血刃而骤列于共和"的观点显然受到同期孙中山"突驾"说④的影响，相对于遵循进化之公例的维新派而言，青年鲁迅的这一观点无疑更接近于革命派的主张。不仅如此，鲁迅之所以相信"一血刃而骤列于共和"的历史可能性，根本还在于对作为主体之人的主观精神的信仰，在鲁迅看来，觉醒的国民的精神足以突破进化公例的限制。在为《中国矿产志》所写的"征求资料广告"中，鲁迅也认为"中国不患无矿产，而患无研究矿产之人"，对人的发现与强调正是鲁迅编纂这部书的目的所在："亦欲使我国国民，知其省其地之矿产而已，知其省其地之命脉而已，知其省其地之命脉所在而已。"⑤鲁迅这里虽然仅强调"知"，其潜台词却是"行"，在"黄神啸吟，白昔舞蹈，足迹所之，要索随之，既获矿权，遂伏潜力"的背景下，加上某些商人"引盗入室，助之折桷栊栋"⑥，鲁迅希望借此激起国人的爱国热情，奋袂而起。

这一时期鲁迅对于个体主观精神的置重在其《自题小像》一诗中表现得尤为充分：

灵台无计逃神矢，风雨如磐暗故园。

① 鲁迅：《集外集·说鈤》，《鲁迅全集》第 7 卷，第 21 页。
② 鲁迅：《集外集·说鈤》，《鲁迅全集》第 7 卷，第 23 页。
③ 鲁迅：《集外集拾遗补编·中国地质略论》，《鲁迅全集》第 8 卷，第 9 页。
④ 孙中山：《在东京中国留学生欢迎大会的演说》，《孙中山全集》，中华书局 1981 年版，第 282 页。
⑤ 鲁迅：《集外集拾遗补编·〈中国矿产志〉征求资料广告》，《鲁迅全集》第 8 卷，第 453 页。
⑥ 鲁迅：《集外集拾遗补编·中国地质略论》，《鲁迅全集》第 8 卷，第 18—19 页。

　　　　寄意寒星荃不察，我以我血荐轩辕。

　　"灵台"语出《庄子·庚桑楚》："不可内（纳）于灵台。"晋代郭象注曰："灵台者，心也。"至此，庄子的"精神"（"灵台"）进入青年鲁迅的思想视野。此外，"灵明""灵府""灵觉"也是这一时期鲁迅的中心用语，特别是在后来的《文化偏至论》等重要论文中，"张灵明"甚至成为鲁迅的一个重要观点，"这是强调个体生命的创造性、生动性的有关主体的心灵的学说。张灵明便是偏重主体精神意志的创进，形成他的文本的内在气质"[1]。对于"灵明"的倚重明显是心学家的一贯作风，王阳明就极大张扬所谓"灵明"："我的灵明，便是天地鬼神的主宰。天没有我的灵明，谁去仰他高？地没有我的灵明，谁去俯他深？鬼神没有我的灵明，谁去辨他吉凶灾祥？"[2] 将自我的灵明说成天地鬼神的主宰，其实质仍然是对自我主观精神的置重。陆九渊同样认为："人须是力量宽宏作主宰"，"要当轩昂奋发，莫任他沉埋在卑陋凡下处"[3]。此处所谓"力量"无疑是指个体生命所具有的精神力量。其实，鲁迅对儒家心学谱系并不陌生，据《周作人日记》记载，鲁迅很早就通读过《王阳明全书》及《周濂溪集》，并写有一首《莲蓬人》："扫除腻粉呈风骨，褪却红衣学淡妆。好问濂溪称净植，莫随残叶堕寒塘。"作于同一年（1900）的《别诸弟》中亦有这样的诗句："我有一言应记取，文章得失不由天。"[4] 所论虽然是"文章"，但在对"天"的抗议中同样凸显出对主体精神的高扬。不仅如此，鲁迅说他"几乎读过十三经"[5]，而"十三经"中的《周易》和《孟子》历来就被视作宋明心学的源头。此外，鲁迅所熟悉的《诗经》《庄子》《尚书》《道德经》《文心雕龙》等古典著作也均含有心学成分，这些无疑都成了鲁迅早期思想建构一种思想资源。[6] 加上当时清朝留学生在维新派和革命党人影响下所形成的"激昂慷慨，顿挫抑扬"的时代风气，也使得青年鲁迅把目光更多地投射到个体所具有的无限精神力量方面。

---

①　吴武林：《对鲁迅早期文本的哲学探讨》，《鲁迅研究月刊》1995 年第 12 期。

②　王守仁：《传习录下》，吴光、钱明、董平、姚延福编校：《王阳明全集》，上海古籍出版社 2011 年版，第 141 页。

③　转引自张岱年《中国哲学史大纲》，中国社会科学出版社 1982 年版，第 355 页。

④　鲁迅：《集外集拾遗补编·别诸弟》，《鲁迅全集》第 8 卷，第 531 页。

⑤　鲁迅：《华盖集·十四年的"读经"》，《鲁迅全集》第 3 卷，第 138 页。

⑥　参见郜元宝《鲁迅六讲》，上海三联书店 2000 年版，第 6—7 页。

综上所述，我们可以看出即便是在其留日前期，青年鲁迅亦表现出对于"主观之内面精神"的置重，不过此时鲁迅思想的这一倾向被其文字所谈论的主题（"国家""国民""科学"等）遮蔽，致使不少论者仅从科学主义者鲁迅的角度去追寻鲁迅思想的缘起。其实，青年鲁迅对科学的介绍亦是瞩目于其对思想界所产生的革命，或者借此为手段来激发国民爱国的热忱，其背后的思路同样是对个体主观精神的认可。正如日本学者丸山升所指出的，鲁迅"对一切近代思想，他所注重的与其说是这些思想提供的结果，倒不如说是接着这些思想的主体方面和由此而产生的人的内面问题。即使对待'科学'也是如此"。①

二　"精神"的发现与高扬：鲁迅早期五篇文言论文的内在逻辑

鲁迅 1907 年至 1909 年间连续写下《人之历史》《科学史教篇》《摩罗诗力说》《文化偏至论》《破恶声论》等五篇文言论文，其中对"主观之内面精神"的强调更为鲜明。尽管五篇文言论文谈论的并非同一话题，其中心语词也不尽相同，但仔细辨析这些不断变化的关键词，我们依然可以发现其间潜隐着一个逐渐加深的逻辑发展趋势，即对属人的主观精神的不断高扬。对于"精神"的发现和高扬，不仅构成了贯穿五篇文言论文的潜在线索，同时也成为青年鲁迅思想的一个基点。

在发表于 1907 年的《人之历史》中，鲁迅根据进化论原理，首先批判了"病侪人类于猕猴"的所谓"笃故者"，在鲁迅看来：

> 人类进化之说，实未尝渎灵长也，自卑而高，日进无既，斯益见人类之能，超乎群动，系统何妨，宁足耻乎?②

鲁迅不仅承认人类自猕猴进化而来的生物学事实，并且肯定人类在进化过程中"超乎群动"的"人类之能"，对于"人类之能"的发现，尽管是因着生物进化论的思路而来。但其对明显属于主观精神性因素的"人类之能"的强调，相对于更加重视自然规律的原始进化论而言，确是一个不小的变动，这在某种程度上与严复当年所申述的赫胥黎的创作主旨相关："赫胥黎氏此书之怉，本以救斯宾塞任天为治之末流。"③ 吴汝纶更是

---

① ［日］丸山升：《鲁迅》，转引自［日］伊藤虎丸《鲁迅、创造社与日本文学——中日近现代比较文学初探》，孙猛、徐江、李冬木译，北京大学出版社 2005 年版，第 67 页。

② 鲁迅：《坟·人之历史》，《鲁迅全集》第 1 卷，第 8 页。

③ 严复：《天演论》，王栻主编：《严复集》第 5 册，中华书局 1986 年版，第 1321 页。

推崇赫胥黎学说："赫胥黎氏起而尽变故说，以为天不可独任，要贵以人持天。以人持天，必究极乎天赋之能，使人治日即乎新，而后其国永存，而种族赖以不坠，是之谓与天争胜。"① 可以说，鲁迅对"人类之能"的强调，完全是循着上述"以人持天""与天争胜"的思路而来，同时，这也开启了青年鲁迅重视精神性因素的"主观主义"思路。这一思想倾向在其后对拉马克（Jean-Baptiste Lamarck）进化理论的介绍中同样清晰可见，拉马克认为生物进化过程中通常存在两种动力，即"遗传"与"适应"："适应之说，迄今日学人犹奉为圭臬，遗传之说，则论诤方烈，未有折衷，惟其所言，固进化之大法，即谓以机械作用，进动物于高等是已。"② 鲁迅明显倾向后者。在接下来对于海克尔（Haeckel Ernst）的绍介中，鲁迅同样更加看重其将进化动因归结于"生理作用"的做法："凡个体发生，实为种族发生之反复，特期短而事迅者耳，至所以决定之者，遗传与适应之生理作用也。"③ 将个体发生的最终动力归之于内在的生理作用，这无疑是对进化过程中生物能动性的一种彰显。总之，鲁迅通过对生物进化论的学术史梳理，认定在生物进化过程中"适应"和"生理作用"远大于自然的"遗传"因素，并由此发现了"超乎群动"的"人类之能"对于人类进化史的重要意义。尽管鲁迅此时对于"人类之能"的所指尚不明晰，但是如果我们将鲁迅早期五篇论文视作一个整体，便可以发现，这里所谓的"人类之能"实际上是对后几篇文章中出现的"神思""圣觉""理想""道德""精神""意力"等主观精神因素的统称，在此意义上，对于"超乎群动"的"人类之能"的发现，实际上开启了青年鲁迅强调"主观之内面精神"的思维理路。

这一思路在其后的《科学史教篇》和《摩罗诗力说》中，分别从科学和文学两个角度得到进一步加强。《科学史教篇》首先肯定了科学对于社会进步的重要意义，"盖科学者，以其知识，历探自然现象之深微，久而得效，改革遂及于社会"④。但必须指出的是，鲁迅在认识到科学知识能够促进社会进步的同时，更强调理论科学对于社会进步的逻辑优先性，并且由此批判中国所谓的"谋新之士"与"大号新学者"只"重有形应用科学而又其方术者"⑤ 的短视行径。然而鲁迅的追问并没有止步于此，

---

① 严复：《天演论》，王栻主编：《严复集》第5册，中华书局1986年版，第1317页。
② 鲁迅：《坟·人之历史》，《鲁迅全集》第1卷，第12—13页。
③ 鲁迅：《坟·人之历史》，《鲁迅全集》第1卷，第14页。
④ 鲁迅：《坟·科学史教篇》，《鲁迅全集》第1卷，第25页。
⑤ 鲁迅：《坟·科学史教篇》，《鲁迅全集》第1卷，第27—28页。

他又通过对西方科学发展史的梳理与溯源，经过层层向内的探索，最终肯定"理想"和"圣觉"才是科学发现的"真源"：

> 盖科学发见，常受超科学之力，易语以释之，亦可曰非科学的理想之感动，古今知名之士，概如是矣。
>
> 故科学者，必常恬淡，常逊让，有理想，有圣觉，一切无有，而能贻业绩于后世者，未之有闻。①

"理想"与"圣觉"实则是"神思"的另一种说法，鲁迅对"理想""圣觉"的肯定，其实认可的依然是"神思"的创始性意义。在鲁迅这里，"神思"（"理想""圣觉"）相对于"科学"无疑具有逻辑上的优先性，鲁迅指出如果只瞩目于科学成就"灿烂于一时"的表象，那肯定是不会长久的，因为"所宅不坚，顷刻可以蕉萃，储能于初，始长久耳"，鲁迅将科学成就说成"末"，而更加看重所宅之"本"。同样，如果把对纯粹知识的追求当作人生的最高理想也是不可取的，"盖使举世惟知识之崇，人生必大归于枯寂，如是既久，则美上之感情漓，明敏之思想失，所谓科学，亦同趣于无有矣"。②在鲁迅看来，人类的感情和思想明显高出纯粹的科学知识，由此，鲁迅不仅否定了作为科学表象的物质，同时也否定了纯粹知识层面的所谓科学，通过这种双重否定，鲁迅最终确认了"精神"、"感情"和"思想"对于人之为人的重要性。

《摩罗诗力说》则从文学角度重申了与此相近的主题。文章首先申述了"心声"泽被后世的深远影响，"盖人文之留遗后世者，最有力莫如心声"，进而提出诗歌即为心声的说法，"古民神思，接天然之閟宫，冥契万有，与之灵会，道其能道，爰为诗歌"③。鲁迅通过对文学起源的追溯，再度肯定了"神思"的重要意义。在《科学史教篇》中，"神思"是科学发现和科学研究所要求的想象力与创造力的真源，在此"神思"又成为诗歌（"心声"）生成的最初动力。因此，《摩罗诗力说》不仅表现了与《科学史教篇》相近的运思理路，更说明此时鲁迅对于主观因素的强调依然十分模糊，虽然相对于"人类之能"而言，"神思"的发现是一种更为深入的探索，但其内涵依然不甚明确。但随着"摩罗诗人"进入其

---

① 鲁迅：《坟·科学史教篇》，《鲁迅全集》第1卷，第29—30页。
② 鲁迅：《坟·科学史教篇》，《鲁迅全集》第1卷，第35页。
③ 鲁迅：《坟·摩罗诗力说》，《鲁迅全集》第1卷，第65页。

视野，鲁迅对于"主观之内面精神"的认知也在逐渐加深。

　　首先表现为对于文学价值的肯认，鲁迅不仅认可文章具有"涵养人之神思"的"职与用"，更加肯定地说："盖世界大文，无不能起人生之闷机，而直语其事实法则，为科学所不能言者。"① 但这仍然是就纯文学的价值而言，摩罗诗人因文章之力而激起反抗现实的"立意在反抗，旨归在动作"的实践精神更为鲁迅所激赏。在接下来对拜伦、雪莱、裴多菲等所谓摩罗诗人的介绍中，鲁迅虽然也叙述了他们争天抗俗的反抗经历，但透过字里行间可以发现，鲁迅更加看重的是他们各自人生所彰显的一种独立不羁的个性精神，即"无不刚健不挠，抱诚守真；不取媚于群，以随顺旧俗；发为雄声，以起其国人之新生，而大其国于天下"②。正是感动于摩罗诗人这种具有强烈主观精神的人格范式，鲁迅才发出了对"精神界之战士"的呼唤，"夫如是，则精神界之战士贵矣"③。但回首现实中国，鲁迅倍感失望，不仅历来中国爱智之士，"心神所注，辽远在于唐虞，或径入古初，游于人兽杂处之世"④，这种有违进化事实的价值理想导致"理想在撄"的中国政教传统，"中国之诗"自然只能"许自由与羁縻之下"，从而丧失了原初的"神思"，更为重要的是，这种崇尚退守的文教传统又导致国人缺乏精神追求、毫无上征之心，"人人之心，无不涅二大字曰实利，不获则劳，既获便睡"⑤，"劳劳独躯壳之事是图，而精神日就于荒落"⑥。某种意义上，鲁迅之所以介绍摩罗诗人，就是看重其诗歌与行动中葆有的反抗力与意志力，并欲以此注入委顿的国民心理，激发起他们的生命活力，从而在不断进化的崭新世界图景中挣得"中国""人"的资格，正是在此意义上，他才发出了对"第二维新之声"的呼唤。鲁迅对摩罗诗人与新神思宗的介绍实际上正是对"第二维新之声"的践行，而对这两个群体的介绍又在无形中强化了其对于"主观之内面精神"的推崇。这一思想特质在其后《文化偏至论》中达到巅峰。

　　文章一开始就否定了"近世士人""言非同西方之理弗道，事非合西方之术弗行，掊击旧物，唯恐不力"⑦ 的错误行径，接着又批判了以"竞

---

① 鲁迅：《坟·摩罗诗力说》，《鲁迅全集》第 1 卷，第 74 页。
② 鲁迅：《坟·摩罗诗力说》，《鲁迅全集》第 1 卷，第 101 页。
③ 鲁迅：《坟·摩罗诗力说》，《鲁迅全集》第 1 卷，第 102 页。
④ 鲁迅：《坟·摩罗诗力说》，《鲁迅全集》第 1 卷，第 69 页。
⑤ 鲁迅：《坟·摩罗诗力说》，《鲁迅全集》第 1 卷，第 70—71 页。
⑥ 鲁迅：《坟·摩罗诗力说》，《鲁迅全集》第 1 卷，第 102 页。
⑦ 鲁迅：《坟·文化偏至论》，《鲁迅全集》第 1 卷，第 45 页。

言武事""制造商估""立宪国会"为代表的轻才小慧之徒的种种救国论调，进而指出"今所谓识时之彦，为按其实，则多数常为盲子，宝赤菽以为玄珠，少数乃为巨奸，垂微饵以冀鲸鲵"。鲁迅之所以做出这样的判断，是因为在他看来，上述种种言论并未深入西方文明的根柢，依然停留在对西方文明表象的理解上。为此，鲁迅从西方文化的起源谈起，详尽阐述了西方文化的发展历程以及其间出现的种种"偏至"，指出"物质也，众数也，其道偏至。根史实而见于西方者不得已，横取而施之中国则非也"。为了坚定国人对于这一认识的理解，鲁迅不得不以一种同样偏至的态度提出"掊物质"与"任个人"两项主张："诚若为今立计，所当稽求既往，相度方来，掊物质而张灵明，任个人而排众数。"① 在这种二元对立结构的运思理路中，鲁迅对"灵明""个人"等主观内面精神的置重清晰可见。

接下来，鲁迅从文化史的角度追溯西方民主政治与物质主义兴起的根源，认为民主政治是对以往"以一意临万民"之专制政治的反动，"物反于穷，民意遂动"，这种民意反动的最极端行为即为革命，而民主政治中出现的"以多数临天下而暴独特者"的新专制现象则是法国大革命引发的后果。② 同样，西方物质主义的兴起也是随着近代以来宗教束缚松弛、思想自由勃兴而出现的物质大发展的结果，"久食其赐，信乃弥坚，渐而奉为圭臬，视若一切存在之本根"。③ 总之，现代西方出现的"重物质"与"轻个人"的趋向是一种文化发展的偏至现象，兴起于19世纪末的新神思宗，正是认识到上述弊病才奋起反抗。由此，新神思宗进入青年鲁迅的视野，并极大影响着鲁迅早期思想的整体走向。

鲁迅由"个人"一语入手，由此上溯至西方19世纪之个人观念："试案尔时人性，莫不绝异其前，入于自识，趣于我执，刚愎主己，于庸俗无所顾忌。"④ 并接着介绍了施蒂纳、叔本华、克尔凯郭尔、易卜生、尼采诸大家，鲁迅在绍介上述诸人时，突出的是"己""自性""此我""主我扬己""个性""超人"等观念。与此相对，鲁迅对"众数"极不

---

① 鲁迅：《坟·文化偏至论》，《鲁迅全集》第1卷，第47页。

② "扫荡门第，平一尊卑，政治之权，主以百姓，平等自由之念，社会民主之思，弥漫于人心。流风至今，则凡社会政治经济上一切权利，义必悉公诸众人，而风俗习惯道德宗教趣味好尚言语暨其他为作，俱欲去上下贤不肖之闲，以大归乎无差别。同是者是，独是者非，以多数临天下而暴独特者，实十九世纪大潮之一派，且曼衍入今而未有既者也。"鲁迅：《坟·文化偏至论》，《鲁迅全集》第1卷，第49页。

③ 鲁迅：《坟·文化偏至论》，《鲁迅全集》第1卷，第49页。

④ 鲁迅：《坟·文化偏至论》，《鲁迅全集》第1卷，第51页。

信任，不仅指出其"变易反复""无特操"的道德缺陷，甚至断言："故是非不可公于众，公之则果不诚；政事不可公于众，公之则治不郅。惟超人出，世乃太平。苟不能然，则在英哲。"① 这里对于"超人""英哲"的期待，凸显的依然是鲁迅对作为"个"的人的置重。

在"非物质"部分，鲁迅从西方世界物质文明偏至发展引发的现实后果说起：

> 递夫十九世纪后叶，而其弊果益昭，诸凡事物，无不质化，灵明日以亏蚀，旨趣流于平庸，人惟客观之物质世界是趋，而主观之内面精神，乃舍置不之一省。重其外，放其内，取其质，遗其神，林林众生，物欲来蔽，社会憔悴，进步以停，于是一切诈伪罪恶，蔑弗乘之而萌，使性灵之光，愈益就于黯淡：十九世纪文明一面之通弊，盖如此矣。②

在此背景下，鲁迅顺势引入新神思宗，"时乃有新神思宗徒出，或崇奉主观，或张皇意力"。鲁迅重点介绍了"主观倾向之极端"者的主张，这一派别"力特著于十九世纪末叶，然其趋势，颇与主我及我执殊途，仅于客观之习惯，无所言从，或不置重，而以自有之主观世界为至高之标准而已。以是之故，则思虑动作，咸离外物，独往来于自心之天地，确信在是，满足亦在是，谓之渐自省其内曜之成果可也"。③ 从上文所描述的19世纪物质文明偏至发展引发的种种弊病即可看出，鲁迅借助新神思宗所突出的即是为物质主义思潮所遮蔽的主观世界，"主我""主观""自心"为其核心语汇。下文在对尼采、易卜生、克尔凯郭尔、叔本华等人的介绍中，凸显的同样是这组词语，如说"尼佉伊勃生诸人，皆据其所信，力抗时俗，示主观倾向之极致"，克尔凯郭尔则径直宣称"真理准则，独在主观，惟主观性，即为真理"。在上述言论的影响下，19世纪末整个西方社会思潮发生了根本转向：

> 骛外者渐转而趣内，渊思冥想之风作，自省抒情之意苏，去现实物质与自然之樊，以就其本有心灵之域；知精神现象实人类生活之极

---

① 鲁迅：《坟·文化偏至论》，《鲁迅全集》第1卷，第53页。
② 鲁迅：《坟·文化偏至论》，《鲁迅全集》第1卷，第54页。
③ 鲁迅：《坟·文化偏至论》，《鲁迅全集》第1卷，第54—55页。

颠，非发挥其辉光，于人生为无当；而张大个人之人格，又人生之第
一义也。①

至此，对"主观""心灵""精神"等因素的推崇成为一种时代症
候，并由此导致了新神思宗诸家对于"意力主义"的高扬。"惟有意力轶
众，所当希求，能于情意一端，处现实之世，而有勇猛奋斗之才，虽屡踬
屡僵，终得现其理想：其为人格，如是焉耳。"因此叔本华宣称"意力为
世界之本体"；尼采希望意力绝世之超人的出现；易卜生所描写的同样是
"以更革为生命，多力善斗，即迕万众不慑之强者也"。受此影响，鲁迅
也禁不住感慨"具有绝大意力之士贵耳"②，并断言"二十世纪之新精神，
殆将立狂风怒浪之间，恃意力以辟生路者也"③，鲁迅对"主观与意力主
义"的推崇至此达到顶点。

与此同时，鲁迅以"己""我性""自性""自省""内省诸己"等中
国传统语汇阐释新神思宗诸家时，又无意中激活了本土语境中以儒家心
学与大乘佛学为中心的传统思想资源，反过来，西方思想与传统资源的
会通与融合必然会强化鲁迅思想的主观主义色彩。这种对主观精神因素
的置重在其著名的"立人"方案中得到了最为鲜明的体现，"是故将生存
两间，角逐列国是务，其首在立人，人立而后凡事举；若其道术，乃必尊
个性而张精神"④。"个性"和"精神"成为鲁迅对新的人和真的人的最
大期待，同时也成为鲁迅此后进行"社会批评"和"文明批评"的重要
准则。

这一思路在《破恶声论》中亦有同样体现。文章开篇展现了一种
"本根剥丧，神气旁皇"的"寂漠"之境，然而鲁迅并未丧失希望，"吾
未绝大冀于方来，则思聆知者之心声而相观其内曜。内曜者，破黯暗者
也；心声者，离伪诈者也"⑤。"心声"和"内曜"成为鲁迅冲破"寂漠"
之境的希望之所在，"心声"和"内曜"（"隐曜"）在《摩罗诗力说》中
已经出现，这不仅反映了鲁迅的用词习惯，更重要的是语言所凸显的思维
惯性的延续乃至强化。这在下面一段关于"心"的论述中可见一斑：

---

① 鲁迅：《坟·文化偏至论》，《鲁迅全集》第 1 卷，第 55 页。
② 鲁迅：《坟·文化偏至论》，《鲁迅全集》第 1 卷，第 56 页。
③ 鲁迅：《坟·文化偏至论》，《鲁迅全集》第 1 卷，第 57 页。
④ 鲁迅：《坟·文化偏至论》，《鲁迅全集》第 1 卷，第 58 页。
⑤ 鲁迅：《集外集拾遗补编·破恶声论》，《鲁迅全集》第 8 卷，第 25 页。

> 若夫人类，首出群伦，其遇外缘而生感动拒受者，虽如他生，然又有其特异；神畅于春，心凝于夏，志沉于萧索，虑肃于伏藏。情若迁于时矣，顾时则有所连拒，天时人事，胥无足易其心，诚于中而有言；反其心者，虽天下皆唱而不与之和。其言也，以充实而不可自己故也，以光曜之发于心故也，以波涛之作于脑故也。是故其声出而天下昭苏，力或伟于天物，震人间世，使之曒然。曒然者，向上之权舆已。盖惟声发自心，朕归于我，而人始自有己；人各有己，而群之大觉近矣。①

鲁迅不仅指出了"心"相对于"情"的逻辑优先性，而且认为这是人类首出群伦的特质所在，并再次强调了"心声"的重要影响，"其声出而天下昭苏，力或伟于天物"，从中我们可以看出青年鲁迅运思逻辑的某种连续性，末句对"朕归于我""人各有己"的强调，与《文化偏至论》中对于以"个"为单位的人的推崇，其内在思路也是完全一致的。

不仅如此，鲁迅在接下来对于扰攘之世的种种恶声的批判中，同样强调了"主观之内面精神"的重要性。在对"恶声"的缘起上，鲁迅认为正是"心声"和"内曜"的缺失导致了恶声的泛滥，"世之言何言，人之事何事乎？心声也，内曜也，不可见也"。更有甚者，"则竞趋于异途，制维新之衣，用蔽其自私之体"②，再次将批判的矛头指向维新党人个体道德的堕落，这与章太炎在《革命之道德》中将戊戌变法与自立军事件的失败归结于主体道德的堕落，其思路惊人一致。对于个体道德的强调，同样是青年鲁迅思想的一个重要面向。相对于梁启超等人对于公德的呼吁，鲁迅更加看重个体道德之诚，早在弘文学院时期就与许寿裳探讨过这一问题，并最终认定"我们民族最缺乏的东西就是诚与爱"③，何以故？在鲁迅看来：

> 故病中国今日之扰攘者，则患志士英雄之多而患人之少。志士英雄，非不祥也，顾蒙帼面而不能白心，则神气恶浊，每感人而令之病。④

---

① 鲁迅：《集外集拾遗补编·破恶声论》，《鲁迅全集》第 8 卷，第 25—26 页。
② 鲁迅：《集外集拾遗补编·破恶声论》，《鲁迅全集》第 8 卷，第 27 页。
③ 许寿裳：《我所认识的鲁迅·回忆鲁迅》，见鲁迅博物馆等选编《鲁迅回忆录·专著》（上册），北京出版社 1999 年版，第 487 页。
④ 鲁迅：《集外集拾遗补编·破恶声论》，《鲁迅全集》第 8 卷，第 29 页。

"白心"语出《管子》，更见于《庄子·天下》："不累于俗，不饰于物，不苟于人，不忮于众，愿天下之安宁以活民命，人我之养，毕足而止，以此白心。"① 陆德明引崔譔语，释"白心"为"明白其心也，白，或作任"②。此处"白心"应为动词，解为自白其心更为恰当，所谓自白其心不仅是道德之诚的表现，更重要的是，对于"心"的置重，"心"不仅是本心，更是己之心。日本学者伊藤虎丸亦如此来解读"白心"："白心""是把自己的内心和盘托出于人前这一直率的态度……这是一种最积极地执着于自己内心的真实而不顾惧一切既成的价值和外界的条条框框的、真率的心态，与那拒斥追随外部制约或多数人意义的主体性，与自由畅想的空想力（神思）密切相连"③。因此，所谓"白心"同样透出鲁迅回向主观之内面世界的思维倾向，对于"己之心"的回归与追问就是要摆脱维新志士倡导的民主、自由、平等等"外在观念"的执持，直指人的主观精神，从而自白其心。而这一点恰恰是洋务派和维新派知识分子尚未意识到的，同时这也构成了鲁迅批判扰攘之世种种恶声的动力。

鲁迅主要批判了"破迷信"和"崇侵略"两种言论。鲁迅指出中国志士所谓的"迷信"实质是朴野之民"欲离是有限相对之现世，以趣无限绝对之至上者也"的精神追求，这是原初文明发展的必然结果，"夫人在两间，若知识混沌，思虑简陋，斯无论已；倘其不安物质之生活，则自必有形上之需求"。④ 宗教亦是追求形上超越之一种，无论信仰的对象如何迥异，其"足充人心向上之需求则同然"，由此可见，鲁迅对于宗教的理解较为宽泛，其瞩目的其实并不在宗教的信仰层面，而是宗教彰显出的原初之民不断向上的精神追求。某种意义上，这里的宗教与《科学史教篇》《文化偏至论》等文中出现的"神思""圣觉""意力"等，其实质是十分接近的，都是一种不断上征的精神性存在。但是，这种古民所拥有的对于精神的追求如今却丧失了，即便是在作为中国文化精神传承者的士大夫那里也难得一见，"洎夫今，乃仅能见诸古人之记录，与气禀未失之农人；求之于士大夫，寥寥乎难得矣"。鲁迅进一步指出：

> 盖浇季士夫，精神窒塞，惟肤薄之功利是尚，躯壳虽存，灵觉且

---

① 陈鼓应：《庄子今注今译》，中华书局 1983 年版，第 870 页。

② 王弼、郭象注，陆德明音义：《老子 庄子》，上海古籍出版社 1995 年版，第 354 页。

③ ［日］伊藤虎丸：《鲁迅、创造社与日本文学——中日近现代比较文学初探》，孙猛、徐江、李冬木译，北京大学出版社 2005 年版，第 115 页。

④ 鲁迅：《集外集拾遗补编·破恶声论》，《鲁迅全集》第 8 卷，第 2 页。

失。于是昧人生有趣神闳之事，天物罗列，不关其心，自惟为稻粱折腰；则执己律人，以他人有信仰为大怪，举丧师辱国之罪，悉以归之，造作訾言，必尽颠其隐依乃快。不悟墟社稷毁家庙者，征之历史，正多无信仰之士人，而乡曲小民无与。伪士当去，迷信可存，今日之急也。①

士大夫阶层本应拥有的"精神"与"灵觉"却为"功利"和"稻粱"等现实追求所遮蔽，并"以他人有信仰为大怪"，多加指摘，这种行径相对于所谓的"乡曲小民"而言实际上是一种倒退。这种"农人"（"乡曲小民"）／士大夫的二分思维，显然受到同时期章太炎的影响②。在批判迷信的种种恶声中，就有假科学为后盾来攻击迷信的，鲁迅不仅指出他们"知识未能周，而辄欲以所拾质力杂说之至浅而多谬者，解释万事。不思事理神闳变化，决不为理科入门一册之所范围，依此攻彼，不亦慎乎"③的事实，并以西方黑格尔和尼采为例来说明"盖以科学所底，不极精深，揭是以招众生，聆之者则未能满志"的道理，为科学划定了其有效的范围，从而为"迷信"（宗教）留下了一片精神园地。其他对诸如毁伽兰、禁赛会、嘲神话、疑神龙诸说的批判，同样着眼于其不安现实物质生活的向上的精神追求，指出"佛教崇高，凡有识者所同可"，赛会是农人耕稼之余，"举酒自劳，洁牲酬神，精神体质，两愉悦也"，是"朴素之民，厥心纯白，则劳作终岁，必求一扬其精神"④的结果，而神话与中国神龙皆为古民"神思"的结果，由此可见，鲁迅所着眼的依然是主观精神层面，重在对精神上征性的追求。

　　对"崇侵略"的批判，鲁迅主要着眼于侵略背后的动力，认为侵略行径是人类进化过程中兽性残存的结果，"人类顾由昉，乃在微生，自虫蛆虎豹猿狄以至今日，古性伏中，时复显露，于是有嗜杀戮侵略之事，夺土地子女玉帛以厌野心；而间恤人言，则造作诸美名以自盖。历时既久，入人者深，众遂渐不知所由来，性借习而俱变"，因此鲁迅称"惟援甲兵

---

① 鲁迅：《集外集拾遗补编·破恶声论》，《鲁迅全集》第 8 卷，第 30 页。
② 章太炎曾从职业分途的角度来判断个体的道德，认为"今之道德大率从于职业而变……其职业凡十六等，其道德之第次亦次十六等，虽非讲如画一，然可以得其概略矣"，其中"农人于道德为最高"，并且最终得出这样的结论，"要之，知识愈进，权位愈申，则离于道德也愈远"。太炎：《革命之道德》，《民报》第八号，1906 年 10 月 8 日。
③ 鲁迅：《集外集拾遗补编·破恶声论》，《鲁迅全集》第 8 卷，第 30 页。
④ 鲁迅：《集外集拾遗补编·破恶声论》，《鲁迅全集》第 8 卷，第 31—32 页。

剑戟之精锐，获地杀人之众多，喋喋为宗国辉光"者为"兽性之爱国"。并接着指出，"人欲超禽虫，则不当慕其思"，显然这是鲁迅所反对的。鲁迅一方面反对"执进化留良之言，攻小弱以逞欲"的兽性爱国者，另一方面对于托尔斯泰"莫如不奉命"的和平主张，也指出"故其所言，为理想诚善，而见诸事实，乃佛戾初志远矣"①。因为他在看到人性普遍进化的同时，也发现了其程度则大有差等的不平衡现象，所以"甲兵之寿，盖又与人类同始终者已"②。鲁迅的这种论点看似悲观，但其中也浸透着他的理想，或者说，他的上述观点是对其终极理想的守护，是最终达到理想境界的一种必要手段，因为他相信"恶喋血，恶杀人，不忍别离，安于劳作，人之性则如是"③。他以人性善的立足点来批判兽性爱国的现实，指出这是有违人性的，因此也必然是暂时的。鲁迅指出，首先是要去除"奴子性"，这是阻碍人性健全发展的绊脚石。总的来说，鲁迅虽然认为人性本善，但是由于进化过程中出现的程度和先后不一，因此普遍的人性尚未完成，而要趋于完善的人性就要以人类本有的平和之性为基础，不断趋向之，在此过程中鲁迅更加看重人类所秉有的精神作用。总之，无论是对于"破迷信"的批判还是对于"崇侵略"的批判，鲁迅所看重的均是人的精神性的一面，正如有论者指出的那样："破破迷信着意于精神信仰对于人的终极意义，破崇侵略以精神进化作为人类进化的鹄的和最终决定性因素，再一次突出了精神在鲁迅人的观念中的地位。"④

三　从"心力"到"诗力"的逻辑演化

鲁迅留日时期明显表现出对"主观之内面精神"的置重，这一思想倾向不仅表现在留日后期的五篇文言论文中，即便是留日前期谈论科学的文字也带有这种倾向。可以说，对于精神（"心力"）的强调，是鲁迅留日时期一以贯之的思想特质。事实上，"心力"及相关语词的精神指向不仅影响到鲁迅早期思想建构，同时也影响到鲁迅文学的发生。鲁迅之所以弃医从文，投身于文艺运动，看中的正是文学所蕴含的能够改变人之精神的潜在力量，他将这种无形的力量称为"诗力"。从"心力"到"诗力"的逻辑演化，不仅标示出鲁迅早期思想演进的内在轨迹，同时也凸显出鲁迅文学诉诸主观精神的鲜明特色。在此意义上，鲁迅文学确实是一种

① 鲁迅：《集外集拾遗补编·破恶声论》，《鲁迅全集》第 8 卷，第 33 页。
② 鲁迅：《集外集拾遗补编·破恶声论》，《鲁迅全集》第 8 卷，第 34 页。
③ 鲁迅：《集外集拾遗补编·破恶声论》，《鲁迅全集》第 8 卷，第 35 页。
④ 汪卫东：《鲁迅前期文本中的"个人"观念》，人民文学出版社 2006 年版，第 72 页。

"心"与"力"的和鸣。①

（一）"心声"即"诗"："诗"与"心"的贯通

青年鲁迅对于"主观之内面精神"的置重，一方面受到儒家心学、庄学和佛学的影响，另一方面也是借鉴西方新神思宗的结果，鲁迅思想的这一特质集中体现为对"心力"的推崇。"心力"不仅成为鲁迅早期思想诸多维度之间的思想纽带，某种意义上更是鲁迅早期思想建构的一个支点，无论是对佛学"自性"观念的吸收还是对"意力主义"的高扬，乃至其"立人"主张的确立，"革命先要革心"的革命观的提出，等等，均建立在他对"心力"的信仰之上，因此，"心力"无疑构成鲁迅早期思想的一个核心观念。这一概念不仅奠定了鲁迅早期思想的基本形态、发展趋向，甚至影响到鲁迅早期文学观的生成及文学创作实践的价值取向。简言之，从"心力"到"诗力"逻辑演进，一定程度上标示出青年鲁迅思想的整体走向，正如"心力"构成了鲁迅早期思想的基本观念一样，"诗力"也成为鲁迅早期文学观的核心观念，决定了鲁迅文学的基本特质。

值得追问的是，"诗力"是如何成为鲁迅早期文学观的核心观念的？它与鲁迅对于"心力"的推崇之间存在着怎样的联系？"心力"又在何种程度上决定着鲁迅文学的整体特色？这些正是本节所要探讨的问题。

"诗力"是鲁迅在《摩罗诗力说》中提出的一个基本用语，虽然鲁迅并未直接给出"诗力"的所指，但透过鲁迅对西方"摩罗诗人"的介绍，还是能够看出"诗力"的大致意涵：

> 凡是群人，外状至异，各禀自国之特色，发为光华；而要其大归，则趣于一：大都不为顺世和乐之音，动吭一呼，闻者兴起，争天拒俗，而精神复深感后世人心，绵延至于无已。虽未生以前，解脱而后，或以其声为不足听；若其生活两间，居天然之掌握，辗转而未得脱者，则使之闻之，固声之最雄桀伟美者矣。②

> 上述诸人，其为品性言行思惟，虽以种族有殊，外缘多别，因现种种状，而实统于一宗：无不刚健不挠，抱诚守真；不取媚于群，以随顺旧俗；发为雄声，以起其国人之新生，而大其国于天下。③

---

① 胡风曾指出："鲁迅底战斗还有一个大的特点，那就是'心'和'力'完全结合在一起。"胡风：《关于鲁迅精神的二三基点——纪念鲁迅先生逝世一周年》，胡风、萧军等：《如果现在他还活着——后期弟子忆鲁迅》，河北教育出版社2002年版，第10页。

② 鲁迅：《坟·摩罗诗力说》，《鲁迅全集》第1卷，第68页。

③ 鲁迅：《坟·摩罗诗力说》，《鲁迅全集》第1卷，第101页。

由上可知，鲁迅所谓的"诗力"是指诗人主观精神突入现实世界所达到的"动吭一呼，闻者兴起""发为雄声，以起其国人之新生，而大其国于天下"的强大影响力，鲁迅称之为"摩罗精神"："……摩罗精神，是具有不断超越世俗和自身的强大的意志力量，并具有敢于反抗一切外来压迫的精神"，具体说，就是摩罗诗人"具有'反抗'精神并诉诸'动作'，因而具有强烈感染力和巨大号召力的一面"①。但是回顾宇内，"诗人绝迹""心声"衰微，所以"鲁迅所垂青者，就是其中的意志力、反抗力和超越力，以此'诗力'，给萎靡、堕落的国民性注入新的活力，以生命力和精神力的重新振拔，带来邦国的复兴"②。从上述逻辑看，诗歌之所以具有如此巨大的力量，凭借的正是诗人"刚健不挠，抱诚守真；不取媚于群，以随顺旧俗"的个性及其"雄桀伟美"的心声。换言之，"个性"和"心声"成为鲁迅所谓"诗力"的内在性源泉，而"诗力"的最终指向则是"国人"与"国"，由此初步形成了鲁迅早期文学观的整体形态。问题是，鲁迅为何会选择摩罗诗人这一群体？除却日本媒介的影响，应该说这跟鲁迅早期思想的核心观念"心力"说密不可分。那么，这两者之间到底存在着怎么的关联，鲁迅又是如何实现这种思想迁移的？

　　究其根本，这与鲁迅对于文学本质的理解息息相关，鲁迅在《摩罗诗力说》中从文学（诗歌）的缘起出发，指出："古民神思，接天然之閟宫，冥契万有，与之灵会，道其能道，爰为诗歌。其声度时劫而入人心，不与缄口同绝；且益曼衍，视其种人。"在此基础上，鲁迅强调："盖人文之留遗后世者，最有力莫如心声。"③ 从而建立起"心声—力"的阐述结构，既然"心声"即"诗"，那么上述"心声—力"的阐述结构便可置换成"诗歌—力"的解读路径。即是说，在鲁迅的理解中，诗歌不仅是对某个场景的描述，也不仅是个人心境的流露，而是一个民族乃至一种文化的精神象征，并且这种文化符号能够"度时劫而入人心，不与缄口同绝"，正是在此意义上，鲁迅肯定了作为"心声"之表出的诗歌的重要性。换言之，在鲁迅那里，"心声"与"诗"是同一的，只是一隐一显而已，既然"心声"即"诗"，那么便可顺理成章推导出诗歌同样具有"遗留后世"的重要影响。后文鲁迅对于诗歌功能的阐述，某种意义上也回应了他对于诗歌本质的理解，他更是通过对意大利和俄罗斯两种不

---

① 汪卫东：《鲁迅前期文本中的"个人"观念》，人民文学出版社 2006 年版，第 39 页。
② 汪卫东：《鲁迅前期文本中的"个人"观念》，人民文学出版社 2006 年版，第 53 页。
③ 鲁迅：《坟·摩罗诗力说》，《鲁迅全集》第 1 卷，第 65 页。

同的民族境遇及其与各自民族文学关系的解读，突出了文学（诗歌）对于现代民族国家的重要作用，"意太利分崩矣，然实一统也，彼生但丁（Dante Alighieri），彼有意语"，"有但丁者统一，而无声兆之俄人，终支离而已"①。

由此看，鲁迅对于诗歌的肯定是建立在其功利性影响之上的（"诗力"），在鲁迅看来，"诗"（"心声"）不仅是一个民族文化的表征，同时也是维护国家统一的精神性基础，更是立国的关键之所在。鲁迅曾以柯尔纳为例指出："败拿坡仑者，不为国家，不为皇帝，不为兵刃，国民而已。国民皆诗，亦皆诗人之具，而德卒以不亡。"②鲁迅之所以认为诗歌具有如此巨大的力量，这跟他对于人之主体精神结构的理解相关：

> 凡人之心，无不有诗，如诗人作诗，诗不为诗人独有，凡一读其诗，心即会解者，即无不自有诗人之诗。无之何以能解？惟有而未能言，诗人为之语，则握拨一弹，心弦立应，其声激于灵府，令有情皆举其首，如睹晓日，益为之美伟强力高尚发扬，而污浊之平和，以之将破。③

既然"凡人之心，无不有诗"，并且诗歌具有如此巨大的影响力，那么，现在的问题便被置换成如何唤起凡人心中所蕴含的诗（"心声"），使之转化成一种可见的力量。在鲁迅看来，这正是诗人的职责所在，"盖诗人者，撄人心者也"，同时也是鲁迅绍介摩罗诗人的真正目的，"鲁迅欲以'异邦'的'心声'——'新声'，来启示、激发国人的'心声'"④。由此可见，鲁迅对于文学本质及功能的认知是建立在其"心声—力"的文学观基础之上的，进言之，鲁迅对于文学的理解是其"心力"世界观的一种逻辑推演。"诗力"表面肯定的是诗歌所内蕴的打动人心的情感力量，实质上依然是对作为主体的人之内部精神的肯认，正是这样一种潜在力量，决定了诗歌能够作用于受众，从而决定了文学存在的价值和意义。

就鲁迅早期思想而言，从"心力"到"诗力"的演化，是一种水到渠成的逻辑推演，也是青年鲁迅从思想向文学进军的标志，甚至可以说，

---

① 鲁迅：《坟·摩罗诗力说》，《鲁迅全集》第 1 卷，第 66 页。
② 鲁迅：《坟·摩罗诗力说》，《鲁迅全集》第 1 卷，第 72—73 页。
③ 鲁迅：《坟·摩罗诗力说》，《鲁迅全集》第 1 卷，第 70 页。
④ 汪卫东：《鲁迅前期文本中的"个人"观念》，人民文学出版社 2006 年版，第 39 页。

"诗力"的确立，某种意义上宣告了文学家鲁迅的出世。从"心力"到"诗力"的演化，虽然改变了精神的载体，但也由此展现出鲁迅早期思想的连续性，即对于"主观之内面精神"持之以恒的关注。无论是"心力"还是"诗力"，鲁迅透过它们所思考的都是晚清国人的精神世界，对于主体精神世界的关注不仅促使青年鲁迅实现了"诗"与"心"的贯通①，也决定了鲁迅文学的基本特质及其走向。某种意义上，鲁迅文学的这一特质也预示着未来文学的发展方向，正如有论者所说的那样：青年鲁迅"对'诗力'的过分推崇第一次明显把中国变革的契机转向对文学领域的关注，应该说，'精神'和'文学'这两个契机的敏锐把握，使鲁迅此时的声音远接十年后'五四'的风雷"②。

　　（二）"力"的延续与精神化

　　无论是思想层面的"心力"还是文学层面的"诗力"，二者所言虽有不同，但无疑都表明青年鲁迅对于"力"的推崇与信仰。因此他才会瞩目于所谓的新神思宗和摩罗诗人，在他看来，新神思宗和摩罗诗人两大群体，彰显出一种无形的强大力量（"意力""诗力"），而这种建基在主体精神之上的"力"恰恰是晚清中国亟须输入、亟须高扬的一种主体性精神力量。

　　事实上，对于"力"的推崇乃至信仰并非青年鲁迅独有的思想取向，毋宁说这是一种时代的共相，除去"心力"，晚清语境中与此相近的还有康有为、汪康年等人所谓的"爱力"，唐才常的"热力"，梁启超的"国民力""自信力"，等等，并由此汇成了一股影响深远的"尚力"思潮③。可以说，对于力的推崇不仅是晚清思想界的一个共同现象，同时也表现出晚清思想家在国力落后的现实境遇下寻求出路的一种主观努力。"力"一方面是国人在近代以来中外交往中逐渐获得的一种认识，晚清思想家最初认为，西方世界之所以较之于中华帝国强盛，很大程度上在于"力"的方面，比如军事、制造、经济等。借用梁启超的话说，此时晚清思想家对于西方世界的认识尚停留在最初的"器物"阶段，他们所看到的只是西方世界的表象，即"力"的象征而已。正是从这一认识出发，他们意识到国力不振的原因在于缺乏作为实物形态存在的"力"，于是搞起一场浩

---

① 郜元宝认为鲁迅文学本质上是一种心学，详见《为天地立心——鲁迅著作中所见"心"字通诠》，《鲁迅研究月刊》2000年第7期。

② 汪卫东：《鲁迅前期文本中的"个人"观念》，人民文学出版社2006年版，第53页。

③ 参见郭国灿《近代尚力思潮的演变及其文化意义》，《学习与探索》1990年第2期；杨姿《"尚力"精神与中国现代文学的浪漫传承》，《中国文学研究》2010年第1期。

浩荡荡的洋务运动，原本以为拥有了坚船利炮，就可以挤进现代世界，但在接下来与日本的遭遇中竟全军覆没。国人这才认识到所谓的"力"不仅仅是物质形态实存的东西，还是主体由内而外散发出的精神力量，从而实现了中外交流史上国人对于"力"之认识的内转。在此背景下，"心力""爱力""热力""国民力"等主观化、精神化的词语大获流行，清季报纸杂志上此类字眼随处可见。

鲁迅的"诗力"说正是形成于这样的思想语境中，他在《摩罗诗力说》等文中对于诗歌功能的阐述虽不无夸大之嫌，但从思想史脉络看，"诗力"说无疑继承了晚清思想界对于"力"的推崇，可以说"诗力"如同"意力"，也是晚清"尚力"思潮的一种逻辑发展。

但相比于此前的"爱力""热力""国民力"等概念来说，一方面"诗力"的所指更加明确，康有为、汪康年等人虽然极力推崇所谓"爱力"，并且将之推到足以扭转乾坤、振兴国运的无上地位，唐才常对于"热力"的推崇也不在康、汪之下，但何谓"爱力"、何谓"热力"，依然含混不清，他们越是高扬这种力量的现实效果，越发显得玄虚而神秘。但"诗力"一语不仅所指明确，征之古今中外文学史，也并非泛泛之谈，换言之，所谓"诗力"实有所本，可以说是青年鲁迅对于诗歌与社会关系的一种理论化提炼。另一方面，"诗力"有着更强的可操作性，即是说，如何激发起主体内蕴的这种精神力量是有一定取径的，"诗力"的载体是诗，诗歌成为沟通诗人与大众、文学与社会的一种渠道。这一认识不仅影响到鲁迅对于文学功能及其本质的认识，更决定了青年鲁迅弃医从文、以文学为毕生追求的人生取向。

此外，从思想史演化角度来说，从"爱力"、"热力"、"国民力"到"诗力"的过渡，虽然带有一定的延续性，但是"诗力"一方面实现了从思想到文学的跨界旅行，不仅为晚清之后的文学发展注入了时代色彩，更刷新了国人对于文学功能的认识。在民族生死存亡的关头，文学不再是柔弱的个体自我的吟唱，而应该成为一种足以激励国民的充满力量的载体。另一方面，在将时代特色、民族危机引入文学的同时，鲁迅实际上再度激活了中国文学，并且为中国文学注入了一股强劲动力，即注重主体精神力量之发扬的文学品格。可以说，正是精神性因素的注入使得中国文学告别了传统品格，实现了近代化的转型，文学（诗）的影响取得了前所未有的突破，从而参与并见证了20世纪中国的历史化进程。总之，所谓"诗力"的根本在于主体性精神的萌发与激扬，在此意义上，"诗力"隐含着青年鲁迅用诗歌唤醒国人进而实现民族国家现代化的宏伟构想，也由此决定了鲁迅一生的追求及鲁迅文学的品格。

（三）"诗力"的内部机制及鲁迅文学的终极指向

在继承晚清"尚力"思潮基础上，鲁迅提出了以"诗力"为核心的文学观，较之于"爱力""热力""国民力"等概念，"诗力"无疑实现了一种精神化的提炼，可以说是晚清思想向文学渗透的标志，但是这并非鲁迅提出"诗力"重要的意义所在。世纪之交以来，不少学人一改以往从西方浪漫主义诗学的角度研究《摩罗诗力说》的固有路径，转而从中国诗学近代转型及现代诗学之建构的高度评价该文的诗学价值与文学史意义。① 从现代诗学建构角度考察《摩罗诗力说》固然无可非议，但相关文章均从宏观切入，着眼点过大，对于"诗力"的内部机制或者语焉不详，或者一笔而过。在笔者看来，要研究鲁迅早期思想之演进及文学观之特质，必须由"诗力"切入，只有在认清"诗力"的内部机制及其终极指向基础上，才能对鲁迅早期文学观有一个较为清晰的认识，唯其如此才能明晰鲁迅文学发生的内在逻辑。

"诗力"既是鲁迅早期文学观的一个核心观念，并且某种意义上决定了鲁迅文学的特质，那么首先应该清楚它的内部机制。笔者以为，作为一个完整的诗学理论体系，鲁迅的"诗力"论，至少包含如下几方面内容：1. 何谓"诗力"？即诗何以有力以及怎样的诗才有力？2. "诗力"的本质为何？即"诗力"区别于"爱力""热力""国民力"等概念的特质何在？3. "诗力"如何传播？即"诗力"如何作用于受众？4. "诗力"的终极指向何在？即"诗力"与民族文化乃至民族国家建构之关系问题。

何谓"诗力"？可以说是鲁迅整个"诗力"论的起点，只有搞清在鲁迅心目中"诗力"究竟何指以及怎样的诗歌才有力量，后面一系列围绕着"诗力"的问题才能次第展开。那么究竟什么是"诗力"呢？对这个问题的探讨，鲁迅是在中外诗歌理论的比较视域中提出的。鲁迅在介绍摩罗诗人之前首先批判了中国传统诗歌的价值取向，明确否定了中国传统诗歌"不撄人心""冲淡平和"的整体特色。在鲁迅看来，中国传统诗歌由于政治教化的长期渗透，并未获得应有的独立品格，大多诗作带有"许自繇于鞭策羁縻之下"的审美倾向，传统诗歌不仅不能激发国人的主体性觉醒，相反只会让人变得懦弱、退守甚至安于奴隶的现状。为此，鲁迅

---

① 李震：《〈摩罗诗力说〉与中国现代诗学的转型》，《中国社会科学》2009 年第 3 期。

不仅批判了儒道两家的诗论及其他可有可无的抒情之作①，在肯定屈原"放言无惮，为前人所不敢言"的同时，也指出其缺乏反抗之声，"然中亦多芳菲凄恻之音，而反抗挑战，则终其篇未能见"②。与此相对，鲁迅大肆张扬了拜伦、雪莱等摩罗诗人"立意在反抗，旨归在动作"的诗歌精神，鲁迅之所以钟情摩罗诗人，不仅因为他们的诗歌彰显出的挑战性与抗争精神，某种意义上他们各自的人生就是一首首敢于挑战、勇于抗争的诗篇。如果说诗歌是诗人主体人格的投射，那么拜伦等人所表现出的抗争精神就是鲁迅期待中的"诗力"所应达到的现实效果。在此意义上，可以说，鲁迅所谓的"诗力"是作家与作品在敢于挑战、勇于抗争这一指向上的合一，真正的诗歌应该充分彰显出作家顽强的生命力、上征力与战斗力。而这种"诗"与"力"合一的文学精神正是近代民族危机下亟须输入和高扬的一种文学品格。

　　既然在鲁迅看来，只有摩罗诗人笔下那些具有挑战性、抗争性的诗歌才是最具力量的诗歌，那么接下来的问题就是鲁迅所谓"诗力"的本质究竟是什么。其实，上文我们已经涉及这一问题。摩罗诗人的诗歌之所以具有力量，除去这些诗篇蕴含挑战、反抗的特质，更重要的是，他们创作的诗歌大都是诗人的热情、正义乃至生命力的一种投射，他们与中国传统诗人相较完全不是一个姿态。一方面他们摆脱了各种教条、规范以及纯文学的写作立场，他们的诗歌创作已经与现实行动合二为一；另一方面，他们的诗歌作品是由内而外的生命力的袒露，他们的写作不仅凸显出他们对于平等、自由、人道等现代价值的追求，更抱持着一种大于文学本身的理想。总之，在鲁迅心目中摩罗诗人就象征着一股改变世界的强大力量。由此观之，"诗力"的本质就是作家基于"诚与爱"的主体性精神突入现实世界所能激起的强大感染力与影响力。事实上，这也是晚清诸多倡导文学救国者的根本意图。文学救国的思路固然有些不切实际，但鲁迅等知识分子之所以瞩目于文学，并试图以此来挽救颓败的国家命运，也是情理之中的事。一方面梁启超等晚清人物倡导在先，另一方面西方浪漫主义文学又

---

①　"如中国之诗，舜云言志；而后贤立说，乃云持人性情，三百之旨，无邪所蔽。夫既言志矣，何持之云？强以无邪，即非人志。许自繇于鞭策羁縻之下，殆此事乎？然厥后文章，乃果辗转不逾此界。其颂祝主人，悦媚豪右之作，可无俟言。即或心应虫鸟，情感林泉，发为韵语，亦多拘于无形之囹圄，不能舒两间之真美；否则悲慨世事，感怀前贤，可有可无之作，聊行于世。倘其嗫嚅之中，偶涉眷爱，而儒服之士，即交口非之。"鲁迅：《坟·摩罗诗力说》，《鲁迅全集》第1卷，第70—71页。

②　鲁迅：《坟·摩罗诗力说》，《鲁迅全集》第1卷，第71页。

经由日本影响到鲁迅等人。并且，西方浪漫主义文学与以《楚辞》为滥觞的本土浪漫主义文学有着截然不同的意境与追求，西方浪漫主义文学完全不同于中国文学对于神道仙境、彼岸世界的畅想，而是怀着一种真诚与博爱的精神直指人世间的种种不平、奴役与侮辱。在此意义上，可以说以摩罗诗人为代表的西方现代浪漫主义文学是一种行动的文学，这正是中国传统文学极度匮乏的一种品格。对于行动的期待，也是鲁迅介绍摩罗诗人、高扬"诗力"的一个重要原因。

在明确了鲁迅"诗力"的本质之后，接下来的问题就是"诗力"为何能作用于大众以及如何作用于受众？其实，"诗力"何以能够作用于大众，这跟鲁迅对于诗歌的理解密切相关。在鲁迅看来，诗歌并非诗人所独有，"如诗人作诗，诗不为诗人独有，凡一读其诗，心即会解者，即无不自有诗人之诗"。① 只是众人无法将心中潜隐的诗书写出来，诗人的任务就在于用诗句将这种情绪表达出来，进而与众人心中潜在的诗意合二为一。"人心无不有诗"的观点，不仅从一个崭新的角度解读了诗歌传播的可能性，并且透过诗人与受众之间的互动，某种意义上也彰显出认识主体之间的平等性。至于诗歌如何作用于受众的问题，同样建立在"人心无不有诗"的认识论基础之上，"惟有而未能言，诗人为之语，则握拨一弹，心弦立应，其声激于灵府，令有情皆举其首，如睹晓日，益为之美伟强力高尚发扬，而污浊之平和，以之将破"。② 鲁迅这里用"握拨一弹，心弦立应"这种极富传统音乐式的语调，论述了诗歌作用于受众的心理过程，这种心与心之间的一弹一应不仅使得诗歌最终能够作用于受众，并且在以心传心的过程中凸显出诗歌创作主体与接受主体双方的主体能动性。这种主体性的确立明显突破了启蒙/被启蒙的传统模式，但需要指出的是，以心传心的诗歌传播模式，一方面透露出鲁迅的文学理想主义，对"人心无不有诗"的肯定某种意义上延续了"为仁由己"的内向归宿型思路，另一方面这种传播模式也带有禅宗"心传"的痕迹，因此多少具有一定神秘主义倾向。

最后来说鲁迅"诗力"论的终极指向问题。晚清梁启超等人之所以倡导"诗界革命""小说界革命"等文学革新运动，目的是想通过改革文学形式、扩大文学的影响进而变革国人的精神世界，实现所谓"新民"的人格重建。但"新民"并非其最终指向，新民的根本目的是在唤醒国

---

① 鲁迅：《坟·摩罗诗力说》，《鲁迅全集》第 1 卷，第 70 页。
② 鲁迅：《坟·摩罗诗力说》，《鲁迅全集》第 1 卷，第 70 页。

人主体性的基础上"改良群治",进而建构现代民族国家。正如夏晓虹所观察到的,梁启超"总是自觉地把文学作为救国的一种手段",梁氏此时文学思想烙有鲜明的"文学救国"论的倾向。① 青年鲁迅在《文化偏至论》等文中也指出过"立人"与"立国"之间的关系,"是故将生存两间,角逐列国是务,其首在立人,人立而后凡是举"②,"国人之自觉至,个性张,沙聚之邦,转为人国,人国既建,乃始雄厉无前,屹然独见于天下"。③ 鲁迅由"立人"而"立国"的逻辑进路几乎跟梁启超的"新民"说如出一辙,仿佛他的文学观未能走出梁启超等人的窠臼,对于现代民族国家的焦虑可以说是他们那一代人的共性。但鲁迅所倡导的"诗力",跟梁启超等人的文学观仍存在着本质区别。鲁迅虽然不能忘怀于民族危机,但是他更明了文学的"不用之用",强调文学所具有的"涵养人之神思"的"职与用",④ 因此,对于人之精神的关注便成为鲁迅文学活动的逻辑起点与价值归宿,"所以我们的第一要著,是在改变他们的精神,而善于改变精神的是,我那时以为当然要推文艺,于是想提倡文艺运动了"。⑤ 可以说,鲁迅从一开始关注的就是文学对于人之主观精神的能动性问题,虽然从"立人"到"立国"的思路留有梁启超影响的痕迹,但鲁迅所谓的"立国"是人的主体精神觉醒之后的一种自发行为。并且,"诗力"所包孕的意义远非文学所能界定,换言之,鲁迅高扬"诗力"并非出于对晚清文学现状的不满,而是有着更为深远的价值指向,那就是他试图借此改变国人忽视精神生活以及毫无生命力、上征力、抗争力可言的生存状态。在鲁迅看来,这是近代中国种种改革毫无成效、国力不见振拔的根本原因,也是国人安于被奴役被压迫境遇的根本缘由,所以说,"诗力"指向的不仅是文学,更指向对国人精神状况的担忧。在鲁迅看来,这是所有问题的根本,只有解决了这个问题,其他的改革才能水到渠成。在此意义上,可以说,以"诗力"为核心的鲁迅文学观,是一种迥异于传统文学观的现代文学观,也是鲁迅文学的终极根源。总而言之,鲁迅"诗力"论的提出,不仅再次彰显出其对"主观之内面精神"的置重,同时也标志着鲁迅文学观的形成,"诗力"及其内在逻辑预示着鲁迅文学的发展方向。

---

① 夏晓虹:《觉世与传世——梁启超的文学道路》,中华书局 2006 年版,第 36 页。
② 鲁迅:《坟·文化偏至论》,《鲁迅全集》第 1 卷,第 58 页。
③ 鲁迅:《坟·文化偏至论》,《鲁迅全集》第 1 卷,第 57 页。
④ 鲁迅:《坟·摩罗诗力说》,《鲁迅全集》第 1 卷,第 74 页。
⑤ 鲁迅:《呐喊·自序》,《鲁迅全集》第 1 卷,第 439 页。

第二章　晚清进化思潮的唯意志论倾向及其对鲁迅之影响

梁启超说:"凡'思'非皆能成'潮';能成'潮'者,则其'思'必有相当之价值,而又适合于其时代之要求者也。"①清末民初在西学东渐的趋势下,各种学术思潮风起云涌,其中进化论可谓全面影响晚清思想界的第一股西方思潮,当年就有论者指出:"近四十年来之天下,一进化论之天下也。"②严译《天演论》③1898年正式出版后,更是一纸风行,极大推动了进化论的传播,以至于"进化之语,几成常言"④,即便是与严复政见相左的革命派人士也承认:"自严氏书出,而物竞天择之理,厘然当于人心,而中国民气为之一变。"⑤进化论之所以能够在晚清思想界大获流行,除去中国传统思想中有着与之相关的关于变通的思想因子,更是受到时局刺激的结果。胡适的自述很具代表性:

> 在中国屡次战败之后,在庚子辛丑大耻辱之后,这个"优胜劣败、适者生存"的公式确是一种当头棒喝,给了无数人一种绝大的刺激。几年之中,这种思想像野火一样,延烧着许多少年人的心和血。"天演"、"物竞"、"淘汰"、"天择"等等术语,都渐渐成了报纸文章的熟语,渐渐成了一班爱国志士的"口头禅"。还有许多人爱用这种名词做自己或儿女的名字。⑥

---

① 梁启超:《梁启超论清学史二种》,朱维铮校注,复旦大学出版社1985年版,第1页。
② 梁启超:《进化论革命者颉德之学说》,《新民丛报》第18号,1902年10月16日。
③ 有人统计,在辛亥革命前十多年中,《天演论》发行了30多种不同的版本。参见王栻《严复传》,上海人民出版社1976年版,第45页。
④ 鲁迅:《坟·人之历史》,《鲁迅全集》第1卷,第8页。
⑤ 汉民:《述侯官严氏最近政见》,《民报》第2号,1906年8月2日。
⑥ 胡适:《四十自述》,欧阳哲生编:《胡适文集》第1卷,北京大学出版社1998年版,第70页。

胡适这段话不仅描述了进化论在清末民初社会上的广泛传播，而且揭示了进化思潮流行的时代背景，晚清帝国在与西方列强的遭遇中不断感受到来自异域的压力，尤其是接二连三的战败、割地、赔款等耻辱，带给国人日益严重的生存危机，"……近代中国思潮，从魏源、冯桂芬等，直到二十世纪三十年代，是危机哲学盛行的时代"。严复之所以此时译介赫胥黎的《进化论与伦理学》，原因固然是多方面的，但究其根本，不得不说是因为其"真正迎合了严复深切的危机意识与当时中国时代处境的特殊需要"，简言之，"严复可以说完全是在一种危机哲学的意理基础上翻译《天演论》的"①。林毓生则从认识论的角度解释了进化论在清末民初的大肆流行："从纯粹的认识论观点来讲，达尔文主义的变化观点倒可以用作一种工具来帮助我们理解和说明由西方入侵带来的屈辱和震惊这一空前的经历。它提供的思想构架有助于中国知识分子克服因不理解中国危机而产生的极度忧虑。"② 无论进化思潮是契合了国人的危机意识还是为国人提供了认识危局的理论框架，进化论的大肆流行，却是不争的事实，甚至主宰了近代中国思想的整体走向，因此有哲学史家将中国近代哲学史的这一阶段直接命名为"哲学革命的进化论阶段"③，由此可见进化论思潮在近代中国社会的巨大影响。

　　值得追问的是，最初进入国人视野的进化论到底是一种怎样的理论形态？中国知识人又是在何种意义上来加以接受的？在容受进化论过程中中国知识人又注入了哪些本土思想因子？所有这些又是如何影响到青年鲁迅的进化观及其早期思想之建构的？

一　进化论的兴起与输入

　　西方世界早在古希腊时期就产生了类似于"进化"的观念，这主要见于前苏格拉底时期的自然哲学家们，泰勒斯就认为水是万物的始源，阿纳克西曼德早就有了一种天体进化的思想，阿拉克西米尼则认为植物、动物和人类依先后次序出现于地球，科学史家 W. C. 丹皮尔则从德谟克利特的"原子论"中读出"星云假说和达尔文的自然选择说的微弱的

---

① 郭正昭：《达尔文主义与中国》，姜义华、吴根梁、马学新编：《港台及海外学者论近代中国文化》，重庆出版社 1987 年版，第 191、189 页。

② ［美］林毓生：《中国意识的危机——"五四"时期激烈的反传统主义》，穆善培译，贵州人民出版社 1986 年版，第 93 页。

③ 参见冯契《中国近代哲学的革命进程》第二章"哲学革命的进化论阶段"，上海人民出版社 1989 年版。

前兆"①。由此可见，"进化"观念在西方世界源远流长，进入近代以后，进化思想更是获得了突飞猛进的发展。法国生物学家拉马克不仅明确提出"进化论"一词，而且形成了较为系统的进化论体系。他认为"包括人类在内的一切物种都是从其他物种传衍下来的"，"生物进化是方向性、直线阶梯式的，是一个从非生物—低等生物—高等生物最终到人的不断重复的过程"。② 在此基础上，拉马克更是提出了"生物能够有适应环境的进化"，即通常所谓的"用进废退"的获得性遗传理论。达尔文的最大功绩则在于"把整个演化论完全建立于一个坚强的科学方法的基础上"。具体说，达尔文通过对大量古生物演进史的考察，提出两点发现：一，人猿同祖说；二，生存斗争说。前者对于上帝造人的宗教幻想给予沉重的打击，遭到不少宗教界和保守人士的攻击，后者则在西方世界获得了大量传播。19 世纪中后期，对达尔文进化论思想宣传最有力的主要是斯宾塞和赫胥黎。斯宾塞主要取达尔文生物进化论中的生存斗争说运用于人类社会，认为进化的法则同样适用于人类社会，进而为西方世界进入资本扩张时期的侵略行为张本，最终演化为社会达尔文主义。而有着"达尔文斗犬"之称的赫胥黎虽然也承认竞争是生物进化中的一种必要样式，但在他看来，达尔文的生物进化论只适用于自然界，而人类社会应当更重视与自然界相反的"伦理过程"："社会进步意味着对宇宙过程每一步的抑制，并代之以另一种可以称为伦理的过程。"③ 赫胥黎的进化观显然与斯宾塞相左，"在这种规范性的伦理基础上建设起来的社会环境，可生存的并非'适者'，而是道德最高超的人。因此可以说，赫胥黎所提供的这种规范性的观念和方法。不仅是'反斯宾塞的'，而且可以说是'非达尔文的'"。④ 这样，在近代西方世界，进化论就至少产生了两种价值取向截然不同的版本，那么最初进入中国知识人视野的又是怎样的进化思潮呢？为此有必要简要梳理一下进化论进入中国的若干线索。

　　长期以来人们对进化论在中国的最初传播，一直存有一种根深蒂固的误解，即认为进化论思潮的传入是从严译《天演论》开始的，但事实并非如此。晚清中国知识人对于外来思潮的敏感还是大大出乎我们的意料，

---

① ［英］W. C. 丹皮尔：《科学史及其与哲学和宗教的关系》上册，李珩译，商务印书馆1975 年版，第 61 页。

② 参见吴丕《进化论与中国激进主义 1859—1924》，北京大学出版社 2005 年版，第 19 页。

③ ［英］赫胥黎：《进化论与伦理学》（旧译《天演论》），科学出版社 1971 年版，第 57 页。

④ 郭正昭：《达尔文主义与中国》，姜义华、吴根梁、马学新编：《港台及海外学者论近代中国文化》，重庆出版社 1987 年版，第 188 页。

根据普西（Pusey）的说法，英国外交官阿礼国（Rutherford Alcock）在达尔文《物种起源》出版（1859）的四年前，就在上海提出了民族、国家莫不"弱屈于强"这一类似于达尔文主义的法则，而阿礼国与《瀛寰志略》的编者徐继畲交往密切，阿礼国的这一思想很可能影响到徐继畲等人。① 如果说这还只是一次有限的私人交流的话，那么1873年出齐的《地学浅释》（今通译为《地质学原理》）则产生了更为广泛的社会影响。恩格斯曾指出："赖尔第一次把理性带进地质学中，因为他以地球的缓慢变化这样一种渐进作用，代替了由于造物主的一时兴发所引起的突然革命。"② 赖尔的这本书不仅为生物进化主义奠定了基础，而且直接启发了达尔文的《物种起源》，加之中译本"言浅事显""译笔雅洁"③，被很多学校选作教科书。梁启超对其也推崇备至："人日居天地间而不知天地作何状，是谓大陋。故《谈天》、《地学浅释》二书不可不急读。"④ 当年在南京读书的鲁迅还手抄过此书。这本书中已经出现了拉马克和达尔文的进化论并对之作了简要的比较，可以说是中国人关于进化思想的最初普及读物。此后，以在华传教士为代表的对进化论思想的宣传仍在继续，但至此国人对于进化论的吸收和理解大都未能超越其生物进化的学理范畴。换言之，国人所理解的进化论只是一种新鲜的西方自然知识，尚未上升为对社会历史的认知框架，更遑论形成由进化论主宰的现代世界发展观了。

　　直到19世纪80年代后期，情况发生了根本变化。1889年，在上海格致书院举行的考试中，钟天纬在考卷中写道："迨一千八百零九年而达文生焉。……一千八百五十九年，特著一书（按：指《物种起源》），论万物分种类之根源，并论万物强存弱灭之理。其大旨谓，凡植物动物之种类，时有变迁，并非缔造至今一成不变，其动植物之不合宜者渐渐澌灭，其合宜者，得以永存。此为天道自然之理。"⑤ 钟天纬不仅较为准确地阐

① 王中江：《进化主义在中国》，首都师范大学出版社2002年版，第34页；另见［美］浦嘉珉《中国与达尔文》，钟永强译，江苏人民出版社2009年版，第3页。

② ［德］恩格斯：《自然辩证法》，《马克思恩格斯选集》第3卷，人民出版社1972年版，第451页。

③ 徐维则等：《东西学书录》，转引自邹振环《影响中国近代社会的一百种译作》，中国对外翻译出版公司1996年版，第73页。

④ 梁启超：《读西学书法》，王扬宗编校：《近代科学在中国的传播》（下），山东教育出版社2009年版，第641页。

⑤ 钟天纬答卷，《格致书院课艺》第4册，转引自熊月之《西学东渐与晚清社会》，中国人民大学出版社2011年版，第289页。

述了《物种起源》的基本观点，把生物之间为生存而上演的竞争演绎成
"万物强存弱灭"的真理，并且将之上升到"天道自然之理"的高度。联
系时代背景与思想语境来看，这里的"强存弱灭"的危机感实际上已经
暗含着对于晚清时局的一种判断。1895 年，《泰西新史揽要》出版后，进
化论思想获得了进一步普及，"此书宣传的斯宾塞的进化论，恰恰正是让
中国士子感到无比新鲜，此书的译述又早于后来宣扬社会进化论的严译
《天演论》，因而……成了中国'最风行的读物'……"①。

　　事实上，严复在《天演论》出版以前，已经逐渐在向国人介绍达尔
文进化论思想了。在《原强》中，他将达尔文《物种起源》中的一段从
"生物""物种"角度立论，避开"人类"的进化文字，表述为社会达尔
文主义的文字：

> 所谓争自存者，谓民物之于世也，樊然并生，同享天地自然之
> 利。与接为构，民民物物，各争有以自存，其始也，种与种争，及其
> 成群成国，则群与群争，国与国争。而弱者当为强肉，愚者当为智者
> 役焉。迫夫有以自存而克遗种也，必强忍魁桀，趫捷巧慧，与一时之
> 天时地利洎一切事势之最相宜者也。②

正如有论者指出："从这里开始一直到后来，与关心严格意义上的生物进
化相比，严复更关心进化主义在人类和社会中的普遍适用性。"③ 不仅如
此，进化论也成为严复用来理解中西文化差异的一种理论架构，在严复看
来，中西文化的最大差异，"莫大于中之人好古而忽今，西之人力今以胜
古"，因此中人主"恒"，西人主"变"，所以西人日进无疆。④ 在进化观
念支配下，空间意义上的中西被转换成了时间序列上的古今，顺应进化规
律的"变"也因此被赋予了一种先验价值理性。至此原本属于生物学领
域的进化论已经被国人用来解读、理解当时的社会命运了，进化论逐渐摆
脱纯知识性层面的存在，而上升到世界观的层面。正是在此意义上，日本
学者佐藤慎一认为《天演论》之前的中国进化主义（佐藤慎一将《天演
论》出现之前的中国进化主义称为"原型进化主义"）已被视为政治改革

---

① 邹振环：《影响中国近代社会的一百种译作》，中国对外翻译出版公司 1996 年版，第 101—
　　105 页。
② 王栻编：《严复集》第 1 册，中华书局 1986 年版，第 5 页。
③ 王中江：《进化主义在中国》，首都师范大学出版社 2002 年版，第 64 页。
④ 王栻编：《严复集》第 1 册，中华书局 1986 年版，第 1 页。

论，完全没有把它当作纯粹的生物学的观念来提倡。在中国并不拒绝进化主义对人类社会的适用，宁可说人们恰恰是在社会的立场上来把握进化论的。他由此断言，"原型进化主义"本身就是"社会进化主义"。① 易言之，进化论思潮自输入国门起，就挣脱了其原有的生物学属性，而上升为一种社会学意义上的历史观，一种思维方式，这种误读也为中国此后绵延半个世纪之久的进化思潮的传播奠定了一种理解架构。与此同时，进步观念也因此获得了毋庸置疑的合法性，成为一个具有现代性建构意义的价值理念。

二　晚清进化思潮的唯意志论倾向：从"以人持天"到"人事胜天"

　　既然"进化"是天道自然之理，而且这一法则同样适用于人类社会，那么作为后进国家的晚清帝国如何才能超越这一"强存弱灭"的残酷法则，从而立足于竞争越来越激烈的现实世界呢？早期主张变法的知识分子面对这一不断进化的崭新世界图景，纷纷提出种种见解。郑观应指出："盖世界由弋猎变而为耕牧，由耕牧变而为格致，此故世运之迁移，而天地自然之理也。故格致者何？穷天地之化机，阐万物之原理，以人事补天工，役天工于人事。"② 郑观应在肯定社会进化作为"天地自然之理"的同时，又从"格致"中洞察到人类主观能动性的巨大力量，进而提出"以人事补天工，役天工于人事"的应对策略。郑观应的这一思路，可谓赫胥黎进化主义的中国版本，他一方面承认进化理论是普遍适用于自然界与人类社会的天然之理，另一方面又将人类社会从这一整体结构中划分出来，单独成为一极，在正视"天工"的同时，更强调"人事"的作用。在世界进化图景中，这种将自然/人类二分并突出人类主观能动性的理解模式，构成了此后绝大多数国人解读进化论的基本框架。

　　严译《天演论》某种意义上也延续了类似的思路。甲午之战从根本上改变了近代中国在世界版图上的命运，极大影响到国人特别是知识阶层的心理状态，《天演论》在以现代科学面貌解释晚清危局根源的同时，也强化了国人对进化法则之普遍性的认识。严复固然认可斯宾塞，主张进化主义同样适用于人类社会，竞争是不可避免的，"十九期民智大进步，以知人道，为生类中天演之一境，而非笃生特造"③，在私人信件中他更是

① 转引自王中江《进化主义在中国》，首都师范大学出版社 2002 年版，第 42 页。
② 郑观应：《盛世危言·教养》，夏东元编：《郑观应集》上册，上海人民出版社 1982 年版，第 481 页。
③ 王栻编：《严复集》第 5 册，中华书局 1986 年版，第 1345 页。

直接宣称："盖世事往往虽为人功，而不得不归诸天运者。"① 但严复又不
赞同斯宾塞"任天为治"的观点，某种意义上对于斯宾塞的纠偏正是他
翻译《进化论与伦理学》的根本目的，"赫胥黎此书之恉，本以救斯宾塞
任天为治之末流，其中所论，与吾古人有甚合者。且于自强保种之事，反
复三致意焉"。② 严复一方面指出赫胥黎写作《进化论与伦理学》是为
"救斯宾塞任天为治之末流"，另一方面也道出了他的关切之所在，"自强
保种"。吴汝纶在为《天演论》作序时也重申了这个观点：

> 赫胥黎氏起而尽变故说，以为天下不可独任，要贵以人持天。以
> 人持天，必究极乎天赋之能，使人治日即乎新，而后其国永存，而种
> 族赖以不坠，是之谓与天争胜。而人之争天而胜天者，又皆天事之所
> 苞。是故天行人治，同归天演。③

吴汝纶将赫胥黎的学说概括为具有中国传统思想色彩的"以人持天"，在
肯定"天演"作为普遍规则的前提下，强调"人事"对于国族的重要作
用，并确信人之"争天"终至于"胜天"的乐观前景。吴汝纶对《天演
论》主题的发挥，无疑强化了严复翻译文本中存在的"人事"胜"天道"
的逻辑进路。

在西方世界的进化论理论话语中，赫胥黎不同于斯宾塞的地方就在
于，他在普遍进化主义的边缘撕开了一个口子，加入了人类社会的"伦
理过程"，并断言："这个过程的结果，并不是那些碰巧最适合于已有的
全部环境的人得以继续生存，而是那些伦理上最优秀的人得以继续生
存。"④ 赫胥黎的这一说法十分契合传统儒家的德治思想，严复更是结合
当时的危局意识，将这句话译作：

> 且今之竞于富贵优厚者，当何如而后胜乎？以经道言之，必其精
> 神强固者也，必勤足赴功者也，必智足以周事，忍足济事者也；又必
> 其人之非甚不仁，而后有外物之感乎，而恒有徒党之己助，此其所以

---

① 严复：《严复致夏曾佑》，见《中国哲学》第6辑，生活·读书·新知三联书店1981年
　　版，第341页。
② 王栻编：《严复集》第5册，中华书局1986年版，第1321页。
③ 王栻编：《严复集》第5册，中华书局1986年版，第1317页。
④ [英] 赫胥黎：《进化论与伦理学》（旧译《天演论》），科学出版社1971年版，第57页。

为胜之常理也。①

于是赫胥黎对进化过程中人类"伦理"因素的置重，到严复这里就被置换为对"精神强固者"的推崇，以及对勤、智、忍、仁等个人品德的发扬，这一意译表明严复在确信进化公理之同时，又将进化的动力寄托在与宇宙对立的人类主体精神之上，并希望由此来改变晚清中国的现实处境。严复的这一运思逻辑凸显出近代中国进化论传播中"人事"胜"天道"的先验逻辑架构。这一思路在《〈天演论〉手稿》中表现得更为充分，严复借助刘禹锡的"天人交相胜"说来阐释他对"天行"与"人道"之间复杂关系的理解：

> 刘梦得《天论》之言曰："形器者有能有不能。天，有形之大者也；人，动物之尤者也。天之能，人固不能也；人之能，天亦有所不能也。故天与人交相胜耳。天之道在生植，其用在强弱；人之道在法制，其用在是非……故人之能胜天者，法大行，则是为公是，非为公非，蹈道者赏，违道有罚，天何予乃事耶！……故曰：天之所能者，生万物也；人之所能者，治万物也。"案此其所言，正与赫胥黎氏以天行属天，以治化属人同一理解，其言世道兴衰，视法制为消长，亦与赫胥黎所言，若出一人之口。②

这里，严复为天、人分别划定了作用范围，即所谓"天之所能者，生万物也；人之所能者，治万物也"。然而在这一看似平等的分野中，实则预设了严复关于天、人的不同判断，某种意义上，治的人类功绩远大于生的自然功能，而赫胥黎"以天行属天，以治化属人"的思路再度强化了严复的这一判断。正是由上述思路出发，严复运用传统的体用概念提出了他对进化论的经典理解："以天演为体，而其用有二：曰物竞，曰天择。此万物莫不然，而于有生之类为尤著。"③ 严复一方面承认"天演"贯通自然与人类社会的普遍性，另一方面又将这一公理一分为二，"天择"是不可逃避的自然之理，"物竞"则是对"天择"的一种反抗，"物竞"某种意义上已经预设了万物能够主动选择优化自己的积极意味。

---

① 王栻编：《严复集》第5册，中华书局1986年版，第1356页。
② 严复：《〈天演论〉手稿》，王栻编：《严复集》第5册，中华书局1986年版，第1471—1472页。
③ 严复：《天演论》，王栻编：《严复集》第5册，中华书局1986年版，第1324页。

而关于竞争的手段，就严复而言，的确不可否认其对于西方富强背后之"力"的期待，但是对于"力"的呼唤并不构成此时严复思想的主要成分，因为此前经营三十年的洋务运动的破产就是一记警醒，与其说严复所关注的是以力为中心的富强，毋宁说严复更加表现出了强烈的道德主义的诉求。林毓生指出："严复的论点是以斯宾塞的术语来表达的，但他的唯智论的先入之见，却将斯宾塞的充满决定论性质的思想模式歪曲成唯意志论的世界观。"① 林氏进一步指出，这里所谓的唯智论是"用来严格表示最根本的变化是思想变化这一信念"。即是说，起初游移在斯宾塞和赫胥黎之间的严复最终在强大的思想传统（唯智论）影响下，下意识地偏向了赫胥黎"以人持天"的立场，在天人、力命的关系问题上，严复表现出了以人的精神、思想之变革为动力来推动社会进步的进化史观。事实上，当年很多知识人也是从这一角度来接受进化论的，胡适即是如此。

可见胡适从阅读严复译作所得到的主要讯息是：世界历史的演变规律是"物竞"、"天择"，但是背后根本的原因则是人为的努力，而非上天的爱憎。他说："物与物并立必相竞，不竞无以生存也，是曰物竞。竞矣，优胜矣，劣败矣，其因虽皆由于人治，而自其表面观之，壹若天之有所爱憎也，是曰天择。"他借此鼓励国人"投袂奋兴"，以免于"灭亡"。②

梁启超亦是晚清进化思潮的大力宣传者，戊戌后流亡日本的梁启超以《清议报》《新民丛报》为阵地，不断向国人介绍、传播进化论思想，产生了相当广泛的影响。梁在接受进化论的同时，又对进化论的基本观点做出概括和表述。"他的这些概括和表述简单、清楚、明了，更决绝、更彻底、更一以贯之，适足以符合中国人对于一个新世界观（即对世界和自己历史命运的一个总解释）的需要，因此很快为多数人所接受和信仰，成为现代中国的主要意识形态。"进言之，"他对进化论的理解和解释，使得进化论逐渐凝固为一种完整的意识形态"。③

在梁启超笔下，进化论被上升到所谓"公理"（"公例"）的高度：

---

① ［美］林毓生：《中国意识的危机——"五四"时期激烈的反传统主义》，穆善培译，贵州人民出版社 1986 年版，第 50 页。
② 黄克武：《近代中国的思潮与人物》，九州出版社 2013 年版，第 359 页。
③ 张汝伦：《现代中国思想研究》，上海人民出版社 2001 年版，第 33 页。

"盖生存竞争，天下万物之公理也，既竞争则优者必胜，劣者必败。此又有生以来不可避之公例也。"① "夫进化者，天地之公例也。"② 虽然普西（Pusey）认为梁启超对进化论的了解完全是皮毛性的，梁氏所阐释的进化论与西方生物学意义上的进化论相较而言，或许存在龃龉。但是，与其这样指认，倒不如说梁启超等晚清知识分子所关注的本身就不是原教旨意义上的生物进化论，而是"进化主义"对摆脱民族危机、构建现代民族国家的工具价值与实践功能，出发点的不同也就导致了晚清知识人不可能对西方进化论作纯学理性的研究。正是出于救亡图存的现实考虑，梁启超在介绍作为"公理"的进化论的同时又对其做出必要的改动，其中最为明显的就是对进化过程中"人力"因素的置重。梁启超一方面继承了严复"鼓民力，开民智，新民德"的理论，认为在"优胜劣汰"的进化法则主宰之下，要不被淘汰，"一言以蔽之曰，广民智振民气而已"③。另一方面在具体论说中又故意高扬"人力"与"天命"的对抗："吾以为力与命对待者也。凡有可以用力之处，必不容命之存立。""故有命之说，可以行于自然界之物，而不可行于灵觉界之物。"④ 甚至说"人治"的根本就是与"天行"相抗："人治者，常与天行相搏，为不断之竞争者也。"⑤ 在《国家运命论》一文中，梁氏更是否认"由他力所赋以与我，既已赋与，则一成而不可变者"的命定论，相反，他认为"国家之所以盛衰兴亡，由人事也，非由天命"⑥。总之，在梁启超看来，"优胜劣汰""适者生存"的进化法则作为"公理"固属"命之范围"，不仅不以人的意志为转移，更是无法逃避的，但是"若何而自勉为优者适者，以求免于劣败淘汰之数？此则纯在力之范围，与命丝毫无与者也"，"故明夫天演之公理者，必不肯弃自力于不用而惟命之从也"⑦。梁氏对于进化论的解读再次落脚在"自力"之上，这样，源于西方世界的"自然进化论"便被梁启超改造成"人力进化论"，而所谓"人力"究其根本就是一股意志力量。因此，进化论与唯意志论在梁启超这里就呈现出融合之势。

① 梁启超：《自由书·豪杰之公脑》，《梁启超全集》第1集，北京出版社1999年版，第354页。版本下略。
② 梁启超：《新民说》，商务印书馆2016年版，第122页。
③ 梁启超：《清议报一百册祝辞并论报馆之责任及本馆之经历》，《梁启超全集》第2卷，第478页。
④ 梁启超：《子墨子学说》，《梁启超全集》第11卷，第3165页。
⑤ 梁启超：《新民说·论毅力》，《梁启超全集》第3卷，第702页。
⑥ 葛懋春、蒋俊编选：《梁启超哲学思想论文选》，北京大学出版社1984年版，第224页。
⑦ 梁启超：《子墨子学说》，《梁启超全集》第11卷，第3165页。

　　读解进化思潮中的唯意志论倾向，在革命派诸人那里也有鲜明的表现。革命派在承认进化的自然过程的同时，更加看重人类通过革命等手段主动创造"进化"进而改变民族国家命运的做法，"革命军马前卒"邹容大声疾呼道："革命者，天演之公例也。革命者，世界之公理也。革命者，争存争亡过渡时代之要义也……革命者，由野蛮而进文明者也。"[1] 革命不仅成为促进社会进化的手段，更成为推动社会进化的动力。孙中山指出："自然与人事，固绝对之不同也。"因此，他对严复将"Evolution"翻译成"天演"甚为不满，认为"Evolution 在赫胥黎之书应译为'进化'乃合，译为'天演'则不合；以进化一学，有天然进化、人事进化之别也"。[2] 在与改良派的论战中，为了抵制对方的渐进论思想[3]，孙中山等革命党人提出以"突驾"说[4]为代表的激进进化论，为此他们在阐释进化论时不得不将宇宙自然与人类社会两分，一方面认为在进化过程中，人类超越了其他生物，人类是物质与精神的高度统一体，"世界上仅有物质之体，而无精神之用者，必非人类"[5]；另一方面，以此为基础，认为人的意志和力量足以控制、驾驭进化过程，孙中山明确指出，世界上存在两种进化的力量，一种是"自然力"，一种是"人为力"："世界中的进化力，不止一种自然力，是自然力和人为力凑合而成。"在他看来，"人为力"明显高于"自然力"，"人为的力量，可以巧夺天工，所谓人事胜天"[6]。所以，孙中山把复兴中国的希望完全寄托在人为的进化上，"我们绝不要随天演的变更，定要为人事的变更，其进步方速"。[7] 即便此时对进化论

---

[1]　邹容：《革命军》，张枏、王忍之编：《辛亥革命前十年间时论选集》第 1 卷（下册），生活·读书·新知三联书店 1960 年版，第 651—653 页。

[2]　孙中山：《平实尚不肯认错》，《孙中山全集》第 1 卷，中华书局 1981 年版，第 385 页。

[3]　康有为主张"公羊三世说"，认为人类历史从据乱进而为升平再进而为太平世，这是个循序而行、进化有渐的过程，不可躐等（参见其《论语注》《中庸注》《礼运注》等）；严复也称："其演进也，有迟速之异，而无跃进之时。故公例曰：万物有渐而无顿。"（《政治讲义》，《严复集》第 5 册，第 1265 页）；梁启超则发挥其师说"义取渐进更无冲突"的进化史观（《南海康先生传》）。

[4]　孙中山指出世界上有些国家曾由弱"一跃而为头等强国"，有些国家则"由野蛮一跃而为共和"，他称这种后进赶上先进的飞跃为"突驾"，并且认为中国可以"突驾"日本，超胜西方。孙中山：《在东京留学生欢迎大会的演说》，《孙中山全集》第 1 卷，中华书局 1981 年版，第 278—279 页。

[5]　孙中山：《在桂林对滇赣粤军的演说》，《孙中山全集》第 6 卷，中华书局 1985 年版，第 12 页。

[6]　孙中山：《三民主义·民族主义》，《孙中山全集》第 9 卷，中华书局 1986 年版，第 197 页。

[7]　孙中山：《在东京中国留学生欢迎大会的演说》，《孙中山全集》第 1 卷，中华书局 1981 年版，第 281—282 页。

持审慎态度的章太炎，也并未放弃对进化过程中意识力量的肯定，"吾不谓进化之说非也，即索氏之所谓追求者，亦未尝不可称为进化"，并一再强调"进化之实不可非"，认为人类知识、智慧是不断进步的，"惟言知识进化可尔"①。

总结上述，自19世纪80年代后期以降，进化思想在中国的传播便产生了与西方生物学意义迥然不同的理论特色，从郑观应的"以人事补天工，役天工于人事"，严复的"以人持天"，梁启超"人治"对"天行"的对抗，到孙中山的"人事胜天"的"突驾"论，进化论早已逸出其生物学范畴，成为晚清知识人认识时局进而拯救危亡的一种理论架构。在无可逃避的优胜劣汰的世界进化图景中，晚清知识人不甘于传统宿命论的进化观，而是迫不及待地试图改变落后现状，为此无论是转型期的改良阶段还是革命阶段，晚清知识人均在接受作为"公理"的进化论之同时，更多地注入了"人力"的因素，简言之就是人的意志力量，于是伴随着进化论而来的崇尚进步的乐观主义信念便被置换成对人之精神、意志的信仰，因此晚清思想界才涌现出一种高扬主观精神的时代现象。鲁迅的进化观乃至其早期思想之建构正是在这一思想背景下，沿着近似的运思理路逐步成型的。

三 精神进化论：鲁迅早期进化观之特质

鲁迅早在南京矿路学堂读书时就接触了严复的《天演论》，其时"看新书的风气便流行起来，我也知道了中国有一部书叫《天演论》"，"一口气读下去，'物竞''天择'也出来了，苏格拉第，柏拉图也出来了，斯多噶也出来了"。尽管本家老辈竭力反对，可鲁迅"仍然自己不觉得有什么'不对'，一有空闲，就照例地吃侉饼，花生米，辣椒，看《天演论》"②。在另一处地方，鲁迅同样给予严复很高评价："严又陵究竟是'做'过赫胥黎《天演论》的……是一个19世纪末年中国感觉敏锐的人。"③ 说严复"做"过《天演论》实在不错，有学者指出，严格说来，《天演论》"并不是赫胥黎的东西，而是严复的创造"④。尤其是严复在其间所加的不少"按语"，事实上已经脱离了原文的意思，而在无形中形塑着国人理解进

---

① 太炎：《俱分进化论》，《民报》第7号，1906年9月5日。
② 鲁迅：《朝花夕拾·琐记》，《鲁迅全集》第2卷，第305—306页。
③ 鲁迅：《热风·随感录二十五》，《鲁迅全集》第1卷，第311页。
④ 叶德浴：《鲁迅与〈天演论〉、进化论》，中国社会科学院文学研究所鲁迅研究室编：《鲁迅与中外文化的比较研究》，中国文联出版公司1986年版，第318页。

化论的思维框架。据许寿裳回忆，直到留日时期，提及《天演论》，"鲁迅有好几篇能够背诵"①，由此可见鲁迅对严译《天演论》印象之深。直到严复译《社会通诠》出版后，引起了《民报》社多人反驳②，尤其是章太炎的《社会通诠商兑》一文，彻底改变了鲁迅对严复的态度，并且给了他一个"载飞载鸣"的绰号。③ 其实，即便此时鲁迅对严复的嘲讽也并非针对严复本人，时过境迁，此时在革命思潮影响下的鲁迅自然不会认可严复的改良主张。但无论如何，进化论的确对青年鲁迅产生了深远影响，晚年他在跟冯雪峰谈及这一话题时说：

> 进化论对我还是有帮助的，究竟指示了一条路。明白自然淘汰，相信生存竞争，相信进步……
> 那时候（指一九〇七年前后），相信精神革命，主张解放个性，简直是浪漫主义，也还是进化论的思想。主张反抗，主张民族革命，注重被压迫民族的文学作品和同情弱小者的反抗的文学作品的介绍，也还是叫人警惕自然淘汰，主张生存斗争的意思。④

由此我们不仅可以看出青年鲁迅对进化论信仰之虔诚，同时这段话也透露出鲁迅进化观的若干特质：1. 对于以生存竞争为核心理念的普遍进化主义的信奉；2. 相信进步的乐观主义态度，进化论的线性思维为鲁迅提供了一条上升的渠道；3. 在进化主义支配下以文学为手段主张精神革命，要求个性解放。前两点基本属于时人的共识，鲁迅的独特性恰恰在于第三点，即借助文艺运动来改造国民精神进而推动社会进步，这不仅构成了鲁迅进化观的特质，同时也奠定了鲁迅早期思想的整体倾向。那么，鲁迅早期的进化观是如何体现这一特质，又是怎样影响到其早期思想之建构的呢？我们还得回到具体文本。

作为鲁迅早期思想重要载体的五篇文言论文，或多或少均涉及这一时期鲁迅对于进化论的理解。写作时间最早的《人之历史》（《人间之历

---

① 许寿裳：《亡友鲁迅印象记》，鲁迅博物馆等选编：《鲁迅回忆录（专著）》上册，北京出版社 1999 年版，第 217 页。

② 参见罗福惠、袁咏红《一百年前由译介西书产生的一场歧见——关于严复译〈社会通诠〉所引发的〈民报〉上的批评》，《学术月刊》2005 年第 10 期。

③ 许寿裳：《亡友鲁迅印象记》，鲁迅博物馆等选编：《鲁迅回忆录（专著）》上册，北京出版社 1999 年版，第 218 页。

④ 冯雪峰：《回忆鲁迅》，人民文学出版社 1957 年版，第 20—21 页。

史》）着重从学术史的角度梳理生物进化论的发展历程，从古希腊智者德黎（Thales）到进化论集大成者达尔文（Ch. Darwin），鲁迅详尽梳理了西方进化主义的发展历程。可就是在这样一篇看似纯粹谈论学术史的文章中，鲁迅还是从人类进化史中发现了"超乎群动"的"人类之能"："人类进化之说，实未尝浅灵长也，自卑而高，日进无既，斯益见人类之能，超乎群动，系统何妨，宁足耻乎？"①鲁迅不仅批判了"病侪人类于猕猴，辄沮遏以全力"的保守思想，而且充分肯定了在进化过程中"人类之能"的巨大能动性。在其后关于具体学说的介绍中，鲁迅突出的依然是对于进化主体能动性的置重，拉马克将生物进化的动因归之于"适应"与"遗传"两途，并明显表现出对于"适应之说"的青睐："假有动物，雏而未壮，用一官独多，则其官必日强，作用亦日盛。至新能力之大小强弱，则视使用之久暂有差。"文章在介绍达尔文的自然选择学说时有意识地将"人择"与"天择"对举："天然之力，亦择生物，与人择动植无大殊，所异者人择出人意，而天择则以生物争存之故，行于不知不觉间耳"②，不仅"人择"出于人之意图，就是所谓"天择"，最终也要落实到争存之动物身上，这里的人与争存之动物相对于所谓的进化公理而言无疑体现出一种主体能动性。其后对海克尔的介绍同样如此，海克尔也将进化的动因归之于"遗传"与"适应"，所不同者，拉马克所谓的遗传主要是一种机械的被动的进化过程，而海克尔却将此内在化，称之为"生理作用"，"凡个体发生，实为种族发生之反复，特期短而事迅者耳，至所以决定之者，遗传及适应之生理作用也"③。海克尔将个体发生的最终动力归结于主体内在的生理作用，这显然也是对生物主体能动性的一种彰显。基于此，有论者指出："本篇的意图不在学术史而是'人'的历史，'人'取代'科学'（'进化论'）成为新的主题。"④准确地说，鲁迅关注的是主体性精神在生物进化过程中所发挥的作用。纵观早期五篇论文，《人之历史》实则是鲁迅在进化主义引导下展开的"精神革命"之第一步。

在《科学史教篇》中，鲁迅从史的角度勾勒出西方自希腊罗马以至18世纪后期几千年的科学发展历程，其间虽有曲折，但总体来看这无疑是一个不断进化的历史进程，"特以世事反复，时势迁流，终乃屹然更兴，蒸蒸以至今日。所谓世界不直进，常曲折如螺旋，大波小波，起伏万

① 鲁迅：《坟·人之历史》，《鲁迅全集》第1卷，第8页。
② 鲁迅：《坟·人之历史》，《鲁迅全集》第1卷，第12、13页。
③ 鲁迅：《坟·人之历史》，《鲁迅全集》第1卷，第14页。
④ 汪卫东：《鲁迅前期文本中的"个人"观念》，人民文学出版社2006年版，第6页。

状，进退久之而达水裔，盖诚言哉"①。易言之，西方科学发展史完全符合进化之公理，这一史实反过来强化了鲁迅生存竞争的进化意识。此外，鲁迅在梳理西方科学进化史时，充分肯定了古代科学家勇于探索未知世界的求知精神，"而尔时诸士，直欲以今日吾曹滥用之文字，解宇宙之玄纽而去之。然其精神，则毅然起叩古人所未知，研索天然，不肯止于肤廓，方诸近世，直无优劣之可言"②。在考察近代科学发展成就时，鲁迅又洞察到比科学本身更为关键的因素，进而对科学（发现）背后"超科学之力"展开追索："阑喀曰，孰辅相人，而使得至真之知识乎？不为真者，不为可知者，盖理想耳。""英之赫胥黎，则谓发见本于圣觉，不与人之能力相关。"经过一番考察，鲁迅最终得出这样的结论："故科学者，必常恬淡，常逊让，有理想，有圣觉，一切无有，而能贻业绩于后世者，未之有闻。"③由此可见，鲁迅对西方科学发展史的梳理是在进化观框架下进行的，这表明了他对普遍进化主义的肯认，换言之，进化主义已经成为鲁迅理解世界的一种理论架构。与此同时，他又不断将科学发展的动力归之于"精神""理想""圣觉"等主观因素，这充分彰显出鲁迅对主体精神作为科学进化之动力的肯定。至此，鲁迅通过对西方科学发展史的梳理所获得的认识——精神动力论的进化观已经浮出水面。

鲁迅在批评国人学习西方科学技术时，也是基于同样的思路。因为进化法则的普适性，所以后进国家要摆脱被瓜分的命运，必须向西方学习，但不能仅仅停留在"尊实利""摹方术"的层面。在鲁迅看来，"兴业振兵之说，日腾于口者，外状固若成然觉矣，按其实则仅眩于当前之物，而未得其真谛"④。国人把"兴业振兵"看作欧美强大的根本更是一种浅见，其实这些并非其"本柢而特蔍叶耳"，鲁迅指出，仅仅关注于"兴业振兵"方面的改革，中国不可能因此走向富强，即便成功也只能是昙花一现，"盖末虽亦能灿烂于一时，而所宅不坚，顷刻可以蕉萃，储能于初，始长久耳"⑤。鲁迅用中国传统文化中的本末概念⑥，充分表明其对科学背后精神的置重，因此他呼吁国人要"不为大潮所漂泛，屹然当横流，如

①　鲁迅：《坟·科学史教篇》，《鲁迅全集》第1卷，第28页。
②　鲁迅：《坟·科学史教篇》，《鲁迅全集》第1卷，第26页。
③　鲁迅：《坟·科学史教篇》，《鲁迅全集》第1卷，第29—30页。
④　鲁迅：《坟·科学史教篇》，《鲁迅全集》第1卷，第33页。
⑤　鲁迅：《坟·科学史教篇》，《鲁迅全集》第1卷，第35页。
⑥　青年鲁迅对"本末"及相关传统概念的运用，某种意义上也彰显出鲁迅早期思想建构中的本土因素。参见范阳阳《早期鲁迅与近代"文明本末论"》，《鲁迅研究月刊》2017年第9期。

古贤人"，这样才能突破对"兴业振兵"等表象的认识，亦才"能播将来之佳果于今兹，移有根之福祉于宗国"。可见，鲁迅在"科学史"的题目下，探讨的其实是科学发现背后的精神因素，在他看来精神不仅是科学发现的源头，更是社会进步的动力，同时亦是其"致人性于全"的理想人性的一部分。

如果说《科学史教篇》标志着青年鲁迅从科学时代向文学时代的过渡，那么《摩罗诗力说》则是鲁迅作为文学家的最初发言，文章主体部分详细介绍了以拜伦为首终以摩迦的摩罗诗人群体。吊诡的是，在推出摩罗诗人之前，鲁迅首先批判了传统中国绵延不绝的"尚古"史观："吾中国爱智之士，独不与西方同，心神所注，辽远在于唐虞，或径入古初，游于人兽杂居之世；谓其时万祸不作，人安其天，不如斯世之恶浊阽危，无以生活。"鲁迅指出，这种以"三代"为蓝本试图回向过去的历史观不仅与"人类进化史实"背道而驰，某种意义上也是近代中国"无希望""无上征""无努力"的思想根源，因此必须予以批判。相反，国人要直面"人类既出而后，无时无物，不禀杀机，进化或可停，而生物不能返本"①的普遍进化事实。在鲁迅看来，人类只有顺应不断进化的自然趋势，才能借势获得发展，"人得是力，乃以发生，乃以曼衍，乃以上征，乃至于人所能至之极点"。② 其实，这已经是典型的中国版本的进化观了，鲁迅一方面承认社会发展的不可逆性，另一方面认为在历史进化过程中，人类会以其主观能动性赢得发展机遇。这跟严复、梁启超等人的进化观相较，运思理路几无差别，其独特性在于，鲁迅将进化的动力从"人事""人力"等主观精神因素进一步落实为所谓的"诗力"，并顺势大张旗鼓地推出摩罗诗人。

但纵观整篇文章，其实"诗力"并非鲁迅的终极关注，毋宁说在鲁迅的思路中，"诗力"所起到的只是工具理性的价值存在，鲁迅更加看重作为"诗力"之留存并发生深远影响的"心声"："盖人文之留遗后世者，最有力莫如心声。"③ 那么，何谓"心声"？鲁迅又为何如此推崇"心声"？从文本来看，"心声"是指诗歌所具有的足以打动人心进而改变其主观精神的一种情感力量，鲁迅正是在此意义上将"诗人"定义为"撄人心者"，而且在对拜伦的介绍中特别欣赏其笔下的曼弗列特、卢希飞勒

---

① 鲁迅：《坟·摩罗诗力说》，《鲁迅全集》第 1 卷，第 69 页。
② 鲁迅：《坟·摩罗诗力说》，《鲁迅全集》第 1 卷，第 70 页。
③ 鲁迅：《坟·摩罗诗力说》，《鲁迅全集》第 1 卷，第 65 页。

等人物所彰显出的对主观精神、意志力量的高扬。可以说，鲁迅之所以介绍摩罗诗人，某种意义上就是要在优胜劣汰的进化世界图景中，借取摩罗诗人通过"诗力"所彰显出的意志力与反抗力，为萎顿、堕落的国民性注入一分生命活力和精神力量。此外，从统计学的角度看，"精神"在文中凡出现25次，其中24次出现在首尾总结性文字及关于拜伦、雪莱的介绍文字中，这两部分无疑是这篇文章的重点，在此意义上，与其说这篇文章的中心语词是"诗力"，不如说是"精神"。至此，我们可以看出鲁迅真正关注的其实是"诗力"背后的"精神"，在鲁迅看来，这种精神正是中国传统文学所缺乏的，同时也是晚清诸多改革运动所忽视的，所以，鲁迅在总结维新运动失败的教训后，直呼"精神界之战士贵矣"，并预言以精神界之革命为主的"第二维新运动"必将到来。这充分彰显出青年鲁迅的进化观是一种以精神变革为主要内容的精神进化论。

透过《文化偏至论》，同样可以看出进化论对于青年鲁迅的影响及其容受进化论的理论特色。文章从西方近代史的宏阔背景出发，指出"物质"与"众数"（"众庶"）是西方现代社会出现的文明"偏至"现象，因为这两者的单向发展导致了"主观之内面精神，舍之不执一省"及"以多数临天下而暴独特者"的不良后果。鲁迅认为，这在西方世界乃无奈之举，但是绝不可将这种弊端引进中国，因此，鲁迅一反当时社会主流在进化名义下对西方军事、物质、制度等外在因素的追求，独辟蹊径，提出了著名的"立人"主张："故将生存两间，角逐列国是务，其首在立人，人立而后凡事举：若其道术，乃必尊个性而张精神。"① 鲁迅对"个性"与"精神"的张扬与严复在《天演论》中对"精神强固者"的呼唤可谓如出一辙，正是在此意义上，钱理群指出："鲁迅这里所提出的'尊个性、张精神'而'立人'以求生存的思想，与上述赫胥黎'精神强固者'胜的思想之间，显然存在着继承关系。"② 不仅如此，晚清中国的进化思潮一开始就具有唯意志论的特质，鲁迅的进化观对精神因素的置重，恰恰回应了这一思想特质。但长期以来，诸多研究者一直认为早期鲁迅进化观中唯意志论倾向，主要受到尼采"凭意志摆脱命运"的影响，其中最为典型的是日本学者北冈正子的观点：

（鲁迅）在承认"自然规律"的时候，他又在进化论中增加了尼

---

① 鲁迅：《坟·文化偏至论》，《鲁迅全集》第1卷，第58页。
② 钱理群：《鲁迅与进化论》，《中国现代文学研究丛刊》1980年第2期。

采的"凭意志摆脱命运"这样一个观点。于是，人类历史就不再是被"自然规律"决定的被动物，而成为"意志"不断与"规律"抗争并实现自我的过程。①

青年鲁迅受到尼采思想影响是毋庸置疑的事实，但尼采思想是否构成鲁迅进化意志的唯一思想资源？值得注意的是，就在上引北冈正子的那段话前面，还有一句被作者用括号括起的话，即鲁迅"反对当时严复的进化论对'自然规律'的被动理解"②。然而果真如此吗？换言之，严复的进化论果真是屈服于自然规律的机械进化观吗？事实显然并非如此。严复的进化观是介于斯宾塞和赫胥黎之间的一种复合式结构，某种意义上，梁启超等人亦可作如是观。北冈正子的上述解读显然是有意压抑了严复进化论思想中的这层因素，而将之全面交给了尼采，于是才引起后来诸多的误解。事实上，在中国近代思想史、哲学史领域，早有学者提醒我们不能草率地将鲁迅早期思想的唯意志论倾向简单地归之于尼采的影响：

> 章太炎主张"依自不依他"，反对功利说；鲁迅当时也持这种看法，他和章太炎一样，有唯意志论的倾向，这不能简单的归之于尼采哲学的影响，而应当从当时社会关系来解释。③

这一说法虽然稍显简单，但足以提醒我们不应忽视鲁迅思想产生的传统语境与现实土壤，特别是章太炎等人对他的直接影响。事实上，不仅鲁迅的唯意志论思想受到章太炎影响，鲁迅的进化观同样留有章太炎的痕迹。章太炎早期进化观中就孕育着一种类似于进化意志的精神因素："物苟有志，强力以与天地竞，此古今万物之所以变。变至于人，遂至不变乎？"④以进化主体的内在强力冲破天地之设限，从而最终实现自我，这显然是一种意志驱动的进化论。后来，在反驳康有为等改良派论调时，章太炎更是指出"拨乱反正，不在'天命'之有无，而在人力之难易"⑤，不仅将

---

① 引自［日］伊藤虎丸《鲁迅、创造社与日本文学——中日近现代比较文学初探》，李冬木等译，北京大学出版社2005年版，第244页。

② 引自［日］伊藤虎丸《鲁迅、创造社与日本文学——中日近现代比较文学初探》，李冬木等译，北京大学出版社2005年版，第244页。

③ 冯契：《中国近代哲学的革命进程》，上海人民出版社1989年版，第379页。

④ 《章太炎全集》第3卷，上海人民出版社1984年版，第27页。

⑤ 汤志钧编：《章太炎政论选集》，中华书局1977年版，第202页。

"天命"与"人力"对举进而凸显"人力"重要性的思路，与晚清进化思潮别无二致，甚至直接宣称"夫欲自强其国种者，不恃文学工艺，而惟恃所有之精神"①，"精神"成为"强其国种"的最后支撑，由此可见章太炎进化论的理论特色。李泽厚在考察章太炎与鲁迅师承关系时指出："总之，主张以精神、道德、宗教而不是以物质、科学、进化，来作为革命的推动力量和改革武器，来作为首要的宣传任务和工作课题。章太炎的这种思想与鲁迅原来重视国民性的改造，有相通和接近之处。"②

　　在未完稿的《破恶声论》中，鲁迅则通过对"崇侵略"之恶声的批判，分别评骘了三种不同的人性，即"兽性"、"人之性"与"奴子之性"。纵观鲁迅对这三者的分辨，可以看出，在鲁迅而言，这三者之间实则存在着一种近乎进化的动态发展。人类的出现本身就是一个自然界长期进化的过程，"人类顾由眆，乃在微生，自虫蛆虎豹猿狁以至今日"。所谓"兽性"是指人在进化过程中遗留下来的"嗜杀戮侵略之事，夺土地子女玉帛以厌野心"③等动物本能，鲁迅这里用来特指"执进化之良言，攻小弱以逞强，非混一寰宇，异种悉为其臣仆不慊也"的侵略行为；"人性"则明显由"兽性"进化而来，是其中"光华美大"的部分，如"宝爱和平""恶喋血，恶杀人，不忍离别，安于劳作"等品性，在鲁迅看来，这些正是理想人性不可或缺的组成部分，"人之性则如是"。然而，中国当下之所谓"崇侵略者"，他们不仅崇强国，而且侮"胜民"，鲁迅愤慨指出这种行为无异于"自反于兽性"的倒退，甚至为兽性爱国者所不齿，因为这种言论事实上潜隐着堕落为"奴子之性"的可能④。由此可见，在鲁迅的思维理路中，兽性、人性、奴性三者之间存在着一个近乎循环论的进化模式，一方面是由"兽性"到"人之性"的不断进化，另一方面"人之性"又可能堕落为"奴子之性"，这与其在《科学史教篇》中提出的"世界不直进"的进化观如出一辙。但是，进化论不仅赋予鲁迅一种理解外部世界的理论框架，更给予其乐观主义的积极心态，"进化论对鲁迅的影响，最终表现在他对于人类文化和人性的乐观主义态度上"，进言之，鲁迅之所以相信"历史的可改变性，是基于人性可改变性的设定"⑤。这一逻辑前提也就成为鲁迅抵御"人之性"向"兽性""奴

①　汤志钧编：《章太炎政论选集》，中华书局1977年版，第206页。
②　李泽厚：《中国近代思想史论》，人民出版社1979年版，第445页。
③　鲁迅：《集外集拾遗补编·破恶声论》，《鲁迅全集》第8卷，第33页。
④　鲁迅：《集外集拾遗补编·破恶声论》，《鲁迅全集》第8卷，第36页。
⑤　周令飞主编：《鲁迅思想系统研究》，人民日报出版社2016年版，第84页。

子之性"堕落的人性基础。在鲁迅看来，只要激发起人类"超越禽虫"的愿望，就有能力超克兽性，"是故嗜杀戮攻夺，思廓其国威于天下者，兽性之爱国也，人欲超禽虫，则不当慕其思"。鲁迅"令兵为人用，而不强人为兵奴"的说法，也充分表现出他对人性善，依然充满信心。而"奴子之性"毕竟不同于"兽性"，况且只存在于少数"崇侵略者"身上，人类对于和平的渴求还是根本。鲁迅一方面力劝崇侵略者要"反诸己也"，另一方面又告诫"华土壮者""勇健有力，果毅不怯斗，固人生宜有事，特此则以自戳，而非用以搏噬无辜之国"①。此外，鲁迅又从贝姆、拜伦等人扶掖危邦、勇于抗争的人格精神中看到了阻止奴性的希望，即是说，鲁迅再次将人类进化的动力拉回到人性自身，由此彰显出鲁迅在进化过程中对人之主体性精神的置重。

　　总之，晚清进化思潮自输入国门起便改变了其西方世界生物学属性的理论形态，成为国人解读数千年未有之大变局的一种理论架构，特别是经过严复、梁启超等人的大力改造，在原有优胜劣汰、适者生存的"天演"法则中，注入了"以人持天"的主体性精神力量，使得进化思潮一开始便与晚清唯意志论思潮呈重合之势。这种重合绝非巧合，"无论在中国还是在西方，进化论都与唯意志论思潮有极其错综复杂的联系。……中西唯意志论思潮的高峰期，无疑都与进化论踏着同样的节拍，这就提示我们，不应将它们看作偶然的巧合，进化论与唯意志论之间不仅存在着一种外在的关系。世纪之交的中国进化论哲学给中国的志士仁人提供了可用于民族自救、社会改革的世界观，正是整个世界图式中凸显的主体实践能动性理论，成为唯意志论思潮的载体"。② 青年鲁迅的进化观也不例外，无论是从严复、梁启超方面还是从孙中山、章太炎方面来说，鲁迅从中所接受的"进化主义"均有着强调主观精神因素的理论特色。由此出发，无论是对于纯粹学术史的梳理还是对于社会文化问题的判断，甚至对于现实政治的评骘，青年鲁迅均从这一角度着眼。简言之，鲁迅的进化观在继承前人基础上又表现出鲜明的个人特质，"进化"及其作为动力源头的"精神"成为鲁迅早期思想的关键语词③，并由此影响到其早期思想的整体建构。

---

① 鲁迅：《集外集拾遗补编·破恶声论》，《鲁迅全集》第 8 卷，第 34—36 页。

② 高瑞泉：《天命的没落——中国近代唯意志论思潮研究》，"跋"，上海人民出版社 1991 年版。

③ 北冈正子也认为鲁迅的进化观乃是"专以人的历史为主要对象并且将其作为精神进化过程的一个历史观"。引自李冬木《关于羽化涩江保译〈支那人气质〉》（下），《鲁迅研究月刊》1999 年第 5 期。

第三章 鲁迅早期"意力主义"的中学背景

青年鲁迅在介绍西方"新神思宗"思想家时，以"意力"对译其"意志"，视之为矫正西方 19 世纪物质文明偏至发展的一剂良药，也是晚清中国亟须输入、大力弘扬的一种主体性精神。就鲁迅早期思想的演进来看，对"意力主义"的推崇，可谓其思想发展的一个基点，鲁迅从"摩罗诗力"的倡导到"立人"主张的提出，甚至对国民性问题的关注，某种意义上均是其"意力主义"的逻辑推演。遗憾的是，多年来学界一直热衷于对鲁迅"意力主义"西方思想资源的研究，相对忽视了对鲁迅接受唯意志论思潮的本土语境及相关学术背景的考察。作为背景存在的"中学"无疑为鲁迅接受西学提供了一整套先验的思维习惯与价值预设，这些不仅决定了鲁迅对西方思想资源的解读，反过来也影响到鲁迅对中国传统思想文化的理解。因此，从作为背景的"中学"去考察青年鲁迅提出"意力主义"的相关语境，对深入理解鲁迅这一思想的形成与演进具有重要学术意义。

一 作为背景的"中学"与鲁迅"意力主义"的提出

鲁迅留日时期的几篇文言论文均表现出对"主观之内面精神"的置重，从最初对生物进化中"人类之能"的发现，到对作为科学根源的"神思""圣觉"的追寻，再到对于"摩罗诗力"背后的"内曜""心声"的张扬，甚至对宗教"足充人心向上"之价值的肯认，莫不如是。而鲁迅在《文化偏至论》中提出的所谓"意力主义"，不仅是这一思想倾向的集中展现，某种意义上甚至可以视作鲁迅早期思想建构的核心视点。

> 时乃有新神思宗徒出，或崇奉主观，或张皇意力，匡救流俗，厉如电霆，使天下群伦，为闻声而摇荡。即其他评骘之士，以至学者文家，虽意主和平，不与世近，而见此唯物极端，且杀精神生活，则亦

悲观愤叹，知主观与意力主义之兴，功有伟于洪水之有方舟者焉。①

在西方世界，"主观与意力主义"思潮是力抗 19 世纪"唯物"之俗而起的。宗教改革不仅带来了前所未有的思想自由，物质文明也因此迎来了空前繁荣，"故至十九世纪，而物质文明之盛，直傲睨前此二千余年之业绩"。但与此同时，物质主义的弊端也日益彰显，"递夫十九世纪后叶，而其弊果益昭，诸凡事物，无不质化，灵明日以亏蚀，旨趣流于平庸，人惟客观物质世界是趋，而主观之内面精神，乃舍置不之一省"。② 这种"重其外，放其内，取其质，遗其神"的物质主义的单向发展导致了整个西方文明的"偏至"，职是之故新神思宗徒"示主观倾向之极致"来力抗时俗。而"意力主义"又是主观主义的一种极端现象，推崇"意力"所内蕴的主体性精神，所以尼采期待"意力绝世，几近神明之超人"的出世，易卜生描写的也都是"以更革为生命，多力善斗，即忤万众不慑之强者也"，叔本华则径直将"意力"置于"世界之本体"的形而上地位："故如勖宾霍尔所主张，则以内省诸己，豁然贯通，因曰意力为世界之本体也。"③

　　青年鲁迅虽无措意于世界之本体的哲学追问，但通过对新神思宗的绍介，鲁迅不仅认识到"意力主义"矫正西方 19 世纪文明偏至发展的历史贡献，而且从中看到了"意力主义"所内蕴的巨大精神力量，禁不住发出对"绝大意力之士"的赞赏："惟有刚毅不挠，虽遇外物而弗为移，始足作社会桢干。排斥万难，黾勉上征，人类尊严，于此攸赖，则具有绝大意力之士贵耳。"④ 晚清中国的现实处境虽与 19 世纪后期的西方世界不可同日而语，但同样面临着冲破现状的历史任务。换言之，鲁迅在新神思宗的启示下，认识到"意力主义"不仅是纠偏西方文明偏至发展的一剂良药，同时也是拯救晚清危局亟须张扬的一种主体性精神。因为鲁迅一方面指出晚清中国最大的问题并不在于军事、经济或政治体制的滞后，而在于国民信仰的缺席和创造意志的丧失，说到底就是一种无主体性的人格精神的塌陷。⑤ 另一方面，鲁迅通过梳理西方文明史，认识到世界文明的发展

---

① 鲁迅：《坟·文化偏至论》，《鲁迅全集》第 1 卷，第 54 页。
② 鲁迅：《坟·文化偏至论》，《鲁迅全集》第 1 卷，第 54 页。
③ 鲁迅：《坟·文化偏至论》，《鲁迅全集》第 1 卷，第 56 页。
④ 鲁迅：《坟·文化偏至论》，《鲁迅全集》第 1 卷，第 56 页。
⑤ 如鲁迅借尼采的话所说的："特其为社会也，无确固之崇信；众庶之于知识也，无作始之性质。"（鲁迅：《坟·文化偏至论》，《鲁迅全集》第 1 卷，第 50 页）

趋向必然是崇尚主观精神的 20 世纪文明取代奉物质主义为圭臬的 19 世纪文明，这种崇尚"主观和意力主义"的主体性精神的获致，将使得晚清中国跨越 19 世纪文明而与西方世界共同抵达 20 世纪文明，"二十世纪之新精神，殆将立狂风怒浪之间，恃意力以辟生路者也"。① 即是说，在鲁迅看来，意力主义的发扬不仅可以弥补国民人格的缺陷、培植主体性精神，而且能够在 20 世纪的文明版图上与西方世界并驾齐驱。因此，鲁迅对意力主义的推崇是从中外思想史的双重考察中得出的结论。其实，在《摩罗诗力说》中，鲁迅已经意识到"意志"所高扬的主体性精神力量，他在对拜伦的介绍中极力强调其重视意志的一面，称赞《海贼》主人公康拉德"惟以强大之意志，为贼渠魁，领其从者，建大邦于海上"，更欣赏他"权力若具，既用行其意志，他人奈何，天帝何命，非所问也"② 的特立独行的精神。到《文化偏至论》，鲁迅以"意力"取代"意志"，径直提出所谓"意力主义"，这一方面固然留有叔本华、尼采等唯意志论思想的痕迹，另一方面又是鲁迅自觉接受近代中国"力本主义"思潮影响的结果。

　　长期以来，研究者的注意力主要集中于鲁迅"意力主义"的西方思想资源，即以叔本华、尼采为代表的西方唯意志论思潮对青年鲁迅之影响，相对忽视了鲁迅接受这一思想的本土语境及其学术渊源。虽然从鲁迅的教育背景看，1898 年求学南京后，"中学"只是作为一种知识背景存在于鲁迅心中，而且不断进入其视野的"新学"／"西学"还在逐渐挤压着"中学"的生存空间，甚至改变着鲁迅对"中学"的认知。但对鲁迅来说，作为背景的"中学"的影响依然不可小觑，尤其是在他接受西学时，"中学"所提供的一套根深蒂固到几乎无法察觉的思维范式及其内蕴的价值预设，实际上已经形成了一种接受主体对于异质文化理解的先验编码。某种意义上，鲁迅对他种文化的容受必须转化成这种熟悉的编码才可能实现。因此，对鲁迅来说，作为背景的"中学"并未远去，毋宁说正在以一种更为隐蔽更为基本的方式发挥影响。美国学者墨子刻在谈到西方思想对近代中国的影响时，援引拉尔夫·林顿的话指出："文化传播是一条双轨线，它同时取决于输入的观念的有效性和促成这种输入的内部刺激的广泛性。二者中任何一方都不可或缺。"换言之，面对汹涌而至的西学，"中国人的头脑不是一块可以随意接受外部知识的白板"③。墨氏据此认

---

① 鲁迅：《坟·文化偏至论》，《鲁迅全集》第 1 卷，第 57 页。

② 鲁迅：《坟·文化偏至论》，《鲁迅全集》第 1 卷，第 77 页。

③ ［美］墨子刻：《摆脱困境——新儒学与中国政治文化的演进》，颜世安、高华、黄东兰译，江苏人民出版社 1996 年版，第 16—17 页。

为，"西方影响的作用在整个近代中国的思想舞台中是微乎其微的"，"中国知识分子对西方思想的接受，仅限于将其当作实现其承自传统的基本目的和价值的工具"①。即是说，西方资源对于处在危机中的中国近代知识分子而言，只是一种工具性的存在，其思想和情感的内核仍然是中国传统文化，"近代中国的思想变迁主要与传统的紧张寻求新的缓解有关"②。虽然张灏认为墨子刻的这一观点某种意义上忽视了西方资源对中国近代思想所产生的多方面的冲击作用，但他仍然指出这一观点值得我们进一步思考，甚至由此质疑西方资源对于近代中国思想所产生的真实冲击度。

墨子刻的这一观点，对于我们反思鲁迅与中国近代思想文化的关系同样不无启发，事实上不少对鲁迅与中国近代思想关系的解读，均是从既有价值立场出发的一种"六经注我"式的研究。先验的价值判断、思维范式某种意义上限制了他们对研究对象展开更细致、更缜密的研究。我们认为，只有把鲁迅放回到形塑其思想的时代语境中加以勘察，才能辨析出鲁迅思想的由来以及各种思想因子在其中的位置。考察鲁迅对西方"意力主义"的吸收，亦当如此。那么，鲁迅的"意力主义"究竟何指，它与西方唯意志论思潮有何不同？在鲁迅提出"意力主义"的本土语境中，哪些思想因子构成了先在的学术背景或思想资源，为其提供了相近的思维范式？

在笔者看来，鲁迅之所以瞩目于西方唯意志论思潮，不仅从思想渊源上说儒家道德哲学与西方唯意志论思潮之间存在着一种结构相似性③，而且晚清社会有着一个与之相应的本土思想语境。进言之，在鲁迅那里，"意力"沾染了更多近代中国的文化素质，有着不同于西方本源意义上的"意志"的更为切实的所指。鲁迅对于西方唯意志论思潮的吸收不仅有其现实针对性，更有着与之相当的本土思想氛围。④ 其中，晚清以降逐渐复兴起来的陆王心学，以及在此基础上兴起的"心力"说对主观精神的推

---

① ［美］张灏：《危机中的中国知识分子：寻求秩序与意义，1890—1911》，高力克、王跃译，中央编译出版社 2016 年版，第 237 页。

② ［美］张灏：《危机中的中国知识分子：寻求秩序与意义，1890—1911》，高力克、王跃译，中央编译出版社 2016 年版，第 215 页。

③ 参见周令飞主编《鲁迅思想系统研究》，人民日报出版社 2016 年版，第 88 页。

④ 具体说来，作为鲁迅容受西方唯意志论思潮之知识背景的本土语境主要有以下几点：1. 晚清以降逐渐复兴的陆王心学，以及在此基础上兴起的"心力"说对于主观精神的推崇；2. 晚清佛学思潮对于"自性"观念的宣扬，特别是章太炎"依自不依他"学说对鲁迅的影响；3. 作为载体的进化论对进化"意志"的强调，激发起鲁迅对进化过程中意志因素的追求。

崇，对鲁迅影响尤巨。其实，在近代中国思想语境中，无论是源于儒家的"心力"，还是承自佛家的"自性""自心"观念，抑或是因对西方进化动力误读而来的所谓进化"意志"，虽然这些概念渊源不同却存在着某种共通性：一方面凸显出晚清知识人试图克服 19 世纪中叶以来与日俱增的民族危机所做的努力，另一方面又不约而同地将注意力集中到国人所欠缺的精神、意志、生命力的层面。即是说，鲁迅对西方新神思宗的介绍是在一种与之相当的话语环境中进行的，而构成这一场域的除去鲁迅接触到的日本材料，我们不应忽视晚清知识人借助报纸、杂志及各种学术团体所形成的话语网络。相对于日本资源而言，由晚清思想家主导的这一话语场域不仅进入鲁迅视野更早，影响也更为深远，其所提供的思维习惯与范式意义，对鲁迅早期思想的建构具有不可估量的重要意义。以下主要以"心力"一词为线索，具体考察晚清以降陆王心学之复兴及其对鲁迅"意力主义"生成之影响。

二　晚清知识人对"心力"的高扬

19 世纪中叶以降，"心力"成为中国思想文化界使用频率颇高的一个基本用语，据王汎森等人考察，"心力"最初出现于《尚书·大禹谟》："尔尚一乃心力，其克有勋"①，《左传》中也有"尽心力以事君"之类的话。但此时的"心力"只具"心思"和"才力"的字面意义，并非一个严格意义上的哲学概念，更没有沾染上唯意志论色彩。"心力"成为重要哲学范畴始自开近代风气的龚自珍，龚氏对"心力"一词情有独钟，不仅在他的诗句中频频出现"心力"二字，如"猛忆儿时心力异，一灯红接混茫前"②"多识前言畜其德，莫抛心力贸才名"③ 等，更是在《壬癸之际胎观第四》中直呼："心无力者，谓之庸人。报大仇，医大病，解大难，谋大事，学大道，皆以心之力。"④ 如果说出现在龚自珍诗句中的"心力"只是一种不自觉的沿用的话，那么明确将"心力"解为一切凭依的"心之力"，则是龚氏的首创。与此同时，原本并列存在的"心"与"力"，在龚氏这里已悄然发生变化，"心"上升为近乎本体的终极范畴，是第一性的，"力"则退居其次，成为"心"的一种能量表征。至此，龚自珍完成了对"心力"这一概念的锤炼，剥离了"心力"原有的杂乱因

---

① 王汎森：《中国近代思想与学术的系谱》，河北教育出版社 2001 年版，第 141 页。
② 《龚自珍全集》，上海人民出版社 1975 年版，第 495 页。
③ 《龚自珍全集》，上海人民出版社 1975 年版，第 537 页。
④ 《龚自珍全集》，上海人民出版社 1975 年版，第 15—16 页。

素，主要取其主体意志之意，从而大致界定了作为思想史概念的"心力"的所指。但深入思想史脉络，可知龚自珍对"心力"的推崇并非个案，而是清中叶以来陆王心学思潮复兴的必然结果。

清嘉道以还，学术界逐渐走出了汉宋对峙的传统格局，心学在理学的外衣下获得一定程度的发展，崇尚考据的传统士大夫再次将目光转向处于边缘位置的王学。与程朱主张"性即理"不同，陆王竭力推崇"心即理"。陆九渊谓："四端者，即此心也；天之所以与我者，即此心也。人皆有是心，心皆具是理，心即理也。"① "心"取代"性"成为"理"之最后凭依，因此，"心"也就上升为一种本体论意义上的存在。陈白沙在此基础上提出"心具万理"的命题："君子一心，万理完具。事物虽多，莫非在我。此身一到，精神具随。"② "君子一心，足以开万世。"③ "心"进一步演化为万物之源、万理之理。王阳明则重申了这一主张："天下之事虽千变万化，而皆不出于此心之一理"④，并直言："我的灵明，便是天地鬼神的主宰。"⑤ 龚自珍等人之所以能够拈出"心力"并使之成为一个具有独特所指的思想史概念，应该说是主动接受陆王心学影响的结果，而"心力"概念的提出与传播，又反过来为晚清王学的流行铺平了道路。即是说，作为思想史概念的"心力"的盛行，与清中叶以来的王学复兴思潮息息相关。为此，有必要回顾一下晚清王学复兴的大致轨迹。

龚自珍的"自我"创造历史说，某种意义上正是对陆王心学"宇宙便是吾心，吾心便是宇宙"⑥ 观点的继承和发挥：

> 天地，人所造，众人自造，非圣人所造。……众人之宰，非道非极，自名曰我。我光造日月，我力造山川，我变造毛羽肖翘，我理造文字语言，我气造天地，我天地又造人，我分别造伦纪。众人也者，骈化而群生，无独始者。……有众人已，有日月；有日月已，有旦昼。日月旦昼，人所造，众人自造，非圣人所造。⑦

① 《陆九渊集》，钟哲点校，中华书局 1980 年版，第 149 页。
② 陈献章：《论前辈言铢视轩冕尘视金玉》，《陈献章集》（上），中华书局 1987 年版，第 55 页。
③ 陈献章：《无后论》，《陈献章集》（上），中华书局 1987 年版，第 57 页。
④ 王守仁：《博约说》，吴光等编校：《王阳明全集》，上海古籍出版社 2011 年版，第 298 页。
⑤ 王守仁：《传习录下》，吴光等编校：《王阳明全集》，上海古籍出版社 2011 年版，第 141 页。
⑥ 《陆九渊集》，钟哲点校，中华书局 1980 年版，第 483 页。
⑦ 《龚自珍全集》，上海人民出版社 1975 年版，第 12—13 页。

龚自珍称日月山川甚至包括天地都是人所创造，这对于传统的天命观显然是一个绝大的反动，更重要的是创造这天地的主体即是"我"，而自我所凭借的纯然就是一股意志力量。龚自珍这种强调"自我"的创造能动性的做法，的确高扬了中国近代的主体意识。不仅如此，他更是将"人心"看作能够左右"世俗"和"王运"的重要力量："人心者，世俗之本也；世俗者，王运之本也。人心亡，则世俗坏；世俗坏，则王运中易。"① 通过对人心→世俗→王运三者关系的逻辑推演，可以看出龚自珍对于"人心"的置重，当龚氏将王朝命运的更替置换为人心的向背时，其对于人之心力的推崇便达到巅峰。魏源早年也"究心阳明之学"②，在《王文成公赞》中更是称赞王阳明："道学传孟、陆之说，事功如伊尹之任；与程朱皆百世之师，如夷、惠各得其所近之性。"③ 其后，佟景文、宗稷辰、吴嘉宾等人更是直接打出陆王心学的旗号，开创了王学复兴的崭新局面。虽然上述诸人所处政治背景不同，讲学风格迥异，但是他们对于陆王心学的核心观念却一致认可，尤其推崇王阳明的"心本体"说和"致良知"说。吴嘉宾指出："夫道常出于吾心之自然，而为吾道者尝出于学。"④ 认为"道"是"心"的流露，"心"先于"道"而存在，明显带有心本体论的色彩。为了给陆王心学复兴提供合法性，宗稷辰大胆提出"王学即朱学"的观点："自有明以来，讲学宗朱者辄与阳明为敌，众口一词，坚执不破。幸得深如高景逸、刘蕺山，笃信如孙夏峰、汤孔伯，乃克观其会通而定于一，嗟呼！亦知阳明之学，即朱子之学乎哉！"⑤ 这在某种程度上虽说是对王学的改造，但却是在晚清理学占据主流的学术格局下，为王学挣得生存空间的一种迫不得已的策略。

在陆王信徒努力重振王学之同时，一部分较为开明的理学家也打出了调和论调，主张搁置争议，潜心向学："大约学贵识头脑，而后克逐渐用功，皆有着落。总须提起本心，放下一切研几谨独，反躬实体。……至于程朱陆王议论纷纷，不过于言语文字间争闲气耳，与己之真命脉有何干涉？"⑥ 还有人从王学的起源立论，为王学正名，认为陆王之学源自孟子学说，是对孟子性善说和扩充说的发挥，因此不能视为异端，程朱陆王的

① 《龚自珍全集》，上海人民出版社 1975 年版，第 78 页。
② 《魏源集》，中华书局 1976 年版，第 847 页。
③ 《魏源集》，中华书局 1976 年版，第 319 页。
④ 吴嘉宾：《求自得之室文钞》卷一，同治五年广州刻本，第 1 页。
⑤ 宗稷辰：《躬耻斋文钞》卷五，咸丰元年刻本，第 4 页。
⑥ 李棠阶：《李文清公遗书》卷二，光绪八年刻本，第 3 页。

不同只是治学方法上的差异而已，"程朱陆王资禀不同，故所由之途亦不同，而及其所至则一。程子主一，朱子居敬，陆子先立其大，王子致良知，名目虽分，实则一贯"。① 曾国藩不仅欣赏王阳明的事功，把王氏当作效仿的榜样，同样认可王阳明的文章，尝谓："阳明之文亦有光明俊伟之象，虽辞旨不甚渊雅，而其轩爽洞达，如与晓事人语，表里粲然，中边具彻，固自不可几及也。"② 此后，对于王学的浓厚兴趣几乎成为晚清知识人的一个共同点，在早期变法派人士王韬看来："阳明经济学问，为有明三百年中第一伟人。"③ 岭南大儒朱次琦虽宗理学，但其理学却是"以程朱为主，而间采陆王"④。

贺麟指出陆王心学之所以能够在晚清获得流行，原因不出如下两点："（一）陆、王注重自我意识，于个人自觉、民族自觉的新时代，较为契合。……（二）处于青黄不接的过渡时代，无旧传统可以遵循，无外来标准可资模拟。"⑤ 应该说，贺麟的分析是切中肯綮的，晚清知识人之所以倾心王学，看取的正是其学说彰显的对于主体性精神的高扬。而"心力"说之所以能够获得广泛传播，正是清中叶以降王学复兴的必然结果，同时也是王学复兴思潮的集中体现。

以龚自珍为代表的清中叶以降的儒家知识分子对于"心力"的推崇，极大影响到此后为救亡图存而奔波的几代思想家，正如梁启超所言："语近世思想自由之向导，必数定庵。吾见并世诸贤，其能为现今思想界放光明者，彼最初率崇拜定庵，当其始读《定庵集》，其脑识未有不受其激刺者也。"⑥ "光绪间所谓新学家者，大率人人皆经过崇拜龚氏之一时期，初读《定庵文集》，若受电然。"⑦ 深受龚自珍影响的维新志士谭嗣同就说：

> 人所以灵者，以心也。人力或做不到，心当无有做不到者……心之力量虽天地不能比拟，虽天地之大可以由心成之、毁之、改造之，无不如意。⑧

---

① 徐桐：《汉学商兑附识八则》，豫师撰：《汉学商兑赘言》，漆永祥校，北京联合出版公司 2017 年版，第 308 页。
② 曾国藩：《曾国藩全集·诗文》，岳麓书社 1986 年版，第 554 页。
③ 王韬：《弢园文录外编》，中华书局 1959 年版，第 261 页。
④ 梁启超：《南海康先生传》，《梁启超全集》第 2 卷，北京出版社 1999 年版，第 483 页。
⑤ 贺麟：《贺麟选集》，吉林人民出版社 2010 年版，第 340 页。
⑥ 梁启超：《清代学术概论》，夏晓虹点校，中国人民大学出版社 2004 年版，第 116 页。
⑦ 梁启超：《梁启超论清学史二种》，朱维铮校注，复旦大学出版社 1985 年版，第 61 页。
⑧ 蔡尚思、方行编：《谭嗣同全集》，中华书局 1981 年版，第 460 页。

谭氏在其代表作《仁学》中将"心力"置换成"以太","以太"成为其建构世界的本体,其实,"以太"与"心力"是同一的:"以太也,电也,粗浅之具也,借其名以质心力。"即是说,在谭嗣同那里,"心力"不仅处于世界本体的地位,同时是驱动世界的原动力,是"人之所赖以办事者是也"。由此出发,谭氏才喊出了"以心力挽劫运"的振奋人心的口号,因为在他看来,"劫既由心造,亦可由心解之"①。对于心之力量的信仰,甚至使得谭嗣同认为,"若能了得心之本原,当下即可做出万万年后之神奇",正是基于这一认识,他才明确提出"莫若开一讲求心之学派,专治佛家所谓愿力"②的设想。

康有为不仅"独好陆王,以为直捷明诚,活泼有用,故其所以自修及教育后进者,皆以此为鹄焉"③,在保国会的一次演说中康氏更是直言:"欲救亡无他法,但激厉其心力,增长其心力,念兹在兹,则爝火之微,自足以争光日月,基于滥觞,流为江河,果能四万万人人人热愤,则无不可为者,奚患于不能救。"④康有为亦称"心力"为"爱力",说"苟无爱力,则乾坤应时而灭矣"⑤。在康有为的理论体系中,无论是沿用的"心力"还是所谓"爱力",同样预设了对于心之强大力量的认可。梁启超受其师影响,亦服膺王学,指出"子王子提出致良知为唯一之头脑,是千古学脉,超凡入圣不二法门"⑥。他同样认可"心"的无穷力量,在梁氏看来:"盖心力涣散,勇者亦怯;心力专凝,弱者亦强。是故报大仇,雪大耻,举大难,定大计,任大事,智士所不能谋,鬼神所不能通者,莫不成于至人之心力。"⑦这段话简直出自龚自珍之口。即便是在早期鼓吹"地理决定论"的文章中,梁氏在承认地理因素对于文明进程的影响后,也不由得笔锋一转,说:"然则欧洲竟非吾亚洲所能及乎?是又不然。尽人力则足以制天然也。"⑧不仅如此,梁氏更以此来解读佛教,

---

① 蔡尚思、方行编:《谭嗣同全集》,中华书局1981年版,第291、363、467页。
② 蔡尚思、方行编:《谭嗣同全集》,中华书局1981年版,第460、357页。
③ 梁启超:《南海康先生传》,《梁启超全集》第2卷,北京出版社1999年版,第483页。
④ 康有为:《京师保国会第一集演说》,汤志钧编:《康有为政论集》上册,中华书局1981年版,第241页。
⑤ 梁启超:《南海康先生传》,《梁启超全集》第2卷,北京出版社1999年版,第488页。
⑥ 梁启超:《德育鉴》,《梁启超全集》第5卷,北京出版社1999年版,第1500页。
⑦ 梁启超:《新民说·论尚武》,《梁启超全集》第3卷,北京出版社1999年版,第712页。
⑧ 梁启超:《地理与文明之关系》,《梁启超全集》第4卷,北京出版社1999年版,第948页。

认为佛教所谓的"业报"乃"自力自造之而自得之，而改造之权常在我者也"①，"我"之所以能够"改造""业报"乃是基于梁氏对佛教的如下认识："要之，佛以为一个人的生命，并非由天所赋予，亦非无因而突然发生，都是由自己的意志力创造出来。"②在梁启超这里，"意志力"成为推动个人乃至民族文化发展的重要力量，此后梁氏又将这一认识运用到现实社会中，认为国家民族存亡的根本即在于一种"国民力"，"国民何以能有力？力也者，非他人所能与我，我自有之而自伸之，自求之而自得之也"③。无论是所谓"人力""意志力"还是"国民力""民族意力"，其实均是"心力"在不同语境中的转语，梁启超所看重的依然是龚自珍以来几代士人所推崇的"心之力"，并由此形成了其心力决定论的思维倾向。

龚自珍的"心力"说不仅为晚清维新人士所继承，革命派同样以此来激励人民的革命激情，磨砺人民的革命意志。孙中山指出："夫国者之积也，人者心之器也，而国事者一人群心理之现象也。是否政治之隆污，系乎人心之振靡。吾心信其可行，则移山填海之难，终有成功之日；吾心信其不可行，则反掌折枝之易，亦无收效之期也。"④"人心"成为革命成功的决定性因素，在具体谈到物质与精神的关系时，孙中山亦说："自余观之，武器为物质，能适用武器者，全恃人之精神。两相比较，精神能力实居其九，物质能力仅得其一。"并由此推导出"物质之力量小，精神之力量大"⑤的结论。正是基于这种认识，孙中山才慨叹"心之为用大矣哉！夫心也者，万事之本源也"。⑥作为革命派思想代言人的章太炎虽然对龚自珍的治学颇有微词⑦，但同样肯定生存竞争中意志力量的重要作用："物苟有志，强力以与天地竞，此古今万物之所以变。变至于人，遂止不变乎？"⑧章太炎对于"心力"的强调更集中体现在他著名的"依自

① 葛懋春、蒋俊编选：《梁启超哲学思想论文选》，北京大学出版社1984年版，第224页。
② 梁启超：《梁启超全集》第13卷，北京出版社1999年版，第3746页。
③ 梁启超：《梁启超全集》第2卷，北京出版社1999年版，第311页。
④ 孙中山：《孙文学说》，《孙中山全集》第6卷，中华书局1985年版，第158—159页。
⑤ 孙中山：《在桂林对滇赣粤军的演说》，《孙中山全集》第6卷，中华书局1985年版，第13页。
⑥ 孙中山：《孙文学说》，《孙中山全集》第6卷，中华书局1985年版，第159页。
⑦ 在章太炎看来，龚氏等人"好姚易卓荦之辞，欲以前汉经术助其文采，不素习绳墨，故所论支离自陷，乃往往如谶语"。章太炎：《章太炎全集》第3卷，上海人民出版社1984年版，第476页。
⑧ 朱维铮、姜义华编著：《章太炎选集》（注释本），上海人民出版社1981年版，第96页。

不依他"学说中。高瑞泉指出,这里的"自"主要指向主体之"心",即自由意志和独立、坚韧的人格。[1] 章太炎的"依自不依他"说虽然具有浓重的佛学背景,但其根本依然是对主体意志力量的肯定,某种意义上,甚至可以将之看作晚清以来"心力"说的集大成,并直接影响到鲁迅等五四一代[2]。宋教仁亦认为:"吾人可以圣人之道一贯之旨为前提,而先从心的方面下手焉,则阳明先生之说,正当吾膺之不暇者矣。"[3]

陆王心学以及由此衍生的"心力"说,之所以能够在晚清思想界大获流行,除去学术史、思想史演进的内在关联,还有一个不得不提及的外部因素,即当时思想界盛传日本明治维新正是维新志士长期浸淫陆王学说的结果。梁启超指出:"日本维新之役,其倡之成之者,非有得于王学,即有得于禅宗。"[4] 由此推崇王阳明为"千古大师",断言"王学为今日学界独一无二之良药"[5]。革命阵营也存在类似的看法,1905 年 8 月在东京中国留学生欢迎孙中山的集会上,有日本来宾称:"当年尊王倾幕之士,皆阳明学绝深之人,而于西法未必尽知。使无此百折不回之诸前辈,以倾倒幕府,立定国是,则日本之存亡未可知,其能有今日之盛耶!"[6] 章太炎虽对王阳明学说多有批判,但也大致认可这一观点,"日本资阳明之学以兴,馨香顶礼,有若神圣"[7]。同样,在日本明治维新的感召下,陈天华"有知即行,君师阳明"[8],最终因抗议日本政府对中国留学生的不公而蹈海自杀。

晚清对于"心力"的推崇绝不限于上述主流思想家,稍稍留意一下当时的出版物,就会发现对于心之力量的信仰可谓一种时代现象。无论是维新派还是革命派的刊物,甚至在一些略显保守的刊物上,均能够看到类似的文字。光绪二十三年三月二十一日,《时务报》刊登了一篇署名"新月楼主人"的读者来稿,题目即为《心力说》,作者将人之心力与电力、日力相媲美,认为一则在天一则在地一则在人,三者均内蕴着一股无比巨大的力量:"人心之光力热力,其大乃至上同于日,下同于电。盈天下无

① 高瑞泉主编:《中国近代社会思潮》,华东师范大学出版社 1996 年版,第 198—199 页。
② 关于章太炎与五四一代的关系,可参见陈学然《再造中华——章太炎与"五四"一代》,上海人民出版社 2019 年版。其中第七章具体探讨了章太炎对鲁迅的影响。
③ 宋教仁:《宋教仁集》,中华书局 1981 年版,第 575 页。
④ 梁启超:《新民说》,商务印书馆 2016 年版,第 115 页。
⑤ 梁启超:《德育鉴》,北京大学出版社 2011 年版,第 46 页。
⑥ 过庭:《记东京留学生欢迎孙君逸仙事》,《民报》第 1 号,1905 年 11 月 26 日。
⑦ 太炎:《答梦庵》,《民报》第 21 号,1908 年 6 月 10 日。
⑧ 《祭陈天台先生文》,《民报》第 2 号,1906 年 8 月 2 日。

物可以比之。"① 将人心之力量与自然界的日力、电力相提并论,明显是一篇鼓吹心力的文章。该报总经理汪康年早在第 12 册就撰文鼓吹"以爱力转国运",文章认为晚清中国之所以沦落至此,乃"失爱力是也",故而从其改良主义的立场鼓吹"以全国之爱力爱其君,则君以尊。以全国之爱力爱其国,则国益固",汪氏坚信"相爱而后能相群,相群而后能相固,是以爱力生强者也"。②汪康年的"爱力"虽不能简单等同于"心力",但究其根本,同样是一种主体性精神力量的彰显。而《清议报》第 41 期"论说"则径直提出"心力者,故天下莫大之力"③ 的观点,铿锵有力地表现出时人对"心力"的无上推崇。当时明显具有革命倾向的《浙江潮》同样发文指出:"夫一国存亡之源,则视其自觉心而已。有自觉心者,则其心向上,有希望,有进取;不然者,其心向下,主因循,主退缩。"④ 论者将所谓"自觉心"看作国家存亡之本,所主仍是一种精神至上的论调。

　　总结上述,清中叶以来,在民族危机愈演愈烈的时代背景下,几代中国知识人均表现出对"心力"的高扬,这一方面固然有着心学复兴乃至传统儒家道德主体自觉的学术渊源,另一方面也是处于弱势的晚清知识人应对民族危机的一种无奈之举。"心力"不仅留有中国传统学术的深刻烙印,也是觉醒中的中国知识人主体性的集中展现。正是在这种双重背景下,对心之力量的信仰,构成了近代中国思想史、文化史的主潮,进而导致了所谓"主观唯心论"的盛行,"主观唯心论成为一股既时髦又普遍的学术思潮,几乎涵盖了中国近代每一位有影响的思想家,使他们无一幸免地遭受了主观唯心论的涤荡和冲击",简言之,"中国近代就是一个主观唯心论极其盛行的年代"⑤。主观唯心论在中国近代思想文化界的盛行,固然受到西方资源及日本舆论的影响,但更重要的是,晚清以"心力"说为核心的思维方式契合了西方资源,从而实现了东西方思想之间的视界融合。总之,龚自珍以后,多数晚清知识人均受到陆王心学的影响,进而以朦胧的近代主体性意识张扬"心力"说。他们所谓的"心力",一方面内蕴着陆王心学和佛学的思想因子,另一方面又带有近代中国"力本主

---

① 新月楼主人:《心力说》,《时务报》第 24 册,1897 年 4 月 22 日。
② 汪康年:《以爱力转国运》,《时务报》第 12 册,1896 年 11 月 25 日。
③ 佩弦生:《论中国救亡当自增内力》,《清议报》第 41 期,1900 年 4 月 10 日。
④ 飞生:《近时二大学说之评论》,《浙江潮》第 8、9 期,见张枬、王忍之编《辛亥革命前十年间时论选集》第 1 卷,生活·读书·新知三联书店 1960 年版,第 523 页。
⑤ 魏义霞:《中国近代哲学的宏观透视》,黑龙江教育出版社 1994 年版,第 111 页。

义"的时代特色。作为转型期的知识分子，青年鲁迅对"心力"说的本土思想渊源并不陌生，对置身其间的时代主潮和舆论氛围更为了然，故而鲁迅难免受其流风之影响。

三　"心力"与"意志"的结构性相似及鲁迅"意力主义"的生成

由上可知，自清中叶以降，"心力"作为流行用语一直被各种背景的知识人沿用，鲁迅所处的晚清留学生社群也概莫能外。鲁迅置身在那样一个"慷慨激昂"的青年群体中，报刊上又随处可见高扬"心力"的文字，这种思想氛围无疑会增强他对"心力"说及其相关传统思想资源的肯认，所以在转译新神思宗学说时，自然选择了大量心学语汇。鲁迅之所以采用心学语汇来对译新神思宗，不仅因为他对这一脉络的思想较为熟悉，而且"心力"（心学）与"意志"（唯意志论）两套话语体系之间存在着某种结构性相似。某种意义上，正是两套话语体系之间的结构性相似，导致了鲁迅及同时代人对上述两种思想资源的误读。①

首先，从本体论层面看，陆王心学与西方唯意志论思潮虽然形成时代不同，加之东西暌隔，并无交集，但两者在哲学上均属于主观唯心论范畴。心学之"心"与唯意志论之"意志"，在各自思想体系中均带有本体论的形而上色彩。换言之，心学与唯意志论两套哲学话语均是建立在主观精神（心、意志）之上的，心学最明显的特征就是"心即理"的心本体论，西方唯意志论则认为"世界是我的表象""世界是我的意志"，将外部世界看作自我意志的客体化。青年鲁迅敏锐地注意到叔本华哲学"意力为世界之本体"的特点，"意志"（"意力"）确是叔本华构筑其哲学大厦的支柱，也是他眼中世界存在之根本。尼采在此问题上大致继承了叔本华，只是修正了其意志哲学中的消极因素，在尼采那里，意志变成强力意志。"尼采之思想，纯取自萧宾霍尔（按萧宾霍尔乃叔本华之旧译）意志论，以意志为存在之原理。惟尼采不单视意志为生活意志而视为权力意志。萧宾霍尔之意志否定，正尼采视为最大肯定者也。"② 而心学自陆九

---

① 章太炎曾称赞尼采哲学与心学、佛学的类似精神。"要之，仆所奉持以'依自不依他'为臬极，佛学王学，虽有殊形，若以楞柳五乘分教之说约之，自可铸溶为一。王学深者，往往涉及大乘。岂特天人诸教而已。及其失也，或不免偏于我见。然所谓我见者，是自信而非利己（宋儒皆同，不独王学），犹有厚自尊贵之风，尼采所谓超人庶几相近（但不可取尼采之贵族学说）。排除生死，旁若无人，布衣麻鞋，径行独往。"太炎：《答铁铮》，《民报》第 14 号，1907 年 6 月 8 日。

② 李石岑：《尼采思想之批判》，转引自成海鹰、成芳《唯意志论哲学在中国》，首都师范大学出版社 2002 年版，第 41 页。

渊、王阳明直到龚自珍均明显表现出心本体论的色彩，这在前文已有介绍。无论是心学之"心"还是唯意志论之"意志"，借用语言学的概念来说，其能指虽有不同，但其所指却均指向个体主观精神，对他们来说，人的主观精神才是第一性的，因此成为其构筑整个理论体系的本体论基础。此外，陆王心学与西方唯意志论思潮在建构自身思想时均曾受到佛教影响，就此而言，"于是佛教成为中西近代唯意志论的交接点"。① 即是说，陆王心学与唯意志论思潮有着共同的思想资源，因此它们发展出相近的本体论观念也是一种逻辑必然。

其次，从思维方式来看，陆王心学与唯意志论思潮均属于一种"反求诸己"的自反性思维。蒙培元在《中国哲学主体思维》一书中指出，中国哲学存在着主体性思维，并且将这种主体性思维称为自反性思维。自反性思维通常诉诸"心"及与之相关的主体精神，所谓"反身而诚""吾日三省吾身""致良知"等，明显属于一种内向型的思维方式。② 这种自反式思维方式的形成跟中国传统哲学的心本体论密切相关。某种意义上，陆王心学则是其中的集大成者。同样，在西方哲学话语中，唯意志论思潮也表现出一种回归个体精神世界的自反性思维倾向。正如哲学史家所言，在黑暗的中世纪，人是作为上帝的信仰者而存在，随着精神世界的发现，才诞生了现代意义上的个人，并由此诞生了主观性原则，唯意志论思潮可以说是其中一种具有代表性的哲学思潮。在此背景下，主体性的意志不仅成为上述哲学家构建世界的基础，同时也形成了以意志来表意世界的由内而外的思维方式。所以叔本华、尼采等人才会一再批判理性主义主宰下以"趋外"为特色的 19 世纪文明，而不断张扬"主观与意力主义"。这种思维方式显然迥异于科学主义影响下的以"格物"为主的实验性、归纳性思维，却与中国自反性思维方式存在很大的相似之处。

最后，从心学与唯意志论在各自文化中所扮演的角色来看，它们均是对既有文化形态的一种反动，带有明显的批判性质，在各自文化系统中扮演着异端者形象。同时，这种对既有文化形态的批判，又展现出一种通过批判寻求文化更生的努力。从学术发展内在脉络来看，陆王心学是在矫正理学之偏的基础上逐渐生成的，无疑是对崇尚"性即理"的程朱理学的一种反动，虽然他们都认可"理"对于万事万物的主宰作用。但整体来说，心学是对理学及其象征的官方学术权威的一种对抗，相对于"性即

---

① 成海鹰、成芳：《唯意志论哲学在中国》，首都师范大学出版社 2002 年版，第 38 页。
② 参见蒙培元《中国哲学主体思维》，人民出版社 1993 年版，第 12—54 页。

理"的外在性而言，"心即理"的主体性意味则无疑更强，从陆九渊、王阳明到泰州学派以至于李贽，他们在心学的浇灌下，个体的主体性意识越来越明显。心学脉络中的上述人物与鲁迅在西方文化中发现的"轨道破坏者"几乎属于同一行列，均带有明显的异端色彩。在西方世界，叔本华等人之所以高扬意志、倡导非理性主义，目的就是要对抗启蒙运动以来西方知识分子对理性的盲目崇信，以及理性主义罗格斯对人性的压抑甚至禁锢。理性可谓 18 世纪启蒙运动的最大历史遗产，理性主义的盛行引发了西方 19 世纪物质文明的繁荣与现代民主制的建立，但是这一套制度的建立却是以漠视个人、人性、精神为代价的，在此意义上，唯意志论思潮正是对启蒙思潮的对抗。"叔本华用意志取代理性，使以理性为标志和核心的现代性话语体系发生了摧毁性的动摇和破坏，实现了西方价值观念从传统到现代的转变。"① 尼采更是提出"上帝死了"，从而彻底宣告了西方理性主义传统的终结，为行进中的现代性方案敲响了丧钟。由此可见，陆王心学与唯意志论思潮的出世均是对既有思想传统的一种颠覆，东西方思想文化经由这种革命性的对抗重组，在放逐理性主义的同时，"心"（"心力"）和"意志"成为开启各自新文化的澎湃动力。

　　鲁迅之所以瞩目于西方唯意志论思潮，除去日本思想界的直接影响，应该说，本土语境中的"心力"说以及悠久的心学传统所提供的历史遗产和思维范式，也是一个不容忽视的关键因素。郜元宝在论证鲁迅文学是一种"心学"时指出，鲁迅对西方唯意志论思想家的介绍并非简单的横向移植，而是鲁迅思想修养中与之相当的中学知识与西方资源的一种视域融合。② 的确如此，从东西方文化发展的趋向来看，近代中国的"心力"说与西方唯意志论在各自文化系统中扮演着相似的角色，西方唯意志论思想是对以黑格尔为代表的理性主义传统的抗议，在认识到绝对理性局限性的同时，高扬个体的自由意志与主观精神，可以说是西方现代意义上个人主义的源头。在中国，晚清以来几代知识人对"心力"的高扬，某种意义上就是要冲破意识形态化的理学对人们思想的钳制。总之，无论是从大的文化格局来看还是从小的思维范式而言，晚清以降"心力"说所蕴含的主体性、抗争性以及对主观精神力量的弘扬，均与西方唯意志论思潮存在诸多方面的相似性。换言之，近代中国绵延半个多世纪的"心力"说，

---

① 成海鹰、成芳：《唯意志论哲学在中国》，首都师范大学出版社 2002 年版，第 34 页。

② 参见郜元宝《为天地立心——鲁迅著作所见"心"字通诠》，《鲁迅研究月刊》2000 年第 7 期。

的确为鲁迅容受西方唯意志论思潮提供了一种先在的理解架构，同时也反过来决定了鲁迅接受唯意志论思潮的特点。简言之，鲁迅笔下的"意力主义"已然不是叔本华、尼采的唯意志论思想，不可避免地烙上了以"心力"说为代表的本土唯意志论印迹。正如有学者在分析龚自珍"天地，人所造，众人自造，非圣人所造。……众人之宰，非道非极，自名曰我。我光造日月，我力造山川，我变造毛羽肖翘，我理造文字言语，我气造天地，我天地又造人，我分别造伦纪"这一段话时指出："这段论述说明龚自珍的哲学已具备了鲜明的唯意志论色彩。唯意志论在中国文化史上的发展流程也说明对于中国文化系统而言，唯意志论并非完全的舶来品，它也是中国思想、学术发展到一定历史阶段的产物。叔本华唯意志论学说的传入，在一定程度上催发了这一智慧萌芽。"[①] 鲁迅的"意力主义"亦可作如是观，它是鲁迅同时接受西方唯意志论和晚清"心力"说双向影响的结果。

鲁迅早期文本的确表现出中国传统哲学的心本体论倾向，无论是对于"超乎群动"的"人类之能"的发现，还是对进化"意志"的肯认，无论是对作为科学根基的"精神""理想""圣觉"的强调，还是对诗歌作为一种"心声"的发现，甚至对于道德、信仰与人性的张扬，无不表现出这一思想倾向。而鲁迅对于西方"意力主义"的介绍，某种意义上又反过来强化了其对于心本体论哲学思维的肯认。这一点在他对客观世界与精神生活的不同期待中表现得尤为充分：

> 意者文化常进于幽深，人心不安于固定，二十世纪之文明，当必沉邃庄严，至与十九世纪之文明异趣。内部之生活，其将愈深且强欤？精神生活之光耀，将愈兴起而发扬欤？成然以觉，出客观梦幻之世界，而主观与自觉之生活，将由是而益张欤？[②]

鲁迅在此将"二十世纪之文明"与"十九世纪之文明"看作判然有别的两种性质的文明形态，19 世纪文明是在理性主义引领下的执着于外部世界的"趋外"的文明，这种文明形态孜孜于物质层面的追求。但在鲁迅看来，客观世界终是"梦幻"，必然要被 20 世纪文明超越，"新生一作，虚伪道消"，他期待的是一种崇尚"主观与自觉之生活"的趋内的文

---

① 成海鹰、成芳：《唯意志论哲学在中国》，首都师范大学出版社 2002 年版，第 102 页。
② 鲁迅：《坟·文化偏至论》，《鲁迅全集》第 1 卷，第 56—57 页。

明，认为"精神生活之光耀"必将获得发扬。正因为此，他才肯定内部
精神生活的重要性："内部之生活强，则人生之意义亦愈邃，个人尊严之
旨趣亦愈明。"鲁迅这段话是针对西方 19 世纪物质文明的偏至发展而言，
但绝非对新神思宗思想家的简单复述。事实上，鲁迅的这一认识一方面有
着中国传统学术思想影响的痕迹，另一方面也潜隐着他对晚清文化现状的
一种判断。换言之，虽然"意力主义"是鲁迅在对唯意志论的译介中提
出的概念，但是无论从其思想资源还是现实指向看，均非简单的译介，而
是东西方思想碰撞的结果。

　　青年鲁迅对于客观世界与精神生活的认知明显带有中国传统哲学的色
彩，无论是儒家的"仁"，道家的"道"，还是佛教的"识"，在逻辑上
均表现出主观精神优先于客观世界甚至前者是后者源头的思维路径，而这
也是西方唯意志论思潮一贯的理论主张。因此，青年鲁迅所秉承的中国传
统哲学的心本体论在与西方唯意志论思潮相遇时，"意志"就取代"心"
成为青年鲁迅思想的本根，加之尼采对青年鲁迅的巨大影响，我们可以
说，在青年鲁迅的思想构筑中，"意力"占据着几近世界之本体的重要位
置，对于"意力"的发现与高扬更是个体生命获得超拔的有效路径："知
精神现象实人类生活之极颠，非发挥其辉光，于人生为无当；而张大个人
之人格，又人生之第一义也。"①

　　鲁迅对"意力主义"的引进不仅是对于西方唯意志论学说的简单介
绍，更是在为近代中国提供救亡之道，所以鲁迅一再呼唤"二十世纪之
新精神，殆将立狂风怒浪之间，恃意力以辟生路者也"。这里虽然强调
"意力"开辟新路的重要作用，但更关键的是，在鲁迅的理路中，这只是
中国文化再度获得振拔的一个中间环节，他所期待的是经过借鉴、融通之
后所产生的更新的中国文化，一种"外之既不后于世界之思潮，内之仍
弗失固有之血脉"② 的崭新文化。所以说，"意力主义"在鲁迅思想的建
构中只是一个带有过渡性质的临时性文化架构，这可以从鲁迅对于"意
力"一词的运用看出，《文化偏至论》后鲁迅再也没有如此集中运用过这
一概念。虽然在鲁迅日后的行文中依然可以看出唯意志论思潮对他的影
响，但是随着现实文化论争的展开和个人学养的加深，鲁迅愈发认识到
"尼采的超人的渺茫"③，但是"意力主义"所包孕的个性、精神、意志

① 鲁迅：《坟·文化偏至论》，《鲁迅全集》第 1 卷，第 55 页。
② 鲁迅：《坟·文化偏至论》，《鲁迅全集》第 1 卷，第 57 页。
③ 鲁迅：《且介亭杂文二集·〈中国新文学大系〉小说二集序》，《鲁迅全集》第 6 卷，第
　247 页。

等观念却被鲁迅吸收，成为鲁迅思想乃至人格形象的一大特质。

四　余论

　　然而，鲁迅等晚清知识人对"心力"的过度推崇也埋下了不可避免的隐患，换言之，在近代中国思想史语境中，"心力"一直充满着一种内在紧张，在"心力"说到达高潮时，这种潜在的危机也就逐渐浮出水面。一方面，晚清以来，几代思想家对"心力"的高扬，毫无疑问夸大了"心力"的现实功效，相对于"制造商估""国会立宪"等执着于物质、制度层面的改革而言，高扬"心力"固然是一种认识上的纠偏，但无视"心力"发挥作用的物质基础及客观规律，不注重对外在力量的追求，这实际上却束缚了主体性功能的发挥。正如有论者指出："心力越是被夸大、神化，就越是落空，越显虚幻，心力说的积极意义也就越被削弱、损害。"[1] 另一方面，在"心力"说及相关理论影响下，清末民初几代思想家都不约而同地将原本十分复杂的现代化问题化约为对所谓"民气"、"民魂"、民族精神及道德之诚的追求，最终更是集中到所谓的国民性问题上，以为只要解决了国民劣根性，中国的现代化就指日可待，这无疑是一种乌托邦式的幻想。

　　最后，需要指出的是，对于"意力"一语的运用并非青年鲁迅的首创，在鲁迅以"意力"对译新神思宗"意志"之前，"意力"已经频频出现在晚清作者笔下。除梁启超（"民族意力"）外，鲁迅熟悉的《民报》作者胡汉民、汪精卫等人也多次运用过该词。胡汉民在批评斯宾塞的国家有机体论时，援引日本学者小野冢平次郎的话指出："是以惟国家为能支配社会，外之无有意力者得存也。循之不已，必以政府代表国家，如其说将惟政府为能善，（惟有心思意力者能善，尽谓只政府为有意力，故必终于此说。）而欲有所施设，终不外于政府，其去真理远矣。"[2] 其后在谈到中国两千年来，专制统治导致人民"意志不能自由"之后果时，亦认为："坐是而机关设置之必要，为社会心理综合各个人之意力，从于秩序分配以成者，莫辨所由来，而以为天定……"[3] 无独有偶，汪精卫在《驳新民丛报最近之非革命论》一文中，认为缘社会心理所生者即为"意力"，"根于社会心理所生之意力，曰合成意力"[4]。如果说胡汉民笔下的

① 张锡勤：《对近代"心力"说的再评析》，《哲学研究》2000 年第 3 期。
② 汉民：《述侯官严氏最近政见》，《民报》第 2 号，1906 年 8 月 2 日。
③ 汉民：《述侯官严氏最近政见》，《民报》第 2 号，1906 年 8 月 2 日。
④ 精卫：《驳新民丛报最近之非革命论》，《民报》第 4 号，1906 年 5 月 1 日。

"意力"尚是政府或个人的一种本能力量的指称的话，那么汪精卫所谓的
"合成意力"则明显是相对于外在力量的一种内在化与精神化，即社会心
理积淀所形成的一种无形的强大精神力量。虽然胡汉民与汪精卫笔下的
"意力"未必具有西方唯意志论思潮的直接背景，但鲁迅笔下的"意力"，
也不能排除是受到《民报》风格影响的结果。

　　总之，鲁迅早期"意力主义"的提出，并非直接移植叔本华、尼采
等西方唯意志论思潮的结果，毋宁说西方唯意志论思潮在东亚的流行，某
种意义上激活了青年鲁迅对于中国传统学说中与之相关的思想因子的开掘
与认知，这在鲁迅以传统心学、佛学、老庄等诸多语汇，对译叔本华、尼
采等人思想这一点上尤为明显。更为重要的是，通过对鲁迅所处的时代语
境与思想氛围的剖析，我们深刻认识到，鲁迅对于"意力主义"（意志）
的推崇，并非个别现象，某种意义上，鲁迅"意力主义"的提出，实际
上接续了近代以来几代思想家所积淀的思想传统，由此彰显出转型期中国
知识人在面对传统思想文化时的复杂性。这种复杂性一方面固然可以看作
过渡时代的一种独特现象，另一方面也彰显出中国传统思想、学术的生命
力。林非虽然将鲁迅接受西方唯意志论的本土语境笼统称为"唯心主义
思维方式"，看似不无批判之意，实际上却承认了二者之间存在的逻辑关
联：早期鲁迅"从根植于中国落后土壤中的唯心主义思维方式出发，接
受西方哲学中对于理性主义来说趋于倒退方向的唯意志论的影响……这就
是必然会导致的情况了"。①

---

① 林非：《鲁迅和中国文化》，南开大学出版社 2007 年版，第 94 页。

第四章　鲁迅"立人"方案的内在
逻辑及其本土资源

　　"立人"方案，无疑是鲁迅早期思想最引人注目的关键之所在，正如有论者指出：鲁迅思想是"以'立人'为目的和中心；以实践为基础；以批判'根深蒂固的所谓旧文明'为手段的关于现代中国人的哲学，或者说是关于现代中国人及其社会如何改造的思想体系"。"'立人'的思想贯彻于鲁迅一生始终，遍及鲁迅著作各个方面，是鲁迅思想的核心；鲁迅自己毕生为在中国实践这一思想而斗争。因此之故，鲁迅是一位致力于改造中国人及其社会的伟大思想家。"[①] 在此意义上，"立人"不仅是作为思想家的鲁迅的思想原点，更是鲁迅终其一生所坚守的价值理想。虽然鲁迅的"立人"与梁启超之"新民"在运思理路上存在一定的相似性，但"立人"对个体精神性的强调明显迥异于"新民"对国民"公德"的培植，简言之，鲁迅"立人"的根本是"立心"，因此，他才会如此重视与心相关的"自性""精神""意力"等个体内在质素。鲁迅思想的这一特质，与其说是对西方新神思宗的单向移植，不如说是对传统心性之学的创造性转化。

一　鲁迅"立人"方案的提出及其内在逻辑

　　鲁迅的"立人"方案是在《文化偏至论》一文中提出的，鲁迅通过对 19 世纪以降西方思想文化演进轨迹的考察，指出欧美之强的根本并不在于让国人炫目的"富有""路矿"等物质文明，也不在于以"众治"为特征的制度文明，这些可见的所谓"文明"其实只是"现象之末"，"然欧美之强，莫不以是炫天下者，则根柢在人"[②]。鲁迅正是在此基础上

---

　　①　王得后：《致力于改造中国人及其社会的伟大思想家》，张杰、杨燕丽选编：《鲁迅其人》，社会科学文献出版社 2002 年版，第 25—26 页。

　　②　鲁迅：《坟·文化偏至论》，《鲁迅全集》第 1 卷，第 58 页。

提出了"立人"主张："是故将生存两间，角逐列国是务，其首在立人，人立而后凡是举；若其道术，乃必尊个性而张精神。"① "国人之自觉至，个性张，沙聚之邦，转为人国。人国既建，乃始雄厉无前，屹然独见于天下，更何有于肤浅凡庸之事物哉？"② 前一句讲"立人"及其"道术"，指出"立人"的关键在于"尊个性而张精神"，由此凸显出"个性""精神"在鲁迅"立人"思想中的核心价值；后一句则是讲"立人"与"立国"的关系，在鲁迅看来，国人只有真正做到"自觉至，个性张"，才可能由此通向建立"人国"的宏伟蓝图。即是说，鲁迅的"立人"方案实际上包含两个层面：其一，以"尊个性而张精神"为下手途径的个体思想启蒙；其二，由"立人"到"立国"，进而建立起真正的"人国"。值得指出的是，从"立人"到"立国"的思路，在晚清语境中并非鲁迅所独有，严复的"三民"理论、梁启超的"新民"说，无不如是，甚至章太炎的革命道德论，某种意义上凸显的也是同一思路。问题是，在梁启超那里，"新民"的最终目标是养成具有现代意识的国民，并由此建立民族国家，换言之，梁启超的新民说最终指向的是以民族国家为载体的现代政治体制，国民只是实现这一政治变革的工具性存在。正是在此意义上，张朋园指出，梁启超尽管在辛亥后趋于保守，甚至站到新文化运动的反面，但他对于辛亥革命确有功焉。③ 虽然建立"人国"是鲁迅"立人"方案的题中应有之义，"人国"与现代民族国家亦有重合之处，但二者的区别更其明显，鲁迅比梁启超等人进一步看到了以"众治"为特征的现代政治制度对个体精神的戕害，这一点后文还将具体分析。

　　我们先来看鲁迅提出"立人"方案的相关背景和时代语境。《文化偏至论》看似是对19世纪以降西方文化演进史的简要梳理，事实上却是鲁迅对于晚清思想文化发展现状的首次发言与积极应对。要厘清鲁迅"立人"方案的内在逻辑，必须明了鲁迅对于晚清主流思想的态度。鲁迅真正接触晚清思潮是从1898年求学南京开始的，他在这里不仅接受了近代自然科学知识的启蒙，更重要的是，他接触了戊戌前后涌现出的以严复《天演论》和梁启超《时务报》《清议报》为代表的一系列崭新的思想文

---

① 鲁迅：《坟·文化偏至论》，《鲁迅全集》第1卷，第58页。
② 鲁迅：《坟·文化偏至论》，《鲁迅全集》第1卷，第57页。
③ 关于梁启超与晚清革命党人的分分合合及其对于辛亥革命的历史贡献，详见张朋园《梁启超与清季革命》，吉林出版集团有限责任公司2007年版，第79—106页。

化因子。① 甲午战后，因"优胜劣汰，适者生存"而来的"维新""变法"成为有识之士的共识，青年鲁迅不仅学水师、学矿务，直到多年后，他对这些所谓的"老新党"还抱持一种敬意。② 留日后，随着革命思潮的不断发展，鲁迅接受了现代意义上的革命观念，逐渐从所谓的"革命先要革心"转向"一血刃而骤列于共和"的激进革命观，并投身于实际革命运动之中③。但与此同时鲁迅独特的思想个性也以"弃医从文"事件为标志开始显现出来，他对于革命的理解逐渐远离了狭义的以推翻满清政权、建立共和国家为主旨的流行看法，而深入人的精神世界，从而提出"精神革命"④ 的命题。某种意义上，"立人"方案正是其"精神革命"的逻辑延伸与主要着力点。

20 世纪初叶，当两大政治派别围绕改良与革命的时代关切展开争论时，鲁迅是置身其间的，但鲁迅却另辟蹊径，提出"精神革命"及其延长线上的"立人"主张。换言之，当晚清主流思想仍纠结于君主立宪还是民主共和之类的制度抉择时，鲁迅却把思考的重点放回到人的"个性"与"精神"之上，并由此开始思考个人的精神自由问题。这不仅与维新派的主张相去甚远，而且与革命派的诸多行为也貌合神离。值得追问的是，鲁迅思想的这一特质是如何生成的，又有着怎样的思想资源？

梳理《文化偏至论》的内在逻辑可知，鲁迅"立人"方案是在经过了层层抽丝剥茧的批判之后于文末提出的。鲁迅先后否定了当时国人心向往之的几种救亡方案，鲁迅指出，晚清志士津津乐道的"制造商估""立宪国会""黄金黑铁"等救亡方案均不足以改变"中国在今，内密既发，四邻竞集而迫拶"的生存危机。在鲁迅看来，上述这些所谓救亡举措均属于"物"的层面，而晚清时代最根本的问题在于"人心之危"，因此鲁

---

① 周作人：《关于鲁迅之二》，周作人、周建人：《年少沧桑——兄弟忆鲁迅（一）》，河北教育出版社 2002 年版，第 242—243 页。

② "……光绪末年的所谓'新党'，民国初年，就叫他们'老新党'。甲午战败，他们自以为觉悟了，于是要'维新'，便是三四十岁的中年人，也看《学算笔谈》，看《化学鉴原》；还要学英文，学日文，硬着舌头，怪声怪气的朗诵着，对人毫无愧色，那目的是要看'洋书'，看洋书的缘故是要给中国图'富强'……"鲁迅：《准风月谈·重三感旧》，《鲁迅全集》第 5 卷，第 342 页。

③ 鲁迅留日期间参与实际革命运动的具体情况，可参见倪墨炎《鲁迅的社会活动》第二、三两章"鲁迅与中国留日学生运动""鲁迅加入光复会"相关内容，上海人民出版社 2006 年版。

④ 关于鲁迅早期革命观的演进及其特质，详见本书第七章相关分析。

迅指责国人"皇皇焉欲进欧西之物而代之","凡所张主,惟质为多",国人之所以会有如此举措,乃因他们"近不知中国之情,远复不察欧美之实"①。他们将"富有""路矿""众治"等西方文明的表象看作晚清国人应该努力的方向,但鲁迅一针见血地指出:"然欧美之强,莫不以是炫天下者,则根柢在人。"② 即是说,鲁迅"立人"主张不仅是从考察西方文化发展史而来,同时还涉及他对晚清思想文化现状尤其是对"文明"这一概念的理解。③ 梁启超早就指出,清中叶以来国人对西方世界的认识经过了一个从"器物"到"制度"再到"文化根本"的逐渐深入的三阶段。④ 经过两次鸦片战争,中国人见识了西方的坚船利炮,于是大刀阔斧办起洋务,而甲午战争的败北,迫使国人认识到器物必须跟相应的制度结合起来才能发挥作用,所以甲午之后无论是改良派还是革命派,关注点均已转移到制度层面。此时严复、梁启超对于"民"的关注,尤其是对于民之内在质素的强调,虽然尚未达到"从文化根本上感觉到不足"的认识高度,但某种意义上却预示着鲁迅思考的方向。

值得进一步指出的是,鲁迅在《文化偏至论》中不仅否定了"竞言武事""制造商估""立宪国会"等种种救亡方案的可行性,还指出了这些方案的主其事者"假是空名,遂其私欲""假改革公名,而阴以遂其私欲"的道德缺陷。即是说,鲁迅对上述救亡方案的否定是双重否定,既质疑了救亡方案本身的可行性,也批判了方案执行者的道德人格。在此意义上,鲁迅所谓的"立人"也就带有双重意涵:其一,"立人"准确抓住了晚清中国危亡的根本在于"人心之危",因此只有唤醒人心,激发其内在精神,才可能拯救民族危亡;其二,"立人"更指向了国人精神世界的变革,旨在重建由"心声""内曜""精神""意力""信仰"等共同构成内面世界,由此充分彰显出"立人"的道德—精神维度。换言之,鲁迅"立人"强调的其实是对个体"主观之内面精神"的置重,或许正是在此意义上,有论者指出鲁迅之"立人"即是"立心",鲁迅之文学

① 鲁迅:《坟·文化偏至论》,《鲁迅全集》第 1 卷,第 46 页。
② 以上引文均出自鲁迅《坟·文化偏至论》,《鲁迅全集》第 1 卷,第 45—58 页。
③ 参见董炳月《鲁迅留日时期的文明观——以〈文化偏至论〉为中心》,《鲁迅形影》,生活·读书·新知三联书店 2015 年版。
④ 梁启超:"近五十年来,中国人渐渐知道自己的不足了。这点子觉悟,一面算是学问进步的原因,一面也算是学问进步的结果。第一期,先从器物上感觉不足。……第二期,是从制度上感觉不足。……第三期,便是从文化根本上感觉不足。"梁启超:《五十年来中国进化概论》,夏晓虹编:《梁启超文选》,中国广播电视出版社 1992 年版,第 532—533 页。

即是心学。①

晚清末造，当流亡者和留学生两大群体围绕改良还是革命及其相关的政治体制争执不下之时，青年鲁迅却前瞻性地看到了革命、制度背后的思想文化问题，尤其强调人的个性与精神维度的重要性。因此，鲁迅一方面引西方摩罗诗人和新神思宗为同调，另一方面对当时流传甚广的"国民"和"世界人"两个概念展开批判，明确指出"二类所言，虽或若反，特其灭裂个性也大同"。②虽然青年鲁迅的这一思索在 20 世纪初年的思想文化界并未获得任何反响，但 1990 年代以来学界却越来越重视"立人"方案及《文化偏至论》所探讨的相关问题。③鲁迅的"立人"方案，尽管在晚清语境中显得有些特立独行，但回溯中国思想史，我们发现，"立人"方案的背后，其实挺立着一个深远的思想传统，即儒家心学对人心的关注及其在晚清语境的复兴。可以说，正是传统心性之学及其"立己""立人"的思路触发了鲁迅"立人"方案的提出，而以梁启超"新民说"为代表的晚清语境，某种意义上则成为鲁迅触摸心学传统不可或缺的重要媒介。

二　从"新民"到"立人"：鲁迅对晚清遗产的继承

在晚清改良与革命论争日趋激烈的时代语境中，鲁迅别出心裁提出"立人"主张，虽然看似有些特立独行，但是通过改变人的主观精神，进而由此改造外在世界的思路，在晚清语境中并非无迹可寻。仔细考察晚清代表人物的观点，严复、梁启超、章太炎等几乎都持有类似的思路，他们不约而同地将国家危亡归之于国民内在素质的不足，故而将改革的重点从外在制度层面转向国民道德层面。严复在经历甲午之创后写道："第由是而观之，则及今而图自强，非标本并治焉，固不可也。……标者何？收大

---

① 郜元宝：《为天地立心——鲁迅著作所见"心"字通诠》，《鲁迅研究月刊》2000 年第 7 期。

② 鲁迅：《集外集拾遗补编·破恶声论》，《鲁迅全集》第 8 卷，第 28 页。

③ 参见程致中《取今复古，别立新宗——鲁迅〈文化偏至论〉的方法论意义》，《安徽师范大学学报》（人文社会科学版）2001 年第 3 期；邓招华《特立独行的深层思考——〈文化偏至论〉、〈破恶声论〉解读》，《鲁迅研究月刊》2007 年第 11 期；邓国伟《〈文化偏至论〉之我见——纪念〈文化偏至论〉发表 100 周年》，《鲁迅研究月刊》2009 年第 3 期；董炳月《鲁迅留日时期的文明观——以〈文化偏至论〉为中心》，《鲁迅研究月刊》2012 年第 9 期。2002 年，为纪念《文化偏至论》发表 95 周年，在京鲁迅研究者还专门召开了一次座谈会，与会代表一致认为："这篇文言论文是研究鲁迅早期思想的一篇十分重要的著述，其中所提出的立人及人国的思想，对中国的学术界产生了深远的影响，至今都闪耀着光芒。"（《鲁迅研究月刊》2003 年第 2 期）

权、练军实，如俄国所为是已。至于其本，则亦于民智、民力、民德三者加之意而已。果使民智日开，民力日奋，民德日和，则上虽不治其标，而标将自立。"① 严复在此借用传统术语"本末"来表达他对于时局的认识，明确将"民智""民力""民德"等主观因素置于"大权""军实"等有形力量之上，明显带有中国传统哲学心本体论的色彩。因此，严复才得出如下判断："是故国之强弱贫富治乱者，其民力、民智、民德三者之征验也，必三者既立而后其政法从之。于是一政之举，一令之施，合于其智、德、力者存，违于其智、德、力者废。"② 在严复看来，民智、民德、民力三者，不仅是政令得以施行的前提，某种意义上甚至已经成为国之强弱、贫富、治乱之征验，他进一步指出甲午战争的败北，正是因为"民力已茶，民智已卑，民德已薄故也"③。由此，"民"的地位在严复那里得到确认，进而形成了以"鼓民力、开民智、新民德"为核心的"三民"思想。

如果说严复的"民力""民智""民德"三者所指还较为模糊的话，那么康有为、梁启超通过激发、高扬人的主观精神来改变世界的思路则更为明显。康有为对心学、佛学资源的汲取，看中的正是其对个体主观精神的凸显④，而这一思路在梁启超的"新民说"那里体现得更加淋漓尽致。梁启超继承了严复对"民力""民智""民德"三者的重视，指出："为中国今日计，必非恃一时之贤君相而可以弭乱，亦非望草野一二英雄崛起而可以图成，必其使吾四万万人之民德、民智、民力，皆可与彼相埒，则外自不能为患。"⑤ 在梁启超看来，"处各国以民族主义立国之今日，民弱者国弱，民强者国强"⑥，在国家有机体理论启示下，民族国家之间的角逐便被置换成个体之"民"的竞争："今日世界之竞争国民竞争也"⑦，"国之见重于人也，亦不视其国土之大小，人口之众寡，而视其国民之品格"。⑧ 在梁启超这里，民族国家之间的角力遂被置换成国民之间的竞争，并且梁氏进一步将国民的核心竞争力化约为所谓的"国民之品格"，这样不仅将晚清危局的根本归于国民之道德，同时也为破解危局寻找到下手途

---

① 严复：《原强》，王栻编：《严复集》第 1 册，中华书局 1986 年版，第 14 页。
② 严复：《原强修订稿》，王栻编：《严复集》第 1 册，中华书局 1986 年版，第 25 页。
③ 严复：《原强修订稿》，王栻编：《严复集》第 1 册，中华书局 1986 年版，第 20 页。
④ 有关康有为的佛学研究及其佛学思想特质，详见本书第六章第一节相关分析。
⑤ 梁启超：《新民说》，商务印书馆 2016 年版，第 8 页。
⑥ 梁启超：《新民说》，商务印书馆 2016 年版，第 11 页。
⑦ 梁启超：《论近世国民竞争之大势及中国前途》，《梁启超全集》第 1 卷，第 310 页。
⑧ 梁启超：《论中国国民之品格》，《梁启超全集》第 3 卷，第 1077 页。

径。正是基于这一认识，梁启超提出通过"新民"来提振国民品格，使之在民德、民智、民力等方面，皆可与他国相埒，进而增强民族国家的整体竞争力。为此梁启超大声疾呼："新民为今日中国第一急务"，"新民"就此成为梁启超拯救晚清危局的逻辑起点，"苟有新民，何患无新制度，无新政府，无新国家"①。由此可见，梁启超的"新民"说与严复"三民"思想思路基本一致，都将"民德""民智""民力"看作能够左右国家命运的主要因素，同时也是晚清中国所应着力的方向。严复、梁启超认识到足以扭转国家命运的并非物质、制度层面的改革，而在于民德、民智、民力的发扬，就思想史的进程而言，这无疑是一个巨大的进步。以严复、梁启超为代表的晚清知识人对于民之力量的肯认，尤其是"新民"说的提出，某种意义上为鲁迅在 1908 年前后提出"立人"主张，提供了某种时代语境和思维架构。

比之于严复的"三民"理论，梁启超的"新民"说更具体系性，梁氏提出的对于"新民"之内在素质的要求也更加具体，其中很多方面均给予青年鲁迅直接影响。早在 1899 年梁启超在《国民十大元气论》等文中开始思考建立现代民族国家的精神基础问题。在他看来，文明有"形质"和"精神"两方面："衣食器械者，可谓形质之形质，而政治法律者，可谓形质之精神，若夫国民元气……是之谓精神之精神。"梁启超明显表现出对作为"精神"存在的"国民元气"的充分肯定，不仅如此，在梁氏看来，"精神既具，形质自生"，"求文明而从精神入，如导大川，一清其源，则千里直泻，沛然莫之能御也"②。这样，"精神"就成为生成"形质"的源头，表现出明显的精神决定论的思想倾向。正因为此，梁氏才如此看重所谓的"中国魂"，不仅写下《中国魂安在乎》和《祈战死》等文章，在歌颂日本"武士道"精神的同时，竭力呼唤"中国魂"的出世。此外，梁启超对"独立""自尊""尚武"等个人主观精神的置重，也极大影响到青年鲁迅。梁氏上述思想尽管受到日本媒介的影响，但其思想底色却是陆王心学，其在《德育鉴》中所加的一段按语充分说明了这一点：

> 其维新以前所公认为造时势之豪杰，若中江滕树，若熊泽蕃山，若大盐后素，若吉田松阴，若西乡南洲，皆以王学式后辈，至今彼军人社会中，尤以王学为一种信仰。夫日本军人之价值，既已为世界所

---

① 梁启超：《新民说》，商务印书馆 2016 年版，第 4 页。
② 梁启超：《梁启超全集》第 1 卷，北京出版社 1999 年版，第 267 页。

共推矣，而岂知其一点之精神教育，是我子王子赐之也。我辈今日求精神教育，舍此更有何物？①

其实，整部《德育鉴》的宗旨就在于发明王学，"专述子王子与其门下之言者，所愿学在是，他虽有精论，未尝能受也"。②

梁启超等人所激活的儒家心学传统带给鲁迅很大影响，有学者明确指出，鲁迅的"立人"思想与宋明理学尤其是陆王心学之间无论是形式还是内容方面均具有一定的相似性③。换言之，梁启超的"新民"说及其内蕴的思想资源、思维方式，某种意义上成为鲁迅接续儒家心学的一个媒介。④　况且，晚清思想语境中并非梁启超一人倡导心学，毋宁说倾心心学是一种时代现象，由此彰显出传统中国"内向超越"之思维模式的深远影响。"中国古代'哲学突破'以后，超越性的'道'已收入人的内心。因此先秦知识人无论是'为道'或'为学'，都强调'反求诸己'，强调'自得'。这是'内向超越'的确切意义。""但是'内向超越'并不仅限于'突破'时代。事实上，它从此形成了一个强固的传统，支配了后世知识人的思维模式（mode of thinking）。"⑤　职是之故，晚清危局下试图通过改变人的主观精神来达到改造外在世界的思路，并非梁启超所独有，章太炎亦复如是。

章太炎之所以在革命思潮鼎盛之际，力排众议来倡导国粹和佛学，看取的正是佛学对于个体精神、意志乃至道德的锻造作用：

　　这华严宗所说，要在普度众生，头目脑髓，都可施于人，在道德

---

① 梁启超：《德育鉴》，北京大学出版社 2011 年版，第 74 页。
② 梁启超：《新民说》，商务印书馆 2016 年版，第 53 页。
③ 胡辉杰、黄蓉：《从宋明理学看鲁迅的立人思想》，《湖北社会科学》2005 年第 3 期。
④ 黄克武曾指出梁启超与宋明理学（主要是王学）之间的几点继承关系如下。第一，梁氏仍强调在个人道德方面彻底改造的精神，亦即在人的改造方面是以道德优先，认为"惟德最难"，这与宋明理学的修身传统，强调"自得""求诸己""为己之学"的精神是一致的。第二，任公重视"公德"并将之纳入个人修养之中，实际上出于"私德公德本为一体""群己平衡"的观念，并与《大学》修齐治平的想法，"絜矩之道"，《中庸》"成己……成物"的理想之间，有很强的连续性。第三，在任公思想中，良知的本体论与其他修身功夫是紧密相关的，某种意义上仍然带有"玄学"色彩。第四，任公延续了清中叶以来经世传统，企图解决"兼内外"的核心议题，亦即结合内在道德、知识的追求与外在事功上的成就。近似于王阳明的追求"静处体悟"与"事上磨炼"的结合。黄克武：《梁启超与儒家传统延续与断裂：以清末王学为中心之考察》，《近代中国的思潮与人物》，九州出版社 2013 年版，第 181 页。
⑤ 余英时：《中国知识人之史的考察》，广西师范大学出版社 2004 年版，第 20 页。

上最为有益。这法相宗所说，就是万法唯心，一切有形的色相，无形的法尘，总是幻见幻想，并非实在真有……在哲学上今日也最相宜。①

较之华严、法相二宗，他更欣赏禅宗"自贵其心，不依他力"的精神传统，宣称"其术可以用于艰难危急之时"，能够使人"排除生死，旁若无人，布衣麻鞋，径行独往，上无政党猥贱之操，下作懦夫奋矜之气"，于建设革命之道德，进而改良政治促进社会最为相宜②。后来，章氏又专门写有《革命之道德》一文，指向的仍是革命者的个人道德问题，在章太炎看来，"道德衰亡诚亡国灭种之根极也"，如果投身革命者没有高尚的道德操守，"纵令暗其口焦其唇破碎其齿颊，日以革命号于天下，其卒将何所济"？③ 章太炎对于个体精神、意志、道德的强调由此可见一斑，其中心学思维的痕迹也十分明显。尽管章太炎在与改良派争论中留下不少否定王阳明的文字，但事实上，"从哲学主张看，担任《民报》主编以后的章太炎，已逐步转向阳明学，但为了维护革命派的政治主张，章太炎又不得不同康有为立异，一再对王守仁表示否定"④。进言之，"康有为倡尊孔保皇，梁启超主开明专制，以后梁启超又同蒋智由、马良等合组政闻社，提倡君主立宪，无不同反清革命在作对，又无不用王守仁的'良知'说文饰。章太炎批评王守仁，特别集矢于他的'事功'，以为他拥戴乱君，打击的不是被迫造反的农民，便是贤明著称的宗室，却用'良知'来文过饰非"。其实，"这个批评是针对康、梁一派的"⑤。即是说，章太炎此时批评王守仁背后有着更多的政治考量，并非其真实思想取向的流露，章氏晚年对陆王之学则推崇有加，"陆王之奋迅直捷，足以摧陷封蔀，芟夷大难"⑥。李泽厚指出，章太炎的总体思路是"主张以精神、道德、宗教而不是以物质、科学、进化，来作为革命的推动力量和改革武器，来作为首要的宣传任务和工作课题"。"章太炎这种思想与鲁迅原来重视国民性的改造，有相通和接近之处。"⑦ 的确，《文化偏至论》《破恶声论》等

---

① 太炎：《演说录》，《民报》第 6 号，1906 年 7 月 25 日。
② 太炎：《答铁铮》，《民报》第 14 号，1907 年 6 月 8 日。
③ 太炎：《革命之道德》，《民报》第 8 号，1906 年 10 月 8 日。
④ 朱维铮：《走出中世纪》，上海人民出版社 1987 年版，第 250—251 页。
⑤ 朱维铮：《走出中世纪》，上海人民出版社 1987 年版，第 252—253 页。
⑥ 章太炎：《菿汉微言》，章太炎：《菿汉三言》，虞云国校点，上海书店出版社 2011 年版，第 46 页。
⑦ 李泽厚：《略论鲁迅思想的发展》，《中国近代思想史论》，人民出版社 1979 年版，第 445 页。

文本确实留有章太炎影响的诸多痕迹，这些文字同样凸显出对于个体精神、道德、信仰等主观力量的期许。换言之，对于转型期的中国知识分子而言，对个体主观精神的置重，几乎是一种与生俱来的思想倾向，正是这一思想特质，才导致鲁迅沿着梁启超、章太炎等晚清人物的思路继续向前探索，并在"新民"说基础上提出了更具现代意味的"立人"方案。

就逻辑而言，鲁迅的"立人"方案在如下两方面对梁启超"新民"说及其心学思维有所借鉴。第一，"立人"与"新民"两套话语存在着一个近似的逻辑演绎过程。在国家有机体理论影响下，鲁迅与梁启超均认为民族国家之间的竞争归根结底是国民之间的竞争，因此要提升民族国家的整体竞争力，就必须从个体着手进行培育/启蒙。在梁启超看来，作为个体的国民的竞争力除去国家思想、政治能力、权利、义务、合群等所谓"公德"，同样不能忽视作为"私德"的自尊、毅力、尚武等内在素质，鲁迅则直接将"立人"的核心要素归结于"个性"与"精神"。因此，对于梁启超和鲁迅来说，"世界之中国"全球化格局中民族国家之间的竞争乃至存亡问题，便被置换成个体内在道德精神的提升。这种由外向内逐渐收缩的思维方式，无疑流露出原始儒家"内向归宿路线"①的潜在痕迹，换言之，他们远未能够摆脱轴心时代思维方式的影响。因此，无论是梁启超"苟有新民，何患无新制度，无新政府，无新国家"的豪言，还是鲁迅"人立而后凡事举"的简括，其实并没有回答"新民"如何开出"新制度""新政府""新国家"，为何"人立"之后"凡事"能举之类的问题。或许在他们看来，这是不成问题的问题，在此意义上，"新民"与"立人"均带有一种浓厚的道德理想主义色彩。这种道德理想主义将制度层面的改革简化为人/民道德—精神维度的变革，因此，他们不约而同地对现有之人/民的道德现状与精神面貌提出质疑，梁启超与鲁迅均认为依靠现有的人/民无法改变晚清中国的现状，所以二人均重视对国民劣根性的批判。在此意义上，国民性批判与"新民"/"立人"就构成一体两面的逻辑关系，共同致力于从个体道德—精神层面入手拯救民族危亡。

第二，鲁迅"立人"与梁启超"新民"共同预设了一个逻辑前提，

---

① "孟子把孔子、曾子所提出的个体人格沿着'仁政→不忍人之心→四端→人格本体'这样一条内向归宿路线，赋予伦理心理以空前的哲学深度。与荀子认为人禽之分在于人有外在的'礼'的规范不同，孟子强调人禽之分在于人能具有和发扬内在的道德自觉。"李泽厚：《中国古代思想史论》，人民出版社1985年版，第47页。

即人/民是可立/新的。鲁迅"立人"主张言简意赅，固然没有指出人之可立的理论依据，即便是梁启超洋洋洒洒的"新民"说对于民之可新也毫无论证，充满着一种不证自明的逻辑先验性。换言之，"立人"与"新民"均默认了人/民之可立/新这一逻辑前提，而将重点放在了"立人"的道术与"新民"的取径上。这一方面反映出鲁迅"立人"与梁启超"新民"的某种逻辑同一性，另一方面也彰显出他们对于以儒家思想为主的传统思想文化乃至思维模式的继承。考察中国传统思想文化可以发现，梁、鲁二人的方案中并未言明的理论根据，其实是有迹可循的。无论是孔子对"为仁由己"的强调①，还是孟子的性善论，抑或王阳明的致良知，乃至佛家的"自性"理论，传统中国的道德学说均预设了人性的圆满自足，认为人的自我完善无须外求，只要回到自心之世界，加以锻造，便能成就自己。而成就自己最重要的途径就是自我道德的完善，因此，传统中国人均重视对于道德维度的追求。鲁迅之"立人"、梁启超之"新民"，其中均含有对自我道德更新的诉求，可以说，这是对中国传统儒家道德修养理论的一种继承。唯一不同的是，古之所谓"君子""圣人"的目标被替换成现代意义上的"人""民"。但是，正如圣人之所以能够成圣，其依据就在人心中一样，"新民"与"立人"之所以可能，其依据同样是基于人性自足的道德理想主义信念。杜维明在考察儒家知识分子时指出："儒家知识分子是行动主义者，讲求实效的考虑使其正视现实政治（real-politiks）的世界，并且从内部着手改变它。他相信，通过自我努力人性可得以完善，固有的美德存在于人类社会之中，天人有可能合一，使他能够对握有权力、拥有影响的人保持批评态度。"②梁启超对于新民之道在于"吾民之各自新而已"③的强调，彰显出同样的逻辑，在此意义上，孔子的"为仁由己"及孟子的性善论为梁启超"新民"、鲁迅"立人"提供了可资借鉴的思想资源与思维方式。

总之，鲁迅"立人"方案的提出，一方面继承了严复、梁启超对于现代民族国家视野下"国民"的思考，将民族国家的竞争化约为个体道

---

① "仁远乎哉！我欲仁，斯仁至矣。"（《述而·第七》）"为仁由己，而由人乎哉！"（《论语·颜渊》）

② ［美］杜维明：《道、学、政——论儒家知识分子》，钱文忠、盛勤译，上海人民出版社2000年版，第11页。

③ "新民云者，非新者一人，而新之者又一人也，则在吾民之各自新而已。孟子曰：'子力行之，亦以新子之国。'自新之谓也，新民之谓也。"（《新民说·论新民为今日中国第一急务》《梁启超全集》第3卷，北京出版社1999年版，第656页）

德人格的竞争。① 另一方面，作为"个"的人与作为民族国家组成分子的"民"相比，鲁迅"立人"更加强调个体的精神、意志、道德层面，这一思想倾向表面上是对西方新神思宗的借鉴，但事实上，这是以儒家心学为代表的中国传统思想一以贯之的思维方式。梁启超"新民说"浓重的心学背景，足以说明其学说与心学资源之间的承继关系，而鲁迅经由梁启超等人营构的晚清语境，事实上也在无形中受到传统心学之影响。

三 鲁迅"立人"方案的传统思想资源

很长一段时间以来，鲁迅"立人"方案的提出及其内在逻辑，通常被视为青年鲁迅受到西方新神思宗启示的结果。从早期文本来看，鲁迅的确受到新神思宗思想家的诸多影响，尤其是新神思宗反抗19世纪以降物质文明和民主思潮单向发展导致的对于个性、精神之压抑的壮举，确实带给鲁迅某些启示。但问题是，鲁迅之所以能够接触并且与这些西方思想家发生精神上的共鸣，不能忽视两个极其重要的因素：其一作为媒介的日本思想文化界对于以施蒂纳、叔本华、尼采、克尔凯郭尔为代表的所谓新神思宗的介绍与宣扬；其二作为背景的中学修养（尤其是心性之学）与新神思宗在思维方式、价值趋向等方面的契合。没有第一点，鲁迅不可能深入接触新神思宗等西方现代思想家；没有第二点，新神思宗则无法引起鲁迅思想上的强烈共鸣。鲁迅是在日本语境中接触施蒂纳、叔本华、尼采等人的，因此他对于上述思想家的理解无法摆脱日本相关语境的影响，这一点日本学人北冈正子、伊藤虎丸等已经做了大量认真细致的梳理考证工作，此处不赘。② 但是，他们在考察日本语境对鲁迅思想建构发生影响的同时，相对忽视了中学背景在鲁迅接受新思潮过程中所发挥的先验作用。在笔者看来，作为背景的"中学"在鲁迅接受新思潮时不仅提供了相关

① 必须指出的是，梁启超"新民"理论在民族国家和国民之间，还存在着一个十分重要的中间概念"群"，梁启超所谓的国民实际上是"群"统辖之下的"民"，并非作为原子存在的单独个人，"身与群校，群大身小，诎身伸群，人之大经也。当其二者不兼之际，往往不爱己、不利己、不乐己，以达其爱群、利群、乐群之实者有焉矣"（《新民说·论自由》，《梁启超全集》第3卷，北京出版社1999年版，第678页）。因此梁启超"新民"和鲁迅"立人"思想虽然在逻辑进路上存在相似性，甚至鲁迅受到梁启超诸多影响，但是他们对于民/人的期待是不完全相同的，梁启超虽然也注意对民之私德的培养，但是他所谓的私德的养成依然是为了更好履行公德，成为具有现代国族意识的合群的公民，而鲁迅无疑更加赞赏作为"个"的独立人格的价值。
② ［日］伊藤虎丸：《鲁迅早期的尼采观与明治文学》《鲁迅如何理解日本流行的尼采思想》等，收入《鲁迅、创造社与日本文学——中日近现代比较文学初探》，孙猛、徐江、李冬木译，北京大学出版社2005年版。

术语，更重要的是，传统术语背后的思维方式和价值取向，某种程度上也介入了鲁迅对于域外资源的汲取，这些无疑会影响到鲁迅对于异质思想的取舍甚至会因此造成一定的"误读"。①

尽管从逻辑来看，鲁迅的"立人"似乎是从西方近现代思想文化的发展脉络中推导出来的，换言之，正是对欧美文化"根柢在人"的发现直接触发了鲁迅提出"立人"思想，因此鲁迅"立人"思想与西方新神思宗之联系可见一斑。但是，我们能否将这一思想完全归于西方新神思宗启示的结果呢？私以为，对鲁迅"立人"思想而言，新神思宗诸家只能归之于外源性影响，鲁迅接受的以儒家思想为主体的传统文化熏陶才是他提出这一思想的内质。检视中国传统思想文化，内里其实存在着诸多足以作为鲁迅"立人"思想之"底色"的思想资源。

"立人"二字即源自原始儒家，是纯正的儒学用语，孔子曰："夫仁者，己欲立而立人，己欲达而达人。能近取譬，可谓仁之方也已。"（《论语·雍也》）《论语》不仅提出了"立己""立人"的主张，并且从外在的"礼"与内在的"仁"两方面指出了"立己""立人"的下手途径，与此同时还提出了以"君子"/"圣人"为代表的理想人格，"圣人吾不得而见之矣，得见君子者斯可矣"（《论语·述而》）。那么，何谓"君子"？孔子的确对"君子"提出多方面的要求，如说"君子博学于文"（《论语·雍也》），"君子有九思"（《论语·季氏》），"君子和而不同"（《论语·子路》），"君子不器"（《论语·为政》），等等。但是对于孔子来讲，这些具体才能并非构成"君子"人格最重要的内在质素，孔子特别看重的是君子之"德"，所谓"君子怀德，小人怀土"（《论语·里仁》），"君子成人之美，不成人之恶"（《论语·颜渊》），"君子无终食之间违仁，造次必于是，颠沛必于是"（《论语·里仁》），"君子喻于义，小人喻于利"（《论语·里仁》），在孔子看来，这些道德层面的修养才是决定君子人格最为重要的素质。萧公权指出："（君子）旧义倾向于就位以修德，孔子则侧重修德以取位。"② 孔子对于"位"与"德"二者逻辑顺序的调整，无疑突出了"德"在君子人格中的重要性。金观涛等则从另一角度指出了孔子赋予"君子"概念的新意："孔子以前，君子多指社会位阶高的男子，在《论语》中'君子'获得了新的意思，指有道德觉悟的人，

---

① 郜元宝：《为天地立心——鲁迅著作所见"心"字通诠》，《鲁迅研究月刊》2000年第7期。

② 萧公权：《中国政治思想史》第1册，辽宁教育出版社1998年版，第66页。

或者说是道德精英。"① 君子由"位"到"德"的内在转化，使得道德成为君子须臾不可离的内在质素。与此相应，经过孔子"回到周礼"的一系列文化改造，中国文化实现了"以道德为终极关怀的超越突破"②。不仅如此，孔子进一步提出这种道德人格的获致不是靠外在的神或知识，而必须靠自己的修炼，所以孔子讲"吾日三省吾身"（《论语·学而》），君子应当"修己以敬""修己以安人""修己以安百姓"（《论语·宪问》），"省身""修己"均是为了"立己""立人"。在此意义上，《论语》可谓一部以道德为至高标准、以"君子"／"圣人"为理想人格的"立人"教科书。

孔子提出的"立己""立人"思想及其对于理想人格之道德层面的要求，某种意义上开启了中国思想史上的"立人"传统。孟子继承了孔子对于理想人格之道德层面的追求，指出道德自觉是人与禽兽的区别，"人之有道也，饱食、暖衣、逸居而无教，则近于禽兽"（《孟子·滕文公上》）。孟子从性善论的角度承认人之道德具有可欲性（"可欲之谓善"），进而确认了道德根源的内在性，"恻隐之心，仁之端也；羞恶之心，义之端也；辞让之心，礼之端也；是非之心，智之端也"（《孟子·公孙丑上》）。在孟子看来，"四端"即是"四德"的内在根源，孟子在确认道德内在性的同时，又提出以"养气"说为代表的心性修养论，"我善养吾浩然之气"。此所谓"养气"明显迥异于道家，因为对于儒家来说，修身的最终目的是"君子之守，修其身而天下平"（《孟子·尽心下》），"修身""立己""立人"仍要落实到现实层面。孟子对于道德人格的追求，集中体现为他对所谓"大丈夫"的向往，"富贵不能淫，贫贱不能移，威武不能屈，此之谓大丈夫"（《孟子·滕文公下》），事实上这不仅是儒家"君子"人格的发展，也是其立人主张的一种表现。至《大学》更是提出"自天子以至于庶人，壹是皆以修身为本"的观念。

可以说，从先秦儒家开始，无论"修己"还是"修身"，均表明中国文化已经开始孕育"立人"的观念，这种"立人"观念在如下两方面对后世产生了深远影响：第一，"立人"的根据不在于外在规范而在于内在的道德自觉，孔子讲"我欲仁，斯仁至矣"（《论语·述而》），"为仁由己"（《论语·颜渊》），孟子则认为"人皆可为尧舜"（《孟子·告子下》），关键要靠各人的自我努力，并由此衍生出以"自反"为特色的儒家道德修养路径，"反求诸己""厚责于己""反身而诚"等是其基本运思理路；第二，"立

---

① 金观涛、刘青峰：《中国思想史十讲》上卷，法律出版社 2015 年版，第 20 页。
② 金观涛、刘青峰：《中国思想史十讲》上卷，法律出版社 2015 年版，第 17 页。

人"尽管需要个体的道德自觉，但是"立人"（"修己""修身"）的目标并不止于此，其具有更为广泛的外延，无论是孔子的"修己以安百姓"还是孟子的"修其身而天下平"，修身均与更为广大的"百姓""天下"有所关联，由此彰显出儒家知识分子"立人"的强烈道德感与现实关怀。

先秦儒家提出的"立己""立人"思路为宋明理学所继承。宋儒张载从其"民吾同胞，物吾与也"（《西铭》）的立场出发，提出了"为天地立心"的主张。冯友兰指出，"立心"某种意义上就是"立人"，因为"天地是没有心的，但人生于其间，人是有心的，人的心也就是天地的心了"①。王阳明也讲："人者，天地万物之心也；心者，天地万物之主者也。"② 所谓"立心"事实上是沿着孔、孟道德化的"立人"主张继续向前探索的结果，为天地立心也就是立人之心，由此彰显出其从"立心"到"立人"的"天下"视野。这种由"立心"到"立人"的思路，在陆王心学那里表现得更为明显。陆九渊在浓重的理学氛围中独倡"心即理"，高呼"发明本心""先立乎其大者"，从而极大高扬了主体性意识。所谓"先立乎其大者"，出自孟子"耳目之官不思，而蔽于物，物交物，则引之而已矣。心之官则思，思则得之，不思则不得也。此天之所与我者，先立乎其大者，而小者不能夺"（《孟子·告子上》）。在陆氏这里主要是指人要收拾精神、自作主宰，人之精神要向内、不要务外，"人精神在外，至死也劳攘，须收拾作主宰。收拾精神在内时，当恻隐则恻隐，当羞恶则羞恶"③，"深思痛省，决去世俗之习，如弃秽恶，如避寇仇，则此心之灵自有其仁，自有其智，自有其勇……此乃谓之知至，乃谓之先立乎其大者"④。可以说，"先立乎其大者"是陆氏"立己""立人"思想的集中体现。王阳明是儒家心学的集大成者，在王阳明那里，"立己""立人"的思路同样得以传承。不同的是，王阳明从孟子那里继承了"良知"概念⑤，使之成为构筑其哲学思想的本体论基础，进而提出致良知学说，"立己""立人"的思路便由此得以施行。在王阳明那里，良知是个体先天具有、圆满自足的一种道德潜能，"始知圣人之道，吾性自足，向之求理于事物之外者误也"，而发现良知的途径就在于一个致字，"君子之学

---

① 冯友兰：《中国哲学史新编》第 5 卷，人民出版社 2004 年版，第 141 页。
② 王守仁：《答季明德》，吴光等编校：《王阳明全集》，上海古籍出版社 2011 年版，第 238 页。
③ 《陆九渊集》，钟哲点校，中华书局 1980 年版，第 454 页。
④ 《陆九渊集》，钟哲点校，中华书局 1980 年版，第 196 页。
⑤ "人之所不学而能者，其良能也；所不虑而知者，其良知也。"（《孟子·尽心上》）

以明其心。其心本无昧也，而欲为之蔽，习为之害。故去其蔽与害而明复，匪自外得也。……孔子告颜渊'克己复礼为仁'，孟轲氏谓'万物皆备于我'、'反身而诚'。夫己克而诚，固无待乎其外也"①。可见，所谓致良知实际上是一种复明本心的内向型思维，更是一种存天理去人欲的道德修持，而最终指向的则是成己成人，从而养成"君子"/"圣人"人格。

　　无论是张载的"立心"，陆九渊的"先立乎其大者"，还是王阳明的"致良知"，尽管所言间有不同，但它们均体现出儒家"立己""立人"的一贯思路，一方面继承了孔孟以降的道德内在性根源，从而为人之可善提供了道德依据，另一方面共同指向儒家道德修养的最高境界，即所谓"君子"/"圣人"的人格。显然，儒家的"君子"/"圣人"境界跟鲁迅的"立人"之间存在着不可以道理计的巨大差距，但二者在逻辑上又有着某种相似性。传统意义上，"君子"/"圣人"不仅是一种道德境界，更重要的是其由道德发散出去的治国平天下的现实抱负，因此，历代儒者所向往的"君子"/"圣人"人格就包含内外两个指向：其一，内在道德主体的不断完善；其二，修齐治平的实践能力。因此，儒家最理想的人格形象就是所谓的"内圣外王"。鲁迅所要立的是个性鲜明、具有绝大精神的现代意义上的个人，是具有独立人格、自尊个性与强力意志的个人。此种"个人"与传统意义上的"君子"/"圣人"人格固然迥然有别，但是在鲁迅的"立人"方案中，"立人"只是建立"人国"的先决条件，鲁迅的"立人"潜在指向了"立国"的最终目标。在此意义上，鲁迅"立人"方案也具有内外两个层次：一是个人内在性的"个性"和"精神"，立人的道术就在于"尊个性而张精神"；二是在"立人"基础上建立"人国"。不得不说，"立人"的这种双重指向，跟传统儒家对于"内圣外王"的人格期待存在着某种结构性相似。

　　鲁迅"立人"方案不仅在整体结构上受心学传统较大影响，而且儒家心性之学的自反内向型思维同样影响到鲁迅"立人"方案的内在逻辑。透过儒家对圣人人格的期待可以看出，儒家对于理想人格的锻造主要通过自反内向型思维和道德实践内外两方面所达成，因此儒家特别是宋明新儒家十分重视对"己""自心""本心""灵明""道德""诚"等"主观之内面精神"的探求，认为主体的这些内在质素才是成就完满人格的关键所在，因此在他们笔下常常见到"为仁由己""发明本心""明心见性"

①　王守仁：《别黄宗贤归天台序》，吴光等编校：《王阳明全集》，上海古籍出版社 2011 年版，第 260 页。

之类的表述。蒙培元甚至指出，这种自我反思型内向思维不仅存在于儒家传统之中，道、佛两家有着同样的思维倾向。① 鲁迅的"立人"思路也指向了人之内面性的"个性"与"精神"，并且将这两者推到无以复加的高度，认为是人之所以为人的根本之所在，同时也是拯救人心之危的晚清时局的根本。这一思路跟心学推崇"自心""本心"的做法无疑存在着某种逻辑性相似。二者都强调个体主观精神的重要性，一方面将对外在世界的改造内化为对主观世界的变革，在这一置换中体现出对人之主观内面精神的置重，也体现出孟子性善论的潜在影响；另一方面肯定并推崇个性、精神等主观因素的巨大潜能，对于心力改变世界的可能不存疑虑，明显带有心力决定论的道德理想主义色彩。

此外，鲁迅在《文化偏至论》《摩罗诗力说》等早期文本中译介西方思想家时，运用了大量先秦儒学乃至陆王心学的术语，这说明鲁迅对心性之学这一脉络的思想资源十分熟悉。维特根斯坦（Ludwig Josef Johann Wittgenstein）说，想象一种语言就是想象一种生活，换言之，对于语言运用者来说，语言不仅是一种简单的交流工具，更能渗透进我们日常生活的方方面面，成为一种足以左右我们思维方式乃至价值取向的无形力量。因此，我们要追问的是潜隐在儒家心性之学背后的思维方式和价值取向对鲁迅潜移默化的影响。有人指出早期鲁迅强调"主观之内面精神"的思想倾向，受到当时日本思想界对于"内面"的发现带来的影响②。事实上，

---

① 蒙培元《中国哲学主体思维》指出中国传统哲学表现出一种典型的自我反思型的主体内向思维，并以"诚""仁""良知"为例作了分析，"诚者，天之道也；思诚者，人之道也。至诚而不动者，未之有也；不诚，未有能动者也"（《孟子·离娄上》）。"思诚"也就是"明善"，"不明乎善，不诚其身矣"（《孟子·离娄上》）。"诚者自成也，而道自道也。诚者物之始终，不诚无物。是故君子诚之为贵。"（《中庸》）"为仁由己，而由人乎哉！""我欲仁，斯仁至矣。"（《论语·述而》）"仁义礼智，非由外铄我也，我固有之也，弗思耳矣。"（《孟子·告子上》）"良知"、"良能"和"诚"、"仁"一样，是传统哲学中普遍使用的范畴，表现了主体内向思维的特征，详见蒙培元《中国哲学主体思维》，人民出版社1993年版，第22页。"诚者非自成而已也，所以成物也。成己，仁也，成物，知也。性之德也，合外内之道也，故时措之宜也。"朱熹解释："诚虽所以成己，然既有以自成，则自然及物，而道亦行于彼矣。仁者体之存，知者用之发，是皆吾性之固有，而无内外之殊。既得于己，则见于事者，以时措之，而皆得其宜也。"（朱熹：《四书章句集注》，中华书局1983年版，第34页）

② 刘春勇借助柄谷行人的相关研究指出："从明治20年底到明治40年代，'内面'是日本人面临的一个普遍问题。鲁迅1902年（明治35年）至1909年（明治42年）留学日本，正是在这一时期内。"换言之，鲁迅对于主观之内面精神的强调，是受到日本关于"内面"理论影响的结果。详见刘春勇《文章在兹——非文学的文学家鲁迅及其转变》，吉林大学出版社2015年版，第41—42页。

以施蒂纳、叔本华、尼采、克尔凯郭尔为代表的新神思宗思想家，同样强调心、意志、精神、个性等主观内面因素。另外，中国传统哲学，无论儒、道、释，几乎都可归为唯心主义阵营，这在以陆王心学为代表的心性之学那里表现得最为充分。所以，早期鲁迅对于"主观之内面精神"的置重，可以说是西方思想、本土资源和日本媒介三者合力作用下的结果，在青年鲁迅思想建构的逻辑过程中，与新神思宗思想家存在诸多契合的以心性之学为代表的本土资源，更是不可或缺的一种根本性因素。因此，与其说鲁迅早期思想的这一倾向，是受到西方资源和日本媒介影响的结果，不如说是在中国传统思想文化的长期熏习下生成的。况且鲁迅所处的晚清语境正涌动着一股强劲的心学复兴思潮，鲁迅正是在这种思想语境中接受了心学语汇及其内蕴的思维方式与价值取向，甚至其崇尚的人格类型也影响到鲁迅"立人"方案对于理想人格的想象。

四 心学狂狷人格与鲁迅理想人格之建构

学界对于鲁迅"立人"方案之思想资源的研究，主要将目光投射到鲁迅所介绍的西方思想家那里，新神思宗和摩罗诗人等西方现代思想家、文学家固然为鲁迅"立人"主张提供了某种人格范式，甚至尼采重估一切价值的思想，对于鲁迅之狂的生成也不无影响。但不容忽视的是，鲁迅"立人"方案，从其习惯用语到运思逻辑均留有传统心学的痕迹，传统心学所推崇的狂狷人格也通过上述语词在无形中影响到鲁迅对于理想人格类型的想象。晚清狂狷人格的代表章太炎则是青年鲁迅与狂狷人格之间不可或缺的精神纽带。

（一）狂狷人格及其在近代中国的高扬

"狂狷"本是中国思想史尤其是儒学史上的重要概念之一。"狂狷"语出《论语·子路》："不得中行而与之，必也狂狷乎。狂者进取，狷者有所不为。"刘宝楠《论语正义》引东汉包咸注："狂者，进取于善道；狷者，守节无为。欲得此二人者，以时多进退，取其恒一。"[1] 朱熹也认为："狂，有志者也；狷，有守者也。有志者能进于道，有守者不失其身。"[2] 正是在此意义上，刘梦溪指出，尽管"狂""狷"各有特点，"一个急促躁进，希望尽快把事情办好，一个拘泥迂阔，认为不一定什么事情都办。也可以说，'狂'是超前，'狷'是知止"，但二者"都有自己独

---

[1] 刘宝楠：《论语正义》，中华书局 1990 年版，第 541 页。
[2] 朱熹：《四书章句集注》，中华书局 1983 年版，第 375 页。

立思想和独立人格的表现"①。魏崇新则在《狂狷人格》一书中将"狂狷人格"与"中庸人格"对举,作了较为深入的比较分析:"狂狷人格则与中庸人格相对立,中庸人格要求不偏不倚,狂狷人格则喜走极端;中庸人格以群体利益为本位,否定个体自由,狂狷人格则以个体为本位,追求个性自由;中庸人格培养出的是忠臣孝子,义夫节妇,等而下之,甚至是贼德的乡愿,虚伪的道学,狂狷人格成就的则是蔑视礼法,愤世嫉俗的狂人奇士。"②魏氏认为先秦孟子、庄子、屈原为狂狷人物的代表,并在此基础上,对狂狷人格的历史变迁作了一番考察,指出"在后世的儒学中,能够宽容狂狷的是陆王心学"③。的确如此,虽然魏晋嵇康、阮籍等人物具有狂狷人格的诸多表现,但他们大都披着玄学的外衣,作为其狂者形象之表征的"任诞和理傲则是老庄道家思想结出的果实"④。直到陆王心学出,尤其是中晚明之后,以心学及心学后裔为代表的狂狷人格才成为一种时代症候,不仅出现了王阳明、李贽、徐渭这样的狂士群体,"社会的各个角落几乎都为狂风所浸染",可以说,"明朝不愧为我国历史上狂者精神的一个制高点,同时也是中国知识分子狂狷传统的集大成时期"⑤。但随着明清鼎革之惊天巨变,一方面是学人主动对于晚明学风的反思,一方面是异族专制统治的加强,遂造成狂者精神在清前期和中期的销声匿迹。直至清末民初,这种狂者精神才得以复苏,涌现出康有为、谭嗣同、章太炎等狂者形象,"其中尤以学者兼革命家的章太炎先生的狂言、狂行、狂姿、狂态,最为当时后世所瞩目"⑥。某种意义上,"五四思想狂飙也是清末民初以来这股狂者精神的继续"⑦。

简要梳理"狂狷"概念史之后,我们至少可以获得如下几点认识。

第一,狂狷人格具有怎样的个性特质。从起源上讲,狂狷本是两种不同的个性特质,"狂"强调的是个性中积极进取的一面,而"狷"则是一种有所不为的操守。但后世往往"狂狷"二字并用,事实上,二者在坚持人格独立、思想自由方面确实存在着共同点,可以说,狂狷是个人一体两面的表现。所谓的狂狷人格其实就是一种以个体为本位,弘扬主体、发

　①　刘梦溪:《中国文化的狂者精神》,生活·读书·新知三联书店2012年版,第4页。
　②　魏崇新:《狂狷人格》,长江文艺出版社1996年版,第2页。
　③　魏崇新:《狂狷人格》,长江文艺出版社1996年版,第5页。
　④　刘梦溪:《中国文化的狂者精神》,生活·读书·新知三联书店2012年版,第116页。
　⑤　刘梦溪:《中国文化的狂者精神》,生活·读书·新知三联书店2012年版,第82—83页。
　⑥　刘梦溪:《中国文化的狂者精神》,生活·读书·新知三联书店2012年版,第97页。
　⑦　刘梦溪:《中国文化的狂者精神》,生活·读书·新知三联书店2012年版,第101页。

挥个性、追求自由而又悖于传统规范的人格形态。[①] 因此，这种人格形态的主要特点就是具有很强的主体性意识，并且时常表现出反抗传统的一面。正如刘梦溪所言："历来狂客的所谓'狂言'，大都涉及对儒家权威地位的置疑。"[②] 并且狂狷人格通常出现在面临巨大变革、呼唤创新的历史时期。即是说，狂狷人格往往会成为推动历史前进的助推器甚至是直接动力。

第二，狂狷人格与心学传统之间的相互激荡。狂狷人格的源头虽可追溯到孔孟、老庄那里，魏晋时期嵇康、阮籍等人也的确表现出狂狷人格的诸多特质，但狂狷人格成为一种时代症候，却是中晚明以降才发生的。而这其中，陆王心学思潮的传播的确起到了推波助澜的作用。陆王心学在祖述先秦儒家的同时对其进行了革命性的改造，把心的力量提高到无以复加的崇高地位，正因为此，中晚明以来才出现了大量带有狂狷特质的士人群体形象。毋宁说，狂狷人格的形成某种意义上正是陆王心学这一思想的外现，二者可以说是一体两面的关系。狂狷人物大多与陆王心学有着千丝万缕的联系，甚至亲炙过心学，心学宗师王阳明因此被认为圣狂人格的典范，而受其影响的王艮、李贽、徐渭，乃至龚自珍等人均可视作心学精神影响下的狂狷人格代表。即是说，强调自尊无畏、"我心即是宇宙"的心学熏陶对于狂狷人格的形成具有十分重要的意义，而心学获得高扬的历史时期往往也是狂狷人格不断涌现的时代。

第三，狂狷人格在近代中国的复兴及其影响。明清鼎革之际，儒士群体在指责王门后学束书不观、空谈心性之弊病[③]进而将之放逐的同时，事实上也就断绝了狂狷人格的精神支撑。加之，异族入主，文字狱等专制统治日益加强，一种丧失了精神支援的人格类型在专制严密的政体之下必然会发生集体失语的状态。另外，狂狷人格的消退期恰恰也是心学的沉寂期。直到龚自珍时代，在心学复兴、汉宋调和的学术背景下，才再现了具有狂狷精神的人格范式。龚自珍之所以一再被晚清梁启超等人视作思想启

---

① 宋克夫：《论徐渭的狂狷人格》，《湖北大学学报》（哲学社会科学版）2003 年第 2 期。其《心学与文学论稿》一书对狂者人格特点的概括更为鲜明：其一，蔑视权威，反叛传统，有着高远的志向和独立的人格；其二，真率自然，率性而行，有着强烈的主体意识和个性特征。参见宋克夫、韩晓《心学与文学论稿》，中国社会科学出版社 2002 年版，第 31 页。

② 刘梦溪：《中国文化的狂者精神》，生活·读书·新知三联书店 2012 年版，第 64 页。

③ "余尝疑世风浮薄，狂子僇民群起，粪扫六经，溢言曼辞而外，岂有岩穴之士为当世所不指名者？"黄宗羲：《张元岵先生墓志铭》，《黄宗羲全集》第十册，浙江古籍出版社1994 年版，第 391 页。

蒙者、时代急先锋，很大程度上即来自其狂狷人格。事实上，鲁迅对龚自珍也极为欣赏，唐弢回忆说："先生好定庵诗"，王瑶进一步指出鲁迅之所以好龚诗"也并非专指技巧的"，言外之意鲁迅对龚氏之个性人格也颇有好感。①

晚清狂者形象的集大成者无疑首推章太炎。正如有论者指出，狂狷概念，在章太炎思想和人生中占有重要位置②。对章太炎来说，狂狷不仅是一个哲学概念，而是具有实践意义、具有生命力的践履，为此，在晚清宣传革命思潮的过程中，章太炎不仅调动了革命儒学的大量思想资源，更以其"神经病"的形象成为清末民初狂狷人格的象征。"太炎先生所说的狂颠或神经病，就是本文所论述的狂狷，亦即不同流俗、勇于进取的狂者精神。"③ 事实上，章太炎的狂狷论，不仅重新界定了革命与道德之间的关系，从而为现代革命实践注入了强大的精神动力，而且影响到鲁迅"立人"方案对于理想人格的形塑。反过来，又因为章太炎的媒介作用，使得鲁迅对狂狷人格谱系有了进一步了解，并且在某些方面表现出狂者的特点。所有这些都在无意识中影响到青年鲁迅对理想人格的想象。进言之，鲁迅之所以推崇新神思宗和摩罗诗人，固然有日本媒介的宣传等客观因素，但更重要的是，这两种人格类型契合了鲁迅心目中对变革时期狂者人格的期待。青年鲁迅对新神思宗诸家和摩罗诗人的高歌，某种意义上即是对狂者形象的呼唤。

（二）鲁迅"立人"方案及其理想人格的提出

青年鲁迅在《文化偏至论》中提出了著名的"立人"方案："是故将生存两间，角逐列国是务，其首在立人，人立而后凡是举；若其道术，乃必尊个性而张精神。"④ "国人之自觉至，个性张，沙聚之邦，转为人国，人国既建，乃始雄厉无前，屹然独见于天下。"⑤ 由此可见，鲁迅的"立人"方案实际包括两个层面：其一，以"尊个性而张精神"为下手途径的个体思想启蒙；其二，由"立人"到"立国"，从而建立"人国"的终极指向。

鲁迅由"立人"到"立国"的思路，固然受到晚清严复、梁启超等

① 邹进先：《鲁迅与龚自珍》，《文学评论》2004 年第 6 期。
② 林少阳：《鼎革以文——清季革命与章太炎"复古"的新文化运动》，上海人民出版社 2018 年版，第 314 页。
③ 刘梦溪：《中国文化的狂者精神》，生活·读书·新知三联书店 2012 年版，第 101 页。
④ 鲁迅：《坟·文化偏至论》，《鲁迅全集》第 1 卷，第 58 页。
⑤ 鲁迅：《坟·文化偏至论》，《鲁迅全集》第 1 卷，第 57 页。

人之影响，但在梁启超那里，"新民"的目标是锻造国民，而国民则是构建现代民族国家的首要之具，换言之，梁启超的"新民"指向的乃是民族—国家。鲁迅"立人"则最终指向所谓"人国"，人国与现代民族国家固然存在重合之处，但区别更为明显。鲁迅"立人"对个体精神性因素的强调明显迥异于新民说，正如有论者指出，鲁迅"立人"的根本是"立心"①，正因为此，他才会如此重视与"心"相关的精神、自性、意力等个体内在质素。鲁迅"立人"方案的这一运思逻辑，与其说是对西方新神思宗的简单移植，不如说是对传统心学的不自觉继承。

就鲁迅"立人"方案而言，不仅其运思逻辑受到心学传统之影响，更重要的是，心学狂狷人物也在潜移默化中成为鲁迅"立人"的人格范式。鲁迅"立人"方案看似并未明言欲立之人的理想形象，但结合早期几篇文言论文看，事实上青年鲁迅对于建构怎样的理想人格是有着某种想象与期待的。鲁迅在谈到西方 19 世纪末个人主义思潮时说："试案尔时人性，莫不绝异其前，**入于自识，趣于我执，刚愎主己，于庸俗无所顾忌**。"又说："与其抑英哲以就凡庸，曷若置众人而希英哲？则**多数之说，缪不中经，个性之尊，所当张大**，盖揆之是非利害，已不待繁言深虑而可知矣。虽然，此亦赖夫**勇猛无畏之人，独立自强，去离尘垢，排舆言而弗沦于俗囿者也**。"在抨击"物质主义"时，鲁迅尤其推崇与之相对的"主观主义"，认为"以是之故，**则思虑动作，咸离外物，独往来于自心之天地**，确信在是，满足亦在是，谓之渐自省具内曜之成果可也"。其后在谈到近代西方世界对于理想人格之认识时表述更为明显："惟有**意力轶众**，所当希求，能于情意一端，处现实之世，而有**勇猛奋斗之才，虽屡踣屡僵**，终得现其理想：其为人格，如是焉耳。""惟有刚毅不挠，虽遇外物而弗为移，始足作社会桢干。排斥万难，黾勉上征，人类尊严，于此攸赖，则**具有绝大意力之士贵耳**。"正是在此意义上，鲁迅指出"二十世纪之新精神，殆将立狂风怒浪之间，恃意力以辟生路者也"。② 在《破恶声论》中，青年鲁迅同样流露出对这种理想人格的期待："盖惟**声发自心，朕归于我，而人始自有己**；人各有己，而群之大觉近矣。"③ "故今之所贵所望，在有**不和众嚣，独具我见之士**，洞瞩幽隐，评骘文明，**弗与妄惑者同其是非，惟向所信是诣，举世誉之而不加劝，举世毁之而不加沮**，有从

---

① 郜元宝：《为天地立心——鲁迅著作所见"心"字通诠》，《鲁迅研究月刊》2000 年第 7 期。
② 鲁迅：《坟·文化偏至论》，《鲁迅全集》第 1 卷，第 51—57 页。
③ 鲁迅：《集外集拾遗补编·破恶声论》，《鲁迅全集》第 8 卷，第 26 页。

者则任其来，假其投以笑伪，使之孤立于世，亦无慑也。"① 而在《摩罗诗力说》中鲁迅所向往的则是所谓"精神界之战士"："今索诸中国，为**精神界之战士**者安在？有作至诚之声，致吾人于善美刚健者乎？有作温煦之声，援吾人出于荒寒者乎？家国荒矣，而赋最末哀歌，以诉天下贻后人之耶利米，且未之有也。"②（按：黑体均为笔者所加）

上述引文大致可分成两类，其一是青年鲁迅对西方新神思宗和摩罗诗人两大群体热情洋溢的介绍，鲁迅称赞他们敢于冲破"庸俗""舆言"，能够"不和众嚣，独具我见"，意志坚强，"举世誉之而不加劝，举世毁之而不加沮"，"虽屡踬屡僵，终得现其理想"，等等。证之西方19世纪中叶以来的思想文化走向，可以说这是较为持平的叙述，新神思宗和摩罗诗人确实具有绝大之意力，敢于冲破庸俗之见，甚至不顾舆论、不和众嚣、坚持己见。其二则是鲁迅从晚清中国现状出发，对某种理想人格的想象，鲁迅将这种理想人格称为"英哲""一二士""精神界之战士"，所谓"精神界之战士"即可看作鲁迅对上述理想人格的一种提炼。在鲁迅看来，晚清中国的当务之急不是"黄金黑铁""立宪国会"之类物质形态、制度层面的改革，而是发现、培养这种具有绝大意力的"精神界之战士"，鲁迅指出，只有"精神界之战士"，才"足作社会桢干"。

值得追问的是，鲁迅何以能够欣赏这种类型人格，并将之确立为"立人"的人格范式呢？这固然跟鲁迅对西方现代文明发展趋向的判断有很大关系。青年鲁迅突破了当时国人对西方19世纪文明之结晶"物质"和"众数"的艳羡状况，相反从中洞察到"文化偏至"这一文明发展的不平衡现象。在鲁迅看来，新神思宗和摩罗诗人代表着20世纪历史发展的必然趋势，因此鲁迅才对其不吝赞美之词。正是在这种潜移默化中，鲁迅逐渐接受并认可了上述两大群体所代表的人格类型，并将之树为立人的"样板"。就青年鲁迅的思想演进轨迹来说，这一逻辑推演完全成立，但是，如果进一步上溯鲁迅的教育背景及其所处的时代语境，则会发现鲁迅之所以亲近新神思宗和摩罗诗人并将他们作为"立人"的典范，应该说"中学"背景也是一种不可或缺的因素。一方面青年鲁迅对传统文化中的异端人格，特别是心学狂狷人格并不陌生，甚至其思想个性方面也表现出狂者的某些特点；另一方面，在晚清心学复兴背景下，经由梁启超、章太

---

① 鲁迅：《集外集拾遗补编·破恶声论》，《鲁迅全集》第8卷，第27页。
② 鲁迅：《坟·摩罗诗力说》，《鲁迅全集》第1卷，第102页。

炎等唤醒的狂狷人物，鲁迅进一步加深了对于这群历史人物的了解①。因此，在这个意义上，传统文化中的狂狷人格，尤其是具有心学背景的狂狷人格，事实上也就参与到鲁迅对于理想人格形态的想象与塑造中。

（三）作为资源的心学及其狂狷人格对鲁迅之影响

美国学者墨子刻在谈到西方思想对近代中国的影响时，援引拉尔夫·林顿的话指出："文化传播是一条双轨线，它同时取决于输入的观念的有效性和促成这种输入的内部刺激的广泛性。二者任何一方都不可或缺。"即是说，"中国人的头脑不是一块可以随意接受外部知识的白板"，即是说，倘不具有与之相当的思想语境甚至文化传统，外来因子是难以在异质文明中生根的。对于转型期的中国知识分子来说尤其如此，看似作为言说对象的"西方"往往只是"实现其承自传统的基本目的和价值"的工具性存在，由此反观鲁迅"立人"方案的理想人格，便不得不提到这一人格范式的本土资源。私以为传统心学不仅为鲁迅接纳新神思宗和摩罗诗人提供了先行思维架构，其推崇的狂狷人格也成为鲁迅"立人"的人格范式。晚清心学思潮的复兴，不仅助推了狂狷人格的高扬，同时为鲁迅提供了反观传统心学并接受其思维方式及理想人格影响的潜在途径。这种影响至少体现在如下两方面。

其一，就鲁迅而言，对西方新神思宗和摩罗诗人两大群体的绍介，首先面临着语言层面的转译。通常意义上，异质语言所宣扬的思想内容及其推崇的人格范式，只有经由熟悉的语汇加以诠释，才可能被广泛接受。为此，鲁迅在介绍上述人格时，动用了大量中国传统语汇，如"主己""自心""勇猛无畏，独立自强""刚毅不挠，虽遇外物而弗为移""思虑动作，咸离外物，独往来于自心之天地""意力轶众""不和众嚣，独具我见""举世誉之而不加劝，举世毁之而不加沮"等等。上述语汇中很大一部分是源于传统心学及与之相关的习惯用语，这些用语在陆王心学及其后学的笔下更是屡见不鲜。陆九渊经常讲"不怕天不怕地"，强调主宰、头脑的巨大作用，并强调"凡讲学标宗旨者，皆务约之使其在我而已"②。王阳明曾如此强调坚韧不拔的意志力量："故学者只须责自家为己之志未能坚定，志苟坚定，则非笑诋毁不足动摇，反皆为砥砺切磋之地矣。"又

① 晚清思想界在心学复兴的背景下，先后推出过王阳明、陈白沙、李贽等具有心学背景的历史人物，如《新民丛报》第五十六号（1904年11月7日）"图画"社登有"祖国大教育家王阳明先生遗像"，第六十号（1905年1月6日）"图画"社登有"陈白沙先生献章"等。

② 梁启超：《德育鉴》，北京大学出版社2011年版，第54页。

说："依此良知，忍耐做去，不管人非笑，不管人毁谤，不管人荣辱，任他功夫有进有退，我只是这致良知的主宰不息，久久自然有得力处，一切外事亦自能不动。"① 王氏在与聂双江的书信中更是明确说出"天下信之不为多，一人信之不为少"的壮语。类似言辞在王阳明笔下还有很多，如"举世非之而不顾，千百世非之而不顾"②，"今时同志中，往往多以仰事俯育为进道之累，此亦只是进道之志不专一，不勇猛耳。若是进道之志果能勇猛专一，则仰事俯育之事莫非进道之资"③。上述语汇在阳明后学那里同样屡见不鲜，如王龙溪曰："圣贤之学，惟自信得及，是是非非不从外来。故自信而是，断然必行，虽遁世不见是而无闷；自信而非，断然必不行，虽行一不义，杀一不辜而得天下不为。"④ 最典型的莫过于为康、梁师徒所倾心的罗近溪名言："若果然有大襟期，有大气力，有大识见，就此安心乐意而居天下之广居，明目张胆而行天下之大道，工夫难到凑泊，即以不屑凑泊为工夫，胸次茫无畔岸，便以不依畔岸为胸次，解缆放船，顺风张棹，则巨浸汪洋，纵横任我。"⑤ 受其影响，梁启超也发出了对具有独立精神的"豪杰之士"的呼唤："孟子曰：'待文王而后兴者，凡民也。若夫豪杰之士，虽无文王犹兴。'夫豪杰之所以能成就伟业，创造世界者，类皆挺身崛起，自拔于旧日风气之中，任天下所不能任，为天下所不敢为，排除众议，凌冒艰阻，强矫不依，独往独来于世界之上，以一人而造举世之风潮者也。"⑥

青年鲁迅在动用大量心学语汇转译新神思宗诸家的运思过程中，尼采、叔本华、克尔凯郭尔等所谓的"轨道破坏者"，某种意义上已经脱离了西方语境，重塑为中国传统文化中的以狂狷为特质的异端人格形象。这种人格范式又因为传统文化中心学形而上的精神支撑，具有极强的自信力和意志力而格外引人注目。可以说，当鲁迅在阅读相关材料并将之行诸文字时，他所面对的已经不再是尼采、叔本华，而是上述语汇所指向的传统语境中以心学狂狷人格为代表的这一类人格形象。因为语言层面的转译，并非一种简单的单向移植，翻译过程中大量本土语汇的掺入以及由此唤起

---

① 王守仁：《传习录下》，吴光等编校：《王阳明全集》，上海古籍出版社 2011 年版，第 115 页。

② 王守仁：《与陆元静》，吴光等编校：《王阳明全集》，上海古籍出版社 2011 年版，第 210 页。

③ 王守仁：《与道通书》，《王阳明全集》，上海古籍出版社 2011 年版，第 1332 页。

④ 梁启超：《节本明儒学案》，商务印书馆 1916 年版，第 172 页。

⑤ 梁启超：《德育鉴》，北京大学出版社 2011 年版，第 57 页。

⑥ 梁启超：《论独立》，《梁启超全集》，北京出版社 1999 年版，第 1081 页。

的历史记忆，事实上已经瓦解了本源语词所指向的意义层，而重塑为译者所熟悉的经典话语。翻译主体在激活这些经典话语的同时，承载它们的典范人物也就在无形中被激活，并且这些典范人物与新神思宗同具"异端"品格，因此对新神思宗的倾倒又反过来加深了鲁迅对于心学人物的亲近，二者之间形成了一种有机的互动。这样被激活的心学人物便不经意间成为鲁迅"立人"主张的人格典范。

其二，青年鲁迅将所谓的"精神界之战士"视为其"立人"的理想人格，其实心学传统中并不乏这样的人格类型，毋宁说，自尊无畏、豪杰之士、狂者人格，恰恰是心学传统所着力塑造的理想人格范式。通过晚清心学思潮，鲁迅对这些传统人格并不陌生，因此可以说，西方新神思宗和摩罗诗人某种意义上只是唤醒了鲁迅对于心学狂狷人格的历史记忆。

历史上心学人物大都极富自信，具有一种狂者的胸次，推崇所谓豪杰之士。孟子就极度自负，曰："五百年必有王者兴，其间必有名世者……夫天未欲平治天下也，如欲平治天下，当今之世，舍我其谁也！"（《孟子·公孙丑下》）并且推崇豪杰之士的进取精神，"待文王而后兴者，凡民也。若夫豪杰之士，虽无文王犹兴"（《孟子·尽心上》）。孟子这种傲视万物、独立一时的气魄，咄咄逼人的豪杰之气，堪称狂者胸次。孟夫子之所以有如此之大的豪气，是因为在其胸中始终横亘着一个狂傲的自我，即所谓的"万物皆备于我"（《孟子·尽心上》）。由此，孟子成就了一种顶天立地的狂人形象。[①]

陆王心学不仅继承了孟子有关心性论的重要思想，孟子这种睥睨一切的狂者形象，也成为心学人物努力追求实践的典范人格。陈白沙讲"天地我立，万化我出，而宇宙在我矣"[②]，白沙先生对"我"之强调可谓前无古人。陆九渊则讲"宇宙便是吾心，吾心即是宇宙"[③] "六经皆我注脚"[④]，这些只言片语无不流露出心学人物的自我中心以至于狂傲的特点。王阳明也不止一次呼唤过豪杰之士："夫非豪杰之士，无所待而兴起者，吾谁与望乎？"[⑤] "自非豪杰，鲜有卓然不变者。"[⑥] 王氏所谓"无所待"

---

① 魏崇新：《狂狷人格》，长江文艺出版社1996年版，第26页。

② 陈献章：《与林郡博（七）》，《陈献章集》卷二，孙通海点校，中华书局1987年版，第217页。

③ 陆九渊：《杂说》，《陆九渊集》卷二十二，钟哲点校，中华书局1980年版，第273页。

④ 陆九渊：《语录上》，《陆九渊集》卷三十四，钟哲点校，中华书局1980年版，第395页。

⑤ 王守仁：《答顾东桥书》，《王阳明全集》，上海古籍出版社2011年版，第64页。

⑥ 王守仁：《与辰中诸生》，《王阳明全集》，上海古籍出版社2011年版，第162页。

"卓然不变",均是强调个体的独立人格,不为世俗所移。这种无所待的豪杰通常带有狂者气势,故阳明又说:"狂者志存古人,一切纷嚣俗染,举不足以累其心,真有凤凰翔于千仞之意,一克念即圣人矣。"① 并以自我为例说明"良知"对于狂者人格生成的重要性:"我在南都以前,尚有些子乡愿的意思在。我今信得这良知真是真非,信手行去,更不着些覆藏。我今才做得个狂者的胸次,使天下之人都说我行不掩言也罢。"② 可见,王阳明正是通过"良知"达到狂者/豪杰之境界的,一方面良知为狂者人格提供了自主性依据,另一方面,狂者/豪杰在良知的支配下成为具有普遍意义的理想人格形态。

王门后学之狂比之于阳明有过之而无不及。王艮独立不羁,自我主宰,曰:"以天地万物依于己,不以己依于天地万物"③,进而提出"我命虽在天,造命却由我"④ 的命题。王畿有云:

> 夫狂者志存尚友,广节而疏目,旨高而韵远,不屑弥缝格套以求容于世。其不掩处虽是狂者之过,亦其心思光明特达,略无回护盖藏之态,可几于道。天下之过,与天下共改之,吾何容心焉。若能克念,则可以进于中行,此孔子所以致思也。⑤

黄宗羲曾指出:"泰州之后,其人都能以赤手搏龙蛇,传至颜山农、何心隐一派,遂复非名教所能羁络矣。……诸公掀翻天地,前不见古人,后不见来者。"⑥ 黄氏确实描绘出泰州学派传人的精神风貌与人格范式,其中更是出现了李贽这一典型的狂狷人格形象。他主张"夫天生一人,自有一人之用,不待取给于孔子而后足也"⑦,故而反对"以孔子之是非为是非"⑧。即使面临牢狱大难,他也说:"若要我求庇于人,虽死不为也。""诛之可也,我若告饶。即不成李卓老矣。"⑨ 李贽甚至直接提出"闻道"

---

① 《年谱三》,《王阳明全集》,上海古籍出版社 2011 年版,第 1421 页。
② 王守仁:《传习录下》,《王阳明全集》,上海古籍出版社 2011 年版,第 132 页。
③ 《心斋语录》,梁启超:《节本明儒学案》,上海古籍出版社 2018 年版,第 527 页。
④ 龚杰:《王艮评传》,南京大学出版社 2001 年版,第 208 页。
⑤ 王畿:《与阳和张子问答》,转引自嵇文甫《晚明思想史论》,东方出版社 2013 年版,第 50—51 页。
⑥ 黄宗羲:《明儒学案》卷三十二《泰州学案一》,中华书局 1985 年版,第 703 页。
⑦ 李贽:《答耿中丞》,《焚书》卷一,中华书局 1975 年版,第 16 页。
⑧ 李贽:《藏书世纪列传总目前论》,《藏书》第 1 册"卷首",中华书局 1959 年版,第 1 页。
⑨ 李贽:《与耿克念》,《续焚书》卷一,中华书局 1975 年版,第 24 页。

须要狂狷的思想："有狂狷而不闻道者有之，未有非狂狷而能闻道者也。"①其实狂者之狂的背后同样有着深沉的现实关怀，如王阳明在把豪杰之士视为独立人格之化身的同时，又把他们规定为自觉意识到社会责任的主体："故居今之世，非有豪杰独立之士的见性分之不容已，毅然以圣贤之道自任者，莫之从而求师也。"②

上述以心学人物为主的豪杰、狂者、异端等传统人物形象，正是鲁迅运用心学语汇转译西方新神思宗和摩罗诗人时所不自觉唤起的历史记忆。这些人格形象与新神思宗诸家和摩罗诗人在很多方面具有极大的相似性，他们均十分看重个体主观精神的力量，有着极强的自信力、坚韧不拔的意志力，并且都在自身文化中扮演着轨道破坏者的异端角色，它们以一己的主观精神为凭依，在锻造自我人格的同时，努力改造外在世界。谭嗣同某种意义上正是得力于心学（及佛学），才会凭借极强的意志力，做出一番惊天地泣鬼神的事业来。有学者在分析谭嗣同思想中的心学及佛学因素时指出："心学为宋明儒学之一脉，它得益于禅宗的启示。虽然它与理学一样，在逻辑上也贯通天人。但理学着重于天（理）之庄严，心学则倡导于人（心）之主动。后者从个体体验入手，塑造个人的意志品格，要求'收拾精神，自作主宰'（陆象山语）。逻辑上容易被引向反权威、反压抑。这种个体意志主动性与佛学的破'法执'，否定外在世界的现实性刚好相互补充。严格地说，近代以来儒学的衰落主要指理学。心学与佛学，从康、梁、谭那里，几乎同步振兴。"③

确实如此，不仅谭嗣同深受陆王心学灌溉，晚清志士邹容、陈天华乃至汪精卫、宋教仁等均在不同程度上受到心学之影响，置身其间的鲁迅直到多年后，还记得留日学生中"激昂慷慨"的氛围。④ 在此种氛围中，鲁迅选择以心学语汇对译新神思宗，除去思维方式上的近似，其人格上的相近应该也是一个考虑的方面。毕竟青年鲁迅目睹了器物、制度层面改革的失利，也从谭嗣同等人身上看到了主观精神所具有的改造世界的可能性。换言之，在逻辑上来说，鲁迅对于"精神界之战士""具有绝大意力之

① 李贽：《与耿司寇告别》，《焚书》卷一，中华书局1975年版，第28页。
② 王守仁：《答储柴墟》（二），《王阳明全集》，上海古籍出版社2011年版，第897页。
③ 陈少明：《儒学的现代转折》，辽宁大学出版社1992年版，第41页。
④ "尤其是那一篇《斯巴达之魂》，现在看起来，自己也不免耳朵发热。但这是当时的风气，要激昂慷慨，顿挫抑扬，才能被称为好文章，我还记得'被发大叫，抱书独行，无泪可挥，大风灭烛'是大家传诵的警句。"鲁迅：《集外集·序言》，《鲁迅全集》第7卷，第4页。

士"的期待，与心学谱系中对于"豪杰之士""狂者胸次"的期许，并无质的区别，二者都强调通过一种精神锻造，实现自我道德人格的完善，然后在"成己"的基础上去"成人"，进而构建理想的现实世界。在此意义上，新神思宗的介入，使得鲁迅在唤醒历史记忆的同时也实现了传统思想的现代转换。

（四）结语

青年鲁迅提出的以"尊个性而张精神"为道术的"立人"方案及其内在逻辑，不仅留有梁启超"新民"说之痕迹，晚清章太炎等人对于个体精神、意志、道德维度的强调，及其所折射出的心学背景，同样影响到鲁迅"立人"方案的理论形态。心学惯用语汇不仅成为鲁迅转译西方新神思宗和摩罗诗人的语言媒介，某种意义上，心学语汇所凸显的狂狷人格也成为鲁迅"立人"的人格典范。总之，陆王心学的自反性思维、关注内面世界的大量语词、对个体道德之诚的要求、成己成人的思路及其自尊无畏的独立人格，均影响到鲁迅"立人"思路的最终生成。

现有关于鲁迅"立人"方案思想资源的研究，大多将目光投射到鲁迅所介绍的西方思想家那里，新神思宗和摩罗诗人的确为鲁迅"立人"主张提供了某种范式意义，但正如鲁迅所言："明哲之士，必洞达世界之大势，权衡校量，去其偏颇，得其神明，施之国中，翕合无间。"在全球化视野下，只有"外之既不后于世界之思潮，内之仍弗失固有之血脉，取今复古，别立新宗"，才能够使"国人之自觉至，个性张，沙聚之邦，由是转为人国"[1]。就鲁迅"立人"方案来说，心学传统及其所塑造的狂狷人格，无疑是固有血脉之一种。正如林少阳所言："由谭嗣同、章太炎至李大钊、鲁迅等人之间""构成了近现代狂狷的反乡愿谱系"，鲁迅是其中不可忽视的存在。林氏指出，学界惯常将鲁迅反传统的表现归结为尼采的影响，是过于简单了，"因为未能解释中国思想的'狂'的传统对鲁迅的影响，尤其是章太炎对他的影响"[2]。林教授不仅详尽考察了章太炎的狂狷论及其思想资源与现实指向，指出鲁迅通过章太炎的媒介作用，事实上也受到传统文化中"狂"的思想的影响，并着重分析了"狂"之于鲁迅的若干表现。但遗憾的是，未能洞悉鲁迅"立人"方案对于理想人格的形塑，其实也深受传统狂狷人格之影响。事实上，狂狷人格不仅影响

---

① 鲁迅：《坟·文化偏至论》，《鲁迅全集》第1卷，第57页。
② 林少阳：《鼎革以文——清季革命与章太炎"复古"的新文化运动》，上海人民出版社2018年版，第330—331页。

到青年鲁迅对于理想人格的形塑，同样也影响到其文学创作主题的凝练乃至个性人格的形成。在此意义上，鲁迅"立人"方案及其理想人格的提出，为我们提供了一个考察鲁迅与中国传统思想文化之关系的视角，进一步昭示我们鲁迅与中国传统文化之间的复杂性。

第五章　鲁迅国民性话语的近世语境

　　鲁迅对国民性问题的思考始于留日时期，他不仅将中国国民性问题的根本归结于缺乏诚与爱，并且试图从历史演变中寻求其思想根源，这一思路明显受到晚清严复、梁启超等国民性批判话语实践者的影响。鲁迅国民性问题意识的萌芽，正是在晚清国民性话语的直接启示下生成的，因此，以梁启超为代表的晚清国民性批判话语直接构成鲁迅国民性话语的时代语境。尽管鲁迅的国民性话语跟梁启超并不完全相同，是在继承梁氏基础上的错位发展，但是晚清国民性批判话语营造的思想语境的确成为鲁迅国民性意识萌芽的土壤，可以说，没有晚清国民性批判话语的示范意义，鲁迅国民性话语是无法成型的。而考察梁启超与《万国公报》之关系，可以发现，以《万国公报》为中心的传教士的国民性批判理论又直接启发了梁启超的国民性话语实践，无论在运思逻辑上还是在批判用语上，梁启超均受到传教士相关论述的影响。进言之，经过梁启超这一媒介，鲁迅的国民性话语跟传教士有关中国国民性的相关论述之间就有了一定的承继关系，即是说，传教士对中国国民劣根性的批判，事实上也构成了鲁迅国民性批判话语的思想来路。多年来学界将关注的焦点主要放在鲁迅与史密斯（Arthur Henderson Smith）《中国人的气质》的关系上，事实上，鲁迅与传教士中国国民性话语之间的渊源要深得多。考察鲁迅国民性话语理论的影响源，就不能不提及围绕在《万国公报》周边的晚清传教士对中国国民性的批判，尽管这种跨文化语境的批判话语不可避免地带有殖民主义文化霸权的底色。

　　并且，当近代国民性批判话语实践者将晚清帝国的落后归之于国民性问题时，的确带有某种本质论的思维痕迹，从而简化了复杂的现代化问题。但是，这种所谓的本质主义思维不仅受到传教士国民性话语的影响，而且跟传统中国道德中心主义的思维方式也存在着密切关联。传统中国以儒家为主体的知识人，不仅在个人品质锻造的过程中重视道德层面的修养，而且经常将政治层面的问题简化为道德层面的问题，从而形成了源远流长的所谓"德治"传统。这一传统不断强化着对政治施行者道德主体的锻造，因此，儒家知识分子除担负着治国平天下的政治责任外，还承担着道德批判的伦理责任。比如，面对明中叶以来道德伦理的世俗化倾向，王阳明及王门后学就多次批判士人阶层的道德滑坡，甚至，有学者认为，阳明晚年的"致良知"学说正是在此背景下提出的。即是说，崇尚德治的中国传统思想对于士人道德弊病的批判，跟晚清国民性批判话语之间存在着一定的逻辑相似性，甚至拥有着共同的思想资源。现在的问题是，传统中国的道德弊病是如何演变成近代中国语境中所谓的国民劣根性的？尽管晚清知识人批判的诸多国民劣根性囊括了传统士人所指摘的道德弊病，但这两者显然不属于同一层面。国民劣根性不仅带有西方世界审视东方世界的殖民主义文化色彩，而且对大多数近代国民性批判者来说，这已经不仅是一个道德层面的问题，而且上升到了关乎国家存亡的政治层面。道德问题是如何成为政治话题的？也许近代中国国民性批判话语的演进，恰如其分地展现出这一逻辑过程。因此，考察鲁迅国民性话语理论的本土语境，不仅为了确认其思想资源的来路，更重要的是，通过这种回溯性的追问，在探寻其思想资源的同时，还要反思潜藏在种种思想资源之下的相关运思逻辑、思维方式对鲁迅思想建构的影响。

简言之，近代中国国民性话语的兴起，是传教士有关中国国民性的相关论述与传统中国道德中心主义思维方式共同作用下的结果。因此，考察鲁迅国民性话语理论的本土资源，就必须同时对二者展开考察，这一远一近的两种思想资源，借助梁启超国民性话语的媒介性作用与示范性意义，同样成为鲁迅国民性话语生成的理论前提。

一　《万国公报》与近代中国国民性话语的兴起

在近代文化交流史上，传教士是一支不容忽视的沟通中西文化的重要力量，自利玛窦（Matteo Ricci）以后，早期来华耶稣会传教士就利用传教之便，发挥着沟通中西文化的媒介作用。早期传教士对于中国的种种观感、札记甚至书信也就成为 1840 年后大量来华传教士及其他西方人士认识中国的教科书，使得西方人在未到中华帝国之前已经对它有了一定认知。同时，他们也在不断向西方世界介绍中国文化，使得这样一个充满着神秘色彩的东方国度，为西方世界从文艺复兴到启蒙运动长达几个世纪的现代性进程提供了乌托邦想象的"他者"形象，某种意义上，这个遥远的"他者"形象成为西方世界超越自身、最终走出中世纪的一种驱动力。但在 1750 年前后，西方世界的中国形象发生了惊天逆转，从政治清明、人民富庶的世外桃源形象逐渐跌落到保守、专制、野蛮的落后形象①。这一转折无疑为传教士认知现实中国设定了某种"前理解"。

但是，传教士中国观的逆转并非一蹴而就，而是经历了一个较为漫长的不断发现、不断建构的过程。值得指出的是，中国形象从正面彻底走向负面，实际上是伴随着西方世界的不断壮大与晚清帝国的逐渐衰落而形成的一种国力反差在文化上的表现，在此意义上，不得不承认国民性话语乃是西方世界的一种权力叙事的结果。虽然西方世界中国形象的转变在1840 年之前的某些传教士与学者那里已经发生，如郭实腊（Karl Friedrich August Gützlaff）在 1833 年 6 月 25 日为《东西洋考每月统计传》所写的《创刊计划书》中说："当文明几乎在全球各处战胜愚昧和邪恶，并取得广泛进展之时……只有中国人还同过去千百年来一样停滞不前……出版这份月刊的目的，是让中国人了解我们的技艺、科学和准则之后，可以消除他们高傲的排外思想。"② 由此可以看出，在郭实腊心目中，中华帝国已经丧失了曾经的诸多光环，变成一个愚昧、邪恶、停滞、高傲、排外的负面形象。但总体而言，1840 年前传教士对于中国的负面印象通常只是一种个人的观察，尚没有形成一种整体认知，即便是作为个人观察，讲述者往往在叙述中国负面形象之同时，还会顾及传统中国优秀的一面。即是说，鸦片战争之前西方传教士的中国观仍在正负之间游移，真正打破这一平衡的是 1840 年前后至 19 世纪末之间的半个多世纪。从马礼逊（Robert Morrison）等早期新教传教士到广学会系统的各种出版物，传教士的中国观在潜移默化发生着改变，并最终在明恩溥那里实现了一种更为系统的提升，从而引发中国近代先觉知识分子的忧虑，遂不得不举起国民性批判的旗帜。

鸦片战争前夕，伯驾（Peter Parker）在一份通信中说："中国和大不列颠的战争，看来是无法避免的了，而且在不远的日子就会爆发。我已经施加了我一点小小的影响，让中国能预见和避免这次不幸，但是他们太骄傲，不肯屈从，而且是深深地陷在无知之中，对已经被他们从兽穴里弄醒

① 关于 1750 年前后西方世界中国观转变的思想史历程，参见周宁《天朝遥远：西方的中国形象研究》第二章"1750：中国形象转型的现实与观念语境"，北京大学出版社 2006 年版。

② 顾长声：《从马礼逊到司徒雷登——来华新教传教士评传》，上海书店出版社 2005 年版，第 51 页。

的狮子（英国）的力量，仍然毫无感觉。"① 骄傲、倔强、无知、麻木，无疑是伯驾向美国亲属传达的中国形象。如果说伯驾的说法还较为笼统的话，那么杨格非（Griffith John）的指责则更为具体，他在 1856 年 6 月 30 日写给伦敦的报告中，指责"中国人似乎是我所见到和了解到的最漠不关心、最冷淡、最无情、最不要宗教的民族"，"中国人还沉浸于可以感触到的唯物主义，世界和可见之物就是一切。要他们用片刻功夫考虑一下世俗以外的、看不见的永恒的东西，那是难上加难的……"② 中国人给杨格非留下了凡事漠不关心、冷淡、无情、整日沉浸于唯物主义、没有精神追求的印象。古伯察（Huc, Evariste Regis）则将软弱视作中国人主要的国民性之一，认为"傲慢、尊大的、看上去颇具刚毅的中国人，一旦遇到态度坚决、意志不挠的人，马上就会变得软弱，像患了癫病"③。雅裨理（David Abeel）也说过类似的话："同中国人打交道有一条准则，即中国人难得肯答应一项请求，但如果下点决心，表示点勇敢，去夺取的话，中国人也难得会反对，或固执地反对下去。"不仅如此，在他看来，中国人一直"处在极端黑暗之中""天天在坠入坟墓""是可怜复可悲的人民"④。这样，中国人在无知、冷淡、麻木、无情、缺乏精神追求之外，又被贴上了意志不坚定、软弱、处在黑暗之中、可怜复可悲等国民性标签。

尽管 19 世纪中叶以来，传教士群体中已经出现了一些对中国国民性的负面描述，甚至有上升到民族性高度的趋势，但从实际影响来看，此种观点对当时国人的影响十分有限，这些更多是研究者在梳理学术史时的一种知识考古学的"发现"。真正对中国近代国民性话语之兴起构成直接影响的，是传教士透过广学会的出版物，尤其是《万国公报》⑤（以下简称《公报》）所传播的中国观。《公报》的发行及各种著述的结集出版，不仅

---

① 顾长声：《从马礼逊到司徒雷登——来华新教传教士评传》，上海书店出版社 2005 年版，第 73 页。
② 顾长声：《从马礼逊到司徒雷登——来华新教传教士评传》，上海书店出版社 2005 年版，第 175—176 页。
③ 沙香莲主编：《中国民族性：1980 年代中国人的"自我认知"》（一），中国人民大学出版社 1989 年版，第 3 页。
④ 顾长声：《从马礼逊到司徒雷登——来华新教传教士评传》，上海书店出版社 2005 年版，第 57、56 页。
⑤ 《万国公报》前身为《中国教会新报》，1868 年 9 月创刊于上海，自 301 卷起更名为《万国公报》，出至第 750 卷后曾停刊，1889 年复刊后成为英美传教士在华最大出版机构"广学会"的机关报，1907 年底终刊。该报是西方传教士在华创办的时间跨度最长、影响最大的刊物。

使得在华传教士获得更多表达自己观点的机会，更借助于现代传播机制将他们对于现实中国的种种观感，传达给正在为救亡图存而孜孜以求的近代中国先觉者。因此考察以《公报》为纽带的广学会系统传教士的中国观及其有关中国国民性的相关论述，对于廓清近代中国国民性话语的缘起具有十分重要的学术意义。

《公报》原系美国传教士林乐知（Young John Allen）自编的刊物，广学会成立后，成为该会会刊，除去停刊的五年多，《公报》实际"总共出版的时间，长达十八年又九个月"①，可谓广学会最具影响的出版物。正因为其长期性，在它周围聚集起一批较为稳定的作者队伍②，因此，某种意义上完全可以将之看作广学会系统传教士中国观的集中展现。而《公报》对于中国国民性的揭示又跟其对中国文化教育及风俗习惯的批判密不可分。

首先，《公报》不约而同地以现代进化观念指责中国文化及教育制度之保守、停滞及由此引发的排外倾向。李佳白（Gilbert Reid）撰文指出："西人事事翻新，华人事事袭旧。"③ 另一篇题为《泥古变今论》的文章更是直接批判中国人"因循苟且泥于古法，而不知变通"，并且断言："盖既有泥古之心，则出于其心必至害于其事。害于其事必至害于其政。无惑乎国家之时势，日邻于贫弱矣。"④ 文章作者认识到，某种意义上正是"泥古"思想导致了晚清以来国势的江河日下，因此必须痛下决心予以改革。狄考文（Calvin Wilson Mateer）则试图寻找这种保守倾向形成的思想根源。在他看来，保守主义是传统教育中的崇古观念作祟的结果，"华友惟知重古而薄今"，这在很大程度上是因为中国传统教育缺乏"必

---

① 朱维铮：《求索真文明：晚清学术史论》，上海古籍出版社1996年版，第67页。

② 《万国公报》拥有一个数量相当庞大的作者群体，前后共有1100余人，在华传教士79名，其中74人为英美传教士，且均属于基督教新教，他们大都在本国接受了完整的高等教育并且在中国生活时间较长，对中国的现实及其与西方国家的差距有所认识。相对于《万国公报》庞大的作者群而言，他们在数量上虽不占优势，但是他们中的傅兰雅、丁韪良、林乐知、李提摩太、李佳白、狄考文、威廉臣等人在当时中国社会方方面面的影响很大，无疑可以看作《万国公报》的核心成员，扮演着"意见领袖"的角色。详见杨代春《〈万国公报〉与晚清中西文化交流》，湖南人民出版社2002年版，第60—78页。

③ 李佳白（美）：《中国宜广新学以辅旧学说》，载《万国公报》第102册，李天纲编校：《万国公报文选》，中西书局2012年版，第520页。

④ 赘翁（沈毓桂）：《泥古变今论》，原载《万国公报》第640卷，李天纲编校：《万国公报文选》，中西书局2012年版，第204、203页。

改古人之错""必补古人之缺""必求古人所未知"① 的创新精神。中华帝国这种文化保守主义倾向，在近代遭遇西方世界异质文明时就很自然地表现为一种排外心理："若士则自入学就傅以来，读圣贤书，行圣贤事，故每遇同道之中有习西学者，辄鄙薄非笑，以为是攻乎异端也，是崇奉西人而不知气节也。"② 杨格非在谈到中国人之所以不接受外来宗教时，也有类似看法："他们有自己的圣人，自己的哲人，自己的学者。他们以拥有这些人而自豪。他们对这些人抱有好感，把这些人当做神明崇拜。……他们可以承认上帝是一位外国的哲人，但比起孔子和其他中国哲人，则远远不如。"③ 但是，这样一种带有文化优越感的傲慢性排外，非但没有达到击退异质文明的预期，反而更加激发起西方传教士大力推广基督教的决心，其目的就是要"打破中国人的傲慢和除去中国人的惰性"④。实际上，这里已经流露出《公报》作者群对中国国民性诸多方面的指责，尤其是文化保守、排外所导致的国民性方面的崇古、傲慢与惰性等。

其次，《公报》还集中批判了晚清帝国存在的种种不合时宜的传统陋习，尤其是溺婴、殉节、裹足、纳妾等在他们看来几近野蛮的种种行径。因为上述陋习的受害者往往以女性居多，所以他们"备责华人待其妇女如罪犯"⑤。在《公报》上，这种将封建礼教束缚下的传统女性视为罪犯的观点并不鲜见，有人指责中国的闺房制度就是把女性"定罪监禁牢内"⑥，从而使她们对外部世界一无所知，只能沦为繁衍后代的工具和男人的玩物。花之安（Ernst Faber）则从人道主义和男女平等的现代观念出发，严厉批评了溺女行为，指出："世间最重者性命，天下最惨者杀伤"，"而愚夫愚妇，不明斯义，竟有生女即溺杀之者，上既负天地好生之德，下并没父母慈爱之怀，害理忍心，殊堪浩叹！"⑦ 当然，令

---

① 高瑞泉主编：《中国近代社会思潮》，华东师范大学出版社 1996 年版，第 482 页。

② 稍识时务者：《劝士习当今有用之学论》，原载《万国公报》第 533 卷，李天纲编校：《万国公报文选》，中西书局 2012 年版，第 195 页。

③ 顾长声：《从马礼逊到司徒雷登——来华新教传教士评传》，上海书店出版社 2005 年版，第 175 页。

④ 顾长声：《从马礼逊到司徒雷登——来华新教传教士评传》，上海书店出版社 2005 年版，第 258 页。

⑤ 《中国女学》，载《万国公报》第 500 卷，引自高瑞泉主编《中国近代社会思潮》，华东师范大学出版社 1996 年版，第 486 页。

⑥ 《中国女学》，载《万国公报》第 500 卷，引自高瑞泉主编《中国近代社会思潮》，华东师范大学出版社 1996 年版，第 486 页。

⑦ 花之安：《自西徂东》，引自熊月之《西学东渐与晚清社会》，中国人民大学出版社 2011 年版，第 316 页。

西方传教士最反感的还是裹足:"夫裹足之事,忻乎天质,逆乎天理,斯为最酷者也","使数千年来海内多少女子同受苦楚"。文章还进一步以现代视角指出这种陋习的审美误区,"美者不因乎裹足而愈美,丑者不因乎裹足而不丑"①。此外,传教士还批判了纳妾制度,认为这一制度不利于儒家一贯主张的"和"与"安"的传统精神,乃"卒使国亡家破"的隐患。

　　无论是文化教育方面的保守排外,还是风俗习惯方面的陈旧陋习,聚焦到民族性格方面便成为所谓的国民劣根性。风俗习惯方面的陋习固然是国民劣根性所引发,而文化教育层面的保守排外滋生的软弱、奴性、安于现状等国民性特质,又反过来制约着文化教育层面的创新。二者由此形成一种恶性循环,正是由这一关系出发,"人"对于中国现代化进程的意义得以凸显。甲午战后,傅兰雅(John Fryer)敏锐意识到:"外国的武器,外国的操练,外国的兵舰都已试用过了,可是并没有用处,因为没有现成的、合适的人员来使用它们。这种人是无法用金钱购买的,它们必须先接受训练和进行教育。……不难看出,中国最大的需要,是道德的或精神的复兴,智力的复兴次之。"②傅兰雅所谓的"道德或精神的复兴"固然带有基督教的宗教背景,但其从道德或精神入手,试图借此改造中国国民性进而挽救清帝国的做法,却与近代中国国民性话语的内在逻辑不谋而合。

　　其实,早在传教初期,《公报》作者就注重以基督教教义来对治中国国民性之弊端。有人撰文指出:"在昔欧洲诸国,当未闻道之先,其愚拙情形,亦如今日之中国","中国矿产之煤铁,实多于欧洲,特上之人愚而不明,狃于风水之邪说,坐令弃于地中,甘失富强"③。可见,晚清帝国在传教士心目中,依然处于前现代的"愚拙"状态,主政者则"愚而不明",那么,如何解决这一问题?传教士基于"基督化即文明化"的宗教逻辑,开出的药方当然是奉行基督教,"今为中国计,惟有基督之道足以救人"。因为在他们看来,基督教不仅能够去其迷信,大力发展生产,同时"凡有损之恶习,如吸烟、酗酒、赌博、奸淫、欺骗、窃盗等类,

---

① 佚名:《裹足论》,载《万国公报》第 503 卷,李天纲编校:《万国公报文选》,中西书局 2012 年版,第 192—193 页。

② 熊月之:《西学东渐与晚清社会》,中国人民大学出版社 2011 年版,第 458 页。

③ 林乐知:《基督教有益于中国说》,载《万国公报》第 83 册,李天纲编校:《万国公报文选》,中西书局 2012 年版,第 116 页。

教规之禁例甚严"①。即是说，上述基督教教规所禁之种种恶习恰恰是中国人司空见惯的积习，这些在传教士看来无疑属于所谓的民族性缺陷。此外，传教士对中国传统文化的抨击，也从其对国民性之误导入手，指出中国国民性的缺失很大程度上是传统教育一手造成的，"学《诗》之失而为愚，学《书》之失而为诬，学乐之失而为奢，学《易》之失而为贼，学礼之失而为烦，学《春秋》之失而为乱"②。此处所谓"愚""诬""奢""贼""烦""乱"等传统教育的不良后果，与其说是对经典"六经"的非难，毋宁说是对现实中国国民性的指责。

此后，《公报》上谈及中国国民性的文字越来越深入。总税务司赫德（Robert Hart）撰文指出："如律例本极允当，而用法多属因循"；外省臣工"尽职者少，营私者多"；官兵平日怠惰，"对敌之时，贼退始皆前进，贼如不退，兵必先退，带兵官且以胜仗具报矣"。而"执法者惟利是视，理财者自便身家，在上者即有所见亦如无见"③。还有人以土耳其之遭遇反观中国，指出"大约土与中官员均相似。怠惰骄矜，因循贪鄙，悉无忠君爱国之心。……二国中虽间有胜负之员，大概局量狭窄，贪受贿赂"④。在此背景下，华人作者沈毓桂也意识到"中国之病，正在倨傲因循，苟且偷安，明知其故，而不能振作耳"⑤。由此可知，在《公报》作者心目中，因循、自私、怯懦、欺骗、怠惰、缺乏爱国心、苟且偷安等所谓的民族劣根性已经成为晚清国人摆脱不掉的民族性标签。《公报》第501卷上一篇题为《推原贫富强弱论》的文章则较早从中外比较的角度指出中国国民性的不足。文章认为英国之所以能够在相对狭小的国土上创造出比中国更强的国力，是因为英人尚简，华人尚奢："英人冬不裘夏不葛，毡衣、布裳安之若素，即有富可敌国者，其服不过如此"；华人"夏则纱縠轻鲜，羽扇宫执，所费不赀；冬则重裘华服，炫耀人目"。不仅如此，在作者看来，中英国民性尚有"疏懒"与"勤敏"之别："英人之为

① 林乐知：《基督教有益于中国说》，载《万国公报》第83册，李天纲编校：《万国公报文选》，中西书局2012年版，第116页。
② 知非子：《儒教辩谬》，载《万国公报》第515卷，李天纲编校：《万国公报文选》，中西书局2012年版，第36页。
③ 郝德：《局外旁观论》，载《万国公报》第360卷，李天纲编校：《万国公报文选》，中西书局2012年版，第164、165页。
④ 隐名氏：《关爱中华三书》，载《万国公报》第495卷，李天纲编校：《万国公报文选》，中西书局2012年版，第186页。
⑤ 南溪赘叟（沈毓桂）：《救时策》，载《万国公报》第75册，李天纲编校：《万国公报文选》，中西书局2012年版，第297页。

事，限以时刻，必躬必亲。即或有假手于人者，必亲自督率不敢一息苟安。而详慎周至，算无遗策，虽事之小，亦未尝忽焉"，中国人"晓起则九点十点钟，犹且搔首伸欠不已，天时偶热，则畏暑不敢出也；稍寒，则又畏寒不敢出也，甘于误事，而不敢振作自奋，甚且事事假手于人。无论为官为商为绅为士，莫不相习成风，因循坐误"①。作者对英人尚简、华人尚奢，英人勤敏、华人疏懒的指责未必准确，但却标示着时人已经将国民性作为衡量国家贫富强弱的重要标准。换言之，在某些传教士那里，国之强弱某种意义上已经被置换成国民性之优劣，这一置换无疑将复杂的现代化问题化约成单一的国民性问题，看似找到了解决问题的根本途径，实际上却埋下了近代中国国民性话语理论的诸多隐患。

　　作为《公报》核心人物，林乐知有关中国国民性的相关论述更为集中，影响也更为深远，某种意义上可谓直接促成了近代中国国民性话语的兴起。他不仅批判中国士人"食古不化"："中国则以率由旧章，为不违先王之道。而不知先王之道宜于古，未必宜于今。今之时势，非先王之时势也"②，在论述鸦片之害时，也别出心裁地从中西国民性之异同入手，指出："东人好静不好动，故所嗜者，以静为缘，而收敛尚焉。……西人好动不好静，故所嗜者以动为主，而发扬尚焉。"在林氏看来，鸦片与酒恰好有"主乎静"与"主乎动"的差别，"是以东人性近于静，迷于鸦片者恒多，……西人性近于动，迷于酒者恒多"。不仅如此，林氏还指出，镇静无为、四大皆空的"佛教盛于东方"，而恻隐心动、四海一家的"耶稣教盛于西国"也是出于同样的原因。③ 在《中美关系略论》中，林乐知再次阐明了这一观点："华人惟主于静，故如信佛教也，吸鸦片烟也。美人惟主于动，故有喜耽曲蘖之弊，……华人毫无自主之权，事事皆尊朝廷之命令，官司之法度，其于安分守法讵不谓然。"④ 林乐知对中国人好静不好动的看法，很容易让人想起"五四"前后杜亚泉、李大钊等人在东西文化论争中所持的观点，而梁启超、鲁迅等晚清人物对尚武精神的弘扬，某种意义上也是对治中国人好静、柔弱之病症的一剂良药。甲午战后，林乐知在《险语对》中提出的"华人之积习"的八个方面影响则更

① 《推原贫富强弱论》，未署名，《万国公报》第 501 卷，1878 年 8 月 10 日。
② 林乐知：《中西关系略论》，载《万国公报》第 358 卷，李天纲编校：《万国公报文选》，中西书局 2012 年版，第 160 页。
③ 熊月之：《西学东渐与晚清社会》，中国人民大学出版社 2011 年版，第 496 页。
④ 林乐知：《中美关系略论》，李天纲编校：《万国公报文选》，中西书局 2012 年版，第 263 页。

为显著。林氏是在中日战争失利的背景下来探讨这一问题的，在他看来，战争的失败并不在于"战具"方面，"非新枪大炮之不克致远也，非铁砚石台之不克攻坚而守隘也，且亦非将之寡兵之微，不克建威而锁萌也"，相反，"中国缺憾之处，不在于迹象，而在于灵明，不在于物品之楛良，而在于人材之消长"，中国人才"不能胜他国者，则以有形之规模矩度，可凭而实无凭，无象之血气心知，欲恃而实不足恃也"。在此基础上，林氏提出了中国国民性八个方面的积习：一曰"骄傲"，尊己轻人，对他国善政不屑一顾，以为戎狄而已，"中华不尚也"；二曰"愚蠢"，既不关心世界，安肯就学远人，徒潜心于诗文，"识见终于不广"；三曰"恇怯"，不知科学，唯尚迷信，久成怯懦之性，于人于物皆然；四曰"欺诳"，虚文应事，不知实事求是之道，祈天求福，妄听妄信而已；五曰"暴虐"，官府腐败，不问民间疾苦，重刑讯，视人命如草芥；六曰"贪私"，人各顾己，不顾国家，无论事之大小，经手先欲自肥；七曰"因循"，做任何事情，只知拘守旧章，不愿因时变通；八曰"游惰"，空费光阴，虚度日月。林氏指出这八大积习，"其祸延于国是，其病先中于人心"。为此，他总结道："总之，心术即坏，如本实之先拔。是以招募军士，铸造枪炮，修筑台垒者皆犹饰枝叶而缀花蕊也。人心隐种乎祸根，险象遂显结乎恶果。"[①] 林乐知将战争的失利归结于"灵明""人材""人心"等主观因素，这一看法与前述傅兰雅对战争的反思如出一辙。可以说，傅兰雅、林乐知有关中国国民性的论述及其内在逻辑，明显开启了近代中国国民性批判话语的内在理路。

从思想史进程来看，中西方之间认识的真正转折是从两次鸦片战争开始的，这两次战争无疑加速了欧美列强对中国殖民化的进程，与此同时也加深了西方世界对中国国民性的认知，中国形象的负面效应也随之逐渐上升。尽管如此，中国士大夫阶层仍只承认西方世界在军事、物质上的优势，搞起长达三十多年的以自强为目的的洋务运动，与此相对，在文化层面上则提出了"中体西用"的口号。中国传统文化中源远流长的"体""用"概念及其二者之关系，实则上代表着当时国人对中西世界的认知，中国虽然输掉了实际的战争，甚至割地赔款，但中国的文化依旧是最优秀的，无须也不能变动。正是基于这一逻辑，中西方之间产生了基于现代文明观念的相互"误读"："中国人把英国人当作野蛮人，认为自己是唯一

---

① 林乐知：《险语对》（上），载《万国公报》第 82 册，李天纲编校：《万国公报文选》，中西书局 2012 年版，第 301—304 页。

的文明人；英国人也普遍把中国人当作半野蛮人，认为自己是世界上各民族中最文明的。"① 姑且不论这种中西之间的互相指责是否合理，但有一点是可以肯定的，即在这种心态下，对中国精英阶层来说，国民性显然还没有作为一个困扰民族发展的问题被提上议事日程。但甲午战争的败北、戊戌变法的流产及紧随其后的八国联军侵华事件从根本上攻破了中国知识人的心理防线。甲午战后，严复的《原强》《论世变之亟》等文章基于进化意义上对中西文化所进行的"比较"，之所以能够获得较大反响，某种意义上也从旁印证了国人在这一问题上的思考。此后，在中西比较背景下对中国国民性的诘问便成为晚清知识分子思考的一个中心问题，其中影响最大的无疑是以梁启超《新民说》为代表的一系列文章。

那么，作为近代国民性批判话语最初实践者的梁启超，是否受到以《公报》为媒介的传教士中国观的影响呢？回答是肯定的。其一，康有为、梁启超等维新人士与广学会系统的李提摩太（Timothy Richard）、李佳白等传教士过从甚密，尤其是在戊戌前后，两大阵营在变法问题上大致取相似见解。据李提摩太回忆，康有为曾对他说："他（按康有为）希望在革新中国的事业上同我们合作。"于是，逗留北京期间，李氏便带"李佳白、白礼仁等经常同维新派一起吃饭，一起讨论进行的计划和办法"②。不仅如此，梁启超还一度担任过李提摩太的私人秘书，关系尤其亲密。其二，广学会出版的书刊包括《公报》亦是维新阵营重要的思想读物。早在 1883 年，康有为就"购《万国公报》，大攻西学书"③。谭嗣同在一份通信中亦指出："除购读译出诸西书外，宜广阅各种新闻纸，如《申报》《沪报》《汉报》《万国公报》之属。"④ 梁启超则在《西学书目表》中对《公报》作了重点介绍："癸未甲申间，西人教会创《万国公报》，后因事中止，至乙丑后复开至今，亦每月一本，中译西报颇多，欲觇时事者，必读焉。"⑤ 应该说，梁启超对以《公报》为主要媒介的西方传教士的中国观并不陌生，加之在中国现代化诸问题上两大群体表象上的一致性，很可能进一步影响到梁氏在国民性问题上对传教士相关观点的肯认。其三，在国民性批判具体形态方面，梁启超与《公报》作者群具有诸多相似性甚

① 周宁：《天朝遥远：西方的中国形象研究》，北京大学出版社 2006 年版，第 760 页。

② 顾长声：《传教士与近代中国》，上海人民出版社 2013 年版，第 152 页。

③ 康有为：《康南海自编年谱》，中华书局 1992 年版，第 11 页。

④ 蔡尚思、方行编：《谭嗣同全集》（上册），中华书局 1981 年版，第 166 页。

⑤ 梁启超：《西学书目表》，中国史学会主编：《戊戌变法》（一），神州国光社 1953 年版，第 456 页。

至同一性。以梁氏 1901 年发表的《中国积弱溯源论》为例，文中列举出旧国民性六大弊端，即"奴性""愚昧""为我""好伪""怯懦""无动"①，梁氏所谓的"六大弊端"在林乐知等人对中国国民性的相关描述中均有不同程度的体现。

变法失败后，流亡日本的梁启超抚今追昔，大谈国民性问题，应该说是对中国现代化进程遭受挫折的一种深刻反思，这种反思无疑会受到其时日本国民性批判思潮的影响，但是传教士通过其出版物所传达的中国观，尤其是对中国国民性的相关认知，无疑成为梁氏国民性话语理论的一种潜在资源。正如周宁在谈到近代中国国民性话语的思想资源时所说："鲁迅、陈独秀、梁启超代表的中国现代国民性批判，思想来源也不仅限于明恩溥或黑格尔。西方启蒙运动以来有关中国国民性的理论，已由多种文本共同构成一个话语系统，有其自身的主题、思维方式、价值评判体系、意象和词汇以及修辞传统。中国现代国民性批判是在西方的中国国民性话语传统影响下进行的。"② 在"由多种文本共同构成"的"西方的中国国民性话语传统"中，以《公报》为主要载体的传教士关于中国国民性的相关论述，应是近代中国国民性批判话语最为直接的思想资源。

二　鲁迅与近代中国国民性话语的错位演进

晚清以降，严复、梁启超等人的国民性批判话语，大致经历了一个从比较发现到形态批评再到根源追溯，最后试图重建的逻辑演绎过程，从历时性角度来说，这是一个逐步推进不断深入的思想史进程。鲁迅之所以能够"致力于民族性的检讨过去和追求未来这种艰巨的工作"，并最终成为"针砭民族性的国手"③，某种意义上正是自觉继承这一思想遗产的结果。

就内在理路而言，鲁迅国民性话语同样经历了类似于晚清国民性话语的发展逻辑，即从与异民族的比较发现到国民劣根性具体形态的提炼、批判进而追溯其根源，最终提出理想形态的国民性建构。据许寿裳回忆，鲁迅的这一思路最初形成于日本弘文学院时期，1902 年鲁迅曾跟他探讨如下三个问题："一、怎样才是最理想的人性？二、中国国民性中最缺乏的是什么？三、它的病根何在？"④ 青年鲁迅能够发出这样的质问，说明国

---

① 梁启超：《梁启超全集》第 2 卷，北京出版社 1999 年版，第 415—419 页。
② 周宁：《"被别人表述"：国民性批判的西方话语谱系》，《文艺理论与批评》2003 年第 5 期。
③ 马会芹编：《挚友的怀念——许寿裳忆鲁迅》，河北教育出版社 2000 年版，第 118 页。
④ 马会芹编：《挚友的怀念——许寿裳忆鲁迅》，河北教育出版社 2000 年版，第 12 页。

民性已经成为困扰他的一个重要问题，这种问题意识的萌发无疑是受到整个时代思潮影响的结果。从近代国民性话语的总体逻辑而言，鲁迅提出的上述三个问题实则相当于晚清国民性话语的形态批判、根源追溯和理想建构三个逻辑层次。其中对"理想的人性"的追问无疑是鲁迅国民性批判的终极目的，此后更通过"立人"方案将这一理想落到实处，进而由"立人"最终建立起"人国"："国人之自觉至，个性张，沙聚之邦，由是转为人国"①；对中国国民性中缺乏素质的诘问并归因于"诚"与"爱"的具体范畴，这无疑表现出青年鲁迅国民性思考的理论深度，"伪"不仅是国民劣根性的一种表现形态，某种意义上也是带有根源性的道德缺陷，鲁迅对"诚"的期待实际上包蕴着他对国民性之"伪"的批判；而对国民劣根性根源的追问及回答，即历史上两次沦为异族的奴隶并由此养成了奴隶根性，这一认识基本上也是时人的共识，梁启超、邹容之外，当时刊物上出现了一批针砭国民奴隶根性的文章，其中《说国民》与《箴奴隶》最具代表。② 总的看来，此时鲁迅国民性问题意识虽已萌蘖，但其所谓的"理想的人性"的所指依然含混，直到 1908 年前后当鲁迅提出"立人"方案时，其国民性话语才最终形成一个完整的理论形态。

但不可否认，不仅青年鲁迅的国民性问题意识是在上述时代语境中生成的，而且鲁迅对诸多民族劣根性的形态批判也深受梁启超等晚清人物影响，比如鲁迅对退守、卑怯、自私、虚伪、冷漠、奴性等国民性的批判，很大程度上是对梁氏《中国积弱溯源论》《十种德性相反相成义》《呵旁观者文》《新民说》等文章的继承，有些甚至连表述都如出一辙。晚清严复、梁启超、邹容等人在国民性问题上对青年鲁迅的具体影响，在学术界

①　鲁迅：《坟·文化偏至论》，《鲁迅全集》第 1 卷，第 57 页。
②　《说国民》作者认为"中国自开国以来，未尝有国民也"，"举一国之人而无一不为奴隶"，并将"国民"与"奴隶"对举，具体指出了二者之间的区别："奴隶无权利，而国民有权利；奴隶无责任，而国民有责任；奴隶甘压制，而国民喜自由；奴隶尚尊卑，而国民言平等；奴隶好依傍，而国民尚独立。"（载《国民报》1901 年第 2 期）《箴奴隶》对于国民劣根性的分析更为精彩，文章不仅指出"近日之知言者，涉及吾族，殆无不曰奴隶奴隶"的事实，并且从历史、风俗、教育、学派等方面深入分析了国人奴隶根性形成的根源："盖感受三千年奴隶之历史，熏染数千载奴隶之风俗，只领无数辈奴隶之教育，揣摩若干种奴隶之学派，子复生子，孙复生孙，谬种流传，演成根性。"正因为此种奴隶根性，故"凡一举一动，遂无不露其奴颜隶面之丑态，且以此丑态为美观，为荣誉，加意修饰之，富贵福泽，一生享着不尽。于是奴隶遂为一最普通、最高尚之科学，人人趋之，人人难几之"。"趋向即日盛一日，而根性乃日牢一日"，最终组成"一庞大无外之奴隶国"（载《国民日报汇编》第一集，张枬、王忍之编《辛亥革命前十年间时论选集》第 1 卷，生活·读书·新知三联书店 1960 年版，第 702 页）。

几成定论，此处不赘。这里仅以鲁迅对"私欲"及与之相关的"实利"追求批判为例，一窥鲁迅在国民性形态批判方面对晚清资源的汲取。

近代知识人对国民自私自利的批判并非始自鲁迅，梁启超等早就有过这方面的阐述。《中国积弱溯源论》所列举的国民性六个方面的缺陷，其中就包括"为我"一条，梁启超指出中国自古就有"各人自扫门前雪，不管他人瓦上霜"的所谓处世名言，这种人生信条必然导致"人人皆钻营奔竞"[①]，"利之所在，不惜牺牲一切以为之，盖猥琐龌龊，卑怯劣弱，诈伪狡猾，阴险倾轧，偷情淫溢，凡诸恶德，罔不具备"[②]。不仅如此，国民的自私本性还导致了爱国心与责任心的缺乏，面对晚清迫在眉睫的民族危机，国人普遍抱着得过且过的态度，"饥而食，饱而游，困而睡，觉而起"，梁氏进而以辽东半岛人民为例，指出"彼等心目中，不知有辽东半岛割归日本与否之问题，惟知有日本银色与纹银兑换补水几何之问题"[③]。张耀曾也曾撰文批判国人自私自利的道德弊端："或营营于功名，或孳孳于私利，于豆剖瓜分之日，不过自私自利之目的，横梗胸臆，而于公益所在之地，则又避之而不前，窥其举动，其行为，直行尸游魂。"[④]吕志伊亦认为国民"无一人视国事为己事"，"嗜私利而昧大局，慕虚荣而忘国仇"[⑤]。青年鲁迅对私欲的批判可以说是对上述思想语境的继承，在《文化偏至论》中，鲁迅指责"竞言武事"者"虽兜牟深隐其面，威武若不可陵，而干禄之色，固灼然现于外矣！"在鲁迅看来，主张"制造商估"者亦不脱追求私利之目的："盖国若一日存，固足以假力图富强之名，博志士之誉；即有不幸，宗社为墟，而广有金资，大能温饱，即使怙恃既失，或被虐杀如犹太遗黎，然善自退藏，或不至于身受；纵大祸垂及矣，而幸免者非无人，其人又适为己，则能得温饱又如故也。"倡导"国会立宪"者同样如此，"乃无过假是空名，遂其私欲，不顾见诸实事，将事权言议，悉归奔走干进之徒，或至愚屯之富人，否亦善垄断之市侩，特以自长营撺，当列其班，况复掩自利之恶名，以福群之令誉，捷径在目，斯不惮竭蹶以求之耳。"[⑥]鲁迅沉痛指出，上述诸人之行为表面是为救国，

① 梁启超：《梁启超全集》，北京出版社1999年版，第2401页。
② 梁启超：《梁启超全集》，北京出版社1999年版，第2394页。
③ 梁启超：《梁启超全集》，北京出版社1999年版，第445页。
④ 张枬、王忍之编：《辛亥革命前十年间时论选集》第2卷，生活·读书·新知三联书店1960年版，第836页。
⑤ 张枬、王忍之编：《辛亥革命前十年间时论选集》第2卷，生活·读书·新知三联书店1960年版，第828页。
⑥ 鲁迅：《坟·文化偏至论》，《鲁迅全集》第1卷，第46—47页。

其实不过是或"借新文明之名"或"假改革公名",便宜行事,"遂其私欲"而已。在此,鲁迅把批判的矛头直指近代以来种种救亡举措的制定者与执行者,称他们不过是"假是空名,遂其私欲",在鲁迅看来,正是种种"私欲"阻碍了救亡的现实进程。虽然此前梁启超等人批评过国人自私自利的缺陷,但是像鲁迅这样对"私欲"这一国民劣根性进行集中批判者依然鲜见,因此有论者将之视为鲁迅国民性批判的逻辑"原点"①。

而"私欲"又是跟"实利"追求联系在一起的,这是一个硬币的两面。在鲁迅看来,国人对实利的追求一方面表现在对具体物质形态的食色欲望的满足上,历代统治者"彼可取而代之"的造反,"简单地说,便只是纯粹兽性方面欲望的满足——威福、子女、玉帛——罢了"。鲁迅接着沉痛地指出:"我怕现在的人,也还被这理想支配着。"② 的确如此,不仅在近代民族危机下主持救亡运动的各级政府官员不脱"干禄之色",连阿Q革命的动机也只是"我要什么就是什么,我欢喜谁就是谁"的实利主义追求③。另一方面则表现在国人衣食住行的基本生活需求获得满足后,没有精神上的追求,"人人之心,无不渢二大字曰实利,不获则劳,既获便睡"④,"劳劳独躯壳之事是图,而精神日就于荒落"⑤。不仅下层百姓如此,面对空前的民族危机,晚清当局考虑的也只是器物层面的改革,更其下者,则借改革公名,遂个人私欲。在鲁迅看来,正是国人精神生活的匮乏导致了近代国家的衰落,为此鲁迅肯定了发扬宗教的古人之用意:"夫人在两间,若知识混沌,思虑简陋,斯无论已;倘其不安物质之生活,则自必有形上之需求。""虽中国志士谓之迷,而吾则谓此乃向上之民,欲离是有限相对之现世,以趣无限绝对之至上者也。人心必有所冯依,非信无以立,宗教之作,不可已矣。"⑥

---

① 汪卫东:《鲁迅国民性批判的内在逻辑系统》,《鲁迅研究月刊》1999年第7期。
② 鲁迅:《热风·五十九"圣武"》,《鲁迅全集》第1卷,人民文学出版社2005年版,第372页。
③ "东西,……直走进去打开箱子来:元宝,洋钱,洋纱衫,……秀才娘子的一张宁式床先搬到土谷祠,此外便摆了钱家的桌椅,——或者也就用赵家的罢。""赵司晨的妹子真丑。邹七嫂的女儿过几年再说。假洋鬼子的老婆会和没有辫子的男人睡觉,吓,不是好东西!秀才的老婆是眼泡上有疤的。……吴妈长久不见了,不知道在那里,——可惜脚太大。"鲁迅:《呐喊·阿Q正传》,《鲁迅全集》第1卷,第539—540页。
④ 鲁迅:《坟·摩罗诗力说》,《鲁迅全集》第1卷,第71页。
⑤ 鲁迅:《坟·摩罗诗力说》,《鲁迅全集》第1卷,第102页。
⑥ 鲁迅:《集外集拾遗补编·破恶声论》,《鲁迅全集》第8卷,第29页。

至于对造成国民劣根性之根源的追溯，鲁迅基本继承了晚清以来严复、梁启超等人对该问题的论述。严复曾指出："盖自秦以降，为治虽有宽苛之异，而大抵皆以奴虏待吾民。"① "彼常为君，而我常为臣，彼常为雄而我常为雌，我耕而彼食其实，我劳而彼享其逸，以战则我居先，为治则我居后，彼且以我为天之傻民，谓是种也固不足以自由而自治也。于是束缚驰骤，奴使而虏用之，使吾民之民智无由以增，民力无由以奋……"② "夫上既以奴虏待民，则民亦以奴虏自待。"③ 严复认为主要是长期的封建专制统治造成了国民性的萎缩，尤其是历史上两次沦为异族奴隶的民族体验，给中华民族带来了不可低估的挫败感和屈辱感，加上与封建专制互为表里的等级制度、伦理纲常乃至学术教育的长期浸淫，进一步加剧了民族劣根性的形塑。众所周知，鲁迅曾把封建专制社会称为"人肉的盛宴"，在这样的社会里，"天有十日，人有十等"，君臣父子，尊卑有序，"厘定规则，怎样服役，怎样纳粮，怎样磕头，怎样颂圣"，一切的社会活动均按照等级制度进行，加之忠孝节义等封建道德伦理的规约，于是出现了"君叫臣死，臣不得不死；父让子亡，子不得不亡"的"吃人"现象④。在这种畸形社会中，妇女、儿童的地位更其低下，三从四德，烈女贞妇，是长期束缚她们的道德准绳，鲁迅认为："便是'孝''烈'这类道德，也都是旁人毫不负责，一味收拾幼者弱者的方法。"⑤ "节烈的女子，也就死在这里。"⑥ 正是在此意义上，鲁迅沉痛地指出："中国人向来就没有争到过'人'的价格，至今不过是奴隶，到现在还如此。"⑦ 在鲁迅看来，中国传统文化同样是造成国民劣根性的一大根源，并且因为其长期积累不断进化，其面貌往往并不让人觉得具有危害性，因此，鲁迅将之喻为"割头不觉死"的"软刀子"，"然而，古老东西的可怕就正在这里。倘使我们觉得有害，我们便能警觉了，正因为并不觉得怎样有害，我们这才总是觉不出这致死的毛病来"⑧。在另一处地方，鲁迅还精彩分析了封建社会鼎足而三的儒、道、释三教是如何互相兼济，以达到欺骗、压制人民之目的的："孔子提出三纲五常，硬要民众当奴才，本来不容易说服人，而

---

① 严复：《原强修订稿》，王栻编：《严复集》第 1 册，中华书局 1986 年版，第 31 页。
② 严复：《原强》，王栻编：《严复集》第 1 册，中华书局 1986 年版，第 12 页。
③ 严复：《原强修订稿》，王栻编：《严复集》第 1 册，中华书局 1986 年版，第 31 页。
④ 鲁迅：《坟·灯下漫笔》，《鲁迅全集》第 1 卷，第 224—228 页。
⑤ 鲁迅：《坟·我们现在怎样做父亲》，《鲁迅全集》第 1 卷，第 142—143 页。
⑥ 鲁迅：《坟·我之节烈观》，《鲁迅全集》第 1 卷，第 129 页。
⑦ 鲁迅：《坟·灯下漫笔》，《鲁迅全集》第 1 卷，第 224 页。
⑧ 鲁迅：《集外集拾遗·老调子已经唱完》，《鲁迅全集》第 7 卷，第 325 页。

佛教的轮回说能吓人，道教炼丹求仙则颇有吸引力，能补孔子之不足，所以历代统治者以儒释道三教兼济，互相补充，融汇了。"① 正是在三教兼济的合力作用下，中国人民"失了力量，哑了声音"，"就只好永远钳口结舌，相率被杀，被奴"②。

鲁迅国民性话语逻辑结构的最后一步为"立人"方案的提出："是故将生存两间，角逐列国是务，其首在立人，人立而后凡事举；若其道术，乃必尊个性而张精神。"③ 纵观鲁迅国民性话语的发展脉络，虽然前后期鲁迅对所立之"人"的想象稍有不同，但整个思路没有改变，即在批判国民劣根性的同时，注意理想人性之建构，由早期对尼采式"超人"的向往到晚年对"中国的脊梁"的追寻，鲁迅在校正"理想的人性"的同时，实际上也完成了一次历史性的蜕变。从清末民初到抗战兴起，不仅鲁迅的思想悄然改变，中国国民性本身也在历次爱国运动中发生着潜移默化的改变，从最初对群众的不信任到晚年对"民魂"的高歌，鲁迅国民性话语事实上已经发生了位移。或者说，时代已经赋予鲁迅及五四一代的国民性话语迥异于梁启超等晚清国民性话语的历史使命，这种差异最鲜明的表现就在于"立人"与"新民"两套话语相近的逻辑结构下不同的价值取向。

就整体思路而言，鲁迅国民性话语的内在逻辑结构跟严复的"三民"思想、梁启超的"新民"说极为相似。梁氏认为"欲维新一国，当先维新其民"，"苟有新民，何患无新制度，无新政府，无新国家"④，青年鲁迅的"立人"方案也是其实现民族独立、国家富强理想的重要一环，"人立而后凡事举"，"人既发扬踔厉矣，则邦国亦以兴起"⑤。由此可见，在国民性话语的内在逻辑上，青年鲁迅对严复、梁启超等人的自觉继承。近代国民性话语中的"新民"与"立人"两种模式，不仅在外在形态上具有一定的相似性，某种意义上，鲁迅的"立人"方案更是对梁启超"新民"思想的承继和发展，鲁迅早期思想中保留着诸多源于梁氏的思想因子，譬如对尚武精神的宣扬，对国民性中冷淡、麻木的旁观者的批判，甚至鲁迅的铁屋子比喻也来自梁氏。更重要的是，在这些具体形态之下，彰

---

① 罗慧生：《鲁迅与许寿裳》，浙江人民出版社1982年版，第108页。
② 鲁迅：《且介亭杂文二集·田军作〈八月的乡村〉序》，《鲁迅全集》第6卷，第295页。
③ 鲁迅：《坟·文化偏至论》，《鲁迅全集》第1卷，第58页。
④ 中国之新民（梁启超）：《论新民为今日中国第一急务》，《新民丛报》第1号，1902年2月8日。
⑤ 鲁迅：《坟·文化偏至论》，《鲁迅全集》第1卷，第58、47页。

显出鲁迅与梁启超等晚清知识人在国民性问题上逻辑进路的相似性乃至一致性：这就是试图从主观世界入手改变个人的精神状态，将他们从传统社会的臣民改造成具有国族意识的国民，再由国民合抱成群担负起建立现代民族国家、实现国家富强的重任，即改变人的精神→唤醒个人→合抱成群→实现国富民强。作为整个逻辑结构的第一步，改变人的精神理所当然成为中国近代先觉知识分子一直思考的问题，这一思路也从侧面解释了近代国民性批判话语生成的内在动因。这一逻辑程式所表现出的相近的思维方式，与其说反映出近代中国人"借思想文化以解决问题"[1] 的整体思路，毋宁说他们远未摆脱传统中国以"心"为中心的思维模式带给他们的潜在影响。

中国传统文化虽有"内圣""外王"之类的分野，但主流却是向"内"的探求，无论是孔子对"仁"的追求还是孟子对"良知"的阐发，讲究个人的道德、情操、意志各方面的修养无疑处于首位，某种意义上，"外王"只是"内圣"由内而外的"扩充"，孟子曰："尽其心者，知其性也。知其性，则知天矣。存其心，养其性，所以事天也。"（《孟子·尽心上》）作为儒家经典"四书"之首《大学》的"八条目"及其逻辑次序同样说明了这一点。因此，中国传统文化对"心"及其功能的认识较为充分，在他们看来，"心"是一切的根本，这一思想经由先秦的思孟学派、中国化的佛教宗派（天台宗、华严宗、禅宗等）直到陆王心学一脉相承，并在陆王学派那里达到巅峰。陆九渊率先提出"心即理"的命题："四端者，即此心也；天之所以与我者，即此心也。人皆有是心，心皆具是理，心即理也。"[2] 王阳明将之发扬光大，指出："心即理也。天下又有心外之事，心外之理乎？"[3] "天下之事虽千变万化，而皆不出于此心之一理。"[4] 王氏晚年更独创"致良知"学说，将"良知"上升到宇宙本体的高度："吾心之良知，即所谓天理也。"[5] "天地万物，俱在我良知的发用流行中，何尝又有一物超于良知之外，能作得障碍？"[6] 晚清以降，康有

---

① ［美］林毓生：《中国意识的危机——"五四"时期激烈的反传统主义》，穆善培译，贵州人民出版社1986年版，第43页。

② 《陆九渊集》，钟哲点校，中华书局1980年版，第149页。

③ 王守仁：《传习录上》，吴光等编校：《王阳明全集》，上海古籍出版社2011年版，第2页。

④ 王守仁：《博约说》，吴光等编校：《王阳明全集》，上海古籍出版社2011年版，第298页。

⑤ 王守仁：《传习录中·答顾东桥书》，吴光等编校：《王阳明全集》，上海古籍出版社2011年版，第51页。

⑥ 王守仁：《传习录下》，吴光等编校：《王阳明全集》，上海古籍出版社2011年版，第121页。

为、谭嗣同、孙中山、宋教仁等相继接过王学衣钵，开创了近代王学复兴的崭新局面。同时，陆王心学又与梁启超称为晚清学术思潮之"伏流"的佛教复兴运动呈融合之势，从而延续并强化了国人思维方式的心学形而上倾向。作为从小深受传统文化浸淫的读书人，更受之以时代整体氛围的影响，梁启超、鲁迅等无形中秉承了这样一种思维方式实属正常。事实上，这是清末民初几代知识分子共同的思想倾向，从整个思想发展的脉络看，国民性批判只是他们"心学"思维的一个侧面而已。[①]

但与此同时，我们更应认识到鲁迅的"立人"与梁启超的"新民"又是完全不同的两套理论话语。第一，鲁迅所立之"人"不同于梁启超所新之"民"。就梁启超而言，"新民"是最终服务于新制度、新政府、新国家的，某种意义上，"新民"只是在民族主义理论推动下实现民族独立、国家富强的取径而已。实际上，梁氏对"新民"的塑造乃是为了实现其公德大于私德之"群"的设想，在群/己二者关系中，梁氏显然更倾向于群，正如张灏在谈及梁氏有关个体与群体之权利时所指出的那样："但梁最关心的不是个人的权利，而是群体的集体权利，或更具体的说是中国的国家权力。"[②] 所以在《新民说》等文章中，梁氏虽然也讲所谓私德，倡言"是故欲铸国民，必以培养个人之私德为第一义；欲从事于铸国民者，必以自培养其个人之私德为第一义。"[③] 但在梁氏那里，不仅

---

① 杨念群曾指出："自从戊戌维新以来，从传统向现代过渡的中国知识群体相当一部分人持有心学的基本立场，并把道德意识对制度变迁的支配作用贯穿于社会变革的架构之中。心学弟子康有为在戊戌年间的制度设计始终建构在道德主体——光绪觉悟的理想性预设的可能性上，这使得百日维新的制度变革架构几乎徒具空文形式。而最具有讽刺意味的是，制度变迁的形式化过程却正是由其对立面在 1901 年的'新政'变革中予以启动的。而与代表民族国家创构核心的清廷官方在实践着其政敌规划的蓝图时，为他们提供蓝图的老政敌如梁启超等却继续着文化思辨的旧梦，仍把变法失败归因于民智未开的心理动因，《新民说》的写作变成了戊戌忏悔录的范本而被供上了'五四'的殿堂。这一反讽性现象恰恰说明了心学资源的重要性及其在变革实验中所扮演的尴尬角色。'五四'时期的知识分子由于更多地接触了现代西方的科学理念，所以至少表面上未必都能被归类为心学分子，但是他们的思想状态却与 19 世纪末的知识分子具有奇妙的历史感应关系。'五四'时期的活跃人物很少有人会说没有受到梁启超这一代人的影响，其中一个重要方面就是把戊戌变法之后被放大的心理遗产——对文化传统的单向度改造纳入了自己的视野而成为日常主题。林毓生把它归纳为'以思想文化解决问题'的模式。这一模式再往前追溯可以直达孟子，构成了'心智论'一系的精神传统，我们可以从中隐约看出这条线索和余英时'道统论'的亲缘关系。"杨念群：《中层理论：东西方思想会通下的中国史研究》，江西教育出版社 2001 年版，第 65 页。

② ［美］张灏：《梁启超与中国思想的过渡（1890—1907）》，崔志海、葛夫平译，江苏人民出版社 2005 年版，第 111 页。

③ 梁启超：《新民说》，商务印书馆 2016 年版，第 26 页。

"私德"在价值预设上远低于"公德"，某种意义上，"私德"的培养也只是提高"公德"的必要手段，"公德者私德之推也"，最终目的仍在"公德"之发扬。在梁启超看来，中国人最缺乏的是国家思想、权利思想、义务思想、自由、自治、合群等所谓公德，《新民说》以绝对优势篇幅说明了梁启超所欲新之民的公德属性（"群"）。而鲁迅的"立人"则不同，虽然鲁迅也讲"国人之自觉至，个性张，沙聚之邦，由是转为人国"[①]，"人各有己，而群之大觉近矣"[②]，在群/己二者关系中，鲁迅仿佛同样倾向于群。事实并非如此，青年鲁迅固然无法摆脱近代中国危局意识带给他的影响，对民族国家的自觉关注乃时代使然。但是在鲁迅的思路中，作为群或邦国构成单位的"人"已然不同于梁启超所谓的"民"。我们且看鲁迅对"人"的期待："盖惟声发自心，朕归于我，而人始自有己"[③]，"意盖谓凡一个人，其思想行为，必以己为中枢，亦以己为终极"[④]。鲁迅在此基础上提出其"立人"的"道术"在于"尊个性而张精神"，对于新国民的形塑显然不同于梁启超，也正因为此，鲁迅的国民性话语有着明显不同于梁氏的终极关怀，对"人"的发现与关注可谓鲁迅国民性话语的逻辑起点与价值归宿。因此，在由梁启超主宰的近代国民性话语的"新民"阶段，鲁迅的认识未能引起关注，直到五四时期，在经历了辛亥革命的不彻底后，国人才逐渐意识到"人"对于现实政治的重要影响，纷纷重提国民性改造的旧话题，而批判改造的重心也由"民"转向"人"，于是倡导"伦理的觉悟"[⑤]，提出"从新要发见'人'，去'辟人荒'"[⑥]，在此背景下，鲁迅对人的关注才逐渐引起知识界的重视。

　　第二，鲁迅的"立人"之所以不同于梁启超的"新民"，很大程度上也在于思想资源的差异。虽然在国民性问题上，鲁迅与梁启超有着诸多共同的资源来路，比如国内严复等人的影响、明治日本思想界掀起的国民性批判运动、西方传教士对中国人的批评等等，这些无疑共同构成了"新民"与"立人"的理论前提，应该承认，"新民"与"立人"均是对上述思想的继承和发展。但是，鲁迅"立人"的重点之所以从复数性的"民"转向个体性的"人"，很重要的一个因素是在上述思想资源之外，

① 鲁迅：《坟·文化偏至论》，《鲁迅全集》第 1 卷，第 57 页。
② 鲁迅：《集外集拾遗补编·破恶声论》，《鲁迅全集》第 8 卷，第 26 页。
③ 鲁迅：《集外集拾遗补编·破恶声论》，《鲁迅全集》第 8 卷，第 26 页。
④ 鲁迅：《坟·文化偏至论》，《鲁迅全集》第 1 卷，第 52 页。
⑤ 陈独秀：《吾人最后之觉悟》，《青年杂志》第 1 卷第 6 号，1916 年 2 月 15 日。
⑥ 周作人：《人的文学》，《新青年》第 5 卷第 6 号，1918 年 12 月 15 日。

鲁迅自觉吸收了西方摩罗诗人和唯意志论思想家推崇个人及其精神、意志的相关学说。在《文化偏至论》中，鲁迅重点介绍了西方 19 世纪末"重个人"思潮："试案尔时人性，莫不绝异其前，入于自识，趣于我执，刚愎主己，于庸俗无所顾忌。"在分述诸人学说时，鲁迅更是高举"个人主义"大旗，施蒂纳"谓真之进步，在于己之足下。人必发挥自性，而脱观念世界之执持。惟此自性，即造物主"；叔本华"主我扬己而尊天才""因曰意力为世界之本体也"；克尔凯郭尔"谓惟发挥个性，为至高之道德"；"尼佉之所希冀，则意力绝世，几近神明之超人也；伊勃生之所描写，则以更革为生命，多力善斗，即迕万众不慑之强者也"[1]。摩罗诗人之所以引起鲁迅关注，同样也是因为其"立意在反抗，指归在动作"的精神力量，鲁迅尤其欣赏拜伦笔下主人公"惟以强大之意志，为贼渠魁，领其从者，建大邦于海上""权力若具，即用行其意志"的光辉形象。[2]在《破恶声论》中，鲁迅不仅指出"汝其为国民""汝其为世界人"两种"恶声"在"灭裂个性"上的相似性[3]，还认为："故病中国今日之扰攘者，则患志士英雄之多而患人之少。志士英雄，非不祥也，顾蒙幪面而不能白心，则神气恶浊，每感人而令之病。"鲁迅进而在此基础上提出理想形态的国民形象："故今之所贵所望，在有不和众嚣，独具我见之士，洞瞩幽隐，评骘文明，弗与妄惑者同其是非，惟向所信是诣，举世誉之而不加劝，举世毁之而不加沮，有从者则任其来，假其投以笑傌，使之孤立于世，亦无慑也。则庶几烛幽暗以天光，发国人之内曜，人各有己，不随风波，而中国亦以立。"[4]有研究者指出，鲁迅留日时期的几篇文言论文的核心观念是"个人"、"精神"和"进化"[5]。进化无疑是那个时代的主旋律，鲁迅的独特之处在于对个体主观性的精神和意志的关注，以拜伦、雪莱为代表的摩罗诗人和以克尔凯郭尔、尼采、叔本华为中坚的唯意志论思想家所彰显出的个人主义色彩，深深影响到鲁迅对国民性问题的思考及其对所立之人的想象。鲁迅欲立之人显然不同于梁启超欲新之民，他渴望的是"精神界之战士""具有绝大意力之士"，在这一点上，鲁迅不仅迥

---

①　鲁迅：《坟·文化偏至论》，《鲁迅全集》第 1 卷，第 51—56 页。

②　鲁迅：《坟·文化偏至论》，《鲁迅全集》第 1 卷，第 77 页。

③　"寻其立意，虽都无条贯主的，而皆灭人之自我，使之混然不敢自别异，泯于大群，如掩诸色以晦黑，假不随骈，乃即以大群为鞭棰，攻击迕拗，俾之靡骋。"鲁迅：《集外集拾遗补编·破恶声论》，《鲁迅全集》第 8 卷，第 28 页。

④　鲁迅：《集外集拾遗补编·破恶声论》，《鲁迅全集》第 8 卷，第 27—29 页。

⑤　汪卫东：《"个人"、"精神"与"进化"：鲁迅早期文言论文的三个关键观念》，《中国现代文学研究丛刊》2005 年第 1 期。

异于梁启超，也有别于严复、孙中山乃至章太炎诸人，从而别开近代国民性话语理论的新境界。

总而言之，鲁迅国民性思想的演变经历了一个与晚清国民性话语理论相似的逻辑演绎过程，即从留日期间国民性问题意识的萌芽到五四时期集中进行的对于国民劣根性的形态批判乃至思想根源上的揭露，直到晚年将"立人"具体落实到被他称为"中国的脊梁"的一系列历史人物身上。可以说，鲁迅国民性话语实践的每个阶段均受到晚清国民性话语理论或直接或间接的影响，但其"立人"方案的提出及其对域外思想资源的汲取，最终使得鲁迅的国民性话语逐渐走出了梁启超等晚清人物的阴影，在近代国民性话语理论的发展脉络中自成特色，某种意义上也昭示着五四国民性话语的理论形态。

三　鲁迅私欲批判的内在逻辑及传统资源

鲁迅对国民性问题的关注始于留日时期，在传教士等中外思想家营构的国民性批判话语影响下，青年鲁迅自觉关注起国民性问题。鲁迅不仅敏锐意识到中国国民性中最缺乏的是诚与爱，并试图从历史变迁中探寻其根源①，进而将国民性问题与异族入侵和封建专制统治联系起来，彰显出鲁迅国民性批判话语的思想深度。

在鲁迅对国民劣根性的批判中，有一个特别显眼的方面，即他牢牢抓住中国人尤其是士大夫阶层的自私自利（"私欲"）这一道德弊病，并且将"私欲中心主义"看作晚清帝国救亡与改革接连失利的根本原因。这一思路在《文化偏至论》中表现得尤为突出，青年鲁迅接受了当时流行的文明本末论观点，② 将"人"视作文明之"根柢"，提出"尊个性而张精神"的"立人"主张，进而从"立人"的根本宗旨出发，批判了晚清志士从外围进行的诸多救亡方案。吊诡的是，鲁迅对救亡方案的批判，着力点并非研判救亡方案本身的可行性，而是直接指向这些救亡方案的实际执行者道德上的自私自利。鲁迅在批判"竞言武事者"时直指这群主张军事强国者背后的"干禄"动机，说他们"虽兜牟深掩其面，威武若不可陵，而干禄之色，固灼然现于外矣"③。在批判"立宪国会"诸说时鲁迅写道"至尤下而居多数者，乃无过假是空名，遂其私欲"④，鲁迅这里

① 马会芹编：《挚友的怀念——许寿裳忆鲁迅》，河北教育出版社2002年版，第110页。
② 范阳阳：《早期鲁迅与近代"文明本末论"》，《鲁迅研究月刊》2017年第9期。
③ 鲁迅：《坟·文化偏至论》，《鲁迅全集》第1卷，第46页。
④ 鲁迅：《坟·文化偏至论》，《鲁迅全集》第1卷，第47页。

否定的并非立宪国会之类的政治制度的可行性，他担心的是这些制度的施行者能否实现制度本身的预期效果。鲁迅指出，在实际运作中理想的制度建设很可能向现实妥协，结果"将事权言议，悉归奔走干进之徒，或至愚屯之富人，否亦善垄断之市侩，特以自长营撅，当列其班，况复掩自利之恶名，以福群之令誉，捷径在目，斯不惮竭蹶以求之耳"①。这样，所谓的民主很可能沦为新形式的专制，形成"必借众以陵寡，托言众治，压制乃尤烈于暴君"②的政治局面。

由这一思路出发，鲁迅指出，晚清志士一再呼吁的以"制造商估"为核心的实业救国、以"立宪国会"为中心的政治改良等所谓"新文明"，事实上已经成为主其事者"大遂其私欲"的工具性存在："况乎凡造言任事者，又复有假改革公名，而阴以遂其私欲者哉？"③作为"公理"存在的改良，恰恰成为很多救国者满足其个人私欲的护身符，因此，在鲁迅看来只有从主体上进行道德建设，才能从根本上保证改革之"公名"落实为有利于国计民生的得力措施。值得指出的是，鲁迅对于主体性道德的强调，显然受到梁启超《新民说》、章太炎《革命之道德》等文章的影响，但是这种从主体性道德出发思考整个国家文化现状乃至政局走向的思路，并非晚清章太炎、梁启超等人的发明，毋宁说，这是儒教中国"道德理想主义"的一贯逻辑进路。事实上，道德理想主义在晚清以迄五四一代学人那里依然有着明显的传承。尽管这种继承是不自觉的，不仅他们所处的环境与传统中国已不可同日而语，甚至连常用语汇也发生了根本性的变化，但正是这种不自觉的继承，成为鲁迅与中国传统思想资源之间存在切实关联的知识论基础。

在未及完篇的《破恶声论》中，鲁迅径直指出所谓的维新之士（"志士""英雄"）发出的种种"恶声"实际上是"掣维新之衣，用蔽其自私之体"④，这跟他此前批判所谓的"借新文明之名，以大遂其私欲"的运思逻辑是一致的。鲁迅的着眼点依然是对维新之公名下个体之私欲的批判，可见鲁迅对私欲的批判是一以贯之的，也是其国民性批判的一个重要视点。对私欲的集中批判，不仅彰显出鲁迅国民性批判话语的特质，而且透露出鲁迅精神至上这一思维倾向，换言之，鲁迅之所以紧紧抓住国人的私欲中心主义，就是为了施行道德革命。那么，鲁迅为何仅仅抓住"私

① 鲁迅：《坟·文化偏至论》，《鲁迅全集》第 1 卷，第 47 页。
② 鲁迅：《坟·文化偏至论》，《鲁迅全集》第 1 卷，第 46 页。
③ 鲁迅：《坟·文化偏至论》，《鲁迅全集》第 1 卷，第 57 页。
④ 鲁迅：《集外集拾遗补编·破恶声论》，《鲁迅全集》第 8 卷，第 27 页。

欲"这一国民性的症结，以至于有学者将鲁迅国民性批判的逻辑起点推溯并归结为"私欲中心主义"①，这一在其他国民性批判者那里属于现象层的内容为何会成为鲁迅国民性批判的中心视点呢？要回答这个问题，还要回到鲁迅所处的晚清语境。事实上，在与西方思想的不断接触中，晚清思想界对中国国民性的关注从未间断，其中指责中国人没有"公德"观念、一味追求自私自利的文章更是屡见不鲜。青年鲁迅对私欲的批判正是在这一语境中逐渐成型的。

梁启超是晚清国民性批判话语最重要的实践者之一，在他对国民劣根性的诸多批判中，私欲批判也是比较集中的一点，在《十种德性相反相成义》《新民说》等文中，梁启超不仅指出中国人缺乏群体观念，缺乏所谓的"公德"，更在《德育鉴》中援引历代大儒的修身思想，试图以此来对治现代中国人"私德"方面的弊病②。鲁迅从批判"私欲"入手的国民性话语，跟梁启超"以若是之民，得若是之政府官吏，正所谓种瓜得瓜种豆得豆"③的思路基本一致。鲁迅进一步指出，不仅倡导国会立宪诸说的人存在"假是空名，遂其私欲"的可能，即便是其他倡导所谓新文明的新派人士，其中"志行污下"者，也往往"借新文明之名，以大遂其私欲""假改革公名，而阴以遂其私欲"④。鲁迅之所以将批判重点放在对改革者的道德缺陷尤其是"私欲"之上，这一点深受梁启超影响，梁在《新民说》中借王阳明的话对国人自私自利的弊病痛加批驳："盖至于今，功利之毒，沦浃于人心之髓而习以成性也几千年矣。……其称名借号，未曾不曰欲以共成天下之务。而其诚心实意之所在，以为不如是则无以济其私而满其欲也。"并以当时流行的"爱国"为例，指出作为"绝对者""纯洁者"的爱国，也可能沦为某些人满足其私欲的空名，"若称名借号于爱国，以济其私而满其欲"，如此爱国"诚不如不知爱国、不谈爱国者之为犹愈矣"⑤。在《德育鉴》中，梁启超再次批判国人自私自利之弊病："今试问举国之人，苟皆如先生所谓用其私智以相比轧，假名以行其自私自利之习，乃至于其所最亲近而相凌相贼者，苟长若是，而吾国之前途尚可问乎？"⑥梁启超指出，因为功利主义的流行，种种改革的"名"

---

① 汪卫东：《鲁迅国民性批判的内在逻辑系统》，《鲁迅研究月刊》1999 年第 7 期。
② 参见孙解《鲁迅与近代中国国民性话语的错位演进》，《广西社会科学》2016 年第 11 期。
③ 梁启超：《新民说》，商务印书馆 2016 年版，第 4 页。
④ 鲁迅：《坟·文化偏至论》，《鲁迅全集》第 1 卷，第 47、57 页。
⑤ 梁启超：《新民说》，商务印书馆 2016 年版，第 47—48 页。
⑥ 梁启超：《德育鉴》，北京大学出版社 2011 年版，第 73 页。

和"号",事实上已经沦为个人"济其私而满其欲"的时髦性话语装置,甚至连"爱国"也不例外。某种意义上,鲁迅的"假是空名,遂其私欲"正是对梁启超"济其私而满其欲"等批判话语的化用,所谓"空名"即是种种改革的口号成为他人满足私欲的"假名"。由此可见,鲁迅对私欲的批判的确受到梁启超影响,不仅思维方式相似,甚至行文用语也十分相近。

鲁迅对于私欲的批判固然受到梁启超等晚清国民性话语的影响,但在梁启超那里,他在对国人自私自利之私欲展开批判的同时,明显表现出对"公德"的推崇。即是说,梁启超是在公私二元结构的运思逻辑中去批判自私自利等个人私欲的,其针对性强,目标也很明确,所有努力都是为了服务于其构建现代意义上民族国家的政治诉求。但鲁迅在批判私欲的同时并未明确表现出对"公"的倾心。相反,在《破恶声论》中恰恰表现出对"公理"世界观的强烈批判①,换言之,鲁迅对于"私"的批判,背后并没有一个与之相对的"公"的存在。在鲁迅那里,私欲即是国民性的根本性缺陷,在鲁迅看来,只有消除了这一道德弊病,改良、革命等民族复兴的大业才可获致。不得不说,青年鲁迅的这一思路明显带有儒家道德理想主义的运思痕迹,其实,青年鲁迅所一再关注的国民性问题,无论是对国民性中缺乏"诚"与"爱"的判断还是对私欲的强烈批判,其落脚点均在道德主体性层面。事实上,对道德主体性的关注,不能说是鲁迅独异的一面,因为对道德主体性的倾心,正是以儒家为中心的中国传统思想文化一直致力的方向。不仅诚与爱的观点带有儒家道德理想主义的痕迹,而且公私问题也被传统思想贴上了道德标签。换言之,在中国传统思想话语中,公私观念本身就带有一种道德评判的意味,崇公抑私一直是其主流。因此,只有将鲁迅对私欲中心主义的批判放在思想史脉络中加以考察,方能洞悉鲁迅与中国传统思想文化之间的内在关联。

公私观念是中国思想史上十分重要的一对概念,相较而言,"公"的思想出现更早,所以"尚公"成为传统思想的主流,并被统治阶级利用,逐渐上升为统治阶层维护其统治的意识形态之一。但是,揆诸中国思想史,公私观念实际上包括两个不同的层次,即作为政治原则的公私和作为道德准则的公私。② 无论是作为政治原则还是道德准则,"公"一直被当

---

① 参见汪晖《声之善恶——鲁迅〈破恶声论〉〈呐喊·自序〉讲稿》,生活·读书·新知三联书店 2013 年版。

② 王中江:《中国哲学中的"公私之辨"》,《中州学刊》1995 年第 6 期。

作正面的价值理想加以弘扬，这是没有问题的。值得注意的是，历代思想家对于"私"的不同层面却表现出截然不同的态度。简言之，在明清以来的启蒙思潮中，"私"观念一度成为冲破封建礼教束缚的助推器，展现出前所未有的思想价值，其中尤以李贽、戴震等人较为鲜明，明清之际顾炎武也提出"合天下之私以为公"①的思想。即是说，作为政治原则的私，并非一直作为负面原则而存在，但是作为道德准则的私则不同，尤其是所谓的一己之私，在面对公众利益和一己之私的抉择时，一己之私往往带有道德批判的意味。换言之，我们要对鲁迅私欲批判为中心的国民性思想进行反思，必须分清鲁迅所谓的"私"是作为政治原则的私还是道德准则的私，只有搞清这个理论前提才能避免不必要的误解。

在对鲁迅私欲批判进行反思时，有学者担忧突出鲁迅对私欲的批判，似乎与明清启蒙思潮对私欲的肯定正相反对，那么，鲁迅批判私欲是否要回到私欲批判者同样的运思逻辑中去呢？明清之际，以李贽、王夫之、戴震为代表的启蒙家之所以突出私欲的重要性，是因为要冲破理学家预设的天理/人欲二元对立的思维模式，在肯定人欲的同时，实际上是要突破"理"对人的统制，从而突出人的主体性②。因此，在这一运思逻辑中，私欲问题不仅成为走出理学中世纪樊篱的先锋，更预示着现代意义上"人"的萌芽。即是说，就启蒙思想家来说，私欲问题是推动中世纪向近代社会转型的一个切入点，同时也是一个强有力的助推器，由此彰显出对人之主体性价值的无上肯定。而鲁迅却对私欲展开批判，故而有学者提出，这种批判与理学在天理之绝对律令下对人欲的禁锢，究竟是否属于一回事，如果不是又该如何解释？这确实是必须直面的问题。

首先，纵观鲁迅对所谓私欲的批判，其所批判的范畴显然属于道德准则的层面，而不涉及政治原则问题，因此，鲁迅对私欲中心的批判与明清启蒙思潮对私的肯定，两者所言绝非同一回事。明清启蒙思潮之所以肯定私，肯定欲望，是为了冲破程朱以来愈演愈烈的"存天理，灭人欲"之理学思潮对自然人性的束缚，是对自然人性论的肯定。这种思潮演绎到极端，便出现了李贽的"人人有私"的思想，并在晚清龚自珍那里获得回应，进而成为近代启蒙思想的起点。而鲁迅对私欲（自私）的批判，并非为了回应程朱理学的"灭人欲"，恰恰相反，鲁迅是沿着明清以来启蒙

---

① 严复：《原强修订稿》，王栻主编：《严复集》第 1 册，中华书局 1986 年版，第 31 页。
② 吴根友：《中国现代价值观的初生历程——从李贽到戴震》，武汉大学出版社 2004 年版，第 286 页。

思潮所注重的自然人性论向前发展的，他之所以批判私欲，是在晚清"道德革命"影响下试图从主体道德入手拯救民族危亡的一种尝试，并不涉及对自然人性论意义上的私欲的批判。

其次，明清启蒙思想家在肯定人之欲望的同时，并非没有对所谓的人欲做出一定限制，戴震即提出"欲而不私"的说法。戴震力图将个人正当的欲望与过分的欲望（"私"）加以区别，明确提出了"欲而不私"的观点："人之患，有私有弊；私出于情欲，弊出于心知。无私，仁也；不弊，智也；非绝情欲以为仁，去心知以为智也。是故圣贤之道，无私而非无欲。"① 从而在理论上堵塞了其"分理说"的非道德化倾向，很明显，戴震此处所否定的是"私"而非"欲"。同样，鲁迅对国民性之私欲的批判，重点并不在"欲"上，而是在"私"上，也就是说，鲁迅并不反对明清以来启蒙思想家肯定人之自然欲望的潮流，对于"私"的批判才是鲁迅国民性批判的重点之所在。

其实，晚清思想家对于国民之私的批判不绝如缕。梁启超指出，正是传统中国人不知有国的己身中心主义，造成了国家危机四伏以致土崩瓦解的局面，所以他才以其常带感情的笔锋来批判国人的自私自利。梁氏在批判国人自私自利之弊病的同时，还在《新民说》《德育鉴》《节本明儒学案》等一系列文本中提出了以陆王心学为思想资源的对治之术。梁启超的这一思路被晚清留学界接受，鲁迅对晚清当局主其事者和留学生之私欲中心主义的批判，某种意义上正是承梁启超而来。可以说，鲁迅如此看重国民性之私，正是这一思路的逻辑倒推。梁启超之所以在批判国民自私自利并试图重新锻造所谓"私德"时，自觉转向陆王一系寻找思想资源，其间并非毫无根据可循。因为在陆王心学，尤其是王阳明以后的心学发展脉络中，对个体之私的批判一直不绝如缕。虽然"存天理，灭人欲"的理学口号，在梁启超时代已然不同于王阳明时代，但是理学修身束性的方法论依然值得借鉴，通过克制私欲，来提升人格精神与道德境界，进而实现人生理想与社会价值。某种意义上，正是这一逻辑进路与价值取向触发了阳明心学的发生，"阳明哲学产生之原初动因，与阳明讲学之目的，本在于思想之修持，通过思想修持改变一个人的人生取向"②。正是在此意义上，心学提出的一些命题也就成为对治私欲的良方。

王阳明关于"致良知"之初衷有过一段表述，从中可以看出"去自

① 戴震：《孟子字义疏证》卷下，《戴震全书》第6册，黄山书社1995年版，第211页。
② 罗宗强：《明代后期士人心态研究》，南开大学出版社2006年版，第80页。

私自利之弊"正是其致力的方向：

> 今诚得豪杰同志之士扶持匡翼，共明良知之学于天下，使天下之
> 人皆知自致其良知，以相安相养，去其自私自利之蔽，一洗谗妒胜忿
> 之习，以济于大同，则仆之狂病，固将脱然以愈，而终免于丧心之患
> 矣，岂不快哉！①

对"私"的批判一直是阳明心学的焦点之所在，因此批判士大夫徇私忘
公的文字随处可见：

> 近世士大夫之相与，类多虚文弥诳而实意衰薄，外和中妒，徇私
> 败公，是以风俗日恶而世道愈降。②

阳明心学之所以对私欲展开持久批判，不仅是对传统儒家思想遗产的继
承，也不仅是贯彻理学修养功夫的一种举措，更是为了对治中晚明以降士
风、士习方面出现的诸多弊病。当时很多学人都批判过士风之弊，邹守益
说："士习之漓久矣，贪爵禄而忽道义，竞文艺而怠行检，相沿成习，猝
未易变。"③ 邓以赞也有过相似的说法："今士习之浇漓，民生之荼毒，未
有甚于此时者也。"④ 而作为右都御史的王廷相则写道："臣观今日士风臣
节而知灾异之所由来矣。大率廉靖之节仅见，贪污之风大行。一得任事之
权，即为营私之计，贿路大开，私门货积，但通关节，罔不如意。"⑤ 上
述对士风、士习的指责，恰恰构成了阳明心学批判私欲的时代背景。换言
之，心学批判私欲固然留有"存天理，灭人欲"的理学痕迹，但现实生
活中士风之贪婪、之自私自利也构成了最为切己的思想语境，阳明心学矛
头所向正是这一不良社会风习。由此可见，对个体之私欲的批判正是心学
演化中的一贯思路。一方面，在他们看来"私"是通向圣人人格的修为
之路上必须排除的杂念之一；另一方面，对传统中国士大夫来说，"私"
之对面的"公"，才是一个更高的价值追求。正是基于这一逻辑，心学才
会对私欲（自私自利/徇私/营私）不遗余力地展开批判。

---

① 王守仁：《传习录中·答聂文蔚》，《王阳明全集》，上海古籍出版社 2011 年版，第 92 页。
② 王守仁：《答王鏊庵中丞》，《王阳明全集》，上海古籍出版社 2011 年版，第 907 页。
③ 邹守益：《张东沙督学》，《东廓邹先生文集》卷五。
④ 邓以赞：《邓定宇先生文集》卷二。
⑤ 《明世宗实录》卷二百五十五，第 4682—4683 页。

　　阳明心学批判私欲跟梁启超、鲁迅等人对国民性之私的批判，无论从二者的运思逻辑还是价值目标来说均有着不小的差别。对于陆王心学来说，私欲不仅是一种不良社会风气（士习、士风），也是一种道德缺陷，更是士人实现道德追求、政治抱负乃至人生价值的一种心理障碍，因此，要想修炼成内圣外王的圣人／君子人格，必须驱逐内心的私欲。这里私欲的范畴要远大于自私自利这层含义，正如阳明在告诫门人时所说："无事时，将好色、好货、好名等私欲逐一追究搜寻出来，定要拔去病根，永不复起，方始为快。"① 阳明弟子欧阳德更是主张"纤欲不留"。但对梁启超、鲁迅来说，私欲（自私自利）已经降格为一种国民劣根性，而这一认识正是在与西方世界的遭遇中不断发现的。将现实世界中的危局意识逐渐转化为国民素质问题（国民劣根性），这一认识的获得经过了一种层层剥笋似的疼痛。吊诡的是，这种看待问题的方式恰恰又是传统中国所惯常的，每当朝代更迭之际，总能听到世风日下、人心不古之类的感叹，广义上讲，晚清知识分子对国民性的批判，某种意义上也是基于近似的逻辑。所以说，虽然陆王心学私欲批判的内在逻辑与价值预设跟梁启超、鲁迅等人的国民性批判迥然有别，但是对梁启超、鲁迅而言，轴心时代形成的传统思维方式仍然在起着不可忽视的作用，正如张灏在分析梁启超私德观念与儒家修身思想时所说："他（梁启超）从新儒家传统中吸收了一些重要成分，即一些方法论原理和有关新儒家的束性思想，但儒家修身的两个重要成分，即心理宇宙论世界观和以儒家内圣外王人格理想为核心的那些道德价值观，很大部分已不再居重要位置。"② 在此意义上，心学私欲批判及其逻辑进路也就成为清末民初梁启超、鲁迅等人国民性批判话语的一种思想资源。

---

① 王守仁：《传习录上》，吴光等编校：《王阳明全集》，上海古籍出版社 2011 年版，第 18 页。
② ［美］张灏：《梁启超与中国思想的过渡（1890—1907）》，崔志海、葛夫平译，江苏人民出版社 1995 年版，第 173 页。

第六章　鲁迅早期思想建构的佛学背景

许寿裳曾说："鲁迅从民三开始，研究佛经，用功很猛，别人赶不上。"[1] 事实上，鲁迅接触佛教要早得多，留日时期，鲁迅就在章太炎影响下开始阅读佛经，"鲁迅读佛经，当然是受章先生的影响"[2]。章太炎对佛教的青睐，某种意义上恰恰是晚清佛学复兴思潮的一个缩影。即是说，鲁迅早在留日时期就经由章太炎的媒介作用接触到作为学理的佛教。因此，晚清佛学思潮及其相关特质也就成为鲁迅早期思想建构的学术背景与思想资源。

一　晚清佛学复兴思潮及其特质

龚自珍之前佛教界虽涌现出彭绍升等佛学修为较高的居士，但于学术界、思想界影响寥寥，直到龚自珍、魏源出，才推动了晚清佛学的发展，正如梁启超所说："龚魏为'今文学家'所推奖，故'今文学家'多兼治佛学。"[3] 由此掀起了晚清佛学复兴的壮阔场景。但是，近年来学术界对龚自珍和魏源的思想史地位提出了不同的看法，美国学者艾尔曼指出，龚、魏的思想史地位是 20 世纪历代学人建构起来的，龚、魏"尽管被 20 世纪的历史学者一致赋予重要位置，但在当时不过是位处政治边缘的小人物"[4]，"他们在历史上的重要性大部分源于 20 世纪学者的共识"[5]。所谓"20 世纪学者的共识"，说到底就是在马列史观指导下，构建以鸦片战争为开篇的中国近代政治思想史的需要。无独有偶，王元化也注意到龚自珍

---

① 许寿裳：《亡友鲁迅印象记》，鲁迅博物馆等编：《鲁迅回忆录·专著》上册，北京出版社 1999 年版，第 247 页。

② 许寿裳：《亡友鲁迅印象记》，鲁迅博物馆等编：《鲁迅回忆录·专著》上册，北京出版社 1999 年版，第 248 页。

③ 梁启超：《梁启超论清学史二种》，朱维铮校注，复旦大学出版社 1985 年版，第 81 页。

④ ［美］艾尔曼：《经学、政治与宗族——中华帝国晚清常州今文学派研究》，赵刚译，江苏人民出版社 1998 年版，"序论"第 2 页。

⑤ ［美］艾尔曼：《经学、政治与宗族——中华帝国晚清常州今文学派研究》，赵刚译，江苏人民出版社 1998 年版，"中文版序"第 12 页。

对晚清思想界的影响主要在于"他那些批判性的讽刺诗文",而其思想与学术取径对后世影响有限①。具体到龚、魏的佛学思想,也有论者提出质疑,郭朋等指出龚自珍"对于佛学,他并没有形成系统的思想,而且他对于佛学的见解,也还不能说是深刻的。毋宁说,对于佛学,他是'信'多于'学'"②,即是说,佛学对于龚自珍来说更似一种宗教信仰而非学术研究。对于魏源,郭朋等同样提出批评,认为"较之龚自珍,魏源的佛学思想,尤显贫乏"③,郭氏等尽管不看重龚自珍、魏源的佛学修为,但其著作却依然从龚、魏讲起。葛兆光则在前人研究基础上断言:"杨文会、康有为、梁启超、谭嗣同、章太炎等等,近代思想史上的这些人似乎在他们的学佛经历上,都与龚、魏没有直接关系。"④ 葛兆光的这一判断对于传统意义上的近代思想史不啻为一个沉重的打击,具有一种绕开龚、魏,直击思想史实的气魄。实际上这里隐含着作者对于 20 世纪所建构起来的近代史模式的一种反抗,历史的偶然性、间断性,在此登场。后来在谈到戊戌前后知识人治佛经历时,葛兆光也说,"这一批人的佛学兴趣,来自两个不同源头的启发",一是被誉为"当代昌明佛法第一导师"的杨文会,另一个则是康有为⑤。就中国近代思想史,特别是佛学复兴运动的思想脉络而言,杨文会与康有为的影响的确大大超过龚、魏。因此,上述最新研究成果较之梁启超当年的描述更加接近历史原貌。尽管如此,梁氏接下来的这段叙述依然值得引述:

> 文会深通"法相"、"华严"两宗,而以"净土"教学者。学者渐敬信之。谭嗣同从之游一年,本其所得以著《仁学》,尤常鞭策其友梁启超。启超不能深造,顾亦好焉,其所著论,往往推挹佛教。康有为本好言宗教,往往以己意进退佛说。章炳麟亦好法相宗,有著述。故晚清所谓新学家者,殆无一不与佛学有关系,而凡有真信仰者率皈依文会。⑥

① 参见王元化《龚自珍思想笔谈》,载《中华文史论丛》第七辑,上海古籍出版社 1978 年版。
② 郭朋等:《中国近代佛学思想史稿》,巴蜀书社 1989 年版,第 235 页。
③ 郭朋等:《中国近代佛学思想史稿》,巴蜀书社 1989 年版,第 237 页。
④ 葛兆光:《西潮又东风:晚清民初思想、宗教与学术十讲》,上海古籍出版社 2006 年版,第 255 页。
⑤ 葛兆光:《西潮又东风:晚清民初思想、宗教与学术十讲》,上海古籍出版社 2006 年版,第 105—106 页。
⑥ 梁启超:《梁启超论清学史二种》,朱维铮校注,复旦大学出版社 1985 年版,第 81 页。

梁启超所描述的近代佛学发展与传承的谱系大致可信，近代佛学的复兴仍要追溯到龚自珍和魏源，龚、魏的佛学修养及其对后世的实际影响是一回事，但龚、魏对于佛学的倡导的确是促进晚清佛学复兴的精神动力。龚自珍"幼信转轮，长窥大乘"①，成人后随江沅正式学佛，"晚尤好西方之书，自谓造深微云"②，这里所谓的"西方之书"，即指来自西方的佛教经典。在佛教各宗中，龚自珍尤崇天台，发誓要"狂禅辟尽礼天台"，晚年对天台更是念念不忘，希望能够"重礼天台七卷经"③，由此可见龚氏对佛教天台宗之钟情。魏源35岁跟随钱东甫居士研习佛经，晚年更是接受菩萨戒，皈依佛门。魏源的倾心佛学，跟龚自珍一样，也有以佛学补充儒学，进而经世济民的潜在愿望。在《净土四经总叙》中，魏源说："夫王道经世，佛道出世，滞迹者见为异，圆机者见为同"，这可谓道出了龚、魏以至世纪之交维新、革命党诸人学佛的根本原因。值得指出的是，虽然龚、魏晚年潜心佛学，但是在他们思想中佛学所占比重较轻，正如论者在总结龚自珍佛学思想时指出的那样："毋宁说，对于佛学，他是'信'多于'学'"④，这话同样适合于魏源。

真正促发近代佛学复兴的是居士佛学的倡导者杨文会，他利用与友人南条雄文的私人关系，从日本等地发现并传回了300余种逸失的佛教典籍，极大促进了近代佛学研究的深入，尤其是对中断多年的法相唯识宗而言。不仅如此，他还在南京设立金陵刻经处，这一机构对于推广佛教典籍的流通做出过较大贡献。更为重要的是，他培育、影响了一大批佛学研究者，谭嗣同、桂柏华、梁启超、章太炎等人均受其佛学思想之浇灌，正如梁启超在谈及近代佛法演变的一篇文章中所指出："今代治佛学者，什九皆闻文会之风而兴也。"⑤ 虽然杨文会对于近代佛学的复兴与弘扬起到过极大的推动作用，但从根本上说，杨氏的佛学研究"只是恪守不渝地遵循着中国传统的大乘性宗的佛学思想的理论原则，而且还有着浓厚的信仰主义的色彩"⑥。换言之，杨文会的佛学思想研究依然是对传统居士佛教的传承，并未能对现实社会产生更广泛的影响。相反，在

---

① 龚自珍：《齐天乐序》，《龚自珍全集》，上海人民出版社1975年版，第575页。
② 魏源：《定盦文录序》，《魏源集》上册，中华书局1976年版，第239页。
③ "吟罢江山气不灵，万千种话一灯青；忽然搁笔无言说，重礼天台七卷经。"龚自珍：《己亥杂诗》第315首，《龚自珍全集》，上海人民出版社1975年版，第538页。
④ 郭朋等：《中国近代佛学思想史稿》，巴蜀书社1989年版，第235页。
⑤ 梁启超：《中国佛法兴衰说略沿革》，《饮冰室合集》专集五十一，中华书局1989年版，第14页。
⑥ 郭朋等：《中国近代佛学思想史稿》，巴蜀书社1989年版，第34页。

现实社会层面极大推动近代佛学复兴的是继承龚、魏经世传统的维新派思想家。

维新派领袖康有为青年时期曾独居西焦山白云洞，潜心研习"道佛之书"，正如后来其弟子梁启超所言：

> 先生于佛教，尤为受用者也。先生由阳明学以入佛学，故最得力于禅家，而以华严宗为归宿焉。①

康有为倾心佛教华严宗，并非没有学理上的根据，这就是"华严奥义，在于法界究竟圆满极乐，先生乃求其何者为圆满，何者为极乐。以为弃世界而寻法界，必不得为圆满；在世苦而出世乐，必不得为极乐，故务于世间造法界焉"②。康有为推崇华严宗，正是意欲利用和改造佛教的这一思想资源，以为其维新变法声援（"于世间造法界"），梁启超的上述描述可谓知人之论。康有为的佛学思想主要体现在早期的《康子内外篇》与著名的《大同书》等著作中。在康有为看来，孔教、佛教是修身与治国不可或缺的两种思想传统，只是二者发挥功用的地方不尽相同，救世治国须用孔教，而治心救心以求能够安身立命，则"不能外佛教也，故佛至大也"③，"佛教之去伦绝欲，人学之极致"④。康有为对于儒、佛二教的认识不仅是对宋代以来儒家学者"援佛入儒"思想传统的继承，更是近代儒学衰落、佛学复兴之思想背景下的产物。

早年康有为尽管表现出对佛学的倾心，但是儒家修齐治平的思想传统对其影响更深，佛教某种意义上来说只是更新与发扬儒教的一种手段而已，最能表现出康有为佛学思想的则是其《大同书》。该书不仅整体框架颇契合佛教苦、集、灭、道的四圣谛说⑤，而且充分表现出康有为对佛学思想的推崇。在康氏设想的大同世界中，"惟神仙与佛学二者大行"，但

---

① 梁启超：《南海康先生传》，夏晓虹编：《梁启超文选》，中国广播电视出版社1992年版，第303页。

② 梁启超：《南海康先生传》，夏晓虹编：《梁启超文选》，中国广播电视出版社1992年版，第317页。

③ 康有为：《康子内外篇·性学篇》，《康有为全集》第1集，上海古籍出版社1987年版，第178页。

④ 康有为：《康子内外篇·性学篇》，《康有为全集》第1集，上海古籍出版社1987年版，第179页。

⑤ 《大同书》首部就是《入世界观众苦》，其中又分《人生之苦》等六章，而结尾却是"去苦界至极乐"，所描绘的极乐世界与佛教所描述的涅槃境界尤为近似。

两者仍存有精粗之分，"仙学太粗，其微言奥义无多，令人醉心者有限！若佛学之博大精微，至于言语道断，心行路绝，虽有至圣无所措手，其所包容尤为深远。……故大同之后，始为仙学，后为佛学，下智为仙学，上智为佛学"①。由此可见，所谓"仙学"相对于"佛学"而言明显处于低级阶段，注定会被佛学超越，佛学才是大同世界的终极意识形态。此外，佛教"众生平等"的思想，也成为康有为宣扬近代平等观念的学理依据，"盖天之生物，人物皆为同气，故众生皆为平等"②。康氏的佛学思想及其现实指向由此可见一斑。

　　梁启超早在万木草堂时期，因不满于康有为平时的授课内容③，携同学陈千秋"则相与治周秦诸子及佛典"，"居一年，乃闻所谓'大同义'者，喜欲狂，锐意谋宣传"④。梁氏这一时期对于佛学的涉猎，为其日后进行佛教思想史研究打下了坚实基础。其后梁启超又与佛教学者吴雁舟、夏曾佑、宋恕、汪康年等人往还，学习切磋佛学研究心得，对此孙仲愚《日益斋日记》有相关记录⑤。梁启超于1897年3月10日写给夏曾佑的信更能见出梁氏当时潜心向佛的心境："启超近读经，渐渐能解，（亦不能尽解，解者渐多耳）观《楞伽记》，与真如生灭两门情状，似仿佛有所见，然不能透入也。大为人事所累，终久受六根驱役不能自主，日来益有堕落之惧，（日夕无一刻暇，并静坐之时而无之，靡论读经）既不能断外境，则当择外境之稍好者以重起善心……"⑥梁启超不仅为学佛进步而欣喜，同时也为不能抛却尘世事务专心向佛而苦恼，可见此时梁氏对于佛学之倾心。但时代境遇与国家命运迫使梁启超等人的佛学研究不可能只是一种宗教信仰与个人兴趣，而必须将佛学研究与挽救国家的现实使命结合起来，于是，原本趋向出世的传统佛学在近代维新诸人手中便变成了积极入世的现代佛学，即梁启超所谓的"应用佛学"（"经世佛学"）。基于此，梁启超断言"佛教本非厌世，本非消极"⑦，梁氏在《论佛教与群治之关

---

① 康有为：《大同书》，邝柏林选注，辽宁人民出版社1991年版，第350页。
② 郭朋等：《中国近代佛学思想史稿》，巴蜀书社1989年版，第242页。
③ "有为不轻以所学示人"，因此讲课内容除了《公羊传》，则是《资治通鉴》《宋元学案》《朱子语类》等当时书院常见的课程，然而梁启超与陈千秋不喜欢这些。详见梁启超《梁启超论清学史二种》，朱维铮校注，复旦大学出版社1985年版，第67页。
④ 梁启超：《梁启超论清学史二种》，朱维铮校注，复旦大学出版社1985年版，第68页。
⑤ 麻天祥：《佛学与人生——近代思想家的佛学文化观》，中州古籍出版社1993年版，第112—113页。
⑥ 丁文江、赵丰田编：《梁启超年谱长编》，上海人民出版社1983年版，第75页。
⑦ 梁启超：《梁启超论清学史二种》，朱维铮校注，复旦大学出版社1985年版，第81页。

系》中更是从六个方面集中肯定了佛教所秉有的现代价值，即"佛学之信仰是智信而非迷信"、"乃兼善而非独善"、"乃入世而非出世"、"乃无量而非有限"、"乃平等而非差别"和"乃自力而非他力"①。梁氏所举上述六个方面不仅是对中国化佛教的精辟概括，更为其注入了现代思想质素，从而将传统佛教改造成适合现代变革的思想武器。

梁启超的佛学思想直接体现在《自由书·惟心》一文中，文章开头说："境者心造也。一切物境皆虚幻，惟心所造之境为真实"，这与华严宗"三界唯心"说、法相宗"万法唯识"说如出一辙，均将世界分为"境"与"心"两个不同层次，认为"境"为虚，"心"为实，"然则天下岂有物境哉？但有心境而已"。这一观点在接下来梁氏谈到的《坛经》故事中得到进一步升华："有二僧因风扬刹幡，相与对论。一僧曰风动，一僧曰幡动，往复辩难无所决。六祖大师曰：非风动，非幡动，仁者心自动。任公曰：三界惟心之真理，此一语道破矣。"② 由此可见，佛教"三界唯心"所强调的个体主观精神，是构成梁氏倡言"惟心"的真正动因。对于心的推崇，又促使梁氏无意间夸大了主体之心的力量（"心力"），认为"世界莫大于人，人莫大于心"③，在此时梁启超看来，心才是世界之本根，"心力是宇宙间最伟大的东西，而且含有不可思议的神秘性，人类所以在生物界占特别位置者就在此"④。不仅如此，梁氏还将"心力"看作"是生活的原动力"⑤，甚至把社会历史说成人类"运其心力以征服自然的结果"，"历史为人类心力所构成，人类惟常能运其心力以征服自然界，是以有历史"⑥。至此，梁启超的佛学思想与其心学思想交织在一起，二者的相互激荡又强化了梁氏对于主体精神的置重，同时，原本倾向出世的佛教经此转捩，就被梁启超等近代启蒙思想家改造成积极入世的应用佛教。

事实上，不仅维新派思想家努力从佛教学说中发掘改良现实政治所需的思想资源，革命派同样试图从佛教教义中汲取养分，章太炎曾高举佛教

---

① 梁启超：《论佛教与群治之关系》，《饮冰室合集·文集之十》，中华书局1989年影印本，第45—52页。
② 以上引文均出自梁启超《自由书·惟心》，见《梁启超全集》第2卷，北京出版社1999年版，第361页。
③ 梁启超：《烟士披里纯》（INSPIRATION），《梁启超全集》第2卷，北京出版社1999年版，第375页。
④ 梁启超：《非"唯"》，夏晓虹编：《梁启超文选》下册，中国广播电视出版社1992年版，第554页。
⑤ 梁启超：《人生观与科学》，《梁启超全集》第14卷，北京出版社1999年版，第4170页。
⑥ 梁启超：《地理及年代》，《饮冰室合集》专集第四十七，中华书局1989年影印本，第2页。

旗帜以此来锻造"革命之道德"。① 总的来说，自龚自珍、魏源起晚清思想界确实掀起过一股愈演愈烈的佛学复兴思潮，这股佛学复兴思潮虽然继承了传统佛教的基本学理，但与此同时也呈现出迥异于传统佛教的若干特色。所有这些均构成了鲁迅等年青一代接受佛教的初始语境。

其一，变传统佛教的出世倾向为积极的入世态度，这一点从上文引述的梁启超对于佛教意义与社会价值的解读即可看出端倪。谭嗣同佛学思想的入世色彩更强，其糅合儒家、佛家以及西方自然科学所撰成的《仁学》就是典型案例，谭嗣同运用佛教众生平等的理论批判封建伦理纲常，指出传统所谓的五伦中只有朋友一伦是建立在平等关系之上的，其余四伦均有违平等之要义，因此必须铲除。

> 其在佛教，则尽率其君若臣与夫父母妻子兄弟眷属天亲，一一出家受戒，会与法会，是又普化彼四伦者，同为朋友矣……夫惟朋友之伦独尊，然后彼四伦不废自废。亦惟明四伦之当废，然后朋友之权力始大。今中外皆奢谈变法，而五伦不变，则举凡至理要道，悉无从起点，又况于三纲哉！②

由此可见，谭嗣同之所以对封建伦理发起猛烈攻击，究其根本还是为了顺应时代潮流，为现实变法寻求理论依据。集中展现出这种价值追求的就是其"以心挽劫"的口号，以个体之心去拯救天下苍生，大有一种我不下地狱谁下地狱的大无畏牺牲精神。康有为对佛教的改造利用最为典型，梁启超说："先生之于佛学也，纯得力大乘，而以华严宗为归。华严奥义，在于法界究竟圆满极乐。先生乃求其何者为圆满，何者为极乐。以为弃世界而寻法界，必不得为圆满；在世苦而出世乐，必不得为极乐。故务于世间造法界焉。"③ 梁氏不仅道出了康有为学佛的理论路径与精髓所在，"于世间造法界"一语更是道尽晚清以降维新派与革命党诸人热心佛学的根本初衷。《民报》时期的章太炎之所以鼓吹佛教，很大程度上就是看中其广泛的群众基础及其可操作性，"佛教理论，使上智人不能不信；佛教的

---

① 关于晚清佛学复兴思潮对章太炎的影响以及章太炎运用佛学资源锻造革命道德的具体情形，详见本章第三节 "'革命之道德'视野下的佛学：从章太炎到鲁迅"。
② 蔡尚思、方行编：《谭嗣同全集》下册，中华书局 1981 年版，第 351 页。
③ 梁启超：《南海康先生传》，夏晓虹编：《梁启超文选》上册，中国广播电视出版社 1992 年版，第 317 页。

戒律，使下愚人不能不信，通彻上下，这是最可用的"①。在近代中国，即便是所谓的居士佛教与缁众佛教的学者也表现出对于现实政治的热心，如居士杨文会、政治和尚太虚等②，莫不如是。

其二，近代复兴的佛教宗派均表现出对作为个体精神性的"自心""自性"的强调，如禅宗、华严宗、法相宗等。梁启超曾这样评价佛教对于康有为的影响，"先生于佛教，尤为受用者也"，并接着指出康氏学佛的门径所在："先生由阳明学以入佛学，故最得力于禅家，而以华严宗为归宿焉。"③梁氏对乃师"最得力于禅家，而以华严宗为归宿"的判断可谓精确，其实他自己欣赏的乃至晚清佛学复兴的主流也是这一类型的佛教。谭嗣同《仁学》开篇便指出："凡为仁学者，于佛书当通《华严》及心宗、相宗之书"④，由此凸显出佛教华严宗、法相宗、禅宗对其构建"仁学"体系的重要性。仁学之"仁"虽是儒家术语，但纵观《仁学》一书，其"仁"已大大超越了儒家思想所能涵盖的领域，而吸收进佛教的仁慈、基督教的仁爱，谭嗣同的"仁学"显然是对佛教思想的一种吸收与转化。不仅如此，所谓"仁"实际上又是对于主体之心的一种强调，相对于传统儒家思想而言，这里的"仁"是平等的，是对于传统等级制度与道德伦常的反动，相对于佛教、基督教而言，这里的"仁"又是主体性的，即是说，"仁"不是彼岸世界对现实世界的关照与怜悯，而是由自心发出的对于外在世界的理解，自我即包括在这种理解中。谭嗣同所谓的"仁"说到底就是主体性平等性的对话，正因为如此，其仁学思想才具有鲜明的现代性意义。同样，章太炎这一时期的佛学思想也主要集中在法相宗、华严宗、禅宗等方面。章氏在仔细分辨佛教各宗的理论特质后指出："是故推见本原，则以法相为其根核"⑤，从而肯定了法相宗的重要地位。他更加看中华严、法相等佛教宗派理论对锻造革命道德的现实作用："华严宗所说，要在普度众生，头目脑髓，都可施于人，在道德上最为有益。这法相宗所说，就是万法唯心，一切有形的色相，无形的法尘，总是幻见幻想，并非实在真有……在哲学上今日也最相宜。要有这种信仰，才

---

① 太炎：《演说录》，《民报》第6号，1906年7月25日。
② 关于政治和尚太虚，可参见麻天祥《佛学与人生——近代思想家的佛学思想》最后一章，中州古籍出版社1993年版。
③ 梁启超：《南海康先生传》，夏晓虹编：《梁启超文选》，中国广播电视出版社1992年版，第303页。
④ 谭嗣同：《仁学界说》，蔡尚思、方行编：《谭嗣同全集》下册，中华书局1981年版，第293页。
⑤ 太炎：《答铁铮》，《民报》第14号，1907年6月8日。

得勇猛无畏，众志成城，方可干得事来。"此外，章太炎十分欣赏法相、禅宗所秉持的"自贵其心，不援鬼神"的精神传统，宣称"其术可以用于艰难危急之时"，能够使人"排除生死，旁若无人，布衣麻鞋，径行独往，上无政党猥贱之操，下作懦夫奋矜之气，庶于中国前途有益"①。他如吴雁舟等佛教学者也叫人"归禅宗、以为（禅宗）至高"②。总之，不论是禅宗的"自贵其心"，还是华严的"三界唯心"，法相的"万法唯识"，其实质均是对作为"个"的精神性主体的置重，这不仅与启蒙思想家所激活的今文经学、陆王心学的思维理路较为一致，而且他们坚信主体精神力量能够促进社会变革的实现。

其三，"以己意进退佛说"③，这是梁启超对康有为佛学研究的整体评判，"康有为本好言宗教，往往以己意进退佛说"。其实不仅是康有为，近代佛教学者均表现出这一特点，一方面出于社会变革的现实需求，他们往往只是从传统佛教思想中择取适合的部分加以发挥，另一方面，这也是西方各种思想输入的结果，因为在近代中国不仅要处理好当下与传统的关系，更要处理好中国与西方的关系。进言之，中外关系不仅仅是文化空间的关系，更决定着文化时间的维度，即是说，中西关系在近代中国而言，同时也是古今的关系，因此，佛学复兴思潮中便出现了种种比附西方思想的所谓比较研究。早年康有为阅读佛典时，就曾由此联想到显微镜下的图景以及光电的速度④，宋恕在《印欧学证》中，认为佛所说的"无量日月""风轮持底轮""人身八万虫"等，就是西方人通过望远镜和显微镜所看到的天体和细菌⑤。如果说这还是一种初级的比较的话，那么到了世纪之交，便出现了用佛教人物和佛学知识来解读西方现代哲学思想的现象，谭嗣同的"仁学"即是糅合中外古今各种思想养分的集中体现。谭氏一再声称"以太也，电也，心力也，皆指出所以通之具"，在他看来，西方现代自然科学的成果与中国传统的心学、佛学是相通的。不仅如此，他还用西方现代自然科学知识来批判佛教末流："释氏之末流，灭裂天地，等诸声光之幻，以求合所谓空寂。此不惟自绝于天地，乃并不知有声光。"⑥梁启超的佛学思想亦具有这一倾向，在介绍康德学说时，即援引

---

① 太炎：《答铁铮》，《民报》第 14 号，1907 年 6 月 8 日。
② 孙宝瑄：《忘山庐日记》，上海古籍出版社 1983 年版，第 112 页。
③ 梁启超：《梁启超论清学史二种》，朱维铮校注，复旦大学出版社 1985 年版，第 81 页。
④ 康有为：《康南海自编年谱》，中华书局 1992 年版，第 12 页。
⑤ 胡珠生编：《宋恕集》，中华书局 1993 年版，第 85 页。
⑥ 蔡尚思、方行编：《谭嗣同全集》，中华书局 1982 年版，第 130 页。

佛教唯识学来比附康德，用佛教的"真如"来解释康德的"真我"，用佛教的"无明"来解释康德的"现象之我"，梁启超之所以进行这样的比较，从根本上说，是因为在他看来，"康氏哲学大近佛学"①。在《说无我》《佛教心理学浅测》等文中梁氏的这一倾向表现得较为明显，《说无我》的宗旨是为了表明"佛说法五十年，……一言以蔽之，曰'无我'"的观点，为此，梁启超搬来了最为流行也最具威力的"科学"，声言："所谓'无我'者，非本有我而强指为无也……佛之无我说，其所自证境界何若，非吾所敢妄谈。至其所设施以教吾人者，则实脱离纯主观的独断论，专用科学的分析法，说明'我'之决不存在。质言之，则误吾人所认为我者，不过心理过程上一种幻影，求其实体，了不可得。"② 梁氏用科学的分析法来指认佛说无我的种种设施，或许这本身就是一种不科学的说法，不仅如此，梁氏还从心理学的角度断定，所谓"我"只是心理过程上的一种幻影。这种以现代心理学比附佛教思想的做法在《佛教心理学浅测》中表现得更为明显，在此梁氏将佛家所说的"法"直接等同于现代心理学："小乘俱舍家说的七十五法，大乘瑜伽说的百法，除却说明心理现象外，更有何话？试看所谓五蕴，所谓十二因缘，所谓十二处、十八界，所谓八识，哪一门子不是心理学？又如四圣谛、八正道等种种法门所说修养工夫，也不外根据心理学上正当见解，把意识结习层层剥落。"③梁氏用现代心理学比附佛家的"法"，实在是一种曲解，因为佛教之"法"的所指远大于现代心理学这一概念所能包蕴的内容。"法"，梵语为达摩，意谓兼摄有体无体，该尽一切者，也就是对包括物质及其运动、社会变化、心理活动等现象的总称。梁启超这样比附理解，并不是说他看不出其中的区别，而是为了借助固有的思想资料以推陈出新，但从学理上来说，简直就是一种"以己意进退佛说"的主观行为。

近代佛学研究的这种倾向，在章太炎身上同样存在，他自己即承认："仆往者铸熔经论，断之鄙心"④，在《答铁铮》中更是坦言"为繁为简，亦各因其所好，岂专以精深之科条，施之于一概乎"⑤。最为明显的就是为了准确说明佛家的"圆成实自性"，他径直搬来西方哲学的柏拉图和康

---

① 梁启超：《近世第一大哲康德之学说》，《饮冰室合集》文集之十三，中华书局1989年影印本，第60—61、51页。
② 梁启超：《佛学研究十八篇》，上海古籍出版社2001年版，第85—86页。
③ 梁启超：《佛学研究十八篇》，上海古籍出版社2001年版，第394页。
④ 太炎：《答梦庵》，《民报》第21号，1908年6月10日。
⑤ 太炎：《答铁铮》，《民报》第14号，1907年6月8日。

德，认为柏拉图的"理念"近似佛教的"真如"："夫此圆成实自性云者，或称真如，或称法界，或称涅槃，而柏拉图所谓伊跌耶者，亦往往近其区域。佛家以为正智所缘，乃为真如；柏拉图以为明了智识之对镜，为伊跌耶。其比例亦多相类。"① 引文所谓"伊跌耶"即为柏拉图哲学的核心概念 Idea 之音译，佛家构建世界的本体概念"真如"与柏拉图哲学的"伊跌耶"（Idea）在作为世界之本体的一面，固然存在着一定的可比性，但是从东西方哲学发展的传统而言，两者的差别远远大于联系。不仅如此，章太炎还拿来康德的"自在之物"以比附"真如"，首先他将康德的自在之物作了佛家色彩的修改，称之为"物如"，"见及物如，几与佛说真如等矣"②。章氏用"物如"来对译康德的"自在之物"是否准确姑且不论，说"自在之物"类似于佛教的"真如"也存在一定问题，因为康德的"自在之物"是建立在其本体界/现象界的二分基础之上的，在他看来，人们的认识所及只能止于现象界，而作为现象背后的真源本体是无法认识的，虽然佛家也有此岸/彼岸的区分，但是很明显这一区别与康德对世界的理解完全是两回事。

综观晚清佛学复兴思潮呈现出的若干特质，无论是变传统佛教的出世为入世还是以佛学知识附会西方学说，抑或对法相、华严、禅宗所蕴含的独立自主精神的开掘，均表现出"以己意进退佛学"的阐释倾向。对于正统佛学而言，这无疑是一种出位，杨文会就曾指责章太炎"以婆罗门与佛教合为一家"的行径"是混乱正法"③。但是联系晚清社会状况与思想背景来看，这种阐释倾向不仅是可以理解的，甚至是一种历史的必然现象，因为从学理上说，"晚清佛学的短暂复兴，复兴的不是宗教意义上的佛教倒是文化意义上的佛学"④。相对于佛教理论的本真性，他们更为关心现实社会的存亡，"无论在杨文会的心目中，还是在早期梁启超的思想里，无论是在康有为的《大同书》中，还是在谭嗣同的《仁学》、宋恕的《佛教起信篇稿》里，其实佛教与佛学都带有很浓重的现实的实用意味，因此在他们的表述中，佛教的社会意义是其最重要的理解前提和阐释背景"⑤。

---

① 太炎：《建立宗教论》，《民报》第 9 号，1906 年 11 月 15 日。

② 章太炎：《菿汉微言》，虞云国校点：《菿汉三言》，上海书店出版社 2011 年版，第 25 页。

③ 杨文会：《杨仁山全集》，周继旨校点，黄山书社 2000 年版，第 517 页。

④ 葛兆光：《西潮又东风：晚清民初思想、宗教与学术十讲》，上海古籍出版社 2006 年版，第 96 页。

⑤ 葛兆光：《西潮又东风：晚清民初思想、宗教与学术十讲》，上海古籍出版社 2006 年版，第 100 页。

由"佛教的社会意义"这一现实关切出发，晚清学人在阐述佛理时"以己意进退佛说"，应该说是一种烙有时代印迹的思想现象。

二 鲁迅早期宗教观及其对佛教之接受

从"精神革命"的角度解读佛学对鲁迅早期思想建构发生的影响，有一个不得不面对的前提，即鲁迅早期宗教观为何的问题。某种意义上，鲁迅对于佛教的理解正是其宗教观的自然延伸，因此，只有搞清鲁迅宗教观的实质，才能进一步探讨佛教对于鲁迅早期思想建构的意义。

其实，宗教信仰是晚清思想界不容回避的一个重要问题。一方面，晚清多种宗教势力的兴起，造成了晚清宗教现象的繁复局面。首先是鸦片战争以来西方传教士在中国本土传播的基督教，其次是在明治维新刺激下的佛学复兴运动，最后就是以康有为为首的"儒教中国"的构想与实践，上述几个方面的因素合力促进了晚清宗教问题的凸显。另一方面，随着危局意识的逐渐加剧，宗教问题在晚清思想界还隐含着维新/革命等现实政治的分野。"章太炎和当时很多人都认为世界上大概有三种主要宗教形态，即多神教、一神教和无神教。他们把三个宗教类型同时类比于三种不同的政体类型，把宗教阶段的叙述跟政体演化的叙述连接起来：多神教类比于多头的贵族政体；一神教类比于独裁的君主政体；无神教则类比于民主的共和政体。"① 此外，宗教信仰还内蕴着晚清知识人重塑国民道德的努力，所有这些都使得宗教信仰问题成为晚清思想界的一个重要话题。鲁迅对于宗教问题的理解正是在上述错综复杂的历史语境中进行的，因此，要准确认知鲁迅是在何种意义上肯定佛教的，从逻辑上来说，首先要明确鲁迅是如何理解宗教的。鲁迅早期宗教观引发大陆学界广泛关注，始于伊藤虎丸在北京大学的那篇演讲，伊藤围绕"迷信"与"科学"的关系，考察了鲁迅早期宗教观的几个方面，发人深省。② 本节拟从如下三个方面来阐述鲁迅早期宗教观的相关问题。

（一）"迷信"与"正信"的辨伪

鲁迅的《破恶声论》，无论是从讨论话题还是运思逻辑来说，明显受到章太炎《四惑论》《五无论》等相关文章的影响，不仅表现出"否定的

---

① 汪晖：《声之善恶：鲁迅〈破恶声论〉〈呐喊·自序〉讲稿》，生活·读书·新知三联书店 2013 年版，第 71 页。

② ［日］伊藤虎丸：《鲁迅、创造社与日本文学——中日近现代比较文学初探》，孙猛、徐江、李冬木译，北京大学出版社 2005 年版，第 82—101 页。

思想家"① 的批判思维，更是充满了辩驳甚至战斗的色彩。从全文透露的鲁迅的思想趋向看，1908 年前后的鲁迅已经实现了从宣传科学破除迷信的立场到破"破迷信"的立场的转变。其背后心路历程耐人寻味，但可以肯定，这跟晚清思想界的整体走向存在密切关联。鲁迅对所谓"迷信"的辩护，一方面固然受到章太炎等佛教救国思想的影响，另一方面，这也与其对文明之神髓的理解有关。1908 年前后，鲁迅在对西方文化史的梳理中，获得了"根柢在人"② 的发现，进而将所有文明的形式（科学、宗教、文学）理解为一种"精神"的存在。正如张杰在谈论鲁迅早期思想内在逻辑时所指出的："鲁迅提出了'张精神'的思想，这是鲁迅承袭章太炎思想的又一体现，也是鲁迅早期宗教观的又一前提。"③

鲁迅的宗教观是围绕着"迷信"与"正信"二者的辨伪过程逐渐展现出来的。鲁迅在指出"破迷信者，于今为烈，不特时腾沸于士人之口，且衰然成巨帙矣"这一文化现象后，紧接着提出"正信"为何的问题："顾胥不先语人以正信；正信不立，又乌从比较而知其迷妄也。"④ 由此进入"迷信"与"正信"二者互相辩驳的逻辑过程。伊藤虎丸指出，鲁迅对于"正信"的追问，恰恰暴露出破迷信者并无确固之信仰。纵观全文，我们可以看出，这些破迷信之士大致可分为两类。其一"奉科学为圭臬之辈"，这群人以近代自然科学为后盾，站在近世文明的高度，试图以"所拾质力杂说之至浅而多谬者，解释万事"，进而闹出"毁伽兰""禁赛会""嘲神话""疑神龙"等诸多闹剧。鲁迅不仅指出他们"知识未能周"的知识缺陷，并以海克尔和尼采为例，认为他们并非严格意义上的"欲以科学为宗教者"。换言之，科学也不能构成他们的"正信"，因为他们"惟酒食是仪，他无执持，而妄欲夺人之崇信者，虽有元素细胞，为之甲胄，顾其违妄而无当于事理，已可弗繁言而解矣"⑤。即是说，这些科学信奉者们所信仰的并非科学本身，而是科学背后的新文明带来的实利，某种意义上，这些科学信奉者以科学为依据的破迷信行为，也不失为一种"趋时"，实际上是毫无信仰之辈。

① "否定的思想家"是日本学者河田悌一对章太炎思想特质的高度概括，参见［日］河田悌一《否定的思想家——章炳麟》，章念驰编《章太炎生平与学术》，生活·读书·新知三联书店 1988 年版，第 488—506 页。
② 鲁迅：《坟·文化偏至论》，《鲁迅全集》第 1 卷，第 58 页。
③ 张杰：《〈民报〉的佛学倾向与鲁迅的早期思想》，《鲁迅研究月刊》1990 年第 1 期。
④ 鲁迅：《集外集拾遗补编·破恶声论》，《鲁迅全集》第 8 卷，第 29 页。
⑤ 鲁迅：《集外集拾遗补编·破恶声论》，《鲁迅全集》第 8 卷，第 31 页。

其二，则是欲"定宗教以强中国人之信奉"者，鲁迅这里暗指康有为等人在西方基督教启示下，欲以孔子为教主建构儒教中国的企图。这一点鲁迅文章没有展开，但在鲁迅看来，这不仅不能构成所谓"正信"，而且是"天下古今未闻之事"。鲁迅之所以认定康有为建构中的孔教无法构成"正信"，是因为在鲁迅关于宗教的认识中有十分重要的两点，即自发、自由。鲁迅对东西方宗教缘起的肯定，正是因为不安物质生活的初民自发寻求精神向上的结果，换言之，鲁迅以为宗教应是自下而上自发形成的，而非知识人从上到下的教谕传达。至于自由，则更加明显，鲁迅指出康有为等人这种"敕定正信教宗"的从上到下的做法只会导致"心夺于人，信不繇己"的实际后果，"不繇己"即不自由，自然不可能成为真正的信仰。正如伊藤虎丸所言："鲁迅的宗教观可以归结为：即使是'迷'的信仰，也必须根植于民众'自由（繇己）'的精神作用（即对民众精神之自发性和内发性的尊重）；而从上而下，即使（士大夫们认为）是正确的教导，那授予的东西一定是'伪'的（违背民心之统一的）。"①

鲁迅在认识到所谓"正信"其实并非真正的信仰后，开始为"迷信"正名：

> 中国志士谓之迷，而吾则谓此乃向上之民，欲离是有限相对之现世，以趣无限绝对之至上者也。②

进而亮出自己对于宗教的理解，即宗教的根本在于"信"："人心必有所冯依，非信无以立，宗教之作，不可已矣。"③"故今之所贵所望，在有不和众嚣，独具我见之士，洞瞩幽隐，评骘文明，弗与妄惑者同其是非，惟向所信是诣，举世誉之而不加劝，举世毁之而不加沮，有从者则任其来，假其投以笑傌，使之孤立于世，亦无慑也。"④ 其实，将宗教的根本归结为发自内心的信仰，这一观点早已出现在《文化偏至论》中，"宗教根元，在乎信仰"⑤。在鲁迅看来，宗教的根本在于信仰，即便所信的对象被他人斥为"迷信"，只要借此表达了一种形而上之需求，就是一种值得

---

① ［日］伊藤虎丸：《鲁迅、创造社与日本文学——中日近现代比较文学初探》，孙猛、徐江、李冬木译，北京大学出版社 2005 年版，第 89 页。
② 鲁迅：《集外集拾遗补编·破恶声论》，《鲁迅全集》第 8 卷，第 29 页。
③ 鲁迅：《集外集拾遗补编·破恶声论》，《鲁迅全集》第 8 卷，第 29 页。
④ 鲁迅：《集外集拾遗补编·破恶声论》，《鲁迅全集》第 8 卷，第 29 页。
⑤ 鲁迅：《坟·文化偏至论》，《鲁迅全集》第 1 卷，第 48 页。

肯定的行为。因此，鲁迅才表现出对于各种形式的宗教的认可，这些看似矛盾的观念恰恰彰显出鲁迅宗教观的一个独特维度，即鲁迅不是在宗教内部来把握宗教的，"鲁迅对宗教和迷信的界定是对人的超越性的界定，而超越性是与内心需求连在一起的"，"他把宗教和迷信都看成是人的自我创造的产物，是内在性需求的展开"①。换言之，鲁迅对于"迷信"与"正信"的辨析，并非为了否定某一方，而是为了确认其信仰是否源于内心需求，由此凸显出他对宗教之"信"及与之相关的"诚"的置重。

（二）"神思""扬其精神"：鲁迅宗教观的实质

鲁迅对于宗教实质的认识是从考察东西方宗教之缘起切入的：

> 故吠陀之民，见夫凄风烈雨，黑云如盘，奔电时作，则以为因陀罗与敌斗，为之栗然生虔敬念。希伯来之民，大观天然，怀不思议，则神来之事与接神之术兴，后之宗教，即以萌蘖。②

鲁迅认为宗教是从初民面对不可解的自然现象时涌现出的"栗然生虔敬念""大观天然，怀不思议"等心理活动开始萌生的，这种理解摆脱了传统宗教的神学意味。在鲁迅看来，宗教的产生是"向上之民，欲离是有限相对之现世，以趣无限绝对之至上者也"③的精神追求，进而在人与宗教的关系上，确立了人的主体性作用，正如张福贵所指出的那样："他对宗教本源的探究，所依据的是宗教在人类的精神历史和文化进程中所具有的积极意义，而不是神学的价值体系。"④的确，鲁迅从起源角度肯定了宗教存在的必要性，"人心必有所冯依，非信无以立，宗教之作，不可已矣"，即是说，宗教只是人类借以确立"信"（内在性需求）的一种凭依，鲁迅一开始就把宗教看作一种主体精神不断向上求索的过程，而非人对神（信仰对象）的屈服。

职是之故，鲁迅逐一批判了晚清志士对所谓"迷信"的批判。针对"嘲神话"和"疑神龙"两种破迷信的流行观点，鲁迅提出所谓"神思"，指出"夫神话之作，本于古民，睹天物之奇觚，则逞神思而施以人化，

① 汪晖：《声之善恶：鲁迅〈破恶声论〉〈呐喊·自序〉讲稿》，生活·读书·新知三联书店2013年版，第60页。
② 鲁迅：《集外集拾遗补编·破恶声论》，《鲁迅全集》第8卷，第29页。
③ 鲁迅：《集外集拾遗补编·破恶声论》，《鲁迅全集》第8卷，第29页。
④ 张福贵：《惯性的终结：鲁迅文化选择的历史价值》，吉林大学出版社1999年版，第111页。

想出古异，诙诡可观"，神龙更是"吾古民神思所创造"①。"神思"一语
乃鲁迅早期论文中的核心概念，不仅在《科学史教篇》中，鲁迅将神思
看作科学发现的动力，在《摩罗诗力说》中，则将神思看作诗歌（文学）
诞生的源头②，现在又将神思用来比作神话（传说）产生的根源，这不仅
表现出"神思"在鲁迅早期思想建构中的核心地位，同时凸显出科学、
文学、宗教在鲁迅思想体系中的同构性特点。正如汪晖所指出的那样：
"鲁迅对浪漫主义诗人的讨论跟他对迷信宗教的讨论是一物之两面。"③ 即
是说，在青年鲁迅看来，"神思"及与之相关的"内曜""心声"等是产
生一切文明的终极因素，鲁迅是从肯定"神思"（想象力、创造力）的角
度肯定"迷信""神话"之存在价值的。换言之，在鲁迅看来，对"神
话""神龙"之类的信仰，重要的并非具体的信仰对象，因此去质疑这种
对象性的存在，是本末倒置的做法。鲁迅肯定的是"神思"所表征的人
类本身的想象力、创造力，以及因为这种想象力、创造力所带来的艺文的
发达、精神的充实等。对鲁迅来说，信仰的对象并非外在的某一具体事
物，而是人自身。④ 正如伊藤虎丸敏锐觉察到的，鲁迅的宗教观"暗合人
创造宗教而不是宗教创造了人的观点"⑤。同样，他将志士们禁止的民间
赛会看作"厥心纯白"的"朴素之民""劳作终岁，必求一扬其精神"
的表现。即是说，鲁迅关注的焦点不在赛会本身，而是朴素之民"扬其
精神"的内在性需求，这种精神追求正是"信不繇己"的对立面，是一
种自我精神的自由发抒，是保有纯白之心的体现。

　　综上，鲁迅宗教观的实质并不在于对宗教义理的阐发，或者对某一教
宗的揄扬，甚至对传统中国的泛神论思想他也持肯定态度，"顾吾中国，
则夙以普崇万物为文化本根，敬天礼地，实与法式，发育张大，整然不
紊。覆载为之首，而次及于万汇，凡一切睿知义理与邦国家族之制，无不

---

① 鲁迅：《集外集拾遗补编·破恶声论》，《鲁迅全集》第 8 卷，第 32 页。
② "盖人文之留遗后世者，最有力莫如心声。古民神思，接天然之閟宫，冥契万有，与
　之灵会，道其能道，爰为诗歌。"（鲁迅：《坟·摩罗诗力说》，《鲁迅全集》第 1 卷，
　第 65 页）
③ 汪晖：《声之善恶：鲁迅〈破恶声论〉〈呐喊·自序〉讲稿》，生活·读书·新知三联书
　店 2013 年版，第 75 页。
④ 这一逻辑与佛教"自性"观念及其内在理路极为契合，"自性"观念之所以成为鲁迅转
　译西方新神思宗的一个关键概念，进而成为其早期思想构建中一个重要的概念，应该说
　跟鲁迅对于宗教实质的把握这一前提有着绝大的关系。
⑤ ［日］伊藤虎丸：《早期鲁迅的宗教观》，转引自张福贵《惯性的终结：鲁迅文化选择的
　历史价值》，吉林大学出版社 1999 年版，第 111 页。

据是为始基焉"①。正如伊藤虎丸所说，鲁迅宗教观之间似乎存在着某种矛盾，但是透过这些看似矛盾的言论，我们又能明确感受到鲁迅对于宗教的态度。在鲁迅看来，宗教的根本在于"足充人心向上之需要"，所以无论是肯定原始宗教的产生，还是肯定赛会的意义，抑或对"神话"（"神龙"）的认可，最根本的是这些宗教形式均能带给人们一种向上的精神追求。在此类宗教形式中，主体对原始宗教、赛会、神话等形式的信仰是真诚的、发自内心的，甚至不掺任何实利观念。由此可见，鲁迅是从主体精神性的创发与张扬的角度来把握宗教的，他把宗教视为引领主体不断上征、不断超越的一种精神导向。当然，鲁迅对宗教的理解，也不可避免地会受到晚清思想界一再提及的宗教信仰与国民道德之关系问题的影响。

（三）鲁迅宗教观及其与国民道德之关系

由上可知，鲁迅是在引领主体性精神不断向上的意义上肯定宗教存在之价值的，正如王乾坤所言："事实上，在总体上看，鲁迅一生对于宗教，没有在'治国平天下'的路向上运思。他更关心的，无论在辩护还是批判上，都是宗教与个人精神之关系。"② 但是这种因信仰而来的不断上征的求索精神却越来越稀薄，士大夫阶层中更是难得一见，"是性日薄，泊夫今，乃仅能见诸古人之记录，与气禀未失之农人；求之于士大夫，蔑蔑乎难得矣"③。这是鲁迅对清季社会信仰状况的一种大胆判断，在这一判断中，两组对立项古/今、农人/士大夫尤其值得玩味。古/今的对立以及表现出的对"古"的偏好，可以看作早期鲁迅"复古"倾向的一种表现④，此处不赘。值得注意的是，农人/士大夫两种身份的对立以及由此彰显出的道德层面的褒贬，显然受到同时期章太炎的影响。章太炎的《革命之道德》一文明显表现出尊下卑上的道德评判标准："今之道德，大率从于职业而变"，"其职业凡十六等，其道德第次亦十六等"，并且直言"农人于道德为最高，其人劳身苦形，终岁勤动"，"而通人以上则多不道德者"，总之，"知识愈进，权位愈伸，则离于道德也愈远"⑤。这种农人/士大夫之间身份与道德的对立，在鲁迅那里并不鲜见，《破恶声论》中就多次出现类似逻辑的文字。鲁迅指出，中国历史上"墟社稷毁家庙者，征之历史，正多无信仰之士人，而乡曲小民无与"。这里再次

---

① 鲁迅：《集外集拾遗补编·破恶声论》，《鲁迅全集》第 8 卷，第 29—30 页。
② 王乾坤：《鲁迅的生命哲学》，人民文学出版社 1999 年版，第 77 页。
③ 鲁迅：《集外集拾遗补编·破恶声论》，《鲁迅全集》第 8 卷，第 30 页。
④ 参见袁盛勇《论鲁迅留日时期的复古倾向》，《鲁迅研究月刊》2000 年第 9—10 期。
⑤ 太炎：《革命之道德》，《民报》第 8 号，1906 年 10 月 8 日。

出现"无信仰之士人"与"乡曲小民"的对举，一褒一贬，态度十分鲜明。并且鲁迅紧接着就提出"伪士当去，迷信可存"的命题，从行文逻辑看，所谓"伪士"实际上就是指"无信仰之士人"。在禁赛会部分，组织赛会者是"朴素之民"，而禁止赛会者则是所谓"志士"，鲁迅不仅指出志士们禁赛会的行为"烈于暴主"，更揭示了志士批判农人举办赛会"足以丧财费时"的真实目的，"钩其财帛为公用"，进而嘲讽此举为"未有捷于此者"的"生财之道"①。总之，农人与士大夫/志士的对比及其彰显的道德倾向，成为鲁迅破"破迷信"的一种内在逻辑。② 一方面，主张破迷信者是以士大夫为主的志士英雄，故而要破"破迷信"就要对其展开反批判；另一方面，鲁迅农人/士大夫的对比，还牵涉他对国民道德现状的认知。

《破恶声论》中，鲁迅不仅在古人/农人与士大夫的对立中，确认了士大夫阶层的道德滑坡，在追问"正信"为何物无果的情况下，鲁迅更是直言"浇季士夫，精神窒塞，惟肤薄之功利是尚，躯壳虽存，灵觉且失。于是昧人生有趣神闷之事，天物罗列，不关其心，自惟为稻粱折腰"，后来又指责他们"惟酒食是仪，他无执持，而妄欲夺人之崇信"③，甚至以"疑神龙"为例指责他们势利④，"彼徒除利力而外，无蕴于中，见中国式微，则虽一石一华，亦加轻薄，于是吹索抉剔，以动物学之定理，断神龙为必无"。他们之所以怀疑神龙，实际上是"科学为之被，利力实其心"的逻辑推演，并非出于"信"，因此鲁迅将这些士大夫/志士统一称为"伪士"。即是说，鲁迅通过对破迷信诸说的分析，最终得出这样的结论，即"迷信"不迷，"正信"乃伪。这样，鲁迅从信仰和道德两方面共同否定了主张破迷信者的行为，并由此进一步认识到宗教信仰与国民道德之间的紧密联系。

换言之，围绕信仰问题，鲁迅洞察到国民中存在的虚伪、趋时、势利、好名等诸多国民劣根性。鲁迅之所以为"迷信"正名，肯定宗教存

---

① 鲁迅：《集外集拾遗补编·破恶声论》，《鲁迅全集》第 8 卷，第 32 页。

② "乡曲小民与英雄志士的对比也同样是鲁迅批判民族主义的基本框架。"汪晖：《声之善恶：鲁迅〈破恶声论〉〈呐喊·自序〉讲稿》，生活·读书·新知三联书店 2013 年版，第 82 页。

③ 鲁迅：《集外集拾遗补编·破恶声论》，《鲁迅全集》第 8 卷，第 30 页。

④ "鲁迅追问说：俄罗斯的标志是鹰，英吉利的标志是兽，为什么这些图腾却不像中国龙那样蒙羞、受辱呢？无非是国势差异而已，因此对龙的诋毁完全是势利之言。"汪晖：《声之善恶：鲁迅〈破恶声论〉〈呐喊·自序〉讲稿》，生活·读书·新知三联书店 2013 年版，第 76 页。

在的价值，究其根本，乃是希望借助于宗教信仰的力量来改造国民性。有学者甚至将这一思路看作鲁迅早期宗教精神"外化"的一种形式①。因为晚清社会不仅维新志士中存在"灵府荒秽，徒炫耀耳食以罔当时"②"莫能自主，则姑从于唱喁以荧惑人"以至"假此面具以钓名声于天下耶"③等道德缺陷，留学生群体也参差不齐，陈天华甚至指责他们"放纵卑劣"④，即便是革命党中同样存在诸多道德缺陷。章太炎倡导佛教，正是出于这一考虑。他在回应关于倡导佛教的质疑时说："《民报》所谓六条主义者，能使其主义自行耶？抑待人而行之耶？待人而行，则怯懦者不足践此主义，浮华者不足践此主义，猥贱者不足践此主义，诈伪者不足践此主义。……此数者，其他宗教伦理之言，亦能得其一二，而与震旦习俗相宜者，厥惟佛教。"⑤ 这段话表明章太炎提倡佛教的根本目的，是将佛教哲学作为一种思想资源来对治革命者道德上存在的诸多弊病，简言之，即是以佛学为手段的道德革命。鲁迅对佛教的肯定，某种意义上也是出于同样的运思理路，"佛教崇高，凡有识者所同可，何怨于震旦，而汲汲灭其法。若谓无功于民，则当先自省民德之堕落；欲与挽救，方昌大之不暇，胡毁裂也"。⑥ 当然，我们也不能将鲁迅对于佛教的肯定直接看作受到章太炎影响的结果，事实上，鲁迅在《文化偏至论》中提出的"张精神"的主张，某种意义上已经成为"鲁迅早期宗教观的又一前提"。⑦ 即是说，正是因为鲁迅将宗教看作一种"张精神"的手段，所以才会导致他在批判破迷信诸说时，往往跟对其道德人格的质疑联系在一起。对鲁迅而言，宗教信仰的根本是借此寻求道德的向上，佛教亦复如此，正如谭桂林所

① 张福贵指出，对鲁迅而言，早期宗教精神存在两种转化形式："第一种转化形式是内化，即将宗教的执着追求和教徒的献身精神转化为鲁迅的一种实践性的个人品格"，"第二种转化形式是外化，即以宗教信仰的价值意义为尺度，批判物化、虚假和马虎的病态人格，标明了鲁迅对国民性改造和民族人格重塑的积极努力"。张福贵：《惯性的终结：鲁迅文化选择的历史价值》，吉林大学出版社 1999 年版，第 113、116 页。

② 鲁迅：《集外集拾遗补编·破恶声论》，《鲁迅全集》第 8 卷，第 27 页。

③ 鲁迅：《集外集拾遗补编·破恶声论》，《鲁迅全集》第 8 卷，第 29 页。

④ "近来每遇一问题发生，则群起哗之曰：此中国存亡问题也，顾问题有何存亡之分？我不自亡，人孰能亡我者？惟留学生而皆放纵卑劣，则中国真亡矣。岂特亡国而矣，二十世纪之后有放纵卑劣之人种，能存于世乎？"陈天华：《绝命书》，张枬、王忍之编：《辛亥革命前十年间时论选集》第 2 卷（上册），生活·读书·新知三联书店 1960 年版，第 153 页。

⑤ 太炎：《答梦庵》，《民报》第 21 号，1980 年 6 月 10 日。

⑥ 鲁迅：《集外集拾遗补编·破恶声论》，《鲁迅全集》第 8 卷，第 31 页。

⑦ 张杰：《〈民报〉的佛学倾向与鲁迅的早期思想》，《鲁迅研究月刊》1990 年第 1 期。

指出的：“鲁迅研习佛经于唯识宗有所偏好，这是十分自然的，并非仅仅出于师承，其中也还包蕴着他对中国国民性精神现状及其改造问题的深沉思索。”①

　　纵观鲁迅早期宗教观，无论是对东西方原始宗教的肯定，还是对佛教价值的认可，抑或对“敕定正信教宗”的批判，看似庞杂，其实并不矛盾。毋宁说，这些判断从多方面展现了鲁迅宗教观的一个特点，即鲁迅更加看重宗教背后的精神性因素。在鲁迅看来，宗教应该是自发产生的一种信仰，是人心之凭依，应该能够带给人们精神不断上征的求索，无论其以何种形式出现。在这个意义上，鲁迅对佛教的肯定乃至对其他形式信仰的认可，正是其“精神革命”的重要环节。鲁迅指出，儒教中国的士大夫阶层早已丧失了“确固之崇信”，因此在西学东渐的趋势下纷纷捡拾西方余唾，以“科学”“进化”为借口，大肆“破迷信”。在鲁迅看来，他们所破之“迷信”相比于“敕定正信教宗”而言，反而更接近于信仰本身。可以说，鲁迅的宗教观事实上是一种向内求证不断上征的精神追求，无论宗教背景如何、信仰对象多寡，看取的依然是宗教“足充人心向上”的精神引领作用。鲁迅之所以为“迷信”正名，某种意义上正是因为传统儒教未能承担起引领人心向上的精神诉求，反而造成了士大夫阶层的空虚、伪诈、逐利等诸多道德弊病，在此意义上，鲁迅对佛教的肯定与其对国民道德的隐忧息息相关。换言之，佛教是在如下意义上进入鲁迅视野的：其一，佛教跟其他宗教一样，是一种“足充人心向上之需要”的崇高信仰；其二，佛教的兴衰与国民道德之进退有着绝大的关系。

三　“革命之道德”视野下的佛学：从章太炎到鲁迅

　　在晚清佛学复兴思潮中，章太炎对鲁迅影响最深，许寿裳曾坦言：“鲁迅读佛经，当然是受章先生的影响。”② 鲁迅虽说自己亲近章太炎并非因为其“说佛法”③，但我们不能据此否认鲁迅在佛教方面曾受到章太炎影响，正如鲁迅一面说“我爱看《民报》，但并非为了先生的文笔古奥”，但实际上他在早期行文风格上恰恰表现出这一特点，连自己也坦言“此

---

① 谭桂林：《鲁迅与佛学问题之我见》，《鲁迅研究月刊》1992 年第 10 期。
② 许寿裳：《亡友鲁迅印象记》，鲁迅博物馆等编：《鲁迅回忆录·专著》上册，北京出版社 1999 年版，第 248 页。
③ “我爱看《民报》，但并非为了先生的文笔古奥，索解为难，或说佛法，谈‘俱分进化’。”鲁迅：《且介亭杂文末编·关于太炎先生二三事》，《鲁迅全集》第 6 卷，第 566 页。

后又受了章太炎先生的影响，古起来了"①，"喜欢做怪句子和写古字，这是受了当时的《民报》的影响"②。与鲁迅交往颇多且在佛学研究方面曾受到鲁迅亲自指点的徐梵澄说："先生在日本留学时，已研究佛学，揣想其佛学造诣，我至今仍不敢望尘。但先生能入乎佛学，亦能出乎佛学。"③考察章太炎佛学思想对鲁迅的影响，必须深入剖析鲁迅日本时期的几篇文言论文，仔细辨析它们与章太炎之间的承继关系。佛学复兴是晚清思想界令人瞩目的一种时代现象④，处在这一语境中的青年鲁迅难免受到时代共同话题的影响。那么，接下来的问题就是，晚清佛学复兴思潮是怎样通过章太炎影响到鲁迅的？佛学资源在构筑鲁迅早期思想中又扮演着怎样的角色？

众所周知，鲁迅曾参加章太炎主持的国学讲习会，听取章太炎讲授中国传统小学与历史知识，章太炎在《民报》馆为鲁迅等八人讲完《说文解字》后，又讲过一段时间的《庄子》⑤。关键是章太炎讲《庄子》，并非就《庄子》论《庄子》，而是运用他广博的佛学知识来加以阐释，换言之，章太炎表面上讲的是《庄子》，实际上涉及更多对佛学知识的理解，由此培养起鲁迅等人的佛学趣味。据周作人回忆说，他在日本留学时，"已经读到楞严经和菩萨投身饲饿虎经"⑥。章太炎不仅通过讲学直接向鲁迅等人灌输佛学知识，还曾经邀请周氏兄弟一起学习梵文，并为其垫交半月学费：

　　豫哉、启明兄鉴：数日未晤。梵师密史逻已来，择于十六日上午十时开课，此间人数无多，二君望临期来赴。此半月学费弟已垫出，无庸急急也。手肃，即颂撰祉。麟顿首。十四。⑦

①　鲁迅：《集外集·序言》，《鲁迅全集》第7卷，第4页。
②　鲁迅：《坟·题记》，《鲁迅全集》第1卷，第3页。
③　徐梵澄：《星花旧影——对鲁迅先生的一些回忆》，鲁迅博物馆等选编：《鲁迅回忆录·散编》下册，北京出版社1999年版，第1329页。
④　葛兆光在《中国思想史》中，从晚清对中国传统资源的重新发现和诠释的角度勾勒出晚清佛学复兴思潮的大致轮廓，并坦言这是一种令人瞩目的时代想象，"从思想史角度看，令人瞩目的现象之一，是长期以来一直衰落的佛学在某种契机触动下的骤然复兴"。详见氏著《中国思想史》第2卷，复旦大学出版社2001年版，第512—529页。
⑤　《朱希祖日记》第二册记载从1908年8月5日至当月20日章太炎共讲《庄子》六次，见汤志钧编《章太炎年谱长编》，中华书局1979年版，第293页。
⑥　周作人：《知堂回忆录》，香港三育图书文具公司1971年版，第220—221页。
⑦　周作人：《记太炎先生学梵文事》，陈平原、杜玲玲编：《追忆章太炎》（修订版），生活·读书·新知三联书店2009年版，第215页。

章太炎亲自邀请鲁迅、周作人兄弟共学梵文，一方面说明他们师生之间关系之亲密，同时也从侧面反映了这一时期周氏兄弟对于佛学的倾心，能够通读梵文应该是他们的共同愿望。

当然，最为重要的，还是章太炎《民报》时期发表的一系列涉及佛学思想的论文。章太炎于 1906 年 6 月 29 日出狱，接编《民报》后，即大力提倡佛学，此间他在《民报》共发文二十多篇，其中《俱分进化论》、《无神论》、《建立宗教论》、《人无我论》、《五无论》、《四惑论》、《国家论》、《大乘佛教缘起说》和《辨大乘起信论之真伪》等文章直接论及佛学，其他篇章也有所涉及，因此《民报》时期构成章太炎研究佛学的一个高潮。而此时鲁迅不仅与章太炎存有师生之谊，更是《民报》的忠实读者，章太炎透过《民报》表达的佛学思想必然会影响到鲁迅思想走向，这一点在分析鲁迅早期宗教观时即已看出其中端倪。

梁启超在其学术史著作中将佛学思潮称为"晚清思想界"的"伏流"①。其实，晚清佛学复兴思潮在当时思想语境，特别是在中高级知识分子中的影响不容小觑，自龚自珍、魏源起，其后无论是主张改良的康有为、梁启超、谭嗣同，还是主张革命的章太炎等人，无一例外地参与了这场佛学复兴运动，他们的思想也由此受到佛教学说的滋养。

在晚清佛学复兴运动中，章太炎是不可或缺的一环，尽管相对于康有为、梁启超、谭嗣同等人来说，他对佛学的亲近较迟，据《太炎先生自定年谱》1894 年条记载：是年章太炎"始与钱塘夏曾佑穗卿交"，夏氏劝他"购阅"佛经，但他"略涉《法华》、《华严》、《涅槃》诸经，不能深也"。后来宋恕又劝其"何不取'三论'读之"？但章太炎也并未就此走进佛门，依然在"读竟"之后，觉得"亦不甚好"②。章太炎真正阅读佛经是《苏报》案发后，据他自己说："遭祸系狱，始专读《瑜伽师地论》及《因明论》、《唯识论》，乃知《瑜伽》为不可加。"③ 章太炎由此彻底改变了对佛学的态度，"晨夜研诵，乃悟大乘法义"④，"乃达大乘深趣"⑤。经过几年的苦读，佛学的滋养也逐渐在章太炎思想中呈现出来，1905 年 4 月，他在《国粹学报》发表了第一篇研佛心得《读佛典杂记》，他以自由

---

① 梁启超：《梁启超论清学史二种》，朱维铮校点，复旦大学出版社 1985 年版，第 81 页。
② 章炳麟：《太炎先生自定年谱》，文海出版社 1971 年版，第 15—16 页。
③ 章太炎：《自述学术次第》，虞云国校点：《菿汉三言》，上海书店出版社 2011 年版，第 191 页。
④ 章炳麟：《太炎先生自定年谱》，文海出版社 1971 年版，第 20 页。
⑤ 章太炎：《菿汉微言》，虞云国校点：《菿汉三言》，上海书店出版社 2011 年版，第 71 页。

相对、苦乐无常的佛学思想表达了自己以死抗争的斗争精神："天下无纯粹之自由，亦无纯粹之不自由……虽至桎囚奴隶，其自由亦无所失。所以者何？桎囚奴隶，人所强迫也，而天下实无强迫之事。苟遇强迫，拒之以死，彼强迫亦无所用。"章太炎由此走进佛门，佛学成为章太炎思想中不可或缺的重要组成部分。1906 年初抵东京，他就用佛教的平等精神向青年学生宣讲排满革命的合理性："佛教最重平等，所以妨碍平等的东西必要除去，满洲政府待我汉人种种不平，岂不应该攘逐？且如婆罗门教分出四姓阶级，在佛教中最所痛恨。如今清人待我汉人，比那刹帝利种虐待首陁更要利害十倍。照佛教说，逐满复汉，正是分内的事。"①

至此，佛学成为章太炎主张排满革命的思想资源，更成为其倡导道德净化的一种锻造手段。在同时代思想家中，恐怕没有人比章太炎更重视道德改良的问题，他不仅把戊戌变法和自立军起义失败的原因归结为道德问题，"戊戌变法，戊戌党人之不道德致之也"，"庚子之变，庚子党人之不道德致之也"②，还将道德批判的矛头先后指向"新党""学生"甚至革命党人，"新党者，政府之桀奴；学生者，当涂之顺奴"。到日本后，章太炎发现留学生中，"竞名死利"者比比皆是，因此他指出"学生用事，廉耻道丧"③。不仅如此，章太炎甚至将道德提高到决定民族国家存亡的高度，"道德衰亡，诚亡国灭种之根极"，所以他才提出"要用宗教发起信心，增进国民的道德"④。故而，章太炎在梁启超"道德革命"之外独举"革命之道德"的旗帜，明确提出以佛学来锻造革命道德的思路。

首先，章太炎就利用何种宗教发起信心的问题，进行了类似于知识考古学的分析、甄别。他指出，中国传统的孔教和理学已经无法挽救当下的道德颓废，"民德衰退，于今为甚，姬孔遗言，无复挽回之力，即理学亦不足以持世"⑤。在章太炎看来，只有佛教才能当此重任，他说："居今之世欲立宗教者，不得于万有之中而横计其一为神，亦不得于万有之上而虚拟其一为神"，并明确指出："今之立教，惟以自识为宗。识者云何？真如即是唯识实性，所谓圆成实也。"⑥ 章太炎一方面明确否定了康有为等企图以孔子为教主建立孔教的可能，另一方面也彰显出其对唯识宗佛教的

---

① 太炎：《东京留学生欢迎会演说辞》，《民报》第 6 号，1906 年 7 月 25 日。
② 太炎：《革命之道德》，《民报》第 8 号，1906 年 10 月 8 日。
③ 太炎：《箴新党论》，《民报》第 10 号，1906 年 12 月 20 日。
④ 太炎：《演说录》，《民报》第 6 号，1906 年 7 月 25 日。
⑤ 太炎：《人无我论》《民报》第 11 号，1907 年 1 月 25 日。
⑥ 太炎：《建立宗教论》，《民报》第 9 号，1906 年 11 月 15 日。

倾心。在章太炎心目中，唯有佛教才能改变国民道德整体滑坡的现象，历史的发展也从旁印证了章氏对佛教的印象："昔我皇汉刘氏之衰，儒术堕废，民德日薄，赖佛教入而持世，民复挚醇，以启有唐之盛。讫宋世佛教转微，人心亦日苟偷，为外族并兼。"① 佛教的传入不仅改变了汉末以来民德日薄的道德现状，从而为盛唐的繁荣奠定了基础，而且佛学也成为明末抗清之士的精神支撑："明之末世，与满洲相抗，百折不回者，非耽悦禅观之士，即姚江学派之徒。"② 在章太炎看来，"日本维新亦由王学为其先导，王学……其义理高远者，大抵本之佛乘"③。即是说，不仅传统中国从佛学中收益良多，而且日本明治维新的成功也离不开佛学的滋养，因此佛教也就成为一种跨越古今中外的锻造国民道德的利器。在章太炎看来，佛教的弘扬与否直接与国民道德的盛衰息息相关，其以佛法锻造革命之道德（"佛法救国"）的思路正是从历史中生发出来的。

其次，章太炎具体阐述了如何利用佛教教义锻造革命之道德的问题。章太炎从佛教逻辑出发，认为无论是"末俗之沉沦"还是"民德之堕废""皆以我见缠缚"，所以"非示无生，则不能去畏死心；非破我所，则不能去拜金心；非谈平等，则不能去奴隶心；非示众生皆佛，则不能去退屈心；非举三轮清净，则不能去德色心"④。但佛教博大精深，到底如何取舍？章氏确信法相和华严二宗最可利用：

> 华严宗所说，要在普度众生，头目脑髓，都可施于人，在道德上最为有益。这法相宗所说，就是万法唯心，一切有形的色相，无形的法尘，总是幻见幻想，并非实在真有……在哲学上今日也最相宜。要有这种信仰，才得勇猛无畏，众志成城，方可干得事来。⑤

章太炎看中的正是华严宗的牺牲精神和法相宗双破"我""法"二执的英勇，在太炎看来，佛教的这些思想正是对治时人"竞名死利""廉耻道丧"之道德弊病的重要资源，只有以此来发起信心，增进信仰，方能锻造"勇猛无畏"的革命志士。此外，章太炎还特别看重禅宗"自贵其心，

---

① 章太炎：《送印度钵逻罕保什二君序》，徐复点校：《章太炎全集·太炎文录初编》，上海人民出版社 2014 年版，第 375 页。
② 太炎：《答铁铮》，《民报》第 14 号，1907 年 6 月 8 日。
③ 太炎：《答铁铮》，《民报》第 14 号，1907 年 6 月 8 日。
④ 太炎：《建立宗教论》，《民报》第 9 号，1906 年 11 月 15 日。
⑤ 太炎：《演说录》，《民报》第 6 号，1906 年 7 月 25 日。

不援鬼神"的独立精神，他甚至将这种"依自不依他"的精神视作中国德教的共同点："盖支那德教，虽各殊途，而根源所在，悉归于一，曰'依自不依他'耳。"① 章太炎认为这种独立不羁的精神与尼采的"超人"学说有着某种相通之处："尼采所谓超人，庶几相近，排除生死，布衣麻鞋，径行独往。上无政党猥贱之操，下作懦夫奋矜之气。以此揭橥，庶于中国前途有益。"② 可见，章太炎之所以选择华严、法相及禅宗，正是看中它们象征的勇于牺牲、英勇无畏和独立自信的主体性精神，可以说，这才是章太炎之所以在革命思潮日趋高涨的时代氛围中倡导佛学的根本原因。

因为章太炎倡导佛学的落脚点在革命道德之建设，所以他一再感慨无道德者不能革命，甚至断言："两道德相若者，则必求一不道德者而后可以获胜"，如果"人人皆不道德，则惟有道德者可以获胜"③。由此出发，他认为当时中国社会所缺的不是智谋而是道德，要进行推翻满清政府的革命活动，必须依靠道德高尚之人，如若没有道德高尚之人参与领导革命，即便"病其口，焦其唇，破碎其齿颊，日以革命号于天下"④，也无济于事。所以章太炎才在革命阵营中大声疾呼"革命之道德"的建设，因为在他看来，"道德衰亡，诚亡国灭种之根极也"，为此他强调从事革命者必须养成"革命之道德"。那么，章太炎又是怎样界定革命之道德的呢？他说："道德者，不必甚深言之，但使确固坚历，重然诺，轻生死，则可矣。"章氏在此基础上进而提出以下四点具体要求：一知耻，二重厚，三耿介，四必信。他认为，"若能则而行之，率履不越，则所谓确固坚历、重然诺、轻生死者，于是乎在"⑤。

最后，章太炎通过回应同人的质疑，进一步肯定了佛教对于塑造国民新道德的重要作用。章太炎以国学大师的身份提倡佛学，加之晚清以降佛学复兴思潮的余波，因此赢得了许多革命同志与青年学生的欢迎。但与此同时，章太炎在《民报》鼓吹佛学的做法也遭到不少非议，铁铮撰文指出："一般国民，处水深火热中，乃望此迂缓之学以收成效，何异待西江之水以救枯鱼？"⑥ 甚至有人讥评《民报》为"佛报"，进而批评道："《民报》之作此佛报者，抑出于何意乎？《民报》宜作民声，不宜作佛声

---

① 太炎：《答铁铮》，《民报》第 14 号，1907 年 6 月 8 日。
② 太炎：《答铁铮》，《民报》第 14 号，1907 年 6 月 8 日。
③ 太炎：《革命之道德》，《民报》第 8 号，1906 年 10 月 8 日。
④ 太炎：《印度中兴之望》，《民报》第 17 号，1907 年 10 月 25 日。
⑤ 太炎：《革命之道德》，《民报》第 8 号，1906 年 10 月 8 日。
⑥ 太炎：《答铁铮》，《民报》第 14 号，1907 年 6 月 8 日。

也。"① 但章太炎不为所动，依然坚持"用宗教发起信心，增进国民的道德"的信念，并且写下著名的《答梦庵》，从《民报》所确认的六条主义出发，逐条做出令人信服的解释：

> 民报所谓六条主义者，能使其主义自行耶？抑待人而行之耶？待人而行，则怯懦者不足践此主义，浮华者者不足践此主义，猥贱者不足践此主义，诈伪者不足践此主义。以勇猛无畏治怯懦心，以头陀净行治浮华心，以唯我独尊治猥贱心，以力戒诳语治诈伪心。此数者，其他宗教伦理之言，亦能得其一二，而与震旦习俗相宜者，厥为佛教。……以是相导，令学者趣入法门以自磨砺，庶几民德可兴，而六条主义，得人而弘其道，谁谓改《民报》作佛声者？②

章太炎指出革命理想必须"待人"来实现，但是目前的革命者存在"怯懦""浮华""猥贱""诈伪"等道德缺陷，他们现在还不具备真正革命者的资格，因此只有通过佛教学说的熏陶从根本上祛除这些弊病后，革命的理想才能水到渠成，"得人而弘其道"。因此，《民报》不是佛报，而是从主体性道德开始构筑现代革命宏图的起点。由此可知，章太炎倡导佛教并不是要恢复佛教在中国历史上隋唐时期的盛况，也不是要让人出家，而是有着现实的功利指向，"吾所为主张佛教者，特欲发扬芳烈，使好之者轻去就而齐生死，非欲人人皆归兰若"③。

　　章太炎之所以在革命阵营中力倡佛学思潮，固然有着与康党抬出孔教相抗衡的意味，同时也是为了对治国民道德的滑坡，因此从内外两种语境而言，章太炎倡导佛学的目的并不纯粹，可以说是近代中国佛学世俗化的一个典型。但是，章太炎以佛教来增进国民信仰，锻造国民道德，并非为了构建一种新的信仰体系，毋宁说，这只是章太炎建构主体性道德的一种思路。事实上，章太炎对佛教宗派的甄别、对佛教哲学的阐扬，实质依然是对"自性"/"自心"为核心的主体性精神的弘扬。正如坂元弘子所指出的："章太炎着眼的既非万有的超越、异化，亦非万有的一种现实状态，而是'自心'。"④

①　太炎：《答梦庵》，《民报》第 21 号，1908 年 6 月 10 日。
②　太炎：《答梦庵》，《民报》第 21 号，1908 年 6 月 10 日。
③　太炎：《答梦庵》，《民报》第 21 号，1908 年 6 月 10 日。
④　［日］坂元弘子：《中国近代思想的"连锁"——以章太炎为中心》，郭驰洋译，上海人民出版社 2019 年版，第 42 页。

　　鲁迅对佛教的肯定也是从其能够净化国民道德之现实角度切入的，在《科学史教篇》中，鲁迅就曾为晚清志士"斥古教为谫陋"鸣不平，"世有哂神话为迷信，斥古教为谫陋者，胥自迷之徒耳，足悯谏也"①。此处所谓"古教"并非专指佛教而言，但可以肯定佛教亦在被斥之列，鲁迅认为对于传统宗教不能轻易排斥，因为"宗教根元，在乎信仰"，这与章太炎"用宗教发起信心"的思路颇为吻合。历史的看，佛教不仅对诞生地印度产生了很大影响，更广泛影响到中国传统思想文化，"印度则交通自古，贻我大祥，思想信仰道德艺文，无不蒙赉，虽兄弟眷属，何以加之"②。鲁迅尤其看重小乘佛教对于个体道德锻造的功能，"我对于佛教先有一种偏见，以为坚苦的小乘教倒是佛教，待到饮酒食肉的阔人富翁，只要一餐素，便可以称居士，算作信徒，虽然美其名曰大乘，流播也更为广远，然而这教却因为容易信奉，因而变为浮滑，或者竟等于零了"③。鲁迅对小乘佛教的肯定，着眼的就是信徒对信与诚的坚守，看重的是个体修炼的专一性。由此可见，鲁迅对宗教的把握始终是从发自本心的信仰切入的，鲁迅对佛教的这一认识，跟其对国民性的判断相关。鲁迅始终认为中国人存在无坚信、无特操的国民劣根性，简言之，中国人是一个没有什么坚定信仰的民族，"中国历史的整数里面，实在没有什么思想主义在内，""火从北来便逃向南，刀从前来便退向后"，④ 尤其缺少真诚的坚信，"偌大的'运命'，只要花一批钱或磕几个头，就改换得和注定的一笔大不相同了"⑤。因此，无论是从佛教对中国思想文化的影响来看，还是从佛教对国民性的塑造而言，佛教的确为传统中国贡献了莫大的助力，可现在却遭到晚清志士的诋毁。他们不仅以科学为后盾指佛教为"迷信"，而且"执己律人，以他人有信仰为大怪"，甚至"举丧师辱国之罪，悉以归之"，这在鲁迅看来，无疑是一种亟须批驳的恶声。鲁迅斥责那些"奉科学为圭臬之辈"其实并无信仰，"他无执持，而妄欲夺人之崇信者，虽有元素细胞，为之甲胄，顾其违妄而无当于事理，已可弗繁言而解矣"⑥。相反，鲁迅却从真正的信仰中看出了巨大的力量，"有主义的人民。他们因为所信的主义，牺牲了别的一切，用骨肉碰钝了锋刃，血液

———————

① 鲁迅：《坟·科学史教篇》，《鲁迅全集》第1卷，第26页。
② 鲁迅：《集外集拾遗补编·破恶声论》，《鲁迅全集》第8卷，第35页。
③ 鲁迅：《集外集拾遗补编·庆祝沪宁克服的那一边》，《鲁迅全集》第8卷，第198页。
④ 鲁迅：《热风·随感录五十九"圣武"》，《鲁迅全集》第1卷，第372页。
⑤ 鲁迅：《且介亭杂文集·运命》，《鲁迅全集》第6卷，第135页。
⑥ 鲁迅：《集外集拾遗补编·破恶声论》，《鲁迅全集》第8卷，第30—31页。

浇灭了烟焰，在刀光火色的衰微中，看出一种薄明的天色，便是新世纪的曙光"。①

　　既然鲁迅肯定了佛教存在的合理性，必然就会对"毁伽兰"等所谓的"破迷信"行为提出批评。鲁迅首先质疑了晚清维新志士利用庙产兴办新式学堂的做法，"国民既觉，学事当兴，而志士多贫穷，富人则往往吝啬，救国不可缓，计惟有占祠庙以教子弟"②。鲁迅对于庙产兴学现象的批判并非无的放矢，这种现象在清季社会十分流行，并且获得很多趋新之士的支持，1898年《申报》上就曾连续发表了三篇社论，提倡把寺庙改造成学校。"这三篇社论都强调政府需要立刻行动，改造寺庙，因为他们是在'国际竞争使得中国的生死存亡问题格外凸显的语境中'。"③ 即是说，在晚清志士看来，佛教的信仰问题已经影响到国家的生死存亡，因此成为时代最为紧迫的话题，为了不至于亡国灭种，就要兴办新学，而举办新学最便捷的途径就是利用现有寺庙，因此庙产兴学也就获得了爱国主义名义下的合法性。但事实上，他们忽视了一个十分重要的问题，即传统佛教所培植的国民的信和诚的问题，如果不注重国民信仰的培植，那么即便是将寺庙改造成新式学堂，也无法培养出足以拯救民族危亡的仁人志士，结果很可能出现鲁迅所预言的如下现象：

　　　　况学校之在中国，乃何状乎？教师常寡学，虽西学之肤浅者不憭，徒作新态，用惑乱人。讲古史则有黄帝之伐蚩尤，国字且不周识矣；言地理则云地球常破，顾亦可以修复，大地实体与地球模型且不能判矣。学生得此，则以增骄，自命中国桢干，未治一事，而兀傲过于开国元老；顾志操特卑下，所希仅在科名，赖以立将来之中国，岌岌哉！④

　　鲁迅从教师和学生两方面否定了晚清志士所期望的"赖以立将来之中国"的可能，进而批判了庙产兴学逻辑背后的"破迷信"之说。相对于晚清志士对迷信的批判而言，鲁迅更加关心的是"迷信"与"正信"的区别，即信仰之诚与伪的问题。因此，鲁迅对他们的批判明显是从道德

---

① 鲁迅：《热风·随感录五十九"圣武"》，《鲁迅全集》第1卷，第373页。
② 鲁迅：《坟·破恶声论》，《鲁迅全集》第8卷，第31页。
③ ［美］慕唯仁：《章太炎的政治哲学：意识之抵抗》，张春田等译，华东师范大学出版社2018年版，第107—108页。
④ 鲁迅：《坟·破恶声论》，《鲁迅全集》第8卷，第31页。

角度切入的，带有明显的道德批判色彩，批评教师"徒作新态，用惑乱人"，指责学生"兀傲""志操特卑下，所希仅在科名"云云，前者指向教师不学无术之伪，后者指向学生求取功名之私。在鲁迅看来，如果新式学堂只能培养这样的师生，那么他们不仅不能承担救亡图存的历史使命，品质上跟佛教徒相比也不免相形见绌，"迩来沙门虽衰退，然校诸学生，其清净远矣"。鲁迅认为沙门的道德远在学生之上，由此肯定了佛教锻造主体道德的重要价值，鲁迅指出："夫佛教崇高，凡有识者所同可，何怨于震旦，而汲汲灭其法。若谓无功于民，则当先自省民德之堕落。"现在正当危亡之际，努力倡导佛教去提振国民道德尚且来不及，怎能去破坏呢？"欲与挽救，方昌大之不暇，胡毁裂也。"① 鲁迅由此肯定了佛教作为信仰存在的价值，也由此呼应了章太炎建立宗教论的倡议。

留日之初，鲁迅在《中国地质略论》中坚持科学立场，反对迷信，指责中国传统"风水宅相之说"是"力杜富源""昏昧乏识"的表现，是"自就阿鼻"的愚蠢之举，此时鲁迅却极力为"迷信"正名、为佛教辩护，这跟他此前对迷信的批判明显形成一种矛盾。从晚清思想语境看，鲁迅对宗教的肯定无疑受到章太炎"用宗教发起信心，增进国民的道德"的影响，鲁迅不仅对所谓"迷信"采取了一种更为包容的态度，在宗教的择取上同样在主流的儒道之外偏向佛教，这一点明显受到章太炎以华严、法相为本建立宗教的启发。而且，鲁迅同样将佛教的提倡与国民道德的提升联系起来，主要从道德的角度肯定佛教存在的价值，因此鲁迅对佛教的理解多是积极的、入世的，正如许寿裳所说："别人读佛经，容易趋于消极，而他独不然，始终是积极的。"② 鲁迅理解佛教的这一特质，虽说跟晚清佛教复兴思潮相关，更重要的还是受到章太炎直接影响。章太炎曾从佛教的现实性角度解读人们对释迦牟尼的崇拜："人们崇拜释迦不是因为他是神，而是因为他有益生民，即所谓'应身现世，遗风绪教，流传至今，沐浴膏泽，解脱尘劳'。"③ 总之，章太炎倡导佛教，主要是着眼于其锻造革命道德主体的现实指向，鲁迅同样看重佛教提振国民道德的重要功能。后来鲁迅虽然否定了章太炎"佛法救国"的可能，但他经由章太炎受到佛学的影响却是有目共睹的，可以说，鲁迅思想、文学长期受到

① 鲁迅：《坟·破恶声论》，《鲁迅全集》第 1 卷，第 31 页。
② 许寿裳：《亡友鲁迅印象记》，鲁迅博物馆等选编：《鲁迅回忆录·专著》（上），北京出版社 1999 年版，第 247 页。
③ 哈迎飞：《"五四"作家与佛教文化》，上海三联书店 2002 年版，第 60 页。

佛教之浸染。①

四　"自性"观念与鲁迅主体性思想建构

鲁迅不仅在肯定佛教提振国民道德方面受到章太炎佛学思想之启发，继续深入他们思想的腠理，我们发现，章太炎《民报》时期频频使用的"自性""自心""自识"等佛教概念及其内蕴的思维方式，对鲁迅早期思想建构产生了更为深远的影响。

（一）章太炎笔下的"自性"观点

《民报》时期是章太炎研佛的重要阶段，在佛教宗派中，章氏尤其看重法相宗，不仅接受其"万法唯识"的本体论思想，而且提出以"自识"为宗建立新宗教的主张。因此，章太炎这一时期发表的《建立宗教论》《人无我论》《国家论》《四惑论》等论题虽各有侧重，但实际上这些文章的很大篇幅都在阐释其唯识宗佛学思想，所以"自性""自心""自识"等佛教概念也就频频出现在行文中。章太炎笔下的"自性"观念不仅是其长期钻研唯识宗佛学的思想结晶，更是建构其唯识学哲学大厦的理论基础。所以，"自性"可以看作章太炎佛学思想最为关键的语词，同时也是理解其佛学思想的重要通道，章太炎思想的诸多面向均与"自性"观念存在着千丝万缕的联系②。值得注意的是，鲁迅在《文化偏至论》《破恶声论》等文言论文中，也多次运用"自性"及与之相关的"自心""自识"等佛教用语来对译西方新神思宗。不仅如此，从鲁迅早期思想的内在逻辑看，"自性"不仅构成了鲁迅早期个人主义观念的重要内核，更成为其主体性哲学建构（"立人"）的重要一环。即是说，经由"自性"观念，鲁迅在深层次上接近了章太炎佛学思想，并由此与晚清佛学复兴思潮发生了直接联系。那么，何谓"自性"？章太炎、鲁迅又是在何种意义上运用该词的？

"自性"（梵语 svalaksana），是佛教哲学的重要范畴，在不同的宗派中含义也不尽相同，据《佛光大辞典》，"自性"是"指自体之本性。法相家（唯识家）多称为自相。即诸法各自具有真实不变、清纯无杂之个性，称为自性。……又解深密经卷二之一切法相品等，将一切法之性相分

---

① 参见哈迎飞《"五四"作家与佛教文化》中关于鲁迅的一章"鲁迅：于无所有中得救"，上海三联书店 2002 年版，第 58—119 页。关于《野草》与佛教的内在精神联系，参见汪卫东《〈野草〉与佛教》，《中国现代文学研究丛刊》2008 年第 1 期。
② 李国华：《章太炎的"自性"与鲁迅留日时期的思想建构》，《中国现代文学研究丛刊》2009 年第 1 期。

为遍计所执性、依他起性、圆成实性三种。然中论等认为，诸法皆由因缘
所成，而无有一定之自性，故自性即空"①。当代学者方立天则认为："'自
性'是自己作、自己成、自己有的意思，是不从缘起的（独立的）、不变
化的（永恒的），因而也是绝对的实有本性。"② 综合以上内容，我们大致
能够理解"自性"在佛教哲学中的含义：自性指自体之本性，在唯识宗，
自性主要是指遍计所执自性、依他起自性与圆成实自性而言，但从诸法缘
起的角度看，自性也不存在，自性即空。章太炎笔下的"自性"主要是
从唯识宗佛教意义上来运用的，尤其体现在他对唯识宗"三性"的辨析
中，章太炎在此基础上提出了"依自不依他"说③，成为其思想建构的重
要创获。

那么，章太炎和鲁迅在具体文本中是怎样运用"自性"这一概念的，
二人又呈现出哪些差异，"自性"在鲁迅早期思想建构中究竟发挥了怎样
的作用？④

章太炎《民报》时期的系列文章中频频出现"自性"一词。在《建
立宗教论》《人无我论》中，章太炎通过对"自性"概念的不断辨析，否
认了"我"的存在。《建立宗教论》中，章太炎在辨析佛教唯识学"三
性"基础上，提出以"圆成实自性"为真如本体，建立"以自识为宗"
的宗教观。所谓"自识"，是指作为真如显现的阿赖耶识，即第八识，而
非通常意义上的意识或意志，故章氏虽然强调"无量故在自心，不在外
界""心之合法，与其归敬于外界不若归敬于自心"⑤，但这并非一般意义
上的唯我论，反而是对作为个体之"我"实存性的否定。《人无我论》同
样运用佛教三性理论，分别从"常人所指为我"和"邪见所指为我"两
个角度展开分析。"邪见所指为我"又分为三种情形，即"恒常之谓我；
坚住之谓我；不可变坏之谓我"。在章太炎看来，以上这些情况事实上均

① 慈怡编著：《佛光大辞典》第 3 卷，数目文献出版社据台湾佛光山出版社 1989 年影印本，第 2524 页。
② 方立天：《佛教哲学》，中国人民大学出版社 1986 年版，第 176 页。
③ 汪晖指出，章太炎的"依自不依他"只有从唯识宗佛教的意义上加以理解，"因此，依自不依他的'依自'要在'不依他'，即这个'自'不能在'依他起自性'的意义上理解，而只能在圆成实自性的意义上理解"。汪晖：《现代中国思想的兴起》，生活·读书·新知三联书店 2008 年版，第 1090 页。
④ 一方面，以佛教语汇自性对译施蒂纳的"独自性"，从而减少了对于施蒂纳思想的陌生与距离感；另一方面，自性所本有的对于主体内在精神的置重，某种意义上也影响到鲁迅对于施蒂纳"独自性"观念更多地从精神性的角度来理解，从而强化并最终形成了其"主观主义"。
⑤ 太炎：《建立宗教论》，《民报》第 9 号，1906 年 11 月 15 日。

属于"遍计所执自性者","质而言之,则我为自性之别名。此为分别我执,属于遍计所执自性者",而"遍计所执之我,本是绝无"①。"常人所指为我"则属于"依他起自我",属于依他起自性,是各种因缘和合而成,情况更为复杂,但在终极意义上仍是"无我",从而最终否定了"我"的存在。

《四惑论》针对《新世纪》派提出的"公理""进化""惟物""自然"四种说法,逐一展开批判,而支撑章太炎用以批判的理论武器正是佛教"自性"观念。章太炎指责"公理""非有自性,非宇宙间独存之物,待人之原型观念应于事物而成";认为"进化""本由根识迷妄所成,而非实有此进";指出"惟物",并非"真惟物论",不过"科学"及"物质文明"之说,而"科学"有赖于因果律等"原型观念",并无自性;"自然之名",皆为"心造","言自然规则者,则胶于自性,不知万物皆辗转缘生,即此辗转缘生之法,亦由心量辗转缘生"。② 章太炎通过层层论证,批驳了"公理"等"时人以为神圣不可干"的四种"主义"皆无自性,因此"公理"等四说也就不攻自破。

同时期的《国家论》《五无论》中弥漫着章太炎无政府主义的乌托邦想象,"自性"理论亦是章太炎用来支撑其批判国家、政府、村落等团体组织存在之必要的理论工具:

> 凡云自性,惟不可分析、绝无变异之物有之;众相组合,即各各有其自性,非于此组合上别有自性。如惟心论者,指识体为自性;惟物论者,指物质为自性。
>
> 非直国家,凡彼一村一落,一集一会,亦惟个人为实有自性,而村落集会,则非实有自性。要之,个体为真,团体为幻,一切皆然……③
>
> 国家者,如机关木人,有作用而无自性,如蛇毛马角,有名言而非实存。
>
> 政府云,国家云,固无自性。④

可以看出,章太炎在坚持自性"不可分析、绝无变异"之终极性的同时,

---

① 太炎:《人无我论》,《民报》第 11 号,1907 年 1 月 25 日。
② 太炎:《四惑论》,《民报》第 22 号,1908 年 7 月 10 日。
③ 太炎:《国家论》,《民报》第 17 号,1907 年 10 月 25 日。
④ 太炎:《五无论》,《民报》第 16 号,1907 年 9 月 25 日。

事实上已经改变了自性的佛教属性意义。准确地说，他赋予自性一种相对性维度，章太炎指出，国家、政府、村落、集会是由众相组合而成，故无自性可言，"如蛇毛马角，有名言而非实存"。但与此同时，他却在个体/团体的相对关系中承认了个人实有自性，并由此引申出"个体为真，团体为幻"的认识，这一论断明显与其在《人无我论》《建立宗教论》文中，对自我存在的否定互相矛盾。

正因为确认了"自性"意义上个人的存在，而自性范畴所本有的自主性、排他性甚至独立性也强化了其对于"个人"的认识，导致章氏最终提出接近极端个人主义的思路。"盖人者，委蜕遗行，倏然裸胸而出，要为生气所流，机械所制；非为世界而生，非为社会而生，非为国家而生，非互为他人而生。故人之对于世界、社会、国家，与其对于他人，本无责任。"① 在此，个人的意义被章氏绝对化甚至极端化，之所以如此，还是章氏"自性"观念使然，他仍坚守其作为"个"的人的立场，用他自己的话来说，即"不可以个人故，陵轹社会；不可以社会故，陵轹个人"②。这里社会与个人似乎处在平等的两极，但事实上，章太炎更加看重的是个人，因为相对于社会、国家等群体而言，只有个人具有自性，换言之，只有个人是真实的存在、价值的根源。

总之，在章太炎这里，"自性"范畴明显留有唯识宗佛教的特定内涵，尤其是在对"公理""进化"等四说及国家、政府等团体名称的批判中，章太炎通过佛教缘起理论的特定视角，层层揭示其存在的内部逻辑，进而指责它们并无自性。这种运思逻辑无疑继承了佛教唯识宗的传统思维方式，在揭示它们存在形式的同时，凸显出章太炎对"自性"的坚挺。

但是，这里的"自性"概念因为潜在与个人、自主等意涵相联系，某种意义上淡化了"自性"本身对"我"之实体性的否定，即是说，章太炎在继承"自性"概念及其运思逻辑的同时，已经不知不觉发生了某种偏移。事实上，章太炎在指责"公理""进化"等四种主义无自性时，同样有意无意凸显出个人与自我，从而将自性与其个人观念联系起来，汪卫东通过研究指出："'个人'在这里被当作批判公理等无自性观念的前提，相对于所谓'公理'、'进化'、'惟物'、'自然'四者的无'自性'，'个人'却是较为真实的，因而'自我'、'自主'成为他这篇文章中的

---

① 太炎：《国家论》，《民报》第 17 号，1907 年 10 月 25 日。
② 太炎：《四惑论》，《民报》第 22 号，1908 年 7 月 10 日。

一个具有至高价值的一个词"，简言之，"'个人'被推到极致的地位"①。这种将佛教"自性"观念与个人、自我等主体性观念联系起来的运思逻辑，肯定了个人、自我的真实存在，这与其在《建立宗教论》《人无我论》中对个体实在性的否定形成一种悖论，由此彰显出章太炎"自性"论述中的歧义性②。某种意义上正是这种两歧性开启了鲁迅对于"自性"观念的误读。

进言之，章太炎阐释过程中主体性的介入使得"自性"逐渐抽离佛教的初始语境，而成为章太炎建构自我哲学系统的新名词。具体说，章太炎在运用佛教唯识宗的三性理论基础上，逐渐生发出了对建构道德主体性哲学的努力，而这一努力的直接表现便是"依自不依他"学说的提出。汪晖指出："依自"之"自"指的不是自己的肉身而是"心"，"依自"亦即"依自性"，即"惟心"③。这一哲学命题明显具有佛学背景，值得注意的是，章太炎的"依自不依他"又不完全是对佛教义理的阐释。因为这一学说中明显存在着一种对立的关系，即"自—他"的对立与紧张，这里的"自"是相对于"他"的维度而言，某种意义上，"自"的具体内涵取决于"他"的维度界定。因此，"依自不依他"的提出，一方面表明章太炎佛学研究的世俗化指向，他将佛教义理的绝对化解释成一种世俗关系的相对化；另一方面，也模糊了佛教中"自性""自心"否定个体实在性的问题，开启了由佛教哲学向主体性哲学过渡的可能。

（二）鲁迅评介语境中的"自性"

青年鲁迅是在引述施蒂纳学说时首次使用"自性"及"我性""自识"等相关语汇的，鲁迅运用"自性"的文本语境是十分重要的一个信号，它不仅提示我们鲁迅早期思想建构的佛学背景，而且向我们暗示了佛学在鲁迅接受西方思想中所发挥的媒介作用。本章第一节在回顾晚清佛学复兴思潮时指出，佛学之所以在晚清中高级知识分子中引起浓厚趣味，除去他们看重佛教锻造主体道德精神外，还有很重要的一点，即对于清季士大夫来说，佛学已经成为他们理解西方世界的一种工具性架构，不仅佛教对未来世界的想象成为他们理解西方科学的一个孔道，而且佛教繁复思辨的思维方式也成为他们理解西方哲学不可或缺的一种接引。章太炎曾指出法相宗与现代科学思维较为契合，梁启超、章太炎就曾以佛教学说来附会

①　汪卫东：《鲁迅前期文本中的"个人"观念》，人民文学出版社 2006 年版，第 137 页。
②　汪卫东曾对章太炎"自性"阐述中出现的这种两歧性展开具体分析，参见氏著《鲁迅前期文本中的"个人"观念》，人民文学出版社 2006 年版，第 138—144 页。
③　汪晖：《现代中国思想的兴起》，生活·读书·新知三联书店 2008 年版，第 1085 页。

黑格尔、康德、费希特等德国哲学家。可以说，这种类似于格义①的附会式理解，无疑给青年鲁迅提供了一种方法论意义，鲁迅以"自性"对译施蒂纳"独自者"正是这一方法论启示下的尝试。

《文化偏至论》中，鲁迅在梳理西方近世文明发展史的基础上，指出"物质"和"众数"是西方 19 世纪文明偏至发展的结果，这种文明的偏至现象在西方世界实属无奈之举，处在改革进程中的晚清中国必须避免重蹈这一现象，因而针锋相对地提出"非物质""重个人"两项主张。在鲁迅看来，19 世纪末的重个人思潮成为扭转这种文明偏至的关键力量，而施蒂纳就是这股思潮的引领者，由此引出他对施蒂纳学说的介绍：

> 德人斯契纳尔（M. Stirner）乃先以**极端之个人主义**现于世。谓真之进步，在于己之足下。人必发挥**自性**，而脱观念世界之执持。惟此**自性**，即造物主。惟有**此我**，本属自由；既本有矣，而更外求也，是曰矛盾。自由之得以力，而力即在乎**个人**，亦即资财，亦即权利。故苟有外力来被，则无间出于寡人，或出于众庶，皆专制也。国家谓吾当与国民合其意志，亦一专制也。众意表现为法律，吾即受其束缚，虽曰为我之舆台，顾同是舆台耳。去之奈何？曰：在绝义务。义务废绝，而法律与偕亡矣。意盖谓凡一个人，其思想行为，必以己为中枢，亦以己为终极：即立**我性**为绝对之自由者也。②（按：黑体为笔者所加）

鲁迅引述的这段文字出自施蒂纳《唯一者及其所有物》一书，"自性"即是对施蒂纳"独自性"一语的转译，施蒂纳认为"独自性"是"我"的一种根本特性，"独自性就是我的全部本质和存在，就是我自己"③，某种意义上，所谓极端个人主义即是对于自我独特性的发现与张扬。

值得注意的是，青年鲁迅对施蒂纳的瞩目在 20 世纪初的留日学界并非特例，鲁迅引述的施蒂纳的这段话，曾出现在 1903 年出版的《浙江

---

① 侯外庐在分析章太炎思想时指出，理解"格义"是理解章太炎哲学思想的前提。清末的"格义"已不限于佛典，举凡欧洲的哲学和科学，都与中国的经书引为连类，如康有为、梁启超、谭嗣同以及严几道等，均喜用格义，故一时之有"梁热力""谭以太"的浑语。侯先生认为，格义在清末已经形成了学术论著的一种非常摩登的作风与气派。侯外庐：《中国近代启蒙思想史》，人民出版社 1993 年版，第 220 页。

② 鲁迅：《坟·文化偏至论》，《鲁迅全集》第 1 卷，第 52 页。

③ ［德］麦克斯·施蒂纳：《唯一者及其所有物》，金海民译，商务印书馆 1989 年版，第 168 页。关于施蒂纳对"独自性"所作的详尽分析，可参见该书第 166—184 页。

潮》杂志上。有研究者通过将鲁迅引述施蒂纳的文章与《浙江潮》上介绍施蒂纳的如下文字进行了仔细比对：

> 进步何在？在吾之足，在**我性**，脱离观念世界之役使而已。何则？**我性**，造物主也。自由教吾人云：汝之身自由耶，而其何者为汝之身，不言也。**我性**呼吾人云：汝之身其苏耶，以吾人之一恶我离，一恶又我即也。我之自由，先天也，而求此先天之自由为妄想，为迷念。自由呜呼，至自由必以力达之而始至，而存此力者，**我**而已。予之权力，予之财产也；予之权力，与予以财产；予之权力，我自身也，而自权力而始为予之财产。① （按：黑体为笔者所加）

结果发现，署名"大我"的这段文字同样是对施蒂纳学说的概述，不仅意思与鲁迅十分接近，甚至行文用语也很相似，唯一不同的是："'大我'是使用'我性'一词来翻译施蒂纳的'独自性'概念，这种译法在当时较为普遍；而鲁迅则主要采用'自性'一词。"之所以会出现这种差异，文章作者经过仔细分析，最终认定："从当时的思想背景来看，鲁迅对'自性'一词的使用与章太炎有不可分的关系。"② 张鑫、汪卫东则从材源的角度，认为鲁迅文中关于施蒂纳的这段文字事实上渊源有自，他们从《日本人》杂志上发现了一篇署名"蚊学士"的长文《无政府主义论》，经过辨析，他们指出"鲁迅有关施蒂纳的言论，其材源就来自该文，而且属于直接转译过来的"。只是，蚊学士文中也是用"我性"来对译施蒂纳的"独自性"，如"真正的进步决不在理想中，而是在每个人的脚下，即在于发挥自己的'我性'，从而让这个'我'完全摆脱观念世界的支配。因为'我性'是所有的造物主"③。由此可见，在当时语境中用"我性"翻译施蒂纳的"独自性"是一种较为普遍的现象，鲁迅却别出心裁地选择"自性"来对译"独自性"，这在当年思想语境中就是一种个人性的行为，这种有选择性的意译，无疑受到《民报》时期章太炎用词习惯的影响。现代语言学研究表明，不存在离开文辞的所谓"思想"，更不存在没有"思想意识"附着的赤裸裸的"文辞"，因为"思想离开了词的表

---

① 大我：《新社会之理论》，《浙江潮》1903 年第 8 期。
② 孟庆澍：《"自性"与"中迷"——理解青年鲁迅的两个关键词》，《鲁迅研究月刊》2005 年第 9 期。
③ 张鑫、汪卫东：《新发现鲁迅〈文化偏至论〉中有关施蒂纳的材源》，《中国现代文学研究丛刊》2008 年第 5 期。

达，只是一团没有定形的模糊不清的浑然之物"①。即是说，青年鲁迅用"自性"对译施蒂纳的"独自性"，不仅表现出鲁迅用词习惯上受到章太炎影响，更重要的是，以"自性"为关键词的用语习惯所折射出的鲁迅思想建构的佛学背景与思想倾向。

（三）鲁迅对"自性"的误读及其主体性思想

青年鲁迅以"自性"对译"独自者"，说明在鲁迅意识中施蒂纳的"独自性"与佛教的"自性"是两个几乎对等的概念，二者某种意义上形成了一种异名同构的思想形态。但从思想史角度来说，二者之间的关系十分复杂，甚至带有互相拆解的意味，鲁迅以"自性"对译"独自者"不能不说是从主体既有经验出发的一种误读。这一误读，一方面从章太炎笔下"自性"概念的歧义性而来，另一方面也受到明治思潮的影响。伊藤虎丸在研究鲁迅与尼采关系时已经明确指出："鲁迅从尼采那里接受的决不是对立于'科学'的'文学'或'宗教'，也不是樗牛所谓的'对立于秩序的自由，对立于组织的个人'的本能主义，不是这些，而是变革创造文学、思想、秩序、组织的人的主体性。这是他通过尼采撷取的欧洲近代文明的'神髓'。"② 伊藤为我们展现出鲁迅接受尼采思想的独异性，事实上，鲁迅对于施蒂纳的译介，也表现出创造性误读的思想特质。这里主要从"自性"观念切入，考察"自性"观念在鲁迅介绍施蒂纳学说中的潜在影响。

施蒂纳在《唯一者及其所有物》中宣扬的是极端主观唯心论和唯我论，他在书中反复强调"我"是高于一切的，"我"就是一切；"我"是唯一实在、合理的事物，是世界上的"唯一者"；"唯一者"的行动绝对自由，拒绝任何束缚，否定一切权威；"我"是世界的核心，是创造者和造物主③。总之，贯穿施蒂纳哲学思想的基调是极端唯我论，马克思、恩格斯在《德意志意识形态》中也是从这一角度对其展开批判的。那么，施蒂纳"独自者"所表征的极端唯我论与佛教"自性"概念是否契合呢？

鲁迅运用"自性"概念对译施蒂纳的"独自性"，这就在哲学层面上承认了"自性"的"自我"个体属性，这里的"自性"已经成为一种指

① ［瑞士］费尔迪南·德·索绪尔：《普通语言学教程》，高名凯译，商务印书馆1980年版，第157页。
② ［日］伊藤虎丸：《鲁迅、创造社与日本文学——中日近现代比较文学初探》，孙猛、徐江、李冬木译，北京大学出版社2005年版，第53页。
③ 陈静：《〈唯一者及其所有物〉——无政府主义施蒂纳的代表作》，《国际共运史研究》1990年第3期。

向内面的个体性概念。而作为佛教概念的"自性"在主体性问题上是极为复杂的，在唯识学"三性"理论中，只有圆成实自性具有主体性，遍计所执自性和依他起自性均无主体性可言，"第三自性，由实相、真如法尔而成，亦由阿赖耶识还灭而成。在遍计所执之名言中，即无自性；离遍计所执之名言外，实有自性。是为圆成实自性。夫此圆成实自性云者，或称真如，或称法界，或称涅槃"①。但佛教又有三法印之说，"诸行无常、诸法无我、涅槃寂静"，"无我"是其根本立场，因此，即便是圆成实自性也不等于哲学意义上的自我，甚至隐含着对实体性个人（我）的否定，因此"自性"并不能与唯我论意义上的"独自者"画上等号。

鲁迅选择"自性"来转译施蒂纳"独自者"，其中隐含着近代知识人在接受西方思想时出现的偏差，鲁迅关于"自性"的这一认识偏差，很可能来自章太炎笔下"自性"观念的两歧性。章太炎在《四惑论》、《国家论》和《人无我论》、《建立宗教论》中对于"自性"观念的运用已经呈现出一种悖论。在《人无我论》中，章太炎否认"我"为绝对主体，"邪见所指为我……寻其界说，略有三事：恒常之谓我；坚住之谓我；不可变坏之谓我。质而言之，我者，即自性之别名。若此分别我执，属于遍计所执自性者"。所谓"分别我执"，简言之就是并无自性可言，但与此同时，章太炎又强调他所谓的"我执"是指"不持一己为我，而以众生为我"，强调一切以众生为念的"大我"观念，"以众生为我"虽然超越了以"一己为我"的我执，但事实上又为我性的存在提供了某种可能②。《建立宗教论》同样存在着这种内在矛盾，据慕唯仁研究，章太炎在"声称自我和世界的空虚"的同时"试图建构出一个政治主体"，"惟其如此，故大乘有断法执，而不尽断我执。以度脱众生之念，即我执中一事"③。这里，章太炎明显从唯识宗摧毁自我的立场退却回来，肯定了度脱众生的"自我"概念，"他认为那些希望救度众生的佛学者克服了个别的自我，但却永远不能批驳源自充分理性原则（principles of sufficient reason）的自我"。就这样，章太炎重塑了唯识学的自我概念，"充分理性原则跟阿赖耶识相似，后者被章太炎跟众生、自我等同起来"④。

---

① 太炎：《建立宗教论》，《民报》第 9 号，1906 年 11 月 15 日。
② 哈迎飞：《"五四"作家与佛教文化》，上海三联书店 2002 年版，第 68 页。
③ ［美］慕唯仁：《章太炎的政治哲学：意识之抵抗》，张春田等译，华东师范大学出版社 2018 年版，第 139 页。
④ ［美］慕唯仁：《章太炎的政治哲学：意识之抵抗》，张春田等译，华东师范大学出版社 2018 年版，第 139 页。

鲁迅却未加分辨地拿来"自性"概念，某种意义上反映出近代佛学复兴运动中"以己意进退佛说"的理论特色，这种理论特色，更加彰显出佛教概念在青年鲁迅思想建构中的媒介性功能。章太炎笔下纠结的"自性"一旦到鲁迅那里，就被鲁迅赋予了主体性的价值意义，汪卫东在比较鲁迅和章太炎运用"自性""自心""自识"等佛教概念之异同时指出：

> 当鲁迅使用这些词汇的时候，显然把它们作为人超越外在束缚所依据的主体——"心"，没有顾及其佛教语境中的确切所指，换言之，鲁迅用佛教的语汇表达的其实是主体意义上的"心"。[①]

这一辨析十分重要，不仅如前文所指出的，章太炎在运用"自性"概念时已经不自觉介入其主体性建构的运思过程，更重要的是，从鲁迅 1908 年前后思想的整体性着眼，其对于"自性"观念的运用的确更接近于主体性的心，在此意义上有人将"自性"等同于鲁迅笔下的"内曜"，认为鲁迅的"自性"同样指向"人的内部精神"，进而将"自性"界定为一个自足的本体性概念："鲁迅把'自性'看作一个自在的本体，不需要任何规定性，'自性'的获得过程其实是对个人本有'自性'的发现而言，是内在的，而非外在的。"[②] 这就提示我们，一方面，对鲁迅笔下"自性"的理解，应将其放在鲁迅早期思想演化的整体脉络中加以审视，"自性"与《科学史教篇》中的"神思""圣觉"，《文化偏至论》中的"灵明""精神"，《破恶声论》中的"内曜""自我""己"等语词明显有着内在一致性，它们不仅共同指向人的内部精神，表现出鲁迅对"主观之内面精神"的持续关注，更重要的是，在鲁迅笔下，这些内倾性词语共同建构起一种精神性的言说空间，这一言说空间无疑是相对于外部世界的一种主体性精神建构。另一方面，作为自在本体的"自性"，某种意义上也昭示我们鲁迅内源式道德建构的运思理路，不仅与儒家"我欲仁，斯仁至矣""吾性自足，不假外求"的内倾式思维传统密切相关，也契合佛教"世人性本自净，万法在自性""如是一切法，尽在自性"（敦煌本《坛经》）的典型思维方式。

---

① 汪卫东：《鲁迅前期文本中的"个人"观念》，人民文学出版社 2006 年版，第 108—109 页。
② 李国华：《章太炎的"自性"与鲁迅留日时期的思想建构》，《中国现代文学研究丛刊》2009 年第 1 期。

　　而且在鲁迅看来，由"骛外"向"趣内"的精神转向，已经昭示了20世纪文明的发展方向。以施蒂纳为代表的西方现代思想的介入，使得鲁迅对于"自性""自心""我性"等主观精神的理解更加带有主体性的倾向，换言之，在英美启蒙个人主义和德国浪漫个人主义之间，鲁迅更多受到德国思想的影响，而德国浪漫个人主义更多突出主体的个性、精神、道德维度。在章太炎此时的思想运动中，除去佛法和老庄，同样谈及费希特、康德等德国思想家，并且经常用佛教概念来比附西方哲学，如用"自性"观念来理解"理念""物自体"等西方哲学概念，这就说明在章太炎那里，"自性"已经逐渐成为第一性的存在。或许鲁迅对这种哲学思辨并无兴趣，但是从这种两歧性的阅读体验而来的误读，的确已经影响到鲁迅对于"自性"及其他相关佛教用语的理解。

　　除"自性"外，章太炎在《四惑论》《国家论》《建立宗教论》等系列文章中多次运用"自识""自心"等与之相关的佛教概念，可以肯定，鲁迅对"自性"概念的运用，只是其接受章太炎佛学影响的重要一环。晚清佛学思潮经由章太炎带给鲁迅的影响不仅是"自性""自心""自识"等概念及其背后朦胧的主体性意识，更重要的是，这种从内部切入反诸己的思维方式带给鲁迅的深远影响，某种意义上，正是这种切入视角和思维模式奠定了鲁迅早期思想的高度。经常出现在鲁迅笔下与"自性"相关的还有"此我""己""个人""我性"等语词，对鲁迅来说，上述语汇跟"自性"其实构成了一种异名同构的关系。这些内倾性词语，一方面激活了传统思想资源中与"自性"（"独自性"）相关的思想因素，另一方面，中国传统思想与现实语境所具有的这种主体化、内在化甚至精神化的思维方式，也为鲁迅接受施蒂纳、尼采等人的思想埋下伏笔。

　　鲁迅在《文化偏至论》中还择取了"自识""自心""我执""趣内""内面"等一系列佛学语汇来转译新神思宗，① 譬如：

　　　　试案尔时人性，莫不绝异其前，入于自识，趣于我执，刚愎主己，于庸俗无所顾忌。②

　　前者为主观倾向之极端，力特著于19世纪末叶，然其趋势，颇与主我及我执殊途，仅于客观之习惯，无所言从，或不置重，而以自

---

① 除"自性""自心""自识"等佛学用语外，鲁迅早期文本中还运用了大量佛教语汇，如众生、精进、缘起、有情等等，这些语汇虽不含主体性哲学建构的意味，但至少可以从一侧面表现出青年鲁迅所受佛学影响之深。

② 鲁迅：《坟·文化偏至论》，《鲁迅全集》第1卷，第51页。

有之主观世界为至高之标准而已。以是之故，则思虑动作，咸离外物，独往来于自心之天地，确信在是，满足亦在是，谓之渐自省具内曜之成果可也。①

　　于是思潮为之更张，骛外者渐转而趣内，渊思冥想之风作，自省抒情之意苏，去现实物质与自然之樊。②

王乾坤认为，鲁迅之所以用这些佛教语汇来译述十九世纪末"转而趣内"的新神思宗，这"与他对佛学的理解是有关系的"，因为在鲁迅看来，"佛学也是一种'趣内'之学"③。王先生从向内的运思逻辑来解释鲁迅在佛学和新神思宗之间寻找到的思想接榫，这固然不无道理，但在笔者看来，鲁迅之所以如此娴熟地运用佛教词汇对译新神思宗，更直接的一点还是晚清佛学复兴思潮的潜在影响，可以说，鲁迅对于佛学的理解离不开章太炎有关佛学的系列文章提供的某种先行结构，而章太炎等晚清学者对于佛教的接受和理解又离不开晚清危亡的时代语境。尽管章太炎晦涩的佛学言说不如梁启超要求佛教服务于群治的政治目标来得直接，但是正如有学者指出："在中国，宗教的问题和宗教哲学是在国家建构的语境中兴起的。"④ 章太炎的佛教语言虽然艰涩，但他的佛学言说不可能脱离时代语境，章太炎不仅用佛教道德标准来锻造革命主体，倡导革命道德，而且一改佛教出世的态度，将佛教打扮成一种救世的行动哲学。

　　就俗谛而言之，所谓世者，当分二事：其一三界，是无生物，则名为器世间；其一众生，是有生物，则名为有情世间。释教非不厌世，然其所谓厌世者，乃厌此器世间，而非厌此有情世间。以有情世间堕入器世间中，故欲济度以出三界之外。⑤

这种以度脱众生为己任的救世情怀，无疑需要一个具有强大精神支撑的道德主体来承担，因此，章太炎以"自识"为宗建构起来的新宗教，非但没有受到佛教"无我"思想的影响消泯主体意识，反而以其强烈的道德

---

① 鲁迅：《坟·文化偏至论》，《鲁迅全集》第 1 卷，第 55 页。
② 鲁迅：《坟·文化偏至论》，《鲁迅全集》第 1 卷，第 55 页。
③ 王乾坤：《鲁迅的生命哲学》，人民文学出版社 1999 年版，第 77 页。
④ ［美］慕唯仁：《章太炎的政治哲学：意识之抵抗》，张春田等译，华东师范大学出版社 2018 年版，第 107 页。
⑤ 太炎：《建立宗教论》，《民报》第 9 号，1906 年 11 月 15 日。

意识建构起一个以救世为己任的强有力的道德主体。事实上，在鲁迅那里，以"自性"为中心的佛教语汇也参与了其主体性思想的建构。鲁迅不仅通过对"自性""自心"的误读，建构起一种色彩鲜明的主体论哲学，呼唤"精神界之战士"的出世。更重要的是，对于主体性的追求并未让鲁迅走向极端唯我论，而是以佛教的入世精神试图用文艺来改变国人的精神，进而建立"人国"，并且以佛陀的救世精神超脱了一己之小我。进言之，长期以来鲁迅参与各种论争，用他自己的话来说，"虽大抵和个人斗争，但实为公仇，绝非私怨"①，其实透过这些争论文字的表象，我们可以看出鲁迅之所以不回避、不退缩，就是为了保存一个"我"字，此我并非指作为肉身的鲁迅，而是一种广义的作为"个"的自由存在，一种独特性的精神主体。在此意义上，"自性"观念不仅是青年鲁迅思想建构的重要资源，成为其日后文学创作的起点与理论支撑，更是鲁迅一生追寻的理想之所在。

---

① 鲁迅：《书信·致杨齐云 19340522》，《鲁迅全集》第 13 卷，第 113 页。

第七章　鲁迅早期革命观之演进及其本土语境

一　近代中国思想语境中的"革命"观念

"革命"可谓从晚清到20世纪70年代，对中国社会政治产生深远影响的一个词语，有西方学者指出，近代中国思想语境中的"革命"观念是"中国古代传统的革命概念和近代西方思想及西方'革命'概念的结合"①。"革命"最早出现于《易经》："天地革而四时成，汤、武革命，顺乎天而应乎人，革之时义大矣。"因此，在中国传统思想中，革命意味着一种同等体制内的皇权之间的更迭，即朝代之间的更替。晚清梁启超等人所追溯的革命传统即是这个意义上的，"Revolution者，若转轮然，从根柢处掀翻之，而别造一新世界，如法国一千七百八十九年之Revolution是也。日本人译之曰'革命'，'革命'二字非确译也。'革命'之名词，始见于中国者，其在《易》曰'汤武革命，顺乎天而应乎人'，其在《书》曰'革殷受命'。皆指王朝易姓而言，是不足以当Revolution之意也"②。"革命"首次出现于梁启超笔下是在1899年《夏威夷游记》中，在文中他批评中国"诗之境界被千余年来鹦鹉名士"所糟蹋，进而提出"诗界革命"和"文界革命"的口号，并说："今日者革命之机渐熟，而哥伦布、玛赛郎之出世比不远矣。"此时，梁氏笔下之"革命"主要指文学变革，显然不具备西方Revolution之意，但在转译过程中"革命"一词所激活的本土记忆，却使得这一词语的所指悄然发生了变化，正如有论者指出："'革命'是中国固有的，但当梁启超经由日本将受过西化的'革

---

① 富兰克斯（Wolfgang Franks）语，转引自陈建华《"革命"的现代性：中国革命话语考论》，上海古籍出版社2000年版，第27页。
② 中国之新民（梁启超）：《释革》，《新民丛报》第22号，1902年12月14日。

命'（Revolution）传入中土，和本土原有的'革命'话语接触，它就不可能回到原点，结果是西化的和固有的'革命'相激相成，产生种种变体。尤有甚者，一旦当这个西来的'变革'意义的'革命'被等同于进化的历史观，并与中国原先'革命'一词所包含的王朝循环式的政治暴力相结合，就只会给现代中国政治和社会带来持续的建设和破坏并具的动力。"① 即是说，革命一词经过出口转内销的观念旅行，再度进入近代中国人视野之际，就隐含着现代革命的所指及价值内涵，既不同于日本维新意义上的革命，也不同于传统中国皇权替嬗意义上的革命。加之晚清现实政治的原因，革命逐渐摆脱温和的改良、变革之意，而成为一种以推翻满清政府为指向的思想与政治活动，"近今泰西文明思想上所谓以仁易暴之revolution，与中国前古野蛮争阅界所谓以暴易暴之革命，遂变为同一名词，深入人人之脑中而不可拔"，正因为此种革命观念深入人心，梁启超才不得不在《释革》等文中加以匡正，并指责其为"狭义的革命观"②。但随着《革命军》等革命出版物的风行，革命观念逐渐深入人心，加上法国大革命等西方现代革命史的输入，对于现代革命观念的传播无疑起到推动的作用，甚至悄然成为中国革命者效仿的对象。

　　现代意义上的"革命"（revolution）观念始于法国大革命："在法国大革命中，一种新的意义上的'革命'出现了。法国大革命的领导者不是把自己的行动表现为除去一个过时的政体，恢复一个传统的秩序，而是力图使整个旧政权名誉扫地并建立一种肇始一个新时代的政治与社会制度。因此，从1789年起，'革命'的含义就不仅仅只代表对僭主制的反抗，它还意味着建立一种全新的社会组织。"③ 即是说，西方现代意义上的革命已经走出了传统皇权替嬗的怪圈，成为建立一种全新社会组织的手段或途径。这一现代意义上革命观念又经由日本的媒介作用，逐渐被近代中国知识分子接纳。1890年出版的王韬的《重订法国志略》首次引进了"法国革命"这一概念，尽管有论者指出，"有关1789年法国大革命的章节，王韬基本上因了冈本的叙述语汇和框架，也即因袭了明治时代对法国革命的模棱两可的历史评判"④，但法国大革命作为现代革命的象征意

---

① 陈建华：《"革命"的现代性：中国革命话语考论》，上海古籍出版社2000年版，第14—15页。

② 中国之新民（梁启超）：《释革》，《新民丛报》第22号，1902年12月14日。

③ 参见邓正来主编《布莱克维尔政治学百科全书》，中国政法大学出版社1992年版，第657—658页。

④ 陈建华：《"革命"的现代性：中国革命话语考论》，上海古籍出版社2000年版，第30页。

义还是不胫而走。但必须指出的是，日本学人虽然将西方的"revolution"翻译成"革命"，但对于革命的理解却因为日本万世一系的政治传统，而淡化了西方革命的激进色彩，成为保守的变革之意。戊戌变法失败后梁启超流亡日本，不久便发现日人将英语 revolution 一词译成"革命"，其意义并非仅指政权的激烈交替，也指"群治中一切万事莫不有"的"淘汰"或"变革"。此后梁启超又将革命作了所谓的狭义和广义之分。"革命之义有广狭。其最广义，则社会上一切无形有形之事物所生之大变动皆是也。其次广义，则政治上之异动与前此划然成一新时代者，无论以平和得之以铁血得之皆是也。其狭义，则专以武力向于中央政府者是也。"① 此时梁氏已经逐渐调整了其原先"攻满""破坏主义"的革命立场②，进而从其维新的政治主张出发反对所谓狭义的排满革命。而孙中山等革命党人无疑接受了革命的现代意义，孙氏曾对日人宫崎滔天坦言自己的革命主张："我认为人民自治是政治的极则。因此，我的政治主张是共和主义。单以这一点来说，我认为就有责任从事革命。"③ 对孙中山等革命党者来说，革命不但不是日本的改良，也不再是传统中国的皇权更替，而是推翻封建专制、建立现代民族国家的必经之路。"满清之政治腐败已极，遂至中国之国势亦危险已极，瓜分之祸已岌岌不可终日，非革命无以救重亡，非革命无以图光复也。"④ 正是在此意义上，革命思潮获得了广泛传播，并奠定了其内在的合法性。

　　总之，近代中国思想语境中的革命，因为日本的媒介作用，而导向了

---

① 中国之新民（梁启超）：《释革》，《新民丛报》第 22 号，1902 年 12 月 14 日。

② 1903 年前，梁启超对于革命观念的译介与传播起到很大作用，其时梁氏基本上是同情革命的，并且一度与孙中山等革命党人来往密切。详见张朋园《梁启超与清季革命》，吉林出版集团有限责任公司 2007 年版。"今日民族主义最发达之时代，非有此精神，决不能立国。……而所以唤起民族精神者，势不得不攻满。"（《光绪二十八年十月与夫子大人书》，《梁启超年谱》，第 157 页）"今日之中国，积毒数千年之沉疴，合四百兆之瘤疾，盘踞膏肓，命在旦夕者也。非去其病，则一切调摄滋补荣卫之术，皆无所用。故破坏之药，遂成为今日第一要件，遂成为今日第一美德。"（任公：《十种德性相反相成义》，《清议报》第 84 册，1901 年 7 月 6 日）"夫我既受数千年之积痼，一切事物，无大无小，无上无下，而无不与时势相反。于此而欲易其不适者以底于适，非从根柢处掀而翻之，廓清而辞辟之，乌乎可哉！乌乎可哉！此所以 Revolution 之事业（即日人所谓革命，今我所谓革命）为今日救中国独一无二之法门。不由此道而欲以图存、欲以图强，是磨砖作镜、炊沙为饭之类也。"［中国之新民（梁启超）：《释革》，《新民丛报》第 22 号，1902 年 12 月 14 日］

③ ［日］宫崎滔天：《三十三年之梦》，林启彦改译，花城出版社 1981 年版，第 122 页。

④ 孙中山：《在旧金山丽婵戏院的演说》，《孙中山全集》第 1 卷，中华书局 1981 年版，第 442 页。

两种不同的路径：一是梁启超等人带有改良色彩的"革命"，指称世间一切事物的变化，包括政治、经济、文化方面的改革，如"诗界革命""小说界革命"等；一种是孙中山等革命党人口中带有激进主义色彩的革命，主要指动用暴力手段结束专制统治，建立民主共和国。在晚清语境中，这两种革命观念不仅指向不同的现实政治，而且呈现出互相纠葛，甚至互相压制的发展态势。直到1903年前后，因邹容《革命军》、章太炎《驳康有为论革命书》及各种"鼓吹革命排满"的留学生刊物流行①，加之《民报》与《新民丛报》长达三年的论争，使得"'革命'作为制度性概念（'政治革命'、'种族革命'等等）与思想概念确立起来"，并且"在'革命'作为制度性概念、思想性概念确立的过程中，暴力在革命中的合法性也通过这场论争得到了进一步的确立"②。因此，西方本源意义上的革命观念最终取代日本化的变革意义上的革命观念，成为晚清以来中国大部分知识人的革命意识。正如孙中山在《革命运动概要》中说："邹容之《革命军》、章太炎之《驳康有为书》（按：即《驳康有为论革命书》）尤一时传诵。同时国外出版物为革命之鼓吹者，指不胜屈，人心士气，于以丕变。"③

　　吊诡的是，考察鲁迅早期的"革命"观，可以发现，鲁迅对"革命"的理解不仅带有"变革"与"革命"的双重意义，而且经历过一个从倾心变革到转向革命的演化过程。同时，鲁迅以法国革命为例，指出革命可能带来的一系列负面后果，由此彰显出鲁迅对现代革命审慎而复杂的态度。

二　鲁迅早期革命观之特质及其演进轨迹

　　1902年3月，鲁迅东渡日本，由此开启了长达七年半的留日生涯。异域较为开放的语境以及围绕在他周围的各种思潮，滋养着青年鲁迅，在此期间，鲁迅不仅实现了弃医从文的人生转折，其思想也几度变迁。鲁迅对于现代意义上的革命观念的理解也由此起步。

　　（一）"一血刃而骤列于共和"：走向革命之路

　　鲁迅抵达日本后，最初的写作以科普与翻译为主，其中的关键词语是"国家"、"国民"与"科学"，宣扬的是一种留学生中普遍存在的爱国主

---

① 冯自由：《革命逸史》初集，中华书局1981年版，第11页。
② 董炳月：《"同文"的现代转换——日语借词中的思想与文学》，昆仑出版社2012年版，第259页。
③ 孙文：《革命运动概要》，《中华民国开国五十年文献》第一编第九册，台湾"中央"文物供应社1963年版，第195页。

义和民族主义情绪。无论是《斯巴达之魂》对于尚武精神的宣扬，还是《中国地质略论》对于"中国者，中国人之中国"的民族主义的强调，所论均不出改良派之议论范围，即便是其科学救国的思想也是改良派的一贯思路。即是说，此时鲁迅的"民族主义思想在总体上并没有超出当时留学生的普遍水准"①，尚未挣脱梁启超等人的阴影。但随着"支那亡国二百四十二周年纪念会"、1903 年新年团拜会、弘文学院风潮、拒俄运动等爱国学生运动的相继爆发②，留学生中的革命意识渐趋浓厚，鲁迅的思想也逐渐发生了转移，不仅在官费生中率先剪去辫子，还与同窗好友相互勉励，"志在光复"，认为"'改良'必败，誓做'革命党之骁将'"③，并于 1903 年底提出了"一血刃而骤列于共和"这一明显带有暴力色彩的革命观。

鲁迅"一血刃而骤列于共和"的提出，恰恰处在"中国现代革命意识趋向成熟"④ 的 1903 年。鲁迅后来回忆说："前清光绪末年，我在日本东京留学，亲眼看见的。那时的留学生中，很有一部分抱着革命的思想。"⑤ "时当清的末年，在一部分中国青年的心中，革命思潮正盛，凡有叫喊复仇和反抗的，便容易惹起感应。"⑥ 应该说鲁迅之所以在此时提出"一血刃而骤列于共和"的革命主张，跟留学生群体中日益高涨的革命思潮不无关系，至于革命意识为何会在此时趋向成熟，钱基博有如下说明："启超避地日本，既作《清议报》丑诋慈禧太后；复作《新民丛报》痛诋专制，导扬革命。章炳麟《訄书》、邹容《革命军》先后出书，海内风动，人人有革命思想矣。"⑦ 正是在此背景下，青年鲁迅在《中国地质略论》中指出："犹谭人类史者，昌言专制立宪共和，为政体进化之公例；然专制方严，一血刃而骤列于共和者，宁不能得之历史间哉。"⑧ 鲁迅在此批判了改良派倡导的由专制到立宪再到共和的所谓政体进化之"公例"，指出在一个专制方严的时代，通过一血刃而骤列于共和，也并非绝无可能。

青年鲁迅之所以能够提出这种革命观，邹容、章太炎等人对其的影响

① 袁盛勇：《鲁迅：从复古走向启蒙》，上海三联书店 2006 年版，第 7 页。
② 详见倪墨炎《鲁迅的社会活动》第二章"鲁迅与中国留日学生运动"，上海人民出版社 2006 年版。
③ 沈瓞民：《回忆鲁迅早年在弘文学院的片断》，鲁迅博物馆等选编：《鲁迅回忆录·散篇》上册，北京出版社 2000 年版，第 45—46 页。
④ 许纪霖、宋宏编：《现代中国思想的核心观念》，上海人民出版社 2011 年版，第 649 页。
⑤ 鲁迅：《而已集·略谈香港》，《鲁迅全集》第 3 卷，第 451 页。
⑥ 鲁迅：《坟·杂忆》，《鲁迅全集》第 1 卷，第 233—234 页。
⑦ 钱基博：《现代中国文学史》，吉林人民出版社 2013 年版，第 404 页。
⑧ 鲁迅：《集外集拾遗补编·中国地质略论》，《鲁迅全集》第 8 卷，第 9 页。

不容小觑，邹容在《革命军》（1903）中大声疾呼："呜呼！我中国今日
不可不革命；我中国今日欲脱满洲人之羁缚，不可不革命。我中国欲独
立，不可不革命；我中国欲与世界列强并雄，不可不革命。我中国欲长存
于二十世纪新世界上，不可不革命。我中国欲为地球上名国，地球上主人
翁，不可不革命。革命哉！革命哉！"①　并在此基础上，将革命视为一种
历史发展的必然趋势乃至普遍价值，即所谓的"公例""公理"：

> 革命者，天演之公例也。革命者，世界之公理也。革命者，争存
> 争亡过渡时代之要义也。革命者，顺乎天而应乎人者也。革命者，去
> 腐败而存良善者也。革命者，由野蛮而进文明者也。革命者，除奴隶
> 而为主人者也。②

针对维新派对革命条件成熟与否的质疑，章太炎也针锋相对地指出"公
理之未明，即以革命明之；旧俗之俱在，即以革命去之"③。而此时鲁
迅推重的蒋智由的一首《卢骚》更是风行一时："世人皆曰杀，法国
一卢骚。民约昌新义，君威扫旧骄。力填平等路，血灌自由苗。文字
收功日，全球革命潮。"④　在此背景下，鲁迅不仅接受了"中国者，中国
人之中国也"的民族主义观念，同时也深受高涨的革命思潮影响，提出
"一血刃而骤列于共和"的激进主义革命观。直到多年后，回忆这段留
学生活，鲁迅仍不忘邹容的影响，"倘说影响，则别的千言万语，大
概都抵不过浅近直截的'革命军马前卒邹名'所做的《革命军》"⑤。
在此影响下，鲁迅一方面收集绍介西方革命文学⑥，另一方面剪去发

---

① 邹容：《革命军》，张枬、王忍之编：《辛亥革命前十年间时论选集》第 1 卷，生活·读
　书·新知三联书店 1960 年版，第 651 页。
② 邹容：《革命军》，张枬、王忍之编：《辛亥革命前十年间时论选集》第 1 卷，生活·读
　书·新知三联书店 1960 年版，第 651 页。
③ 姜玢编选：《革故鼎新的哲理——章太炎文选》，上海远东出版社 1996 年版，第 101 页。
④ 观云：《卢骚》，《新民丛报》第 3 号，1902 年 3 月 10 日。
⑤ 鲁迅：《坟·杂忆》，《鲁迅全集》第 1 卷，第 234 页。
⑥ 周作人在谈到他们当初介绍"弱小民族文学"时说："……匈牙利、芬兰、波兰、保加
　利亚、波西米亚（德文也称捷克）、塞尔维亚、新希腊，都是在殖民主义下挣扎的民族，
　俄国虽是独立强国，因为人民正在力争自由，发动革命，所以成为重点，预备着力介
　绍。"周作人还指出，鲁迅之所以选择介绍以拜伦、雪莱为首的所谓"摩罗"诗人，
　"主要的目的还是介绍别国的革命文人，凡是反抗权威，争取自由的文学便都包含在
　'摩罗诗力'的里边了"。周作人：《鲁迅的青年时代》，《年少沧桑——兄弟忆鲁迅（一）》，
　河北教育出版社 2002 年版，第 178、180 页。

辩①，参加浙学会、光复会等革命组织②，其革命之志弥坚。周作人后来也说："我们学俄文为的是佩服它的求自由的革命精神及其文学。"③加上鲁迅所亲历的陈天华、秋瑾、徐锡麟、邹容等人英勇无畏的革命举动④，无疑带给他绝大之刺激，鲁迅正是在此背景下逐渐接受了以破坏为手段、以颠覆现有政权为目的革命观念。

鲁迅"一血刃而骤列于共和"之革命观念的形成，还深受孙中山等革命党人所谓"突驾"说的直接影响。孙中山以日本为例，指出日本曾经"一跃而为头等大国"，由此推断，中国"取法西人的文明而用之，亦不难转弱为强，易旧为新"。孙氏乐观地认为，中国不但可以"凌驾"日本，甚至"能凌驾全球，也是不可预料的"⑤。在另一篇文章中，"凌驾"又被称作"突驾"⑥，鲁迅"一血刃而骤列于共和"的观点明显带有"突驾"说的痕迹。在此意义上，有论者指出："鲁迅接受'革命'观念是在其留学日本时代，其所谓'革命'首先是章太炎与《民报》的革命。"⑦

总之，"一血刃而骤列于共和"的提出，意味着鲁迅已经接受了现代意义上以政治变革为主旨的革命观念，更重要的是，鲁迅认可了暴力革命的合法性，鲁迅这一思路的变化，可以看作近代知识人逐渐摆脱改良走向革命的一个典型案例。换言之，1903年后，中国近代革命的主潮已经由内部变革走向外部变革，并逐渐获得大量知识人的理解与支持。需要进一步指出的是，鲁迅等青年学生之所以倾向革命，还跟他们对于革命前景的想象有关。鲁迅等人所面临的革命是现代意义上的革命，而非中国历史上的改朝换代，这也就是鲁迅一再分辨排满（种族）革命与共和革命的深意所在。这种现代意义上的革命指向不再是传统意义上一治一乱的皇权更迭，而是走向现代民族国家（"共和"）的进化之路。正是这一对于革命出路的想象，激励着青年学生逐渐倒向革命阵营，张灏将这一思想倾向

①　"鲁迅最初也是留发的……及至看见了这些'富士山'的情形，着实生气，这时从庚子以后养成的民族革命思想也结了实，所以他决心剪去了头发。"周作人：《鲁迅的青年时代》，《年少沧桑——兄弟忆鲁迅》，第176页。

②　参见沈瓞民《回忆鲁迅早年在弘文学院的片断》，《鲁迅回忆录·散篇》上册，北京出版社2000年版，第42—50页；倪墨炎《鲁迅的社会活动》第三章"鲁迅加入光复会"，上海人民出版社2006年版。

③　周作人：《知堂回想录》上册，河北教育出版社2002年版，第249页。

④　李怡：《日本体验与中国现代文学的发生》，北京大学出版社2009年版，第29页。

⑤　《孙中山全集》第1卷，中华书局1981年版，第278—279页。

⑥　《孙中山全集》第1卷，中华书局1981年版，第282页。

⑦　董炳月：《"同文"的现代转换——日语借词中的思想与文学》，昆仑出版社2012年版，第270页。

称为"历史的理想主义心态"①。必须指出的是，这种历史的理想主义心态不仅导致了晚清革命党人对革命前景的盲目乐观，还埋下了他们对于革命主体的盲目自信。某种意义上，正是这一革命前景的魅惑，迫使近代中国知识人逐渐走向激进主义的革命道路。

（二）"革命先要革心"：鲁迅早期革命观的精神转向

许寿裳曾在《〈民元前的鲁迅先生〉序》中指出：鲁迅之所以"毅然决然舍弃医学而研究文艺了"，是因为"他深切地知道革命先要革心，医精神更重于医身体"②。许先生提示的这句话对于我们理解鲁迅早期思想的演进具有十分重要的意义，因为其中所包含的几种逻辑关系，正是那时先进知识分子一再探求的，同时也是对鲁迅早期思想走向发生重要影响的几重因素，即"革命"与"革心"的关系及"革心"与"文艺"的关系，乃至由此生发的"文艺"与"革命"关系。这几种互相纠葛的逻辑关系不仅是青年鲁迅面临的思想语境，某种意义上也决定了鲁迅思想的整体走向，乃至作为思想家的鲁迅的最终生成。换言之，如果真存在一个所谓的"原鲁迅"的话，或许就酝酿于留学生周树人对这几种关系的思索当中。上述几种关系，不仅构成了鲁迅开始独立思考的现实语境，同时也成为他日后思索与创作的主题。从这个意义上说，许寿裳的这句话非常重要。可惜的是，在很长一段时间内，因为左倾意识形态的干扰，这句话遭到修改甚至删削③，以至于人们几乎忘记了鲁迅思想建构的逻辑起点及其原始语境。

在笔者看来，许寿裳所指出的鲁迅"革命先要革心"的内在逻辑是完全成立的，也是鲁迅对当时思想语境的一种呼应。不仅因为"革心"是中国传统文化中的常用语④，也由于晚清心学复兴思潮的广泛传播，更使得"革心"这一话题及其内在理路成为清末民初诸多知识人热衷的运思逻辑。具体说，鲁迅"革命先要革心"命题的提出，首先受到章太炎、邹容等人革命道德化倾向的影响。

章太炎可谓晚清革命派思想上的代言人，鲁迅称之为"有学问的革命家"，事实上，对于"革命"话题的谈论，也确实是章太炎获得广大青年敬仰的原因之一，其革命（排满）姿态绝不逊于任何一个职业革命家。

① 《张灏自选集》，上海教育出版社2002年版，第296页。
② 马会芹编：《挚友的怀念——许寿裳忆鲁迅》，河北教育出版社2002年版，第100页。
③ 马会芹编：《挚友的怀念——许寿裳忆鲁迅》，"陈漱渝序"，河北教育出版社2002年版。
④ "革心"是中国传统文化中的常用语，如《汉书·严助传》："愿革心易行，身从使者入谢。"《魏书·刁雍传》："今木石革心，鸟兽率舞。"

据其自述，其革命情结自幼即由外祖父种下，戊戌时期虽经历过"以革政挽革命"①的短暂徘徊，但到写作《驳康有为论革命书》、序《革命军》以至于"苏报"案发时，作为革命家的章太炎形象已经深入人心；主编《民报》后，更是通过与《新民丛报》的一系列论争，确立了其革命者的立场，也正是通过这场长达三年的论争，使得"'革命'作为制度性概念（'政治革命'、'种族革命'等等）与思想概念确立起来"②。在此背景下，很多青年自觉划清了改良与革命的界限，成为革命洪流中的一分子。但相比于一般的革命家，章太炎谈论革命的方式确实稍有不同，他很少从中外政治制度的比较立论，而是习惯于从革命者的道德、精神入手，探讨革命成功与否的关键。章太炎甫抵东京，就提出"用宗教发起信心，增进国民的道德"和"用国粹激动种性，增进爱国的热肠"两项方针③，强调"道德"与"爱国心"对革命者的重要性，因此看重佛教华严、法相二宗对于革命主体性的锻造功能。其后在《革命之道德》一文中，章太炎又明确提出"道德衰亡，诚亡国灭种之根极也"的观点，并指出，对于革命者来说，首要的是树立革命之道德，即所谓的"确固坚厉，重然诺，轻生死"的革命道德观，章氏并且据此断言"两道德相若也，则必求一不道德者而后可以获胜"④。由此可见，对章太炎而言，道德在某种意义上已经成为决定革命成败的关键因素。为此，他多次指责"新党"道德方面的不足，"综观十余年之人物，其著者或能文章、矜气节，而下者或苟贱不廉与市侩伍，所志不出交游声色之间。人心不同，固如其面，吾亦不敢同类而共非之，特其竞名死利则一也"⑤。章太炎对于新党"阘茸""竞名死利"等道德层面的指责，彰显的依然是通过革新道德（革心）、重塑革命者以达到革命成功的思路。

　　邹容《革命军》在将"革命"推向"天演之公例""世界之公理"的同时，却不自觉的将"'革命'转化为个人内部的道德修养的问题"⑥，这一点在《革命之教育》一章中表现得尤为明显。因为邹容在其中针对革命者提出了四种精神方面的要求："曰养成上天下地，惟我独尊，独立

① 汤志均：《章太炎传》，台湾商务印书馆1996年版，第26页。
② 董炳月：《"同文"的现代转换——日语借词中的思想与文学》，昆仑出版社2012年版，第259页。
③ 太炎：《演说录》，《民报》第6号，1906年7月25日。
④ 太炎：《革命之道德》，《民报》第8号，1906年10月8日。
⑤ 太炎：《箴新党论》，《民报》第10号，1906年12月20日。
⑥ 董炳月：《"同文"的现代转换——日语借词中的思想与文学》，昆仑出版社2012年版，第244页。此段材料来自董炳月书。

不羁之精神"、"曰养成冒险进取，赴汤蹈火，乐死不避之气概"、"曰养成相亲相爱，爱群敬己，尽瘁义务之公德"和"曰养成个人自治，团体自治，以进人格之人群"。这些明显属于个体道德、品质、意志方面的要求，无疑彰显出邹容革命观的心学形而上色彩。不仅如此，甚至"革心"也成为革命党人的一贯思路，黄兴直到 1912 年 9 月在一次茶话会上还表示："民国成立半载，内政外交无一不陷于可悲之境，政府与议会异常隔膜，此后非二次革命不可。所谓二次革命者，国民要革心之谓也。"① 后来孙中山肯定五四新文化运动的历史贡献，着眼点也是"革心"②。

　　在此背景下，革命阵营的刊物上刊发了大量属于精神决定论的文章，以此来鼓吹革命③。鲁迅"革命先要革心"观点的提出，正是对于这一时代主潮的回应。青年鲁迅对国民性的诸多批判，主要集中在对"私欲"和"无特操"两方面，私欲也好，无特操也罢，都明显属于道德层面的内容。即是说，鲁迅的国民性批判，某种意义上是对章太炎革命之道德思路的借鉴。因为在章太炎看来，道德不仅见之于革命方面，更影响到日常生活，因此道德是决定一切的根本。鲁迅之所以对国民性展开批判，主张"革命先要革心"，说到底也是源于章太炎的这一思路。

　　其次，鲁迅之所以开始思考"革命"与"革心"的内在逻辑问题，还因为其对现实革命的警惕以及对革命前景的隐忧。鲁迅虽然在革命思潮高涨的 1903 年提出了"一血刃而骤列于共和"这一明显带有暴力倾向的革命观，但鲁迅从未参与实质性的革命活动，相反，他对以排满为主旨的种族革命开始反思。其"一血刃"的暴力革命最终指向的是"共和"，换言之，正是共和这一对于革命前景的想象才赋予了暴力革命的合法性，这一点跟邹容提出的"有破坏，有建设，为建设而破坏"的所谓"文明之

---

① 《孙中山大宴参议院》，《时报》1912 年 9 月 21 日。见张宪文、张玉法主编，李金强、赵立彬、谷小水著《中华民国专题史》第一卷《从帝制到共和：中华民国的成立》，南京大学出版社 2015 年版，第 297 页。

② "自北京大学学生发生五四运动以来，一般爱国青年，无不以革新思想为将来革新事业之预备，于是蓬蓬勃勃，发抒言论。国内各界，舆论一致，同倡各种新出版物，为热心青年所举办者，纷纷应时而出。扬葩吐艳，各极其致，社会遂蒙绝大之影响……此种新文化运动，在我国今日，诚思想界空前之大变动。推原其始，不过由于出版界之一二觉悟者，从事提倡，遂至舆论放大异彩，学潮弥漫全国，人皆激发天良，誓死为爱国之运动。倘能继长增高，其将来收效之伟大且久远者，可无疑也。吾党欲收革命之成功，必有赖于思想之变化，兵法'攻心'，语曰'革心'，皆此之故。故此种新文化运动，实为最有价值之事。"（《致海外国民党同志书》，蔡尚思主编：《中国现代思想史资料简编》第 1 卷，浙江人民出版社 1982 年版，第 552—553 页）

③ 魏义霞：《中国近代哲学的宏观透视》，黑龙江教育出版社 1994 年版，第 111—124 页。

革命"① 有着异曲同工之处。在鲁迅看来，革命不仅仅是以驱逐满人为目标，尽管辫子、满人的欺负、遗民故事、排满的学说、文字狱这些林林总总构成了其最初"志在光复"的革命意识，但是在日本这样一个相对开放的环境中，鲁迅所获取的以法国大革命为典范的现代革命学说，已经在潜移默化地影响着他对于革命的理解，《新民丛报》与《民报》围绕着种族革命与政治革命的一系列论争，更加深了他对二者的认识。正因为此，他在后来的文字中，才一再分辨种族革命与政治革命，并且明显对种族革命表现出了一种警醒。1927 年，鲁迅在《略谈香港》中说："前清光绪末年，我在日本东京留学……那时的留学生中，很有一部分抱着革命的思想，而所谓革命者，其实是种族革命，要将土地从异族的手里取得，归还旧主人。"② 两年后，鲁迅在为邹容鸣不平时，又说："他在满清时，做了一本《革命军》，鼓吹排满，所以自署曰'革命军马前卒邹容'。后来从日本回国，在上海被捕，死在西牢里了，其时盖在一九〇二年。自然，他所主张的不过是民族革命，未曾想到共和，自然更不知道三民主义，当然也不知道共产主义。"③ 由此可见，在鲁迅对于革命的想象中，种族革命（民族革命）是一种较低层次的革命④，而他所向往的应该是法国大革命那样的共和革命。不仅如此，在大多数人依然沉浸在种族革命的狂热中时，鲁迅已经开始思考革命前景的问题，据鲁迅弘文学院的同学沈瓞民回忆：鲁迅"对革命宣传，尤全力以赴。有时在自修室，亦间有沉默之时。这时他自言自语，苦思救国之道。往往思索，革命必反清，但反清以后，如何治国呢？如何挽救麻木不仁的大众呢？"⑤ 由此不仅彰显出鲁迅革命观的前瞻性，更显示出鲁迅启蒙思想家的潜质。可以说，青年鲁迅由"革命"到"革心"的逻辑推演，其目的就是要在政治革命之外挽救麻木不仁的大众，而要实现这一目标，必须进行一场深刻的精神革命。

　　最后，鲁迅"革命先要革心"的提出，某种意义上也是"幻灯片事件"直接催生的结果。当青年鲁迅在异域的课堂上经历了"参观枪毙中国人的命运"后，内心受到了前所未有的震撼，这一事件不仅宣告了其

① 邹容：《革命军》，张枏、王忍之编：《辛亥革命前十年间时论选集》第 1 卷，生活·读书·新知三联书店 1960 年版，第 665 页。

② 鲁迅：《而已集·略谈香港》，《鲁迅全集》第 3 卷，第 451 页。

③ 鲁迅：《三闲集·"革命马前卒"和"落伍者"》，《鲁迅全集》第 4 卷，第 131 页。

④ "最初的革命是排满，容易做到的，其次的改革是要国民改革自己的坏根性，于是就不肯了……"《书信·250331 致许广平》，《鲁迅全集》第 11 卷，第 470 页。

⑤ 沈瓞民：《回忆鲁迅早年在弘文学院的片断》，鲁迅博物馆等选编：《鲁迅回忆录·散编》（上册），北京出版社 1999 年版，第 46 页。

科学救国梦想的破灭，还让鲁迅认识到精神的变革远比体格的健全重要得多。正是这一认识促使鲁迅最终走上思想启蒙之路，若干年后他在回顾自己为什么从事文艺运动时，多次提及幻灯片事件，并发出这样的感慨：

> ……凡是愚弱的国民，即使体格如何健全，如何茁壮，也只能做毫无意义的示众的材料和看客，病死多少是不必以为不幸的。所以我们的第一要著，是在改变他们的精神，而善于改变精神的是，我那时以为当然要推文艺，于是想提倡文艺运动了。①

可见，鲁迅之所以弃医从文，投身文艺，就是不愿看到更多的中国人成为"毫无意义的示众的材料和看客"，而要让他们避免这样的命运，就必须改变他们的精神世界。当时鲁迅深受梁启超等新文艺观念的影响，故而欲以文艺的方式为麻木不仁的国人输入一种崭新的精神质素，在鲁迅看来，这种新的精神不仅决定了国民的新面貌，同时也是锻造革命者的首要之具。

事实上，从精神革命入手培育合格的革命者进而推进革命事业的发展，这也是当年思想主潮的一贯思路，《浙江潮》《河南》《湖北学生界》《江苏》等倾向革命的留学生刊物均表现出这一倾向。唯一不同的是，鲁迅意识到了文艺对于精神革命的重要作用，这不仅决定了他弃医从文的人生转折，更从根本上影响到中国现代文学的启蒙性质。表面看，鲁迅以文学作为精神革命（"革心"）途径的思路，是受到西方摩罗诗人影响的结果。在晚清中国的危局形势下，鲁迅确实期待着中国式摩罗诗人（"精神界之战士"）的出现，但必须指出的是，这一运思理路，并非西方文学的专利，中国传统文学很早就意识到文学所具有的移人性情的作用，自梁启超倡导"三界革命"以来，晚清文人更是把文学的作用提到无以复加的高度②，青年鲁迅文学救国的理想无疑正是对这一语境的呼应。

总结上述，鲁迅所谓的"革命先要革心"，主要是指一种"精神革命"③，进言之是通过文艺移人性情的作用来变革国人的精神世界。鲁迅

---

① 鲁迅：《呐喊·自序》，《鲁迅全集》第 1 卷，第 439 页。
② 参见夏晓虹《梁启超对传统文学观念的反叛与复归》，载《文化：中国与世界》第 3 辑，生活·读书·新知三联书店 1987 年版。
③ 许寿裳曾指出：日本时期鲁迅"曾在《浙江潮》和《河南》两种杂志上撰文，又翻译《域外小说集》，都是着重在精神革命这一点"。许寿裳：《〈民元前的鲁迅先生〉序》，《挚友的怀念——许寿裳忆鲁迅》，河北教育出版社 2002 年版，第 100 页。

一再指出，正是国人存在的麻木、愚昧、自私、伪诈等诸多国民劣根性，导致了种种改革举措的失利，而晚清当局所考虑的也只是物质、制度层面的改革，根本没有撼动国人的精神世界，因此才会造成改革多年而毫无结果的局面。在鲁迅看来，精神世界的改变是种种革新的第一步，鲁迅这种精神决定论的思路，也是晚清主流思想界的一贯思路，无论是章太炎的革命道德论，还是梁启超的新民说以至于文学功能论，抑或留日学生所高扬的民族主义情绪，还是所谓的教育救国论，所论主题虽有不同，但贯穿其中的就是一种精神决定论的运思理路。某种意义上，鲁迅"革命先要革心"的命题，正是对这一时代思潮的提炼。

（三）"精神革命"：鲁迅早期革命观的特质及其展开

由上可知，鲁迅早期革命观的特质在于以改变人的精神为宗旨的"精神革命"，鲁迅这一革命观的形成不仅受到章太炎、邹容等人革命道德化这一精神内转思路的影响①，而且也受到传统文化中以"革心"为焦点的心学形而上思维的影响。鲁迅"精神革命"的提出，不仅在晚清愈演愈烈的政治革命之外，开辟了思想革命的新战场，使得中国近代转型的另一翼获得了应有的发展，某种意义上，鲁迅一再呼唤的"第二维新之声"就是一场以思想文化变革为主的精神革命。不仅如此，就鲁迅思想的变迁乃至鲁迅文学的发生来说，"精神革命"的提出都是至关重要的一环。

青年鲁迅从"一血刃而骤列于共和"的暴力革命观到"革命先要革心"的渐进革命观的转变，就中国现实革命实践来看，仿佛一种倒退，但事实并非如此。鲁迅革命观的内转，表明其关注的重点发生了转移，即从政治制度的变革转向精神维度的变革。鲁迅这一革命观的转折，不仅使其从留学生"叫咷恣言"②的激进革命活动中抽身而出，某种意义上也宣告了"革命者鲁迅"与现实政治革命的分途，鲁迅不仅没有参加拒俄义勇队，更未能成长为现实革命的中坚力量。对于精神革命的关注，某种意义上还构成了思想家鲁迅的思想原点，鲁迅留日后期的文章大多是围绕精神革命展开的。钱理群先生通过对鲁迅文章用语的梳理，洞悉到鲁迅思想

---

① 董炳月："在邹容的《革命军》中'革命'已经转化为内在的修养问题。无独有偶，在章太炎这里'革命'发生了类似的转化——转化为内在的道德问题，代表文章即为《革命之道德》。"董炳月：《"同文"的现代转换——日语借词中的思想与文学》，昆仑出版社 2012 年版，第 246 页。

② 章太炎：《〈革命军〉序》，汤志钧编：《章太炎政论选集》上册，中华书局 1977 年版，第 193 页。

的这一转向，钱先生指出，1907 年后鲁迅在《文化偏至论》《摩罗诗力说》等文中的主要用词是与"心"相关的一系列表示主体内在精神的词语，如"神思""白心""心声""自性"等，而此前鲁迅文中的关键词是"中国"（"祖国"）、"国民"和"科学"等主流话语。① 鲁迅用词习惯的转变，从侧面凸显出鲁迅革命观的精神转向。事实上，也正是对精神层面的关注，让鲁迅逐渐从留学生这一群体中脱颖而出，此后更通过《文化偏至论》等一系列明显带有"主观主义"倾向的论文，彰显出鲁迅思想家的潜质，而所有这一切其实都是围绕"精神革命"这一视点展开的。

其实，鲁迅对个人主体精神的关注由来已久，即便是在其留日前期以科学与爱国为主题的文字中，也表现出了对精神因素的置重②。后来在仙台期间所经历的幻灯片事件，再次让他确认了主体精神的重要，认识到"我们的第一要著，是在改变他们的精神"，毅然弃医从文，开始以文艺为途径改变国人的精神世界，可以说，这是留学生周树人成长为鲁迅的第一步。鲁迅早期思想的核心观念无疑是"立人"，而立人的"道术"即在于"尊个性而张精神"③，具体又表现为两个方面，"任个人而排众庶""剖物质而张灵明"④，而鲁迅立人的典范又是尼采、克尔凯郭尔、拜伦、雪莱等所谓的"精神界之战士"。但揆之于中国，不仅个性与精神是中国传统文化所压抑的，摩罗诗人和新神思宗高歌尊重个性、张大精神、重视意志的一面，也与中国传统文化中的理想人格存在龃龉。在此意义上，鲁迅以变革人的精神为下手途径、以培养"精神界之战士"为目标的"立人"方案，对于传统中国来说无疑就是一场精神革命。鲁迅的"立人"主张一方面是其精神革命的逻辑推演，同时也是其精神革命的集中展现，因为他通过"立人"所试图建构的理想人性状态是"个体的精神的自由"⑤，这种理想人格相对于传统中国来说无疑是一种革命性的变革。与"立人"主张相对的则是其国民性批判思想的形成，许寿裳与鲁迅一起探讨过中国国民性问题的根源，结果发现除去两次沦为异族奴隶的政治因

---

① 钱理群：《与鲁迅相遇——北大演讲录之二》，生活·读书·新知三联书店 2003 年版，第 67—70 页。
② 参见孙海军《鲁迅留日前期（1902—1906）思想倾向再探》，《新文学评论》2013 年第 3 期。
③ 鲁迅：《坟·文化偏至论》，《鲁迅全集》第 1 卷，第 58 页。
④ 鲁迅：《坟·文化偏至论》，《鲁迅全集》第 1 卷，第 47 页。
⑤ 钱理群：《与鲁迅相遇——北大演讲录之二》，生活·读书·新知三联书店 2003 年版，第 81 页。

素，还因为缺乏诚和爱。① 对"诚和爱"的关注，不仅点明了鲁迅国民性批判思想的起点，而且再次彰显出青年鲁迅精神革命的特质。此外，鲁迅对所谓"摩罗诗力"的强调，"侍意力以辟生路"的运思逻辑，甚至在《破恶声论》中，鲁迅对宗教起源的追溯，为"迷信"的辩护，等等，彰显的同样是"精神革命"的思路，即试图通过"诗力""意力"来突入现实生活。

"精神革命"不仅构成鲁迅早期思想的核心，甚至还影响到其日后思想的发展趋向。五四新文化运动之所以被贴上新文化的标签，正是相对于旧文化而言的，五四诸人对于以忠、孝、节、烈为核心的传统伦理观的大肆批判，无疑是一种精神革命，若干年后，鲁迅对"五四"念念不忘，说到底还是因为其"思想革命"② 的底色。甚至 1920 年代中期，鲁迅在回答郑振铎关于阿 Q 革命的相关问题时还说：

> 据我的意思，中国倘不革命，阿 Q 便不做，既然革命，就会做的。我的阿 Q 的运命，也只能如此，人格也恐怕并不是两个。民国元年已经过去，无可追踪了，但此后倘再有改革，我相信还会有阿 Q 似的革命党出现。我也很愿意如人们所说，我只写出了现在以前的或一时期，但我还恐怕我所看见的并非现代的前身，而是其后，或者竟是二三十年之后。其实这也不算辱没了革命党……③

鲁迅这里坚持的依然是其"精神革命"的思路。在鲁迅看来，辛亥革命那样的政治革命，解决不了国民中广泛存在的阿 Q 式的精神问题，进言之，以国民性批判为途径的精神革命得不到落实，政治革命的成功最终只能是昙花一现，而辛亥革命后的现实中国某种意义上则成为鲁迅这一思想的一则注脚。新文化运动不仅延续了晚清知识人精神革命的思路，对传统文化展开批判，并试图在批判基础"输入学理""再造文明"，其实这就是一种广义的精神革命，鲁迅之所以最终汇入五四洪流，看取的正是其精神革命的一面。此外，当 1920 年代后期革命文学大肆流行之时，鲁迅却别出心裁地提出"革命人"这一概念："为革命起见，要有'革命

---

① 马会芹编：《挚友的怀念——许寿裳忆鲁迅》，河北教育出版社 2002 年版，第 110 页。

② "我想，现在的办法，首先还得用那几年以前《新青年》上已经说过的"思想革命"。鲁迅：《华盖集·通讯》，《鲁迅全集》第 3 卷，第 23 页。

③ 鲁迅：《华盖集续编·〈阿 Q 正传〉的成因》，《鲁迅全集》第 3 卷，第 397 页。

人'，'革命文学'倒无须急急，革命人做出东西来，才是革命文学。"①
"我以为根本问题是在作者可是一个'革命人'，倘是的，则无论写的是
什么事件，用的是什么材料，即都是'革命文学'。"② 鲁迅的这一运思逻
辑与其早年对于"主观之内面精神"的强调，如出一辙。有学者指出：
"这里对于本质意义上的'革命人'的强调，与前述邹容将'革命'转化
为内在修养问题、与章太炎将'革命'转化为道德问题保持着逻辑的一
致。"③ 换言之，鲁迅在革命文学思潮中对"革命人"的强调，某种意义
上依然是其以改变人的精神为主旨的"精神革命"思路的延展。可以说，
"精神革命"正是作为思想家的鲁迅一生所致力的方向，正因为其对"精
神革命"的长期关注，使得鲁迅不仅发现并强调了作为精神载体的人的
重要性，而且明确将淘汰兽性、警惕奴性、发现人性、养成"真的人"作
为"精神革命"的终极目标。正如伊藤虎丸所言："革命在鲁迅那里，并不
仅仅是从满族手中夺取政治权力，而是把中国民族从奴隶状态下解放出来，
恢复'爱和诚'的手段。文学与革命，从一开始就不是两样东西。"④

三　鲁迅对法国大革命的书写及其对现代革命的反思

　　法国大革命在近代中国的风靡，某种意义上也刺激了鲁迅提出"一
血刃而骤列于共和"的命题。据陈建华研究，近代中国对于法国大革命
的介绍经过了一个从恐惧、拒斥到接受、颂扬的过程。戊戌期间，章太炎
与康有为对法国大革命的接受均受到王韬《重订法国志略》的影响，将
之描绘成一场恐怖惨淡的大屠杀，"至法国革命之际，君民争祸之剧，未
尝不掩卷而流涕也。流血遍全国，巴黎百日而伏尸百二十九万，变革三
次，君主再复，再绵祸八十年。……革命之祸，遍于全欧……而君主杀
逐，王族逃死，流血盈野，死人如麻"⑤。进入 20 世纪，随着革命意识逐
渐高涨，人们才开始关注法国大革命推动历史进程的一面，于是转而对法
国革命高唱凯歌，"昔者法兰西之民，受君主压制之祸为最惨酷。十八世
纪之末，大革命起，倡自由平等之义者，声震全欧，列国专制之君闻声震

---

① 鲁迅：《而已集·革命时代的文学》，《鲁迅全集》第 3 卷，第 437 页。
② 鲁迅：《而已集·革命文学》，《鲁迅全集》第 3 卷，第 568 页。
③ 董炳月：《"同文"的现代转换——日语借词中的思想与文学》，昆仑出版社 2012 年版，
　　第 272 页。
④ ［日］伊藤虎丸：《鲁迅与日本人——亚洲的近代与"个"的思想》，李冬木译，河北教
　　育出版社 2002 年版，第 85 页。
⑤ 康有为：《进呈法国革命记序》，杨松、邓力群辑，荣孟源重编：《中国近代史资料选辑》，
　　生活·读书·新知三联书店 1954 年版，第 434 页。

骇……一千八百三十年及一千八百四十八年，法国复大革命，影响所及，
列国民主党，一时并起，谋覆专制之政府，有沛然莫御之势"①。随着法
国大革命的不断传播，很多晚清知识人不约而同地将这场革命看作人类革
命史上具有划时代意义的一个"新纪元"。"至法兰西千七百八十九年之
革命，革除王位，宣布人权，乃为新世纪革命之纪元。"② 梁启超也将法
国大革命视作"人类新纪元之一纪念物"予以肯定："夫法国大革命，实
近世欧洲第一大事也，岂唯近世，盖往古来今，未尝有焉矣，岂唯欧洲，
盖天下万国未尝有焉矣，结数千年专制之局，开百年来自由之治，其余波
亘八十余年，其影响及数十国土，使千百年后之史家，永以为人类新纪元
之一纪念物，嘻！何其伟也！"③ 康有为虽然对法国大革命多有指责，但
也无法否认这场革命在世界范围内掀起的巨大影响，"臣窃观近世万国行
立宪之政，盖皆由法国革命而来，迹其乱祸，虽无道已甚，而时势所趋，
民风所动，大波翻澜，回易大地，深可畏也。盖大地万千年之政变，未有
宏巨若兹者，亦可鉴也"④。

在维新派与革命派关于改良与革命的论争中，法国大革命所宣扬的平
等、民主、自由等现代革命理念乃至关于革命前景的想象也不胫而走，陈
天华《猛回头》一书中写道："你看如今那个不赞道法兰西的人民享有自
由的福。谁晓得他当二百年以前，受那昏君赃官的压制，也与我现在一
样……当明朝年间，法国出了一个大儒，名号卢骚……著了一书，叫作
《民约论》"，法国人民"闻了卢骚一番言语，如梦初醒"，"一连革了七
八次命"，"从前的种种虐民的弊政一点没有，利民的善策件件做到。这
法兰西的人民好不自由快乐吗！"⑤。蒋智由的一首《卢骚》更是风行一
时："世人皆曰杀，法国一卢骚。民约昌新义，君威扫旧骄。力填平等
路，血灌自由苗。文字收功日，全球革命潮。"⑥ 至此，晚清中国人不仅
不再拒斥法国大革命，其推翻专制政体、实现自由民主的历史走向，反而
成为晚清国人革命想象的一种资源。

① 引自［美］孙隆基《两个革命的对话》，《历史学家的经线》，广西师范大学出版社 2004
年版，第 28—29 页。
② 《新世纪之革命》，《新世纪》1907 年第 1 期。
③ 梁启超：《近世第一女杰罗兰夫人传》，《饮冰室合集》第 6 册，中华书局 1989 年版，第
12 页。
④ 康有为：《进呈法国革命记序》，杨松、邓力群辑，荣孟源重编：《中国近代史资料选
辑》，生活·读书·新知三联书店 1954 年版，第 436 页。
⑤ 陈天华：《猛回头》，《陈天华集》，湖南人民出版社 2011 年版，第 42—43 页。
⑥ 观云：《卢骚》，《新民丛报》第 3 号，1902 年 3 月 10 日。

鲁迅对于法国革命的描述与想象，即由此而来。在早期文言论文中，鲁迅多次提及法国大革命：

> 而物反于穷，民意遂动，革命于是见于英，继起于美，复次则大起于法朗西，扫荡门第，平一尊卑，政治之权，主以百姓，平等自由之念，社会民主之思，弥漫于人心。①
>
> 盖自法朗西大革命以来，平等自由，为凡事首，继而普通教育及国民教育，无不基是以遍施。久浴文化，则渐悟人类之尊严；既知自我，则顿识个性之价值；加以往之习惯坠地，崇信荡摇，则其自觉之精神，自一转而之极端之主我。②
>
> 十九世纪初，世界动于法国革命之风潮，德意志西班牙意太利希腊皆兴起，往之梦意，一晓而苏。③

青年鲁迅同样肯定了法国大革命推翻专制政体、倡导平等民主的历史意义及其对近代世界政治格局的影响。纵观他对法国革命的描述，鲁迅的确是将之当作一种新的社会组织、一种新的社会思潮来看待的，换言之，鲁迅接受了法国大革命的现代"革命"意蕴，④并且对卢梭等引导法国走向革命的启蒙思想家也时有褒扬，称他们是轨道破坏者，"但外国是破坏偶像的人多；那影响所及，便成功了宗教改革，法国革命"⑤。但是，鲁迅对法国大革命的书写，并未停留于时人的盲目拒斥或乐观颂扬，而是表现出了自己的独立见解，从而深化了近代国人对于法国大革命乃至整个现代"革命"的理解。

首先，自王韬、康有为以来，很多介绍法国大革命者，无一例外渲染了其史无前例的暴力倾向，在晚清崇尚革命的时代主潮中，鲁迅对此似乎并未表示异议，相比于革命的残酷而言，他更担心的是革命者的道德信仰以及革命成功后大群对个体的压制所形成"以众虐独"的新的专制现象。

---

① 鲁迅：《坟·文化偏至论》，《鲁迅全集》第1卷，第49页。
② 鲁迅：《坟·文化偏至论》，《鲁迅全集》第1卷，第51页。
③ 鲁迅：《坟·文化偏至论》，《鲁迅全集》第1卷，第75页。
④ "在法国大革命中，一种新的意义上的'革命'出现了。法国大革命的领导者不是把自己的行动表现为除去一个过时的政体，恢复一个传统的秩序，而是力图使整个旧政权名誉扫地并建立一种肇始一个新时代的政治与社会制度。因此，从1789年起，'革命'的含义就不仅仅只代表对僭主制的反抗，它还意味着建立一种全新的社会组织。"参见邓正来主编《布莱克维尔政治学百科全书》，中国政法大学出版社1992年版，第657—658页。
⑤ 鲁迅：《热风·随想录四十六》，《鲁迅全集》第1卷，第348页。

所以他一方面警惕着"咸与维新"的所谓革命者，指出："革命被头挂退的事是很少有的，革命的完结，大概只由于投机者的嵌入。也就是内里蛀空。"① 另一方面，1936 年鲁迅在选印凯绥·珂勒惠支（Kaethe Kollwitz）的版画时，特意选了一副名曰《断头台边的舞蹈》的作品，并写下了这样的简介："是法国大革命时候的一种场景：断头台造起来了，大家围着它，吼着'让我们来跳尔玛弱儿（Dansons La Carmagnole！）舞罢！'的歌，在跳舞。不是一个，是为了同样的原因而同样的可怕了的一群。周围的破屋，像积叠起来的困苦的峭壁，上面只见一块天。狂暴的人堆的胳膊，恰如净罪的火焰一般，照出来的只有一个阴暗。"② 珂勒惠支的这幅作品带给人十分震撼的视觉冲击，断头台、高歌的人群、舞蹈、狂暴的人堆的胳膊，这无疑是一个夹杂着残暴的狂欢场景，鲁迅之所以选择这幅作品，似乎也从侧面表现出他对于革命中疯狂的群众的一种警惕。他说："久受压制的人们，被压制时只能忍苦，幸而解放了便只知道作乐"③；又说："暴君治下的臣民，大抵比暴君更暴；暴君的暴政，时常还不能餍足暴君治下的臣民的欲望"；"暴君的臣民，只愿意暴政在他人的头上，他却看着高兴，拿'残酷'做娱乐，拿'他人的苦'做赏玩，做慰安"④。珂勒惠支这幅作品大抵诠释了鲁迅的这一思想。

实际上，对于这种革命中无序的残暴现象，英国思想家爱德蒙·柏克（Edmund Burke）也有过类似的反思。在法国大革命爆发后不久，他就写道："英格兰满怀惊异注视着法国为自由而战……其精神不可能不被尊重；但旧有的巴黎人的残忍已以一种惊人的方式爆发出来，也许这真的只是一次突然的爆发；倘如此，它就说明不了问题。但如果这是其性格而非偶然，那么那些人民就不配享有自由，并且必须有一只强力之手……来制服他们。"⑤ 鲁迅和柏克不约而同地将矛头指向了沉浸在大革命中群众的残暴，然而，跟王韬、康有为不同的是，他们并没有去竭力渲染革命中的种种血腥场面，而是将笔触深入到制造这种残暴场面的人们的内心世界及其思想根源。历史证明，这种暴君治下的臣民的残忍的爆发，绝不会像柏克所希望的那样，只是一次突然的爆发，在很多革命群众看来，革命就是

① 鲁迅：《三闲集·铲共大观》，《鲁迅全集》第 4 卷，第 107 页。
② 鲁迅：《且介亭杂文末编·〈凯绥·珂勒惠支版画选集〉序目》，《鲁迅全集》第 6 卷，第 491 页。
③ 鲁迅：《而已集·黄花节的杂感》，《鲁迅全集》第 3 卷，第 427 页。
④ 鲁迅：《热风·随感录六十五暴君的臣民》，《鲁迅全集》第 1 卷，第 384 页。
⑤ 李宏图主编：《欧洲近代政治思想史论》，天津人民出版社 2012 年版，第 127—128 页。

报复，就是杀人，就是一群人推翻另一群人，从而夺取政权，收复土地，即便在晚清革命语境中也不乏这样的先例。邹容在《革命军》中就力主"革命必剖清人种""诛杀满洲人所立之皇帝"①，甚至提出"驱逐住居中国中之满洲人，或杀以报仇"②。这种以杀为目的的对于革命前景的想象在阿Q那里得以再现：

> 造反？有趣，……来了一阵白盔白甲的革命党，都拿着板刀，钢鞭，炸弹，洋炮，三尖两刃刀，走过土谷祠，叫道："阿Q！同去同去！"于是一同去。……
>
> 这时未庄的一伙鸟男女才好笑哩，跪下叫道："阿Q饶命！"谁听他的！第一个该死的是小D和赵太爷，还有秀才，还有假洋鬼子……留几条么？王胡本来还可留，但也不要了。……③

在阿Q想象中，革命即是造反，造反就是杀人，革命不仅给了阿Q杀人的机遇，革命的光环还赋予阿Q杀人的行径一种无可置疑的合法性与正义感。因此，鲁迅一直对狭隘的种族革命怀有警惕，直到多年之后，他还不无遗憾地说："前清光绪末年，我在日本东京留学，亲自看见的。那时的留学生中，很有一部分抱着革命的思想，而所谓革命者，其实是种族革命，要将土地从异族的手里取得，归还旧主人。"④ 后来在谈到阿Q式的革命时又说："但此后倘再有改革，我相信还会有阿Q似的革命党出现。我也很愿意如人们所说，我只写出了现在以前的或一时期，但我还恐怕我所看见的并非现代的前身，而是其后，或者竟是二三十年之后。"⑤ 无论是以排满为旨趣的种族革命还是以杀人为游戏的阿Q式革命，其中的暴力倾向无所不在，这种惨无人道的革命，某种意义上是传统革命的复活。这无疑与鲁迅对于革命的理解大相径庭，因为在他看来，"革命是并非教人死而是教人活的"。⑥

其次，鲁迅对法国大革命以来形成的"平等""民主"等现代政治观

---

① 邹容：《革命军》，张枬、王忍之编：《辛亥革命前十年间时论选集》第1卷，生活·读书·新知三联书店1960年版，第668页。
② 邹容：《革命军》，张枬、王忍之编：《辛亥革命前十年间时论选集》第1卷，生活·读书·新知三联书店1960年版，第675页。
③ 鲁迅：《呐喊·阿Q正传》，《鲁迅全集》第1卷，第540页。
④ 鲁迅：《而已集·略谈香港》，《鲁迅全集》第3卷，第451页。
⑤ 鲁迅：《华盖集续编·〈阿Q正传〉的成因》，《鲁迅全集》第3卷，第397页。
⑥ 鲁迅：《二心集·上海文艺之一瞥》，《鲁迅全集》第4卷，第304页。

念持审慎态度，甚至担心无差别的绝对平等和以众数为主体的民主制度会带来新的专制现象。鲁迅虽然承认法国大革命"扫荡门第，平一尊卑"的历史意义及其所引发的"平等自由之念，社会民主之思"的盛行，但紧接着，鲁迅写道：

> 流风至今，则凡社会政治经济上一切权利，义必悉公诸众人，而风俗习惯道德宗教趣味好尚言语暨其他为作，俱欲**去上下贤不肖之闲，以大归乎无差别。同是者是，独是者非，以多数临天下而暴独特者**，实十九世纪大潮之一派，且曼衍入今而未有既者也。①

在另一处地方，鲁迅也表达了类似的看法：

> 且社会民主之倾向，势亦大张，凡个人者，即社会之一分子，夷隆实陷，是为指归，**使天下人人归于一致，社会之内，荡无高卑。**此其为理想诚美矣，顾**于个人殊特之性，视之蔑如，既不加之别分，且欲致之灭绝。**更举黮暗，则流弊所至，将使文化之纯粹者，精神益趋于固陋，颓波日逝，纤屑靡存焉。盖所谓平社会者，大都夷峻而不湮卑，若信至程度大同，必在前此进步水平以下。（按：黑体为笔者所加）②

鲁迅在承认以法国大革命为标志的现代革命推翻专制政体、宣扬民主观念之历史功绩的同时，更指出了由此引发的"以多数临天下而暴独特者""于个人殊特之性，视之蔑如""夷峻而不湮卑"等一系列新的专制现象。但大多数国人在晚清危局下不仅醉心于法国大革命所宣扬的平等、民主等现代理念，而且视之为亟须输入的救亡方案，甚至当作现代社会的基本准则之一。鲁迅却不合时宜地指出了这种救亡路径存在的"借众以陵寡，托言众治，压制乃尤烈于暴君"的危险性。

鲁迅这里的"以多数临天下而暴独特者""借众以陵寡"等概念，与托克维尔（Alexis de Tocqueville）提出的"多数人的暴政"有异曲同工之妙。在托克维尔看来，这种多数人的暴政比此前的任何政权更大，但"它不是直接出自上帝；它同传统丝毫无关；它是非个人的：它不再叫国

① 鲁迅：《坟·文化偏至论》，《鲁迅全集》第1卷，第49页。
② 鲁迅：《坟·文化偏至论》，《鲁迅全集》第1卷，第51—52页。

王，而叫国家；它不是家族遗产，而是一切人的产物和代表，必须使每个人的权利服从于全体意志"①。托克维尔又将这种现象称为"民主专制制度"："社会中不再有等级，不再有阶级划分，不再有固定地位；人民由彼此几乎相同、完全平等的个人组成；这个混杂的群体被公认为唯一合法主宰，但却被完全剥夺了亲自领导甚至监督其政府的一切权力。"② 约翰·密尔（John Stuart Mill）完全认同托克维尔的观点，他指出："多数人的暴政"将导致"不仅是没有自由，而是更多的依从；不仅是无政府主义，而且是奴役"③。法国大革命虽然推翻了原有的封建专制制度，社会中看似不再有等级，不再有阶级，但是这种平等只是一种表象，事实上，"几乎相同""完全平等"的人们却被在大革命过程中逐渐形成的新的权力阶层压制。正如政治史学者所指出："由于民主的本质在于大多数人的统治，要求少数服从多数，不仅体现为人们掌握政权的政治体制，而且也集中体现于在所谓的人民主权的名义下，国家取得了'人格化'的无尚权力，并以全体人民意志的名义让每一个人服从于这个最高主权。……同时，民主的基本理论支点是大多数人总是对的，少数服从多数，这就导致多数派滥用权力压迫少数派。"④

在近代中国思想语境中拥有这种政治洞见者也不乏其人，在华传教士李提摩太在《泰西新史揽要》一书中，借"列国之王与世家"的口吻质疑大革命的现实状况，在他们看来，法国大革命前是"君主专制"，国君把持朝政，"秉权于上"；世家与大臣"秉权于下"，分任政事于下；平民奉令不敢违。而改章后，"政教号令尽由民间议行"，这"不亦昔经反常如天地之翻覆乎"？⑤ 言下之意是说，大革命后专制依旧，唯一不同的是换了个专制者而已。严复则通过翻译斯宾塞的《社会学研究》逐渐接受了斯宾塞有关法国大革命的见解⑥，指出："数十百年以来，法之政法屡更，其中能者欲图至平之治，至美之制。顾自旁人观之，则见其阳号民

---

① ［法］托克维尔：《旧制度与大革命》，冯棠译，商务印书馆 2017 年版，第 197 页。
② ［法］托克维尔：《旧制度与大革命》，冯棠译，商务印书馆 2017 年版，第 197—198 页。
③ 李宏图主编：《欧洲近代政治思想史论》，天津人民出版社 2012 年版，第 199 页。
④ 李宏图主编：《欧洲近代政治思想史论》，天津人民出版社 2012 年版，第 182 页。
⑤ ［英］麦肯齐：《泰西新史揽要》，李提摩太、蔡尔康译，上海书店出版社 2002 年版，第 13 页。
⑥ 斯宾塞在原书中指出："法国的情况一次又一次向世界证明：通过革命强加任何重新调整措施实际上都不可能改变社会结构的类型。无论一段时间转变得好像多么巨大，原先的事物会经过伪装后重新出现。建立起来的表面上自由的政府会产生新的专制。"［英］斯宾塞：《社会学研究》，张红晖、胡江波译，华夏出版社 2001 年版，第 102 页。

主，而旧日专制霸朝之政，实阴行夫其中。所谓自由、平等、仁爱三者，虽揭之于通衢公廨之中，而国中之实象，则门户之水火也，排击之不留余地也，议院之愤争也，异己者之穷捕也，禁党人之聚会与报馆之昌言也，其至今称民权者，无异于往日。"① 1903 年由开明书店发行的《欧洲近世史》也描述了法国大革命后涌现的一系列新的专制现象："自盟约议会开会以来，于兹三年，其处置之残忍压制，大为文明进步之阻力，人民频求自由，议会频阻挠之，甲既压之于前，乙复压之于后。质而言之，议会之议长，其名义虽异于独裁之君主，其实际则与独裁君主无异，如公安委员，如盟约议员，其压制束缚手殷（按：原文如此，"殷"疑为"段"字之误植），人民畏怖，不啻毒蛇猛兽，视旧政治时代之贵族，相去无几。"②

青年鲁迅对法国大革命后涌现的"以多数临天下而暴独特者""于个人殊特之性，视之蔑如"等专制现象的揭露，应该放在上述中外思想语境中加以考察，某种意义上，鲁迅的判断正是由此而来。值得进一步指出的是，鲁迅还通过对所谓的"众庶""众数""众治""多数""大群"等群体概念的批判，表现出他对新的专制现象的抵制。

　　教权庞大，则覆之假手于帝王，比大权尽集一人，则又颠之以众庶。理若极于众庶矣，而众庶果足以极是非之端也耶？③
　　故苟有外力来被，则无间出于寡人，或出于众庶，皆专制也。④
　　彼之讴歌众数，奉若神明者，盖仅见光明一端，他未遍知，因加赞颂，使反而观诸黑暗，当立悟其不然矣。……夫誉之者众数也，逐之者又众数也，一瞬息中，变易反复，其无特操不俟言。⑤
　　掊物质而张灵明，任个人而排众数。⑥
　　见异己者兴，必借众以陵寡，托言众治，压制乃尤烈于暴君。⑦
　　意盖谓治任多数，则社会元气，一旦可躈，不若用庸众为牺牲，以冀一二天才之出世。⑧

---

① ［英］斯宾塞：《群学肄言》，严复译，商务印书馆 1981 年版，第 208 页。
② ［日］高见长恒：《欧洲近世史》，中国铁铸人译，开明书店光绪二十九年版，第 28 页。
③ 鲁迅：《坟·文化偏至论》，《鲁迅全集》第 1 卷，第 49 页。
④ 鲁迅：《坟·文化偏至论》，《鲁迅全集》第 1 卷，第 52 页。
⑤ 鲁迅：《坟·文化偏至论》，《鲁迅全集》第 1 卷，第 53 页。
⑥ 鲁迅：《坟·文化偏至论》，《鲁迅全集》第 1 卷，第 47 页。
⑦ 鲁迅：《坟·文化偏至论》，《鲁迅全集》第 1 卷，第 46 页。
⑧ 鲁迅：《坟·文化偏至论》，《鲁迅全集》第 1 卷，第 53 页。

　　　　往者迫于仇则呼群为之援助，苦于暴主则呼群为之拨除，今之见
　　制于大群，孰有寄之同情与？故民中之有独夫，昉于今日，以独制众
　　者古，而众或反离，以众虐独者今，而不许其抵拒，众昌言自由，而
　　自由之蕉萃孤虚实莫甚焉。①

鲁迅之所以大力批判以"众庶""众数"为主体形成的新的专制现象，是
因为革命并未使人民获得真正的平等，"更睹近世人生，每托平等之名，
实乃愈趋于恶浊，庸凡凉薄，日益以深，顽愚之道行，伪诈之势逞，而气
宇品性，卓尔不群之士，乃反穷于草莽，辱于泥涂，个性之尊严，人类之
价值，将咸归于无有"②。连平等尚且得不到落实，自由云云只能是痴人
说梦了，至于个性之尊严，人类之价值，更是在多数人的扰攘之声中消失
殆尽。然而，这恰恰是 20 世纪初期鲁迅对于现实革命的最大隐忧，所以
他一方面警惕着革命以多数人的名义对个性的湮灭，另一方面也警惕着革
命之后出现新的专制。如果经历革命之后建立起来的民主"并未阻止两
个阶级的存在"，只是"改变了他们之间的取向和调整着他们之间的关
系"③，那么革命的意义必然要大打折扣，因此，他担心中国革命只是奴
隶与奴隶主两个阶层位置的更换而已。
　　再次，鲁迅之所以对法国大革命以来的平等、民主观念展开批判，这
跟他对于革命前景的想象有关。在"以不言革命为耻"④ 的留学生语境
中，鲁迅自然无法摆脱主流革命观念的影响，不仅倡言共和思想，而且身
体力行投身于一系列革命活动⑤，但事实上鲁迅对现实革命持有审慎态
度。他不仅不赞成以暗杀为手段的革命活动，更不认可狭隘的以推翻满清
政府为旨趣的种族革命，对民主共和体制似乎也有一种担忧。在他看来，
相对于制度性的革命而言，还有一个更重要的精神世界的变革，即"精

①　鲁迅：《集外集拾遗补编·破恶声论》，《鲁迅全集》第 8 卷，第 28 页。
②　鲁迅：《坟·文化偏至论》，《鲁迅全集》第 1 卷，第 52—53 页。
③　转引自李宏图主编《欧洲近代政治思想史论》，天津人民出版社 2012 年版，第 180 页。
④　"时（1905 年）各省学生皆有学生会，会中多办一机关报，报以不言革命为耻。"［日］
　　实藤惠秀：《中国人留学日本史》，谭汝谦、林启彦译，北京大学出版社 2012 年版，第
　　291 页。1905 年前，留学生黄尊三比较同情康梁，他说："《新民丛报》……文字流畅，
　　议论阔通，诚佳品也。"1905 年后，因为看了《民报》与《新民丛报》的辩论，受到
　　《民报》革命思想的影响，转而支持革命。1905 年 11 月 3 日，在日记中写道："《民报》
　　为宋遁初、汪精卫等所创办，鼓吹革命，提倡民族主义，文字颇佳，说理亦透，价值在
　　《新民丛报》之上。"黄尊三：《留学日记》《三十年日记》，转引自余英时等《不确定的
　　遗产：哈佛辛亥百年论坛演讲录》，九州出版社 2012 年版，第 94 页。
⑤　参见倪墨炎《鲁迅的社会活动》第二、三两章，上海人民出版社 2006 年版。

神革命"。鲁迅的这一思想在托克维尔那里也有类似的表述，托克维尔在考察法国专制政体如何形成时发现，所谓的旧制度不仅拥有一个"物质性"的实体性社会机制，还形成了一个与之匹配的"文化性"的专制体制，物质性的专制体制一旦形成，"人们的思想观念、心态乃至民风民情都发生了重大的转变，也被纳入到了专制体制的运行之中，并且反过来又成为了专制体制的文化基础"①。一场革命打破物质性的社会机制相对容易，但要克服社会形态上的那种专制的文化观念却非易事，托克维尔指出，在法国大革命后"专制集权的重建不是通过观念，而是通过民风民情"②。所谓"民风民情"，无疑就是滋生新的专制现象的思想文化基础，而这些思想因子无处不在，"这些思想绝不停留书本中，它们渗透到一切人的精神中，与风尚融为一体，进入人们的习俗，深入到所有各部分，一直到日常生活的实际中"③。革命者也就"在不知不觉中从旧制度继承了大部分感情、习惯、思想，他们甚至是依靠这一切领导了这场摧毁旧制度的大革命；他们利用了旧制度的瓦砾来建造新社会的大厦"④。托克维尔认为，法国之所以在大革命后形成了新的专制，就是因为革命者忽视了对专制制度赖以存在的思想文化因素的清算，从而导致革命的结果只是调换了专制与被专制者双方的位置。

然而，这样的悲剧不仅发生在法国，同样发生在中国。置身于辛亥革命洪流中并对其充满期待的鲁迅之所以逐渐感到失望，正是因为他发现，辛亥革命所推翻的只是满清统治那种"物质性"的社会机制，并未能够触及"文化性"的专制机制，更未能从根本上变革人们的思想。鲁迅曾以绍兴为例指出，辛亥革命后，虽然政权的名称改了，但"内骨子里是依旧的"，"还是几个旧乡绅所组织的军政府，什么铁路股东是行政司长，钱粮掌柜是军械司长"⑤。《阿Q正传》中也有着类似的描述："据传来的消息，知道革命党虽然进了城，倒还没什么大异样。知县大老爷还是原官，不过改称了什么，而且举人老爷也做了什么——这些名目，未庄人都说不明白——官，带兵的也还是先前的老把总。"⑥ 即便是作为革命党人的都督，起初"还算顾大局，听舆论的，可是自绅士以至于庶民，又用

---

① 李宏图主编：《欧洲近代政治思想史论》，天津人民出版社2012年版，第193页。
② 李宏图主编：《欧洲近代政治思想史论》，天津人民出版社2012年版，第187—188页。
③ ［法］托克维尔：《旧制度与大革命》，冯棠译，商务印书馆1992年版，第107页。
④ ［法］托克维尔：《旧制度与大革命》，冯棠译，商务印书馆1992年版，第29页。
⑤ 鲁迅：《朝花夕拾·范爱农》，《鲁迅全集》第2卷，第324—325页。
⑥ 鲁迅：《呐喊·阿Q正传》，《鲁迅全集》第1卷，第542页。

了祖传的捧法群起而捧之。这个拜会，那个恭维，今天送衣料，明天送翅席，捧得他连自己也忘其所以，结果是渐渐变成老官僚一样，动手刮地皮"[①]。阿Q对于革命前景的想象，更是没能走出历代起义者所迷恋的"威福、子女、玉帛"的逻辑怪圈。就现实革命而言，革命的成果不久就被袁世凯篡夺，进而倒行逆施抬出帝制，最终演变成军阀混战的局面，连孙中山也不无痛心地发出如下感慨："去一满洲之专制，转生出无数强盗之专制，其为毒之烈，较前尤甚。于是而民愈不聊生矣!"[②] 1925年鲁迅在回顾这场革命时发出过类似的感慨："最初的革命是排满，容易做到的，其次的改革是要国民改革自己的坏根性，于是就不肯了。所以此后最要紧的是改革国民性，否则，无论是专制，是共和，是什么什么，招牌虽换，货色照旧，全不行的。"[③] 鲁迅明确将辛亥革命的不彻底归于所谓"国民性"，这跟托克维尔将"民风民情"视作新的专制现象产生的思想基础，可谓异曲同工。

由此可见，鲁迅对于革命的理解早已逸出了革命党人对于革命的想象，在大部分革命党人心目中，革命无疑是挽救晚清帝国的一剂灵丹妙药，只要推翻满清统治，建立共和国，似乎一切问题都能迎刃而解。孙中山甚至提出集民族革命、政治革命和社会革命于一体的"毕其功于一役"的革命设想[④]。但鲁迅关心的是，革命主导者的道德自觉以及革命成功后民主制度下大群对个体的压制，后来鲁迅更是将他对革命的思考凝练成一句话，"革命是并非教人死而是教人活的"，鲁迅所谓的"活"并非指专制制度下的苟活，而是摆脱了专制统治之后获得个性发展的自由的活。正是在此意义上，丸山升指出："鲁迅作为一位个体在面对整个革命时的方式是精神式的、文学性的"，但丸山升同时认为"鲁迅从未在政治革命之外思考人的革命，对他而言，政治革命从一开始就与人的革命作为一体而存在"[⑤]。或许正因为此，鲁迅才会在辛亥革命不久之后创作《怀旧》，在1920年代又相继写出《药》《风波》《阿Q正传》等有关革命的故事，这表明鲁迅从未停止对于辛亥革命的反思，正是在对现实革命的不断反思中最终得出改造国民性的结论。鲁迅指出："真正的革命者，自有独到的见

---

① 鲁迅:《华盖集·这个与那个》,《鲁迅全集》第3卷, 第151页。
② 孙中山:《建国方略》,《孙中山全集》第6卷, 中华书局1985年版, 第158页。
③ 鲁迅:《两地书·八》,《鲁迅全集》第11卷, 第31—32页。
④ 孙中山:《〈民报〉发刊词》,《孙中山全集》第1卷, 中华书局1981年版, 第289页。
⑤ [日] 丸山升:《鲁迅·革命·历史——丸山升现代中国文学论集》, 王俊文译, 北京大学出版社2005年版, 第37页。

解，例如乌略诺夫先生，他是将'风俗'和'习惯'，都包括在'文化'之内的，并且以为改革这些，很为困难。我想，但倘不将这些改革，则这革命即等于无成，如沙上建塔，顷刻倒坏。中国最初的排满革命，所以易得响应者，因为口号是'光复旧物'，就是'复古'，易于取得保守的人民同意的缘故。但到后来，竟没有历史上定例的开国之初的盛世，只枉然失了一条辫子，就很为大家所不满了。"① 在此意义上，鲁迅文学是革命的，也是政治的，进言之，鲁迅是经由国民性批判这一媒介而指向了现实革命。

鲁迅之所以批判时人为之倾倒的平等、民主等现代观念，正是因为他从西方世界的革命实践中看到民主已经转化为一种新的专制，平等也蜕化为一种被奴役的平等。在鲁迅心目中，有着一个远比制度性变革更为深远的人性的革命。在他看来，革命除了政治变革，还要有一个与之相应的人性的进化过程，只有这样，才能实现政治革命的终极目的，所以他不赞成空言武事的扰攘者，正如北冈正子所指出的那样："鲁迅革命观的基本内容，即认为有奴性的民族转化为有兽性的民族不能变革人性"②，或许正因为如此，鲁迅才逐渐偏离了现实革命而走向了以"精神革命"为旨归的文学启蒙运动。

---

① 　鲁迅：《二心集·习惯与改革》，《鲁迅全集》第 4 卷，第 229 页。

② 　[日] 北冈正子：《摩罗诗力说材源考》，何乃英译，北京师范大学出版社 1983 年版，第 81 页。

第八章 "精神革命"与鲁迅文学的发生

鲁迅文学到底是何种意义上的文学，学界众说纷纭、莫衷一是。鲁迅挚友许寿裳曾用"精神革命"来概括鲁迅早期思想的指向，并将鲁迅文学看作其"精神革命"驱动下的产物："他曾在《浙江潮》和《河南》两种杂志上撰文，又翻译《域外小说集》，都是着重在精神革命这一点。"① 事实上，无论是青年鲁迅的"立人"方案、国民性批判话语，还是他对"意志""自性"等精神性因素的关注，乃至其道德理想主义、革命观的特质，均彰显出鲁迅对个体"主观之内面精神"的持续关注。这一思想倾向不仅决定了鲁迅早期思想的整体特色，同时也决定了鲁迅文学发生的内在理路与发展趋向。某种意义上，鲁迅文学的发生乃是其"精神革命"由思想层面向文学层面突进的必然结果。这一方面涉及对鲁迅早期思想整体倾向的理解，另一方面，也涉及鲁迅对何谓文学及文学之本质与功能的认识。因此，只有深入鲁迅文学发生的内在逻辑，才能洞悉其所谓"精神革命"的具体指向，进而明了鲁迅文学是何种意义上的文学。

青年鲁迅对个体"主观之内面精神"的强调，集中体现为他对"心力"（"意力"）的关注，在《文化偏至论》《摩罗诗力说》等早期文言论文中，鲁迅一再强调"心力"的巨大作用，并将之视为矫正西方物质文明偏至发展的关键因素，也是晚清中国亟须发扬的一种精神性力量。需要指出的是，鲁迅的"心力"（"意力"）表面是对西方唯意志论思潮之"意志"的对译，但事实上带有非常浓厚的本土特色，本书在"鲁迅早期'意力主义'的中学背景"一章有较为充分的阐释，此处不赘。但无论是作为中学背景的心学余绪，还是作为西方资源的唯意志论思潮，它们的共同点就是对主观内面精神的置重，尤其重视作为本源意义的"意"，即个体精神结构的意志层面。王富仁在梳理鲁迅研究史时曾指出，鲁迅研究者

---

① 许寿裳：《〈民元前的鲁迅先生〉序》，马会芹编：《挚友的怀念——许寿裳忆鲁迅》，河北教育出版社 2002 年版，第 100 页。

"都自觉不自觉地仅仅从认知的层次上阐释鲁迅,而忽视了意志在他的精神结构中的独立作用。……他们把人的一切都归结为知的问题,他们所说的主体精神结构只是理性的认识结构。实际上,在主体精神结构中起更关键作用的不是认识而是意志"①。的确,对于"心力"的置重,不仅影响到鲁迅思想的走向,同样决定着鲁迅文学的发生,因为在鲁迅早期思想的演进中贯穿着一条从"心力"到"诗力"的逻辑线索,某种意义上而言,所谓"诗力"即是"心力"在文学层面的表出。因此,要洞察鲁迅文学发生的内在精神机制,必须了解鲁迅对于文学本质及其功能的认识。

一 "心声"—"诗"与"撄人心":鲁迅早期文学观及其本土资源

鲁迅 1907 年写下的《摩罗诗力说》,可以看作其文学观(诗学观)的第一篇宣言。文章借助对以拜伦、雪莱为代表的现代西方摩罗诗人的系统介绍,着重探讨了"何谓诗歌""诗人何为"等诗学命题。与此同时也涉及鲁迅对中国传统诗学观念的诸多批判,并展望了中国诗歌发展的方向。可以说,《摩罗诗力说》是鲁迅早期文学观(诗学观)的集中展现。② 作为鲁迅早期诗学观的核心概念,"诗力"正是鲁迅在这篇文章中提出的,透过鲁迅对摩罗派诗人的阐述隐约能够读出"诗力"的大致所指:

> 凡是群人,外状至异,各禀自国之特色,发为光华;而要其大归,则趣于一:大都不为顺世和乐之音,动吭一呼,闻者兴起,争天拒俗,而精神复深感后世人心,绵延至于无已。虽未生以前,解脱而后,或以其声为不足听;若其生活两间,居天然之掌握,辗转而未得脱者,则使之闻之,固声之最雄桀伟美者矣。③

鲁迅一方面指出"诗力"根源于摩罗诗人敢于"不为顺世和乐之音""争天拒俗"的抗争精神,另一方面又肯定了"诗力"的深远影响,"精神复深感后世人心,绵延至于无已",由此初步形成了鲁迅早期文学观(诗学观)的整体形态。可以肯定,鲁迅早期文学观是建立在"诗力"这一概念之上的。问题是,青年鲁迅为何会属意摩罗派诗人及其诗学观呢?这固

① 王富仁:《中国鲁迅研究的历史与现状》,浙江人民出版社 1999 年版,第 214—215 页。
② 吕周聚:《论鲁迅的诗学观及其对新诗发展的意义》,《鲁迅研究月刊》2013 年第 12 期。
③ 鲁迅:《坟·摩罗诗力说》,《鲁迅全集》第 1 卷,第 68 页。

然跟鲁迅当年所处的日本学界对摩罗诗人的推介不无关系，北冈正子、程麻等中日学者已围绕这一论题做过十分详尽的考证研究，此处不赘。① 应该说，鲁迅之所以倾心摩罗诗人跟他对于文学本质及其功能的理解有关。鲁迅在《摩罗诗力说》中从文学（诗歌）的缘起出发提出文学起源于古民"神思"的观点：

> 古民神思，接天然之阃宫，冥契万有，与之灵会，道其能道，爰为诗歌。其声度时劫而入人心，不与缄口同绝；且益曼衍，视其种人。

鲁迅在此基础上进一步指出："盖人文之留遗后世者，最有力莫如心声。"② "心声"，是非常典型的中国传统文论的看法，扬雄《法言·问神》："言，心声也；书，心画也。"诗歌作为一种书面语言，固然也是"心声"的流露，而且从"心声"角度解读文学的本质，也符合中国传统思想一切从"心"出发的运思理路，由此形成了鲁迅"诗"即"心声"的观点。某种意义上，"诗"即"心声"的提出，奠定了鲁迅早期诗学观的基本架构。对鲁迅来说，诗歌不仅是对生活场景的描述，也不仅是个人心境的抒发，更是一个民族乃至一种文化的精神象征，并且这种文化符号能够"度时劫而入人心，不与缄口同绝"。正是在此意义上，鲁迅肯定了作为"心声"之载体的诗歌的重要影响，"人得是力，乃以发生，乃以曼衍，乃以上征，乃至于人所能至之极点"③。换言之，在鲁迅理解中，"心声"与"诗"二者是同一的，都是个体精神的表达。既然"心声"即"诗"，"诗"即"心声"，那么，对于一个民族国家来说，对后世最具影响力的非诗歌莫属。正是在此意义上，鲁迅断言："败拿坡仑者，不为国家，不为皇帝，不为兵刃，国民而已。国民皆诗，亦皆诗人之具，而德卒以不亡。"④ 鲁迅通过对诗歌缘起的追溯，初步肯定了诗歌与初民"神思"之间的关系，进而将诗歌的本质确立为古民之"心声"的传达，并最终将诗歌界定为衡量一种文化乃至民族精神的文学样式。

鲁迅对于诗歌功能的阐述，某种意义上也回应了他对于诗歌本质的理解。鲁迅通过对意大利和俄罗斯两个民族现状及其与民族文学之关系

---

① ［日］北冈正子：《摩罗诗力说材源考》，何乃英译，北京师范大学出版社1983年版；程麻：《沟通与更新——鲁迅与日本文学关系发微》，中国社会科学出版社1990年版。
② 鲁迅：《坟·摩罗诗力说》，《鲁迅全集》第1卷，第65页。
③ 鲁迅：《坟·摩罗诗力说》，《鲁迅全集》第1卷，第70页。
④ 鲁迅：《坟·摩罗诗力说》，《鲁迅全集》第1卷，第72—73页。

的分析,突出了文学(诗歌)在构建民族国家中所发挥的重要作用。①
在晚清学人重视"学以致用"的语境中,鲁迅承认文学"益智不如史
乘,诚人不如格言,致富不如工商,弋功名不如卒业之券",但接着又
提出文学的"不用之用"②,即"涵养人之神思"的"职与用":"故文
章之于人生,其为用决不次于衣食,宫室,宗教,道德。盖缘人在两间,
必有时自觉以勤劬,有时丧我而惝怳,时必致力于善生,时必并忘其善生
之事而入于醇乐,时或活动于现实之区,时或神驰于理想之域;苟致力于
其偏,是谓之不具足。严冬永留,春气不至,生其躯壳,死其精魂,其人
虽生,而人生之道失。文章不用之用,其在斯乎?"③鲁迅不仅指出文学
具有"涵养人之神思"的潜在影响,还肯定了文学"启人生之阂机"的
重要功能:

> 盖世界大文,无不能启人生之阂机,而直语其事实法则,为科学
> 所不能言者。所谓阂机,即人生之诚理是已。此为诚理,微妙幽玄,
> 不能假口于学子。如热带人未见冰前,为之语冰,虽喻以物理生理二
> 学,而不知水之能凝,冰之为冷如故;惟直示以冰,使之触之,则虽
> 不言质力二性,而冰之为物,昭然在前,将直解无所疑沮。惟文章亦
> 然,虽缕判条分,理密不如学术,而人生诚理,直笼其辞句中,使闻
> 其声者,灵府朗然,与人生即会。④

鲁迅上述对于文学功能的探讨,看似停留在纯文学或纯学术层面,但事实
上这并不是鲁迅钟情文学的根本关切所在。鲁迅对文学功能的肯定,一方
面是针对晚清学界对文学的认识存在误区而发,另一方面也是在为其推出

---

① "英人加勒尔(Th. Carlyle)曰,得昭明之声,洋洋乎歌心意而生者,为国民之首义。意
  太利分崩矣,然实一统也,彼生但丁(Dante Alighieri),彼有意语。大俄罗斯之札尔,
  有兵刃炮火,政治之上,能辖大区,行大业。然奈何无声?中或有大物,而其为大也
  暗。"(《坟·摩罗诗力说》,《鲁迅全集》第1卷,第66页)
② 王国维在谈到哲学时持类似的观点,他认为哲学不能用功利的眼光来衡量,"以功用论
  哲学,则哲学之价值失。哲学之有价值者,正以其超出乎利用之范围故也。"(王国维:
  《奏定经学科大学文学科大学章程书后》,姚淦铭、王燕编:《王国维文集》第3卷,中
  国文史出版社1997年版,第69页)他批判时人"知有用之用,而不知无用之用",事
  实上,这种"无用之用"实有大用:"一切艺术,悉由一切学术出。"(王国维:《国学
  丛刊序》,姚淦铭、王燕编:《王国维文集》第4卷,中国文史出版社1997年版,第367—
  368页)
③ 鲁迅:《坟·摩罗诗力说》,《鲁迅全集》第1卷,第73页。
④ 鲁迅:《坟·摩罗诗力说》,《鲁迅全集》第1卷,第74页。

诗人何为的命题作铺垫。换言之，对鲁迅来说，文学所具有的"涵养人之神思""启人生之閟机"的两大功能只是他逻辑推论中的一个前提，他真正想表达的是在这个前提下文学具有的"撄人心"的功能。

> 盖诗人者，撄人心者也。凡人之心，无不有诗，如诗人作诗，诗不为诗人独有，凡一读其诗，心即会解者，即无不自有诗人之诗。①

"盖诗人者，撄人心者也。"这是鲁迅对诗人何为这一诗学问题的终极回答，同时也表达出他对当代诗人（文学）的殷切期望。但反观中国传统诗歌，却是另外一番景象："如中国之诗，舜云言志；而后贤立说，乃云持人性情，三百之旨，无邪所蔽。夫既言志矣，何持之云？强以无邪，即非人志。许自繇于鞭策羁縻之下，殆此事乎？然厥后文章，乃果辗转不逾此界。"在儒家伦理的强力规约下，"诗言志"的诗学传统逐渐退化为"持人性情""无邪"之类的政治教化。在这种诗教理论支配下，言之无物、可有可无的作品层出不穷。"其颂祝主人，悦媚豪右之作，可无俟言。即或心应虫鸟，情感林泉，发为韵语，亦多拘于无形之囹圄，不能舒两间之真美；否则悲慨世事，感怀前贤，可有可无之作，聊行于世。倘其嗫嚅之中，偶涉眷爱，而儒服之士，即交口非之。况言之至反常俗者乎？"②并由此确立了中国传统诗歌"不撄人心""冲淡平和"的审美特色。这种审美特色的生成，正是"中国之治，理想在不撄"③"老子书五千语，要在不撄人心"④等政治教化作用于文学创作的结果。在此语境中，即便是"放言无惮，为前人所不敢言"的屈原，其作品中也"多芳菲凄恻之音，而反抗挑战，则终其篇未能见"，因此鲁迅禁不住感慨："故伟美之声，不震吾人之耳鼓者，亦不始于今日。"⑤可以说，正是这种"不撄人心"的诗学观，导致了中国传统文学的软弱无力，只会让人养成懦弱、退守甚至安于奴隶命运的性格，毫无反抗挑战之精神。鲁迅在摩罗诗人的启示下，明确提出诗人的本职在于"撄人心"，摆脱"许自繇于鞭策羁縻之下"的不自由状态，进而"宣彼妙音，传其灵觉，以美善吾人

---

① 鲁迅：《坟·摩罗诗力说》，《鲁迅全集》第 1 卷，第 70 页。
② 鲁迅：《坟·摩罗诗力说》，《鲁迅全集》第 1 卷，第 70—71 页。
③ 鲁迅：《坟·摩罗诗力说》，《鲁迅全集》第 1 卷，第 70 页。
④ 鲁迅：《坟·摩罗诗力说》，《鲁迅全集》第 1 卷，第 69 页。
⑤ 鲁迅：《坟·摩罗诗力说》，《鲁迅全集》第 1 卷，第 71 页。

之性情，崇大吾人之思理"①。以"撄人心"作为其文学救国思路的第一环，表明其"强调'心'的理智与道德作用"②的运思理路与宋明心学的思维特征毫无二致。青年鲁迅之所以大力批判儒道两家的诗教理论，不仅为了廓清诗歌的本来面目，其提出的诗歌"撄人心"的现代功能，又与一向主张"温柔敦厚""不撄人心"的传统诗教理论正相反。或许正是在此意义上，鲁迅"心声"即"诗"的诗学理论超越了传统诗学，成为中国诗学现代转型的重要标志。③

"诗人者，撄人心者也"命题的提出，某种意义上标志着青年鲁迅彻底摆脱了传统诗教，在借鉴摩罗诗人诗学理论的基础上，提出了具有现代意义的诗歌理论。并且，以摩罗诗人为参照，鲁迅从中看到了这种诗歌理论所具有的唤醒群众、凝聚国民甚至建立现代民族国家的强大功能性力量。某种意义上，正是这种对于文学功能的期待，最终导致了民族危亡下鲁迅弃医从文的人生抉择。

必须指出的是，青年鲁迅带有现代性价值指向的上述文学观（诗学观），是在中外多重文学观念的影响下形成的，其中摩罗诗人群体及现代西方文论的影响自然不容忽视。④更值得注意的是，上述文学观念并非青年鲁迅所独有，不仅与他关系密切的周作人、许寿裳等人持相似观点⑤，在《江苏》《浙江潮》《河南》等留学生刊物上也能看到类似的文学观念，他们无一例外地注重能够唤起国民、注入现代精神的文学样式。晚清语境中，青年一代的文学观念之所以发生如此大的扭转，这跟执晚清舆论界之牛耳的梁启超的宣传不无关系。据夏晓虹研究，梁启超的文学观念大致经历了一个从接受、反叛到复归的三阶段，其中所谓的反叛阶段（1898—1917）正是梁启超对晚清思想界产生重要影响的时期。就文学而言，梁启超在此期间确实传播了一种崭新的文学观，早在1897年，梁氏在《蒙学报演义报合叙》中指出"西国教科书最盛，而出以游戏小说者

---

① 鲁迅：《坟·摩罗诗力说》，《鲁迅全集》第1卷，第70—71页。

② 郜元宝：《为天地立心——鲁迅著作所见"心"字通诠》，《鲁迅研究月刊》2000年第7期。

③ 李震：《〈摩罗诗力说〉与中国诗学的现代转型》，《中国社会科学》2009年第3期。

④ 黄开发：《中外影响下的周氏兄弟留日时期的文学观》，《鲁迅研究月刊》2004年第1期。

⑤ 周作人在《论文章之意义暨其使命因及中国近时论文之失》中认为："夫文章者，国民精神之所寄也。精神而盛，文章固即以发皇，精神而衰，文章亦足以补救。故文章虽非实用，而有远功者也。"独应（周作人）：《论文章之意义暨其使命因及中国近时论文之失》，张枬、王忍之编：《辛亥革命前十年间时论选集》第3卷，生活·读书·新知三联书店1977年版，第330页。

尤伙。故日本之变法，赖俚歌与小说之力"。到日本后，梁启超有感于日本政治小说对于明治维新的作用，彻底改变了对于传统小说的认识，盛赞"小说为国民之魂""小说为文学之最上乘"，因此创办了《新小说》杂志。① 梁启超上述一系列文学实践活动，对鲁迅、周作人均产生了深远影响：

> 《清议报》与《新民丛报》的确都读过也很受影响，但是《新小
> 说》的影响总是只有更大不会更小。梁任公的《论小说与群治之关
> 系》当初读了的确很有影响，虽然对于小说的性质与种类后来意思
> 稍稍改变，大抵由科学或政治的小说渐转到更纯粹的文艺作品上去
> 了。不过这只是不侧重文学之直接的教训作用，本意还没有什么变
> 更，即仍主张以文学来感化社会，振兴民族精神，用后来的熟语来
> 说，可以说是属于为人生的艺术这一派的。②

正如周作人所言，留日时期，鲁迅对于文学的关注虽然经历了从科学小说、政治小说到纯文学作品的挪移，但其"以文学来感化社会，振兴民族精神"的思路却从未改变。鲁迅之所以对文学抱有信心，这跟他对于文学之本质及其功能的理解密切相关。1908 年前后，鲁迅对于文学"无用之用"的理解显然超越了 1903 年对文学功能的认识，但鲁迅所谓的"兴感怡悦"与同时期王国维的纯文学观念仍存在较大差距，毋宁说，"周氏兄弟更多的是梁启超文学观念的继承者"。准确地说，"周氏兄弟的文学功用观是对梁启超和王国维的双重超越，对梁启超的超越使他们的文学观念摆脱了中国传统功利主义的思维方式和价值观念的掣肘，对文学作用的理解更贴近了文学自身，为文学深刻地表现现代社会生活开辟了广阔的空间；对王国维的超越使他们重视文学的社会价值，回应了文学与救亡图存和建立现代民族国家的时代要求，把文学现代性与启蒙现代性结合起来。没有这两点，中国现代性的文学观念都无法真正确立"③。

总之，青年鲁迅在继承晚清梁启超等人文学功能观的基础上，充分

---

① 详见夏晓虹《觉世与传世——梁启超的文学道路》，中华书局 2006 年版，第 143—168 页。
② 周作人：《鲁迅的青年时代·关于鲁迅之二》，《年少沧桑——兄弟忆鲁迅（一）》，河北教育出版社 2002 年版，第 243 页。
③ 黄开发：《中外影响下的周氏兄弟留日时期的文学观》，《鲁迅研究月刊》2004 年第 1 期。

吸收西方摩罗诗人的相关理论，从而形成其独具特色的"心声"即"诗"及"撄人心"的诗学观（文学观）。从内在逻辑而言，某种意义上这是对中国传统异端诗学理论的复活①，其诗学的最终指向又使得鲁迅逐渐偏离了梁启超以"新民"为主旨的文学功能论，从而建构起以"立人"为终极指向的具有现代意义的诗学观。这一诗学观的形成，不仅奠定了鲁迅文学观的雏形，更影响到鲁迅文学的发生乃至其文学思想的整体走向。

二 "改变他们的精神"：鲁迅文学的发生及其终极指向

鲁迅在回顾自己文学生涯起点时，曾多次提及那个对他弃医从文起到决定性作用的所谓"幻灯片事件"，其中《呐喊·自序》最为详尽：

> ……因此有时讲义的一段落已完，而时间还没有到，教师便映些风景或时事的画片给学生看，以用去这多余的光阴。其时正当日俄战争的时候，关于战事的画片自然也就比较的多了……有一回，我竟在画片上忽然会见我久违的许多中国人了，一个绑在中间，许多站在左右，一样是强壮的体格，而显出麻木的神情。据解说，则绑着的是替俄国做了军事上的侦探，正要被日军砍下头颅来示众，而围着的便是来赏鉴这示众的盛举的人们。
>
> 这一学年没有完毕，我已经到了东京了，因为从那一回以后，我便觉得医学并非一件紧要事，凡是愚弱的国民，即使体格如何健全，如何茁壮，也只能做毫无意义的示众的材料和看客，病死多少是不必以为不幸的。所以我们的第一要著，是在改变他们的精神，而善于改变精神的是，我那时以为当然要推文艺，于是想提倡文艺运动了。②

① 还有学者认为鲁迅之所以倾心"立意在反抗，指归在动作"的摩罗诗人，是因为中国文化中"撄人心"传统作为前缘接引的结果："鲁迅究心西方文艺，并非是留学期间直接受到国外文艺作品影响的结果，而恰恰是中国传统'撄人心'派的文艺作品长期对其发生作用的自然延伸和发展。""从鲁迅文艺思想的内在境界而言，不能不看到中国奇诗野史所反映的'撄人心'传统在其中所起的奠基作用，而西方'摩罗诗力'等文艺思想正是因为有此前缘接引，方才符合逻辑地进入到鲁迅的文艺改造社会的思想视野中去的。"叶瑞昕：《危机中的文化抉择：辛亥革命时期国人的中西文化观》，商务印书馆2007年版，第200—201页。
② 鲁迅：《呐喊·自序》，《鲁迅全集》第1卷，第439页。

尽管有学者早已证实了鲁迅笔下"幻灯片事件"的虚构性质①，但鲁迅这段自述依然经常被人引用，甚至不加辨析地将之看作鲁迅文学发生的内在依据。其实，我们不必纠缠于幻灯片事件的真伪，藤井省三先生就将鲁迅本人有关弃医从文的叙述看作一种"话语"，他指出："《呐喊·自序》写于仙台时代过去十七年之后。幻灯片事件是经过这漫长的岁月形成于鲁迅心中的'故事'。应当认为，那与其说是叙述回忆的时代（1905 年）的自我，不如说是叙述正在进行回忆的现在（1922 年末）的自我。"② 藤井先生将鲁迅有关幻灯片的叙述看作写作《呐喊·自序》之时鲁迅"自我"投射的结果，窃以为藤井先生的这段论述较好区分了事件真实和叙述真实二者的关系。近年来随着研究的推进，鲁迅记忆中的那张幻灯片虽然尚未找到，但经过日本学人渡边襄、吉田富村等人对鲁迅所处时代语境的仔细爬梳，发现与鲁迅所描述的幻灯片内容相似的图片在当年并不鲜见。③ 即是说，鲁迅所说的那张幻灯片的有无已经无关紧要，这不会撼动作为事件的幻灯片的存在，上述研究已经足以证明鲁迅弃医从文的转折中的确受到过类似图片的影响。

但笔者感兴趣的是鲁迅上述这段话的内在逻辑层次。第一句话讲经过幻灯片事件，鲁迅认识到医学并非一件紧要事，因为医学只能医治体格。即是说，在青年鲁迅的认知里，人已经被分成"精神"和"体格"两个部分，并且在他看来，"精神"远比"体格"来得重要；正因为有了这样的认识，所以第二句才提出"我们的第一要著，是在改变他们的精神"，这显然是前一句的逻辑延伸，表达的其实还是同一层次的内容。这充分彰显出青年鲁迅肉身/精神二元结构的思维方式，并且"精神"最终超越"体格"成为鲁迅关注的重点。由"改变精神"到"倡导文艺"的逻辑

---

① ［日］渡边襄：《幻灯事件的事实依据与艺术加工》，马力译，《鲁迅研究资料》第 16 辑，天津人民出版社 1987 年版。李欧梵曾指出："从文学观点看，鲁迅所写的幻灯片事件既是一次具体动人的经历，同时也是一个充满意义的隐喻。幻灯片尚未找到，作者可能有虚构。"（《铁屋中的呐喊》，尹慧珉译，岳麓书社 1999 年版，第 17 页）稍后，王德威也应和了这种观点，见氏著《想象中国的方法：历史·小说·叙事》，生活·读书·新知三联书店 1998 年版，第 136 页。

② 引自董炳月《鲁迅留日时期的俄国投影》，《鲁迅形影》，生活·读书·新知三联书店 2015 年版，第 43—44 页。

③ "鲁迅在仙台调查委员会"成员渡边襄在承认缺失的幻灯片中"有处死俄探画面的可能似乎很小"，但接着指出，"那时的报刊杂志的报道、插画和照片中，有关于处死中国人'俄探'的报道"。吉田富村则从 1905 年 7 月 28 日《河北新报》上找到一篇为《四名俄探被斩首》的通讯，报道内容与鲁迅描述文字极为相似。参见曹禧修《从〈藤野先生〉的学术场域看日本鲁迅研究的特质》，《文学评论》2015 年第 6 期。

倒推，才是这段话的第二个层次，这种逻辑推演之所以能够实现，某种意义上，恰恰取决于鲁迅对文学本质及其功能的认识。因为在此时的鲁迅看来，文学（文艺）能改变人的精神，这是一个无须证明的逻辑自洽的命题。换言之，鲁迅文学是在承认文学足以改变人之精神的逻辑前提下发生的，鲁迅这一认识的获致，表面上是借鉴西方文学理论（摩罗诗人）的结果，其实是对以梁启超为代表的晚清文学思潮的继承①。进言之，鲁迅文学的发生，某种意义上是其精神/体格二元思维方式在"救亡"时代语境下不断追问的结果。

无论是在体格/精神的二元结构中选择精神，还是决定倡导文艺来改变他们的精神，均彰显出青年鲁迅对精神维度的推崇与信仰，精神不仅是连接上述两个层次的逻辑纽带，更是鲁迅文学发生的内在动因和终极指向。事实上，鲁迅一开始就表现出对于精神性因素的强烈关注，即便是在早期谈论科学史、介绍进化论的文字中，鲁迅也不时逸出既定主题，关注起"超越群动"的"人类之能"及科学发现背后的"神思"。《斯巴达之魂》所高扬的爱国主义与尚武精神，其精神性因素更为强烈，其后在《摩罗诗力说》《文化偏至论》中，鲁迅对于"个人""精神"的倾心则更为明显。对于精神的关注，不仅成为鲁迅文字的主题，同时也构成了青年鲁迅思想发展的逻辑起点，无论是对"意力主义"的推崇、对"自性"观念的强调，还是其"立人"方案的确立、国民性批判话语的提出，乃至其"革命"逻辑的终极意义，均指向了作为个体最后凭依的"精神"。而鲁迅文学，一方面是其精神至上思维倾向催发的，"诗力来自心力意力，而可以感发心力意力"，另一方面也是其"精神革命"的下手途径，"'摩罗诗力'与其说这是一种关于文学的诉求，还不如说是一种关于人心人性的诉求，与其说是召唤一种诗格，还不如说是召唤一种人格"，在此意义上，"鲁迅的启蒙诉求也就成为对于'心'的诉求"②。换言之，青年鲁迅之所以批判黄金黑铁、制造商估、国会立宪等清季改良派的种种

① 梁启超《译印政治小说序》认为"天下通人少而愚人多，深于文学之人少，而粗识之无之人多"，故而借小说因势利导，教化愚人。《论小说与群治之关系》则明确提出"小说有不可思议之力支配人道"，并重点阐述了小说所具有的"熏""浸""刺""提"的重要作用，最后得出如下结论："故今日欲改良群治，必自小说界革命始！欲新民，必自新小说始！"顺便说一句，鲁迅之所以对章太炎"把有句读的和无句读的悉数归入文学"的文学观不予认可，强调"文学和学说不同，学说所以启人思，文学所以增人感"，也从侧面表现出鲁迅对文学精神性的坚守。马会芹编：《挚友的怀念——许寿裳忆鲁迅》，河北教育出版社 2002 年版，第 16 页。

② 孟泽：《王国维鲁迅诗学互训》，九州出版社 2007 年版，第 32 页。

救国举措，之所以决定弃医从文，某种意义上恰恰表现出他对国人精神现状的不满，无论是对私欲中心主义的追求，还是"饥而食饱而睡"的本能主义生存状态，均是缺乏精神信仰的表征。在青年鲁迅看来，没有精神性的国民无力拯救民族危亡，只能沦为毫无意义的看客。

正因为鲁迅文学是一种以"改变人的精神"为主旨、直指个体"主观之内面精神"的文学样式，故而青年鲁迅才会瞩目于作为"精神界之战士"的摩罗诗人：

> 凡是群人，外状至异，各禀自国之特色，发为光华；而要其大归，则趣于一：大都不为顺世和乐之音，动吭一呼，闻者兴起，争天拒俗，而精神复深感后世人心，绵延至于无已。虽未生以前，解脱而后，或以其声为不足听；若其生活两间，居天然之掌握，辗转而未得脱者，则使之闻之，固声之最雄桀伟美者矣。①

但是青年鲁迅心仪的"立意在反抗，指归在动作"的摩罗诗人，与"中国之治，理想在不撄人心"的传统诗教背道而驰，因此，鲁迅在批判中国诗歌理论主张"无邪""持人性情"的传统诗教后，再次从精神性角度，认可了文学对于主体精神因素的重要作用："惟文章亦然，虽缕判条分，理密不如学术，而人生诚理，直笼其辞句中，使闻其声者，灵府朗然，与人生即会。""故人若读鄂谟（Homeros）以降大文，则不徒近诗，且自与人生会，历历见其优胜缺陷之所存，更力自就于圆满。此其效力，有教示意；既为教示，斯益人生；而其教复非常教，自觉勇猛发扬精进，彼实示之。凡苓落颓唐之邦，无不以不耳此教示始。"② 显然，鲁迅看中的正是文学"与人生即会"进而激发国人"自觉勇猛发扬精进"的感染力与影响力，并且鲁迅也从西方近代文学的发展中看到了成功的范例，从而更加坚定了他以文学唤醒国人精神进而在沙聚之邦上建立现代"人国"的宏大抱负。

因此，可以说"改变他们的精神"，不仅是促成鲁迅文学发生的内在动力，同时也是鲁迅文学走向纵深的指南。但是，在"数千年未有之变局"的晚清语境下，立下"我以我血荐轩辕"之誓词的鲁迅，并未使其文学走向纯文学境界。尽管他承认文学有"涵养人之神思"的"职与

---

① 鲁迅：《坟·摩罗诗力说》，《鲁迅全集》第1卷，第68页。
② 鲁迅：《坟·摩罗诗力说》，《鲁迅全集》第1卷，第74页。

用",可鲁迅终究没有走到王国维视文学为游戏的地步。换言之,在鲁迅这里,通过倡导文学实现"精神革命"进而建立现代民族国家的功利性色彩还隐约可见。因此,在早期鲁迅的文艺观中,似乎一直存在着一种二元对立的矛盾。一方面鲁迅认识到"一切美术之本质,皆在使观听之人,为之兴感怡乐。文章为美术之一,质当亦然,与个人暨邦国之存,无所系属,实利离尽,究理弗存。……约翰穆黎曰,近世文明,无不以科学为术,合理为神,功利为鹄。大势如是,而文章之用益神。所以者何?以能涵养吾人之神思耳。涵养人之神思,即文章之职与用也"①。另一方面,鲁迅又在在显示出通过文学改变国人的精神进而建立现代民族国家的努力。"说到'为什么'做小说罢,我仍抱着十多年前的'启蒙主义',以为必须是'为人生',而且要改良这人生。"② 前者指向文学的内部功能,后者则明显指向社会功能,二者肯定存在龃龉。多年来,不少研究者试图弥合二者之间的矛盾,但笔者感兴趣的是,在青年鲁迅的思路中,他是否意识到这一矛盾的存在,又是如何来调和的?

其实,在主张"精神革命"的鲁迅那里,文学"涵养人之神思"的职与用和通过文学唤醒国民进而建构民族国家的努力之间并不矛盾,至少可以说,二者之间的裂隙并没有想象的那么大,何以如此?因为青年鲁迅所主张的"人国",并不仅仅指在民族主义感召下建立起的民族单位意义上的现代国家,因为这一国家制度所包含的主要部分,如制造商估、立宪国会、武事、众治,均是鲁迅所批判的对象,在他看来这些制度层面的建设,并未能从根本上触及人的精神,用鲁迅的话说,此乃"蕟叶"也。鲁迅虽然没有为构想中的"人国"③描绘具体蓝图,但从其思想倾向判断,所谓"人国"应该不仅是对"兽性爱国"的超越,更是对现有国家制度的超越,在这样的"人国"里,人民不仅享有充分的精神自由,拥有丰富的精神生活,同样拥有信仰的自由,或许正是在此思路中鲁迅提出了"伪士当去,迷信可存"的观点④。鲁迅对"迷信"的认可,是通过将志士眼中的所谓"迷信""宗教"还原为国民的日常精神生活来实现的,"夫人在两间,若知识混沌,思虑简陋,斯无论已;倘其不安物质之

① 鲁迅:《坟·摩罗诗力说》,《鲁迅全集》第1卷,第73—74页。
② 鲁迅:《南腔北调集·我怎么做起小说来》,《鲁迅全集》第4卷,第526页。
③ "'人国'作为一种'文化偏至'的否定结果只能是一种价值理想,而难以构成一种未来的实体;它反对和否定一切压抑或'物化'个人的社会秩序、文化秩序和思想观念。"汪晖:《反抗绝望:鲁迅及其文学世界》,河北教育出版社2000年版,第85页。
④ 鲁迅:《集外集拾遗补编·破恶声论》,《鲁迅全集》第8卷,第30页。

生活，则自必有形上之需求。……虽中国志士谓之迷，而吾则谓此乃向上之民，欲离是有限相对之现世，以趣无限绝对之至上者也。人心必有所冯依，非信无以立，宗教之作，不可已矣"①。鲁迅淡化了宗教的信仰层面，其所肯定的是宗教"足充人心向上之需要"的精神趋向，在此意义上，所谓"迷信""宗教"正是鲁迅理解中的个体精神维度的延长。但是，"今索诸中国，为精神界之战士者安在？有作至诚之声，致吾人于善美刚健者乎？有作温煦之声，援吾人出于荒寒者乎？"②通过一系列追问，鲁迅感受到的只是扰攘之世背后的寂寞与萧条，而这正是缺乏精神追求的一种表现。某种意义上，鲁迅文学正是冲破这种"寂寞"之境，建构"有声的中国"的第一声呐喊。

所以说，"改变他们的精神"不仅是鲁迅文学发生的逻辑原点，同时也奠定了鲁迅文学的独特品格，丰富了启蒙文学的内涵，尤其在晚清以来中国文学现代化的更生过程中，鲁迅对国民精神层面的持续关注，某种意义上使得鲁迅文学成为 20 世纪中国最具精神深度的文学形态。

三　鲁迅文学：二十世纪中国文学的精神深度

以"改变他们的精神"为旨归的鲁迅文学，不仅成为清末民初文学史上的一道独特景观，即便放在 20 世纪中国文学发展的历程中加以审视，也可谓最具精神深度的一种文学形态。事实上，鲁迅文学的精神深度可以一直追溯到鲁迅文学的逻辑基点。有学者通过对鲁迅早期文本的仔细辨析，指出鲁迅五篇文言论文的关键观念是"个人"、"精神"和"进化"③，还有学者认为"个人"、"精神"和"自由"构成了鲁迅早期思想的核心④。上述几个关键语词的确能够勾勒出鲁迅早期思想的大致面貌，尤其是青年鲁迅是对"个人""精神"的持续关注，不仅使其思想逐渐逸出了梁启超等晚清人物的范围，同时也促成了鲁迅文学的发生，进而奠定了鲁迅文学的精神性品格。

---

① 鲁迅：《集外集拾遗补编·破恶声论》，《鲁迅全集》第 8 卷，第 29 页。
② 鲁迅：《坟·摩罗诗力说》，《鲁迅全集》第 1 卷，第 102 页。
③ 汪卫东：《"个人"、"精神"与"进化"：鲁迅早期文言论文的三个关键观念》，《中国现代文学研究丛刊》2005 年第 1 期。
④ 钱理群在《与鲁迅相遇》中简要梳理了鲁迅早期思想后指出："以上三个方面，一是强调个体的、具体的人，二是强调人的自由状态，三是强调人的精神，概括起来就是'个体的精神的自由'。这构成了鲁迅最基本的观念。可以说他是以'个体精神自由'作为衡量一切问题的基本标准、基本尺度。"钱理群：《与鲁迅相遇：北大演讲录之二》，生活·读书·新知三联书店 2003 年版，第 81 页。

具体说，正因为鲁迅关注的是个人精神的自由，所以他才会批判种种漠视甚至扼杀个人精神的文艺理论与政治制度，如他对中国传统诗歌理论的批判，对晚清洋务派、维新派诸多变革措施的批判，甚至对西方现代代议制民主的批判，其主旨莫不如是。易言之，鲁迅之所以对上述理论展开批判，目的还是张扬个人精神的自由。在鲁迅看来，西方世界之所以能够在物质文明和文化艺术方面取得卓越成就，正是张扬个人精神的结果。鲁迅通过对西方近代史的考察指出，西方世界的科学进步、地理大发现以至于物质文明的繁荣，均得力于"去羁勒而纵人心"的宗教改革运动。"当旧教盛时，威力绝世，学者有见，大率默然，其有毅然表白于众者，每每获囚戮之祸。"宗教改革后，"束缚弛落，思索自由，社会蔑不有新色，则有尔后超形气学上之发见，与形气学上之发明。以是胚胎，又作新事：发隐地也，善机械也，展学艺而拓贸迁也"，由此引发了19世纪西方物质文明的空前繁荣，"递教力堕地，思想自由，凡百学术之事，勃焉兴起，学理为用，实益遂生，故至十九世纪，而物质文明之盛，直傲睨前此二千余年之业绩"①。

这些可见的物质文明也就成为欧美"炫天下"以强的标志性成果，同时也是晚清中国幡然思变的青年志士的根本追求："言非同西方之理弗道，事非合西方之术弗行"②，"凡所张主，惟质为多"③。面对国人炫目于西方物质文明、制度文明的现状，鲁迅沉痛地指出，物质文明是西方近代文明偏至发展的结果，只是西方文明的枝叶，而其"根柢在人"④，进言之在于国民之个性精神的发扬。回顾晚清帝国，面对数千年未有之变局，不仅当局者考虑的只是制度层面的变革，主其事者更是一群"假是公名，遂其私欲"的腐化官僚，士大夫阶层"精神窒塞，惟肤薄之功利是尚，躯壳虽存，灵觉且失。于是昧人生有趣神閟之事，天物罗列，不关其心，自惟为稻粱折腰"⑤，底层百姓更是饥而食、饱而睡，甚至连留学生大多学的也是政法、工商、警察诸科，难脱学而优则仕的传统窠臼⑥。

① 鲁迅：《坟·文化偏至论》，《鲁迅全集》第1卷，第48页。
② 鲁迅：《坟·文化偏至论》，《鲁迅全集》第1卷，第45页。
③ 鲁迅：《坟·文化偏至论》，《鲁迅全集》第1卷，第57页。
④ 鲁迅：《坟·文化偏至论》，《鲁迅全集》第1卷，第58页。
⑤ 鲁迅：《集外集拾遗补编·破恶声论》，《鲁迅全集》第8卷，第30页。
⑥ "自清末兴新学以来，'法政'就是时髦学科，归趋者众。其中不少人固是出于改革中国政治的需要，但也因其与传统士子所习比较接近，转换频道相对简单，同时更有一因，即是其可通向仕途。"王东杰：《历史·声音·学问：近代中国文化的脉延与异变》，东方出版社2018年版，第178页。

更其下者或是耽于跳舞，或是"关起门来炖牛肉吃"①，"劳劳独躯壳之事是图，而精神日就于荒落"。在一片扰攘之境中，鲁迅感到前所未有的"寂漠"并禁不住发出对"精神界之战士"的呼唤。可以说，正是出于对"精神界之战士"的期待，鲁迅接上了王国维的思绪。1904 年王国维发出如下慨叹："今之混混然输入于我中国者，非泰西物质的文明乎？政治家与教育家，坎然自知其不若彼，毅然法之。法之诚是也，然回顾我国民之精神界则奚若？""物质的文明"和"精神界"的对举不仅彰显出王国维物质/精神二元结构的思维框架，而且明显流露出他对国人"精神界"现状的担忧。在他看来，"言教育者"看不到这一点尤其不应该，"夫物质的文明，取诸他国，不数十年而具矣，独至精神上之趣味，非千百年之培养，与一二天才之出，不及此。而言教育者，不为之谋，此又愚所大惑不解者也"②。鲁迅对"精神界之战士"的期待虽然与王国维的思路若合符节，但是鲁迅并未自限于所谓的"精神上之趣味"，而是在考察晚清变革运动的基础上发出了对于"第二维新之声"的呼唤：

> 特十余年来，介绍无已，而究其所携将以来归者；乃又舍治饼饵守囹圄之术而外，无他有也。则中国尔后，且永续其萧条，而第二维新之声，亦将再举，盖可准前事而无疑者矣。③

鲁迅留日时期的几篇文言论文不仅拉开了近代中国"第二维新之声"的序幕，某种意义上也标示着近代中国知识分子在探寻"自改革"（龚自珍语）的征途上从"制度"层面向"文化根本"层面的转向。④ 就思想史的发展脉络而言，后来的五四新文化运动即是对鲁迅"第二维新之声"的响应，以"语言革命"和"道德革命"为两翼的新文化运动，无疑是现代中国思想文化史上真正意义上的一场"精神革命"。

不仅如此，以变革人的"精神"为主旨的鲁迅文学，某种意义上还宣告了中国现代文学的发展方向，奠定了中国现代文学的启蒙品格："说到'为什么'做小说罢，我仍抱着十多年前的'启蒙主义'，以为必须是

---

① 鲁迅：《华盖集续编·杂论管闲事·做学问·灰色等》，《鲁迅全集》第 3 卷，第 199 页。
② 王国维：《教育杂感四则·文学与教育》，姚淦铭、王燕编：《王国维文集》第 3 卷，中国文史出版社 1997 年版，第 64 页。
③ 鲁迅：《坟·摩罗诗力说》，《鲁迅全集》第 1 卷，第 102 页。
④ 梁启超：《五十年中国进化概论》，夏晓虹编：《梁启超文选》下集，中国广播电视出版社 1992 年版，第 532—533 页。

'为人生',而且要改良这人生。我深恶先前的称小说为'闲书',而且将'为艺术的艺术',看作不过是'消闲'的新式的别号。所以我的取材,多采自病态社会的不幸的人们中,意思是在揭出病苦,引起疗救的注意。"① 因此,中国现代文学通常亦被称为启蒙文学,然则何谓启蒙?对于这个问题,最经典的回答无疑来自康德:"启蒙运动就是人类脱离自己所加之于自己的不成熟状态。"何谓不成熟?康德紧接着有一个解释:"不成熟状态就是不经别人的引导,就对运用自己的理智无能为力。"② 其实康德这里所描述的就是一种没有精神支撑与独立人格的蒙昧状态,在鲁迅看来晚清国人就是如此,所以后来创作小说时,鲁迅就刻画了诸多蒙昧的没有精神信仰的愚昧形象,如阿Q、闰土、祥林嫂、孔乙己等等。这些小说人物恰恰是对老中国儿女的描摹,这些人物跟鲁迅在幻灯片中见到的看客一样,是缺乏精神性的散沙般的个人。所以,以"改变人的精神"为宗旨的鲁迅文学还有一个现实指向,"既然弃医从文是由对国民之'愚弱'(麻木)的发展促成的,那么'改变精神'这一行为的指向自然就是促进'国民意识'的觉醒"③。

从逻辑上讲,国民意识的觉醒是鲁迅改变人的精神的题中应有之义,自严复、梁启超以来,对于"国民"的关注,可以说是整个晚清思想界的焦点。国民话语背后的理论支撑则是民族主义思潮的磅礴,随着民族主义理论的传播,建构现代民族国家基本单位的国民自然会进入时人的视野,鲁迅也概莫能外。周作人就说,鲁迅早期思想可以"民族主义"概括之④,钱理群通过梳理鲁迅留日前期的关键词也指出,"国民"彰显出鲁迅的民族主义视野。换言之,鲁迅文学对于国民意识觉醒的期待,某种意义上是晚清民族主义思潮逻辑延长线的必然结果,同时也是晚清文学救国思路的再现。

但是,这并不构成鲁迅文学的终极指向,因为在鲁迅看来,即便这些所谓国民觉醒了,起而反抗,也只能上演阿Q式的革命,而无法依靠他们建立真正"人国"。换言之,如果鲁迅也存在类似于文学救国的思路的话,那么其所救之国肯定不是晚清帝国甚至也不是狭义的中华民国⑤,而

① 鲁迅:《南腔北调集·我怎么做起小说来》,《鲁迅全集》第4卷,第526页。
② [德]康德:《历史理性批判文集》,何兆武译,商务印书馆2009年版,第23页。
③ 董炳月:《鲁迅形影》,生活·读书·新知三联书店2015年版,第23页。
④ 周作人:《关于鲁迅之二》,周作人、周建人:《年少沧桑——兄弟忆鲁迅(一)》,河北教育出版社2002年版,第247页。
⑤ "我觉得仿佛久没有所谓中华民国。我觉得革命以前,我是做奴隶;革命以后不多久,就受了奴隶的骗,变成他们的奴隶了。我觉得有许多民国国民而是民国的敌人。……我觉得什么都要从新做过。"鲁迅:《华盖集·忽然想到》,《鲁迅全集》第3卷,第16—17页。

是实现了精神革命之后的具有精神支撑的现代国民所建立的能够保障个人精神自由发展的现代国家形式。正是基于这一认识，他不仅对西方代议民主制展开批判，而且不相信将来所谓的"黄金世界"。1920 年代后期鲁迅之所以倾心俄国，某种意义上也是他将新生的俄国看作摆脱了西方世界"物质"与"众治"之弊病的"人国"典范的缘故。然而，直到进入民国后，人们才逐渐意识到现代民族国家不单是通过政治层面的变革就能实现的，更重要的乃是国人思想观念层面的革新，于是五四先贤从正反两方面入手，在批判传统礼教吃人的同时，倡导"伦理的觉悟"①，呼唤"人的发现"②。由此可见，五四新文化运动确立的目标，某种意义上恰恰回应了鲁迅在世纪之初对于"精神革命"的呼唤。

"人的文学"不仅成为五四先贤努力的目标，同时也成为 20 世纪中国文学发展的终极指向，可以说对人（人情、人性）的找寻、发现与高扬，成为贯穿 20 世纪中国文学的主题。但在人的文学的主题下，也形成了许多各具特色的小传统，如左翼作家革命浪漫主义的人学传统，京派作家田园牧歌式的人学传统，甚至通俗小说书写世俗生活中儿女情长的人学传统，但以启蒙为终极指向的鲁迅文学无疑是 20 世纪中国文学史上最具精神深度的传统。这种精神深度不仅表现为对所谓国民劣根性的揭示，对"立人"主张的践行，对"意力主义"的坚守，对"自性"观念的强调，更重要的还在于，鲁迅文学已经成为中国知识人打量历史、观察现实、思考人生的一种独特视角。而"精神"维度的介入使得这一视角能够穿越历史与现实的鸿沟，跨越中西文化的差异，直接进入作为人之内面世界的"精神"。正如有论者指出："精神"与"诗"，诚是鲁迅早期文言论文的核心，"诗"指向"精神"的振拔，即作为中国现代转型基础的人的精神的变革。③ 进言之，"精神"与"诗"作为鲁迅早期系列论文的两个核心观念，最终的落脚点仍在"精神"。近年有学者提出，青年鲁迅对于"主观之内面精神"的置重，受到日本相关思潮的影响，在早期鲁迅严密的逻辑推理中存在一个不证自明的前提，即"主观之内面精神"或"心声"与"内曜"，而这一点恰恰受到日本"内面"概念的影响：

　　从明治 20 年代到明治 40 年代，"内面"是日本人面临的一个普

---

　　① 陈独秀：《吾人最后之觉悟》，《青年杂志》第 1 卷第 6 号，1916 年 2 月 15 日。

　　② 周作人：《人的文学》，《新青年》第 5 卷第 6 号，1918 年 12 月 15 日。

　　③ 汪卫东：《现代转型之痛苦"肉身"：鲁迅思想与文学新论》，北京大学出版社 2013 年版，第 44 页。

遍的问题。鲁迅 1902 年（明治 35 年）至 1909 年（明治 42 年）留学日本，正是在这一时期内。而且《文化偏至论》写于 1907 年（明治 40 年），正好是柄谷行人所说的自白制度与"'内面'的那种颠倒"已经存在的时候，换言之，在 1907 年（明治 40 年）的日本，"内面"已经是一个不证自明的概念，因此，鲁迅（包括当时的日本人）并不会对此提出质疑。①

鲁迅对于"主观之内面精神"的强调，受到日本学界"内面"理论的影响，从学理上讲是可能的，也应当纳入考察范围，就像鲁迅的国民性话语同样受到日本国民性批判思潮影响一样。但问题的根本在于，对于"内面"的重视，在晚清思想界并非只有鲁迅一人，正如北冈正子所指出的那样："认为人的变革是革命的核心，这一视点并非鲁迅所独具。"② 毋宁说，通过人的变革（"精神革命"）来推动革命，进而建构现代民族国家，这一逻辑基本是时贤的共识，问题是，精神何指？如何变革？思想资源何在？正是在对这一系列问题的回答上，鲁迅表现出了迥异于同时代人的卓识。在鲁迅那里，"精神"不是简单的相对于体格而言的人的主观心灵世界（"内面"），而是有着确切所指的，即是由"白心""神思"发出的"心声"与"内曜"，是具有"自心""自性"的独立个体，但环顾宇内，"心声内曜，两不可期"③，所以鲁迅才从"心声"即"诗"的角度，向国人推荐摩罗诗人，试图借此重振国人之精神世界。

此外，值得指出的是，鲁迅所谓的"精神革命"虽然与传统意义上的道德修养之理路若合符节，但二者所指显然不同，甚至与章太炎铸造革命之道德的努力也存在龃龉。④ 对鲁迅来说，"精神革命"固然表现出他对个体精神因素的置重，但在精神资源的择取上，鲁迅却表现出其革命性的一面。所谓"精神革命"不再指像梁启超、章太炎等人那样，以激活旧道德的思路来建构新的道德思想体系，而是要从根本上重新评估国人固有的精神世界，在此基础上输入一种崭新的足以在优胜劣汰的世界进化图

---

① 刘春勇：《多疑鲁迅：鲁迅世界中主体生成困境之研究》，中国传媒大学出版社 2009 年版，第 62 页。
② ［日］北冈正子：《鲁迅　救亡之梦的去向：从恶魔派诗人论到〈狂人日记〉》，李冬木译，生活·读书·新知三联书店 2015 年版，第 97 页。
③ 鲁迅：《集外集拾遗补编·破恶声论》，《鲁迅全集》第 8 卷，第 28 页。
④ 有学者指出，邹容、章太炎等革命党人对于革命的理解带有一种将革命转化为个人内在道德修养的思想转换，并且影响到鲁迅"革命人"概念的提出。参见董炳月《"同文"的现代转换——日语借词中的思想与文学》，昆仑出版社 2012 年版，第 247—248 页。

景中生存下来的主体性精神。正是这种脱胎换骨的精神革命，决定了鲁迅提出"立人"思想、展开国民性批判、介绍摩罗诗人和唯意志论思潮。同样，正是这种带有根本变革的"精神革命"的指向，加之鲁迅深信文学具有改变人之精神的重要功能，才促进了鲁迅文学的发生，并因为其无所不在的精神指向，使之成为20世纪中国文学最具精神深度的典范。

　　正是在此意义上，有论者指出："鲁迅文学"起源于文学救亡的动机，但其深度指向，则是国人精神的现代转型，因而在20世纪的纷繁语境中，形成了独具深度的视点。即是说，"鲁迅文学的原初动机，是救亡图存的原始情结，而其深度指向，则是人的精神的现代转型，这就是救亡—精神—文学的转型理路；这一深度指向一经确立，也就越过民族国家的视域，指向人的精神的提升与沟通"①。这种提升"人的精神"的价值取向，必然导致鲁迅在汲取西方资源时所看取的亦是其"精神"性的一面②。论者进一步断言：

　　　　在周氏兄弟那里，文学，成为精神的发生地和真理的呈现所，它与知识、道德、伦理、政治等的关系，不是后者通过前者发挥作用。而是相反，文学作为精神的发生地，处在比后者更本原的位置，并有可能通过它们发挥作用。③

正是这种对于文学的精神性的理解，促使鲁迅建立起了自己的文学本体论："这就是周氏兄弟在世纪初驳杂语境中确立的文学本体论，文学本体之确立，在中国文学史上第一次把文学确立在独立的位置上，而其独立，不是建立在纯文学观之审美属性上，而是建立在原创性精神根基上，随着与精神的直接对接，文学被推上了至高的位置。周氏文学本体论的形成，固然来自救亡图存的动机，然已超越救亡方案的单一层面，成为一个终极性立场。文学不仅在救亡局面中超越了技术、知识、政制等有形事物，甚至在精神领域取代了僵化衰微的宗教、道德、政教、知识等的位置和作

---

①　汪卫东：《现代转型之痛苦"肉身"：鲁迅思想与文学新论》，北京大学出版社2013年版，第46页。

②　伊藤虎丸在分析尼采对于鲁迅早期思想建构之影响时同样指出："鲁迅在尼采思想中看到具有意志性的'精神'，由此抓住了无限'发展'的欧洲精神本质。"［日］伊藤虎丸：《鲁迅、创造社与日本文学——中日近现代比较文学初探》，孙猛、徐江、李冬木译，北京大学出版社1995年版，第54页。

③　汪卫东：《现代转型之痛苦"肉身"：鲁迅思想与文学新论》，北京大学出版社2013年版，第49页。

用，成为新精神的发生地和突破口。"①

至此，鲁迅文学是何种文学已经一目了然，鲁迅文学缘起于"改变他们的精神"的初衷，尽管发生之初带有启蒙文学的功利主义色彩，但是随着"精神革命"思路的成型，鲁迅文学的指向已经逐渐超越了改变精神的单一标的，而成为建构新的精神信仰的一种文学样式。在 20 世纪中国众声喧哗的文学景观中，鲁迅文学无疑是最具精神深度的文学存在，也因此寄予着成为国民"新精神的发生地和突破口"的希望。

---

① 汪卫东：《现代转型之痛苦"肉身"：鲁迅思想与文学新论》，北京大学出版社 2013 年版，第 49 页。

结　语

一

　　梳理鲁迅"精神革命"的内在逻辑及其与晚清思想界的关系,可以看出:其一,鲁迅早期思想探索和文艺运动的所有努力均指向"精神革命"这一维度,换言之,"精神革命"是鲁迅早期思想和文学的根本立场,"精神革命"这一思想高度的确立,不仅决定了鲁迅文学的内部机制及其启蒙性质,更使得鲁迅从一开始就达到了现代思想与现代文学的制高点,某种意义上预示着 20 世纪中国文学的发展方向;其二,鲁迅"精神革命"的命题明显受到梁启超、章太炎等晚清一代乃至传统思想资源的影响,这一方面向我们展示了鲁迅与晚清思潮的紧密联系,提示我们对于鲁迅等五四人物的理解必须采取必要的上溯式追问。这种追问也从某种意义上将现代文学的源头追溯到晚清,在这个意义上,"没有晚清,何来五四"① 有其逻辑合理性。另一方面,在不断上溯式追问中,鲁迅经由晚清这块跳板呈现出的与中国传统思想文化的关系也愈加复杂,作为历史转型期的一分子,鲁迅对于传统思想文化不仅有被动接受的一面,更有下意识的传承。即是说,通过这一课题的研究,鲁迅与中国传统文化的复杂性也被呈现出来,这种敞开式的呈现对于我们更加理性地看待鲁迅与中国传统思想文化的关系尤为必要。总而言之,鲁迅所谓的"精神革命"一方面是对梁启超"道德革命"、章太炎"革命之道德"等晚清道德话语的继承,另一方面,"精神革命"又不仅表现在道德层面,而是鲁迅早期思想的一个中心视点,也是走进鲁迅思想和文学的关键孔道。

　　梁启超的"道德革命"虽然注重对国民"公德"观念的培植,认为

---

① 参见王德威《被压抑的现代性——没有晚清,何来"五四"?》,《想象中国的方法——历史·小说·叙事》,生活·读书·新知三联书店 1998 年版。

"无公德则不能团。虽有无量数束身自好、廉谨良愿之人，仍无以为国也"。① 但是，基于其"公德者私德之推也"② 的逻辑，其着眼点显然最终落在国人的个体道德层面。章太炎则倡"革命之道德"，认为在革命年代无道德者不能革命，并且直言"惟有道德者可以获胜"③。刘师培同样意识到国人道德方面存在诸多问题，必须在现代化进程中加以改革。鲁迅"精神革命"的思路正是由此而来，只是"精神革命"的立意要远高于"道德革命"，或者说鲁迅致力的方向远不止国民个体道德层面的变革，而是现代民族—国家世界秩序中国人整体人格的蜕变。但"道德革命"也是"精神革命"的题中应有之义，所以鲁迅才会紧紧抓住自私自利等国民劣根性加以批判，当然这也是梁启超等晚清国民性批判话语实践者所一直关注的话题。梁启超、鲁迅等人之所以集中精力批判自私自利这一现象，说到底就是因为他们试图以此为切入点进行一场道德维度的革命。在他们看来，中国传统道德中不仅缺乏公德观念，即便是自诩发达的"私德"，实际上也早已变质，演变为滋生自私自利等国民劣根性的温床，所以他们批判的不仅是自私、诈伪、冷漠等国民劣根性的诸多表现，实质上他们矛头指向的正是传统道德本身。这一点今人刘再复、林岗在《传统与中国人》一书中表述更为详尽。在他们看来，中国传统道德学说中最为核心的观念就是"修身"和"恕道"两个方面，前者是针对个人内在的道德修养而发，无论是"克己复礼为仁"还是"壹是皆以修身为本"的古训，所致力的均是个人道德情操方面的修养，后者则是在自我与他人发生联系时应当遵守的道德准则，其中最基本的即是所谓"五伦"观念。但事实上，"修身"与"恕道"并未达到理想的道德教化效果，反而造成中国传统文化中"己身中心主义"的道德倾向，又由此衍生出冷漠、自私、虚伪等国民劣根性④。即是说，中国国民劣根性最根本的弊端恰恰在于"己身中心主义"的旧道德观，梁启超也曾指出中国传统道德存在"束身寡过主义"⑤

---

① 梁启超：《新民说》，商务印书馆 2016 年版，第 19 页。

② "公德者私德之推也，知私德而不知公德，所缺者只在一推；蔑私德而谬托公德，则并所以推之具而不存也。故养成私德，而德育之事，思过半焉矣。"梁启超：《新民说》，商务印书馆 2016 年版，第 26 页。

③ 太炎：《革命之道德》，《民报》第 8 号，1906 年 10 月 8 日。

④ 刘再复、林岗：《传统与中国人》，中信出版社 2010 年版，第 282—295 页。

⑤ "吾中国数千年来，束身寡过主义，实为德育之中心点。范围既日缩日小，其间有言论行事，出此范围外，欲为本群本国之公利公益有所尽力者，彼曲士贱儒动辄援'不在其位，不谋其政'等偏义，以非笑之，排挤之。谬种流传，习非胜是，而国民益不复知公德为何物。"梁启超：《新民说》，商务印书馆 2016 年版，第 20—21 页。

的弊病，因此才举起"道德革命"的大旗。鲁迅之所以对国民性中的自私自利痛加批判，应该说也是基于同样的思路。换言之，鲁迅等人的国民性批判话语并非对传教士有关中国国民性之言论的简单移植①，毋宁说，传教士群体的外部视角，只是赋予了清末民初国民性批判实践者重新审视国民性的可能。某种意义上，晚清国民性批判话语是在朦胧的现代化图景中出于主动的对于传统道德的一种革命。

二

由上可知，鲁迅"精神革命"的命题是对晚清梁启超、章太炎等人"道德革命"话题的继承，甚至在运思逻辑方面，都能看到鲁迅与梁启超等人的一致之处。尽管如此，鲁迅的"精神革命"又不能完全等同于梁启超等人所倡导的"道德革命"，较之于"道德革命"主要着眼于道德标准的革新而言，鲁迅"精神革命"的范畴更广，指向也更加深远。

其一，除去国人道德层面的变革，鲁迅还十分重视个体意志的作用。这一并未引起梁启超等"道德革命"论者足够注意的问题，恰恰成为鲁迅"精神革命"的一个根本性议题，意志的重要性在鲁迅那里获得极大的提升。正因为此，他才会大力颂扬叔本华、尼采等西方唯意志论思想家，在译介过程中也逐渐认识到陆王心学的重要价值，在上述唯意志论哲学影响下，自我人格方面也呈现出具有绝大意力之士的坚毅形象来。事实上，正如王富仁在批评新时期以来"人生哲学派"的鲁迅研究时所指出，"仅仅从认知的层次上阐释鲁迅"是远远不够的，这样做"忽视了意志在他的精神结构中的独立作用"②。王富仁言下之意无非是说，"意志"在鲁迅思想中的作用十分重要，而现有研究还远远不够。所谓"精神革命"不仅是一场徒有其表的形式，而应该是身体力行的实践与持之以恒的努力，鲁迅在《文化偏至论》《摩罗诗力说》等文中对"意力主义"的呼唤，对具有强大个体意志的人物形象的激赏，虽说有着西方唯意志论哲学的痕迹，但是中国传统思想中也不乏相关思想资源的存在。本书重点考察了晚清"心力"说所彰显的接近于西方唯意志论思潮的思想特质，事实上这些思想特质均影响到鲁迅早期思想的建构乃至其个性人格的形塑。

其二，鲁迅的"精神革命"还牵涉宗教信仰的问题，这一点明显受

---

① 参见刘禾《跨语际实践：文学，民族文化与被译介的现代性（中国，1900—1937）》，宋伟杰等译，生活·读书·新知三联书店 2008 年版，第 73—87 页。

② 王富仁：《中国鲁迅研究的历史与现状》，浙江人民出版社 1999 年版，第 215 页。

到章太炎影响。从鲁迅早期思想的演进来看，对于宗教（"迷信"）的信仰也是其"精神革命"不可或缺的一环，他不仅从宗教的起源角度肯定了东西方宗教产生的必要性，认为这是"向上之民，欲离是有限相对之现世，以趣无限绝对之至上者也"① 的一种精神追求，并且在这种宗教精神的烛照下，发现了士大夫阶层的道德滑坡，"是性日薄，泊夫今，乃仅能见诸古人之记录，与气禀未失之农人；求之于士大夫，戛戛乎难得矣"。② 在鲁迅看来，传统儒教并未能承担起"充人心向上"的精神追求，鲁迅对传统儒教的否定一方面有着现实的政治诉求，即通过否认儒教的宗教功能来否定康有为等构建孔教的可能性；另一方面，也昭示出鲁迅的宗教观事实上是一种向内求证不断上征的精神追求，正是在此意义上他肯定了佛教"崇高"的意义："佛教崇高，凡有识者所同可，何怨于震旦，而汲汲灭其法。若谓无功于民，则当先自省民德之堕落；欲与挽救，方昌大之不暇，胡毁裂也。"③ 纵观鲁迅早期宗教观，无论是对东西方原始宗教的肯定还是对佛教价值的认可，无论是为"迷信"正名还是对"敕定正信教宗"的批判，林林总总，看似庞杂，其实并不矛盾。毋宁说，这些判断从多角度展现出鲁迅宗教观的一个特点，即鲁迅更加看重宗教背后的精神性因素。这里有两点值得注意：其一，在鲁迅看来，宗教应该是人类自发产生的一种信仰，是人心之凭依，而非意识形态化的自上而下的教谕传达；其二，宗教应该能够带给人们不断上征的精神求索，无论其以何种形式出现。在这个意义上，鲁迅对佛教的肯定乃至对其他信仰形式（迷信、赛会、神话等）的认可，正是其"精神革命"的重要环节。章太炎之所以提倡佛教，并非要贯彻佛教之信，而是将佛教哲学作为一种思想资源来对治革命队伍中存在的思想上、道德上的弊病，简言之即是以佛学为手段的道德革命，鲁迅对佛教的肯定，其实是出于同样的逻辑进路。

其三，梁启超等人的"道德革命"重在对某些外在道德规范的更新，比如梁启超在批判传统儒家道德学说的同时，试图输入公德观念、权利/义务观念、爱国、合群、尚武等现代道德准则，在破除传统"五伦"观念的同时，又试图建立起平等、自由、博爱等西方启蒙运动以来的道德观念。章太炎在倡导"革命之道德"时，也提出"知耻""重厚""耿介"

---

① 鲁迅：《集外集拾遗补编·破恶声论》，《鲁迅全集》第 8 卷，第 29 页。
② 鲁迅：《集外集拾遗补编·破恶声论》，《鲁迅全集》第 8 卷，第 30 页。
③ 鲁迅：《集外集拾遗补编·破恶声论》，《鲁迅全集》第 8 卷，第 31 页。

"必信"等具体要求①。由此可见，梁启超等人的"道德革命"与传统道德的运思逻辑几乎一致，只是他们试图重新树立一定的道德准则，并以此来锻造现代民族国家所要求的国民品格。即是说，在所谓的道德革命者那里，人并非道德改革的最终目的，而是建构现代民族国家的一种工具性存在，所谓的"道德革命"只是实现政治革命的途径而已。鲁迅的"精神革命"虽然也将批判的矛头指向了传统道德的三纲五常及其背后的儒家学说，但是鲁迅并未给出诸如自由、平等之类的新的道德属性，相反，他对这些现代性观念明显表现出警惕甚至拒斥，其"立人"的最高宗旨也只是"尊个性而张精神"。所谓的"个性"和"精神"，比之于道德革命者的"公德""权利""尚武""冒险"等说辞来看似不够具体，其实，这恰恰是鲁迅"精神革命"的一个特点，即他更加看重的是通过道德革命唤起个人主体性意识的觉醒。进言之，鲁迅是在人的内部精神中求变革，在鲁迅看来，仅仅通过外部道德标准的置换是很难真正建立起道德主体性的，道德主体性的建立必须通过人的内部精神的变革（"任个人""张灵明"）来实现。鲁迅后来"革命先要革心"的命题体现出同一思路。可见，跟梁启超等人注重道德标准之重建的"道德革命"相比，鲁迅"精神革命"更强调主体内在精神的变革，属于一种内部革命的思路。而且，鲁迅"精神革命"的根本目的在人，在他看来，改革发展必须最终落实到人的层面，由此表现出鲁迅人本主义的价值立场。

从中国近代思想史的演进逻辑看，鲁迅"精神革命"的提出固然受益于梁启超、章太炎等人"道德革命"的启示，不仅二者运思理路极为相近，而且在思想资源的运用上，也存在重合之处，但是从"道德革命"到"精神革命"的演进，不仅是一种形式的变迁，更由此彰显出诸多现代性的特质。所谓"道德革命"事实上是道德标准的革命，即以现代民族国家视野下的道德诉求替代传统帝制社会中的道德标准，道德准则虽然变更了，但是道德主体却并未因此建立起来，毋宁说道德革命的终极指向原本就不在此。而鲁迅"精神革命"的提出，不仅将对外部道德标准的变革转换成对道德主体意识的锻造，这一从外部变革向内部变革的转向，不仅契合近代以来"人"的发现的思想主流，同时也开启了一个影响深远的精神变革的时代，拉开了近代中国"第二维新之声"的序幕。

总结上述，以"精神革命"为核心的鲁迅早期思想在晚清并非一种突兀的思想现象，而是拥有着与之相关的时代语境和本土资源，鲁迅早期

① 太炎：《革命之道德》，《民报》第 8 号，1906 年 10 月 8 日。

思想正是在救亡图存的时代关切下对晚清语境/思想风气的一种吸收。经由作为媒介的晚清思潮，鲁迅也在不自觉中与中国传统思想文化的诸多方面发生了密切关联。即是说，鲁迅早期思想一方面是对晚清思潮的自觉继承，另一方面也是对中国传统思想的一种现代转换。鲁迅在创造性继承晚清思想遗产的基础上，不仅成就了其文学的生成之路，也由此奠定了鲁迅文学、鲁迅思想的一个基本特质。直到 1920 年代后期，革命文学甚嚣尘上时，鲁迅却在呼唤"革命人"的出场，因为在他看来，只有"革命人"做出来的才是革命文学，"我以为根本问题是在作者可是一个革命人，倘是的，则无论写的是什么事件，用的是什么材料，即都是革命文学"。①这里延续的依然是其早期从"立人"到"立国"的思路，凸显的同样是对主体性精神的肯定，在这个意义上，可以说鲁迅的"精神革命"是一个具有生命力、具有延展性的概念。

三

事实上，对于"精神革命"的关注，不仅是鲁迅早期思想的特点，也是鲁迅、周作人等在梁启超影响下筹办的《新生》杂志的目标定位②，无疑，"新生"所象征的"新的生命"更多还是从精神层面而言的。《新生》的流产虽然致使这个目标化作泡影，但鲁迅等并未就此作罢，他们借着给《浙江潮》《河南》杂志撰稿以及出版《域外小说集》的机会，大致表达出他们对所处时代的认知与思考。周作人后来分别将这些文字称为"《新生》甲编"和"《新生》乙编"③，从而肯定了上述工作与《新生》杂志的内在联系。正是这些得以保存下来的作品，彰显出他们的思想情绪及思维方式的独特性。

纵观他们的写作，可以发现鲁迅、周作人、许寿裳等构成的三人小组，他们的关切或许稍有差异，但是细绎他们的作品，则会进一步洞察到在他们迥异的主题之下其实潜藏着一个共同的关注点，那就是对以文学

---

① 鲁迅：《而已集·革命文学》，《鲁迅全集》第 3 卷，第 568 页。

② "在东京的留学生很有学法政理化以至警察工业的，但没有人治文学和美术；可是在冷淡的空气中，也幸而寻到几个同志了，此外又邀集了必须的几个人，商量之后，第一步当然是出杂志，名目是取'新的生命'的意思，因为我们那时大抵带些复古的倾向，所以只谓之《新生》。"（鲁迅：《呐喊·自序》，《鲁迅全集》第 1 卷，第 439 页）"这杂志的名称，最初拟用'赫戏'或'上征'，都采取《离骚》的词句，但觉得不容易使人懂，才决定用'新生'这二字，取新的生命的意思。"马会芹编：《挚友的怀念——许寿裳忆鲁迅》，河北教育出版社 2002 年版，第 13 页。

③ 周作人：《知堂回想录》（上册），止庵校订，河北教育出版社 2002 年版，第 254、264 页。

（文艺）为下手途径的"精神革命"的呼唤。许寿裳（旒其）发表的
《兴国精神之史曜》中最关注的就是国民精神层面的内容，即所谓"自
觉"，文章开篇指出："兴国不在政府，而在国民；不在法令，而在自
觉。"许氏在种种改革口号不绝于耳的晚清语境中将振兴国家的任务放在
国民个体意识的觉醒上，倡言"兴国之命，自觉而已"。并进一步将这种
"自觉"放大到关乎人类文明的高度："惟有自觉，性灵于是乎广运，人
道于是乎隆施，人间之意识于是乎启发，人类之光荣乃显焉，文明之意味
乃全焉。"① 许寿裳之所以大力介绍西方革命思潮中的精神取向，无非要
借此对国人展开精神的革命，唤起他们的主体性意识，进而彻底改变国家
的危亡处境。周作人的《论文章之意义暨其使命因及中国近时论文之失》
认为构成国民有两大因素，即"质体"和"精神"，周作人特别强调"精
神"的重要性，"若夫精神之存，斯犹众生之有魂气"②，并将"国民精
神"提升到"国魂"的高度。周作人对文章之意义暨使命的阐发正是基
于这一前提，所以他一方面批评传统文学"束缚人心"的弊病，另一方
面也批评近世文士"唯实利之是图"的功利主义倾向，并在此基础上突
出了"夫文章者，国民精神之所寄也""文章或革，思想得舒，国民精神
进于美大"③ 的主题。由此可见，周作人同样流露出通过文学（文章）对
国民精神进行革命的思路。事实上，"精神革命"的思路及其与文学运动
的关系，也是酝酿文学革命乃至五四新文化运动的一个十分重要的思想基
础。在此意义上，五四新文化运动可以视作晚清"精神革命"延长线上
的一种文化思潮。

---

① 旒其（许寿裳）：《兴国精神之史曜》（录一章），张枬、王忍之编：《辛亥革命前十年间
时论选集》第 3 卷，生活·读书·新知三联书店 1977 年版，第 297—298 页。
② 独应（周作人）：《论文章之意义暨其使命因及中国近时论文之失》，张枬、王忍之编：
《辛亥革命前十年间时论选集》第 3 卷，生活·读书·新知三联书店 1977 年版，第 306 页。
③ 张枬、王忍之编：《辛亥革命前十年间时论选集》第 3 卷，生活·读书·新知三联书店
1977 年版，第 330 页。

附录 鲁迅早期思想研究的历史与现状

瞿秋白在检视鲁迅杂文创作时曾坦言：鲁迅留日期间的言论"差不多完全沉没在浮光掠影的粗浅的排满论调之中，没有得到任何反响"①，从鲁迅回国到1927年《坟》出版之间的18年，"鲁迅留日时期的思想却不曾引起任何一位研究者的注意，论及这一问题的论文之数基本上等于零"②，"《坟》的出版带来了转机"③。此后经过几代学人的不懈努力，学界对鲁迅早期思想的研究逐渐凝练出三大主题，即进化论思想、个性主义（个人主义）与"国民性"问题。历史地看，鲁迅早期著述所涉及的以上三个命题均为清季思想界共同关注的话题，此时鲁迅"所表达的是一种'时代'的声音，或者说是日本留学生中大多数人所持的主流观念和共同情绪"④。这就提示我们，对鲁迅早期思想的研究，既要遵循历史语境，又要善于发现共同时代声音下鲁迅的独特性，只有如此方能走进鲁迅早期思想的堂奥。事实上，近年来学界对鲁迅早期思想的研究正是沿着这一思路向前推进的，启蒙视野下的宏大叙事逐渐被文本细读、关键词梳理、思想史溯源等研究方法取代，作为思想家的鲁迅也由此逐渐浮出水面。

一

学界对于鲁迅早期思想的研究经历了一个比较漫长的突破既有框架的过程。19世纪30年代，瞿秋白在将青年鲁迅"重个人非物质"的学说定性为"个性主义"，指出这"是一般的知识分子的资产阶级性的幻想"的同时，仍给予鲁迅早期思想相当的肯定，"这种发展个性、思想自由、打

---

① 瞿秋白：《〈鲁迅杂感选集〉序言》，李宗英、张梦阳编：《六十年来鲁迅研究论文选》上册，中国社会科学出版社1982年版，第109页。
② 汪毅夫：《鲁迅与新思潮——论鲁迅留日时期的思想》，陕西人民出版社1996年版，第87页。
③ 汪毅夫：《鲁迅与新思潮——论鲁迅留日时期的思想》，陕西人民出版社1996年版，第88页。
④ 钱理群：《与鲁迅相遇：北大演讲录之二》，生活·读书·新知三联书店2003年版，第69页。

破传统的呼声，客观上在当时还有相当的革命意义"①。此后周扬等人对鲁迅早期思想的解读大致遵循着同一思路，只是对鲁迅个性主义所具有的革命意义越来越淡漠②。1940 年代末，胡绳甚至对鲁迅早期思想的这一倾向提出批评："鲁迅这时对西方文明的看法是一种错觉。他把欧洲资产阶级堕落时期的反动思潮看做了是新生的代表，以致认为二十世纪的文明，将在个人主义与主观主义的基础上振兴。"③ 因此，中华人民共和国成立后直到"文化大革命"结束，学界对鲁迅早期思想的研究微乎其微，主流意识形态看重的是所谓"转变"后的鲁迅，是"阶级论"视域下作为革命者的鲁迅。

1970 年代后期，随着中外文化交流的逐渐恢复，鲁迅早期思想再度引起学界关注。1977 年，王士菁、张琢分别发表了研究鲁迅早期思想的两篇文章④，随后，鲁迅与尼采等西方思想家的关系再度进入研究者视野，乐黛云、陆耀东、钱碧湘等学人的研究成果⑤，在深化鲁迅与尼采思想研究的同时，也推动了中国现代文学与西方思想文化的比较研究。但由于知识结构与意识形态等多方面的影响，上述成果总体上未能突破王元化对鲁迅与尼采思想关联的研究⑥。直到 1980 年代，鲁迅早期思想的研究才在学理层面真正得以推进。王得后重提鲁迅留日时期的"立人"思想，以此作为进入鲁迅思想家维度的切入点⑦。孙玉石则将鲁迅早期国民性批判话语作为鲁迅国民性理论发展的起点，详尽考察了鲁迅国民性话语产生的时代语境。⑧ 钱

① 瞿秋白：《〈鲁迅杂感选集〉序言》，李宗英、张梦阳编：《六十年来鲁迅研究论文选》上册，中国社会科学出版社 1982 年版。
② 周扬：《精神界之战士——论鲁迅初期的思想和文学观，为纪念他诞生六十周年而作》，李宗英、张梦阳编：《六十年来鲁迅研究论文选》上册，中国社会科学出版社 1982 年版。
③ 胡绳：《鲁迅思想发展的道路》，李长之等著，孙郁编：《吃人与礼教——论鲁迅（一）》，河北教育出版社 2002 年版，第 228—229 页。
④ 王士菁：《试论鲁迅早期思想的形成和它的战斗意义——〈鲁迅早期五篇作品〉译后记》，《南开学报》（哲学社会科学版）1977 年第 5 期；张琢：《鲁迅早期在日本接触马克思主义的背景和情况——鲁迅前期思想研究的若干问题之一》，《南开学报》（哲学社会科学版）1977 年第 5 期。
⑤ 分别为乐黛云《尼采与中国现代文学》、陆耀东《论鲁迅与尼采》、钱碧湘《鲁迅与尼采哲学》，以上三篇文章均见中国社会科学院文学研究所鲁迅研究室编《鲁迅与中外文化的比较研究》，中国文联出版公司 1986 年版。
⑥ 王元化：《鲁迅与尼采》，李长之等著，孙郁等编：《吃人与礼教——论鲁迅（一）》，河北教育出版社 2000 年版，第 58—77 页。
⑦ 王得后：《鲁迅留日时期的"立人"思想》，汪晖、钱理群等：《鲁迅研究的历史批判——论鲁迅（二）》，河北教育出版社 2001 年版。
⑧ 孙玉石：《鲁迅改造国民性思想问题的考察》，汪晖、钱理群等：《鲁迅研究的历史批判——论鲁迅（二）》，河北教育出版社 2001 年版。

理群、王乾坤共同撰写的《作为思想家的鲁迅》一文，扭转了李长之等以逻辑"清晰""理论上的建设能力"[①]为标准否认鲁迅作为思想家的判断，提出鲁迅"是一位'不安于物质生活，自必有形上之需求'，关注和思考人类、人生、人性的根本问题的思想家"。"鲁迅思想是一种'人学'"："对于'人'的关注，是鲁迅思想的核心。"[②]

在"作为思想家的鲁迅"不断被发现的背景下，学界对鲁迅早期思想的研究不断走向深入。（一）加强鲁迅早期思想与西方资源的关联性研究。汪晖指出施蒂纳的"唯一者""独自性"不仅是青年鲁迅"个人观"的思想来源，也是他批判"压制个人""灭裂个性"等社会现象的理论根据[③]，其博士学位论文则在此基础上深入考察了鲁迅"个人"观念的西方思想资源[④]。张钊贻重新评估了尼采对鲁迅的全方位影响[⑤]，王学谦、汪卫东等大陆学人也在不断拓展鲁迅与尼采思想关系的研究[⑥]。魏韶华详细论证了鲁迅与克尔凯郭尔的思想契合[⑦]，吴二持、陈玲玲考察了易卜生对鲁迅早期思想的影响[⑧]。梁展则以"自我"观念为切入点深入考察了鲁迅与西方思想资源之间细微而深刻的联系[⑨]。（二）推进鲁迅早期思想与

[①] 李长之：《鲁迅批判》，北京出版社 2011 年版，第 147 页。

[②] 钱理群、王乾坤：《作为思想家的鲁迅》，《鲁迅研究月刊》1993 年第 6 期。

[③] 汪晖：《施蒂纳与鲁迅前期思想》，《鲁迅研究》第 12 辑，中国社会科学出版社 1988 年版，第 190—215 页。

[④] 参见汪晖《反抗绝望——鲁迅及其文学世界》，河北教育出版社 2000 年版。

[⑤] 参见张钊贻《鲁迅：中国"温和"的尼采》，北京大学出版社 2011 年版。

[⑥] 王学谦：《酒神狂歌与刑天之舞：鲁迅对尼采的借用与融合》，吉林大学出版社 2018 年版；汪卫东：《鲁迅与尼采的相遇——中、西双重现代转型背景下的考察》，《文艺争鸣》2014 年第 10 期。

[⑦] 魏韶华提出，在作为鲁迅"思想原论"的《文化偏至论》涉及的众多哲人中，"克尔凯郭尔是非常值得重视的"，"鲁迅正是基于对中国文化传统的反思发现了克尔凯郭尔思想的高度异质性"，并进一步指出，"个体生存论的层次""是鲁迅步入克尔凯郭尔思想广场的通道，在这一点上，鲁迅所取的是克尔凯郭尔与尼采等人的共通处"。魏韶华：《"林中路"上的精神相遇——鲁迅与克尔凯郭尔比较研究》，中国社会科学出版社 2004 年版，第 15 页。

[⑧] 吴二持：《鲁迅早期思想与易卜生》，《鲁迅研究月刊》1994 年第 2 期；陈玲玲：《留日时期鲁迅的易卜生观考》，《鲁迅研究月刊》2005 年第 2 期。

[⑨] 梁展对鲁迅早期思想与德国资源之关系的研究更具有学理性与思辨性，他抛弃了唯意志主义、非理性主义、存在主义等这些鲁迅思想与西方资源接榫的关键语词，指出："对于鲁迅来说，更为复杂的问题在于，上述相互矛盾、相互拆解的理论资源构成了鲁迅对民族和自我进行思索的出发点，一个赋有探索和追求精神的、执拗的'自我'不断地穿梭于鲁迅所能接触到的有关'个人'、'民族'、'国家'的理论话语和文学想象之中，它们在鲁迅细腻的情感世界里是如此紧密地纠结起来……多重思想路线的循环往复使鲁迅的思想从来没有形成一个相对稳定的结构。"梁展：《颠覆与生存：德国思想与鲁迅前期的自我观念（1906—1927）》，上海锦绣文章出版社 2007 年版，"前言"第 3—4 页。

日本流行语境之关系的研究。伊藤虎丸在实证研究基础上，营构出鲁迅接受尼采思想的媒介"民治尼采"，并由此剖析鲁迅在接受尼采过程中的创造性误读①。北冈正子在考辨《摩罗诗力说》材源基础上，又陆续考证出鲁迅留日期间在独逸语学校学习德语的情况②、鲁迅所亲身经历的弘文学院"退学事件"③ 等。近年李冬木、潘世圣等留日学人，在"鲁迅与民治日本"的总体框架下展开多方面的考证研究。李冬木围绕鲁迅国民性意识缘起、鲁迅与进化论、鲁迅对尼采的接受、鲁迅与"食人"言说等一系列论题展开坚实研究，由此凸显出作为媒介的日本语境对鲁迅思想建构的重要意义④。进入 21 世纪后，大陆学人在鲁迅早期论著的材源考证方面也颇具贡献，张鑫、汪卫东围绕鲁迅早期文本中的施蒂纳的材源问题作了详尽考证⑤，宋声泉关于《科学史教篇》材源问题的考辨则廓清了鲁迅科学史观与明治思潮之间的关系⑥。（三）深化鲁迅早期思想与晚清语境及中国传统文化之关系的研究。一方面，学界对鲁迅与晚清语境的研究逐渐突破了原有的个案研究范式⑦而转向思潮研究，着重考察晚清复古主

① "鲁迅适值这个时期来日本留学，他所接受的尼采思想与日本文学的情况相同，不是'反近代'思想，而是作为欧洲近代精神的'个人主义'。"[日]伊藤虎丸：《鲁迅、创造社与日本文学——中日近现代比较文学初探》，孙猛等译，北京大学出版社 2005 年版，第 48 页。

② [日]北冈正子：《鲁迅　救亡之梦的去向：从恶魔派诗人论到〈狂人日记〉》，李冬木译，生活·读书·新知三联书店 2015 年版。

③ [日]北冈正子、靳丛林：《鲁迅与弘文学院学生"退学"事件》，《鲁迅研究月刊》2002 年第 11、12 期。

④ 参见李冬木《芳贺矢一〈国民性十论〉与周氏兄弟》，《山东社会科学》2013 年第 7 期；李冬木《明治时代"食人"言说与鲁迅的〈狂人日记〉》，《文学评论》2012 年第 1 期；李冬木《关于羽化涩江保译〈支那人气质〉》（上、下），《鲁迅研究月刊》1999 年第 4、5 期；李冬木《留学生周树人周边的"尼采"及其周边》，《东岳论丛》2014 年第 3 期。潘世圣谈及鲁迅早期思想形态与周边背景环境关系的两篇文章同样值得重视，参见潘世圣《鲁迅的思想构筑与明治日本思想文化界流行走向的结构关系——关于日本留学期鲁迅思想形态形成的考察之一》，《鲁迅研究月刊》2002 年第 4 期；潘世圣《关于鲁迅的早期论文及改造国民性思想》，《鲁迅研究月刊》2002 年第 9 期。

⑤ 张鑫、汪卫东：《新发现鲁迅〈文化偏至论〉中有关施蒂纳的材源》，《中国现代文学研究丛刊》2008 年第 5 期；张鑫、汪卫东：《晚清驳杂语境中的西学传播——鲁迅〈文化偏至论〉中"施蒂纳"言述的两个可能性材源辨析》，《鲁迅研究月刊》2017 年第 4 期。

⑥ 宋声泉：《〈科学史教篇〉蓝本考略》，《中国现代文学研究丛刊》2019 年第 1 期。

⑦ 黄健：《章太炎与鲁迅早期思想之比较》，《浙江大学学报》（社会科学版）1987 年第 2 期；黄健：《严复与鲁迅早期思想之比较》，《浙江大学学报》（社会科学版）1990 年第 2 期。

义、佛学复兴运动等对鲁迅早期思想的影响①，将鲁迅的思想建构放置在晚清思想转型的背景下，拓宽了鲁迅早期思想研究的时代语境。另一方面，对鲁迅与中国传统文化的研究，也逐渐从全面考察②转向特定时代研究③、区域文化研究④与专题文化研究⑤，鲁迅与中国传统文化的多维关联得以充分展现。⑥ 上述研究不仅丰富了学界对于鲁迅思想及其资源的理解，更让我们逐渐触摸到历史的褶皱，某种意义上，鲁迅已经成为我们审视晚清乃至传统思想文化的一个窗口。

二

通过对鲁迅早期思想研究史的简要梳理，我们可以获得如下两点认识。第一，学界对鲁迅早期思想的研究确实经历了一个曲折的认识过程，这一过程大致以 1980 年代为界，分为前后两个时期。从 1930 年代瞿秋白对鲁迅早期思想的定性到李长之对鲁迅作为思想家素质的质疑，再到 40 年代胡绳等人对鲁迅早期思想的否定性批判，可以说 1949 年前鲁迅早期思想几乎从未获得过学理性研究。不仅如此，鲁迅早期思想研究的非学术性评判甚至一直延续到中华人民共和国成立后，在"现代中国的圣人"⑦"中华民族新文化的方向"⑧ 的定性及阶级论的旗帜下，研究界关注的是鲁迅作为战士的一面，因而对其个性主义为特色的早期思想很难引起共

---

① 比如袁盛勇对鲁迅早期思想复古倾向的剖析，详见袁盛勇《论鲁迅留日时期的复古倾向》，《鲁迅研究月刊》2000 年第 9—10 期。哈迎飞等对早期鲁迅与佛学思想的关系研究，详见哈迎飞《论鲁迅前期思想中的佛教投影》，《福建论坛》（文史哲版）1998 年第 4 期；哈迎飞对鲁迅与佛教文化关系更为系统的论述，详见《"五四"作家与佛教文化》，上海三联书店 2002 年版，第 58—119 页。
② 林非《鲁迅和中国文化》全面梳理了鲁迅与儒、道、释等中国传统主流文化之间的关系，阐述了传统文化对鲁迅思想的影响及鲁迅对传统文化的反思与批判，代表了这一时期鲁迅与中国传统文化研究的最高成就。详见林非《鲁迅和中国文化》，南开大学出版社 2007 年版。
③ 比如廖诗忠、杨义对鲁迅与先秦文化关系的考察，廖诗忠：《回归经典——鲁迅与先秦文化的深层关系》，上海三联书店 2005 年版；杨义：《鲁迅诸子观的多维空间》，《中国社会科学》2012 年第 2 期。
④ 王晓初：《鲁迅：从越文化视野透视》，北京大学出版社 2012 年版。
⑤ 比如田刚对鲁迅与中国士人传统的考察，参见田刚《鲁迅与中国士人传统》，中国社会科学出版社 2005 年版。
⑥ 关于 1990 年代以来鲁迅与中国传统文化研究更为详尽的梳理与分析，详见本文第三、四两节内容。
⑦ 毛泽东：《论鲁迅》，《毛泽东选集》第 2 卷，人民出版社 1991 年版，第 43 页。
⑧ 毛泽东：《新民主主义论》，《毛泽东文集》第 2 卷，人民出版社 1993 年版，第 698 页。

鸣。中国学人直到进入新时期后才逐渐恢复对鲁迅早期思想的学理性研究。1990 年代以来，随着现代化带来的诸多弊端的逐渐显现，学界在对鲁迅早期文言论文展开研究时，又不自觉拔高了鲁迅早期思想的历史高度。[①] 从世纪之交开始，新一代受过较好学术训练的学人开始回到学理层面探讨鲁迅早期思想的相关问题。2007 年汪晖对《破恶声论》的重新解读[②]，某种意义上则可以看作大陆学界对鲁迅早期思想研究进入新的阶段的标志。

第二，现有研究未能从根本上改变鲁迅早期思想研究中过于重视日本语境与西方资源的惯性思路。日本学者以实证方法考察日本语境对鲁迅早期思想的影响，自不必说。在西方中心主义支配下，中国学人也将主要精力放在鲁迅与西方思想资源的研究方面，在凸显鲁迅早期思想现代性的同时，忽视了对鲁迅思想中本土性、传统性一面的认知。西方资源与日本语境在鲁迅早期思想建构中无疑产生了重大影响，但是这种影响的发生必然有一个前提，那就是与之相关的思想语境的存在。在这一思想语境中，日本流行语境固然占据了重要位置，但是对鲁迅而言，日本语境并非唯一语境甚至并非最为切己的语境。在青年鲁迅经由日本了解西方之前，其实还有一个经由本土语境了解日本的过程，换言之，对青年鲁迅而言至少需要本土语境这样一块跳板，才能抵达日本，进而了解西方。正如张梦阳在回顾汪卫东、李冬木围绕鲁迅早期论文中施蒂纳的材源进行辨析时所指出的，他们"所做工作完全处在一个方向上，那就是证实着人们通常所说的'早期鲁迅'所面对的'西方'，其实就是环绕留学生周树人身边的日本明治版的'西方'"。[③] 所以，对鲁迅早期思想中作为前提/跳板的本土语境的研究不应忽视，在笔者看来，这个本土语境至少包括如下两个层面：其一，围绕在鲁迅周边的流亡者和留学生共同营构的时代语境，某种意义上正是这一时代语境给予鲁迅最初的思想启蒙，也由此打开了鲁迅走向世界的通道；其二，鲁迅在传统文化教育中所获取的部分与西方资源/

---

① 如俞兆平《科学与人文：鲁迅早期的价值取向》，《厦门大学学报》（哲学社会科学版）2003 年第 2 期；邓招华《特立独行的深层思考——〈文化偏至论〉〈破恶声论〉解读》，《鲁迅研究月刊》2007 年第 11 期；温儒敏《鲁迅早期对科学僭越的"时代病"之预感》，《山东师范大学学报》（哲学社会科学版）2013 年第 2 期；赵敬立《鲁迅早期论著的文化洞见》，《鲁迅研究月刊》2013 年第 9 期。

② 汪晖：《声之善恶：什么是启蒙？——重读鲁迅的〈破恶声论〉》，《开放时代》2010 年第 10 期。

③ 张梦阳：《新世纪中国鲁迅学的进展与特点》，《山东师范大学学报》（人文社会科学版）2019 年第 2 期。

日本语境存在同构性乃至同质性的先验知识，这构成了鲁迅文化史、价值观乃至宇宙论的最初架构，鲁迅对新神思宗诸人的倾心某种意义上正是中西方思想视域融合的结果。因此，对鲁迅早期思想的研究，如果跳过相关本土思想语境，径直展开鲁迅与西方现代思想或鲁迅与明治日本的研究，无疑是舍近求远的做法。只有从鲁迅所处的本土语境出发，逐渐向外拓展，才是最接近鲁迅真实思想形态的做法。在此过程中，我们也会发现鲁迅思想建构中同样存在着类似于"层累地造成古史"式的多种思想叠层，及其自我的调整、修正乃至个性思想的动态生成。本书即是由本土语境出发对鲁迅早期思想进行系统研究的一个尝试。

三

20 世纪 90 年代以来，不少研究者开始从晚清语境/传统文化的角度来考察鲁迅早期思想建构的相关本土思想资源，这无疑构成了近年来鲁迅早期思想研究的重要路径。这种研究路径又存在侧重对鲁迅与晚清思潮的研究和侧重对鲁迅与中国传统文化的研究两个不同的方向。当然，因为晚清思潮与中国传统文化之间的紧密联系，二者很难截然分开，为表述方便，姑且分作两类。事实上，就鲁迅而言，晚清思潮与中国传统文化共同构筑起鲁迅早期思想生成的本土语境。

相较于鲁迅与中国传统文化的研究，鲁迅早期思想与晚清思潮的研究起步更早。1980 年代以降，无论是李泽厚对章太炎、鲁迅二人思想关联的考辨[1]、王富仁以从"兴业"到"立人"剖析鲁迅早期思想的演变轨迹[2]，还是金宏达具体探讨鲁迅与严复、梁启超、章太炎等晚清人物的关系[3]，抑或是汪晖在考察鲁迅"个人"观念时对章太炎相关思想的追溯[4]，他们所言间有不同，但均涉及早期鲁迅与晚清思想文化之间的密切关系。上述诸人的研究一方面为鲁迅早期思想的生成勾勒出较为广阔的晚清思想语境，肯定了晚清语境对早期鲁迅的重要影响，表现出在西方资源和日本语境之外，为鲁迅思想寻找本土因素的可贵努力。另一方面，他们的研究

---

[1]　李泽厚：《略论鲁迅思想的发展》，《中国近代思想史论》，人民出版社 1979 年版。

[2]　王富仁：《从"兴业"到"立人"——简论鲁迅早期文化思想的演变》，《中国社会科学》1987 年第 2 期。

[3]　金宏达：《鲁迅文化思想探索》，北京师范大学出版社 1986 年版。该专著第四章"鲁迅与清末思想界"重点剖析了鲁迅与严复、梁启超、章太炎三位思想家之间的联系。

[4]　汪晖：《个人观念的起源与中国的现代认同》，《汪晖自选集》，广西师范大学出版社 1997 年版。

某种意义上也开拓了鲁迅与晚清思潮研究的模式，产生了一定的范式意义，此后学界对于这一主题的研究主要沿着深化或细化的思路向前推进。李生滨的博士学位论文《晚清思想文化与鲁迅》①　无疑展现出著者试图从整体上推进鲁迅与晚清思想文化研究的学术野心。论文围绕鲁迅文化个性的生成问题，详尽考察了早期鲁迅与晚清思想文化之间的若干关联，这是21 世纪以来鲁迅与晚清思想文化研究的专题之作。遗憾的是，文章议题未能完全聚焦在思想层面，还涉及鲁迅小说、杂文等文学方面的考察，同样，对鲁迅思想的阐述也并未限定在留日时期，因此有些问题未及深入。

鲁迅与晚清人物的个案研究，依然是鲁迅早期思想研究中最具代表的一种研究模式。1990 年代以来，随着学界对章太炎研究的深入，章太炎对鲁迅早期思想建构的影响也因此成为学界研究的重点。章念驰在梳理章太炎与早期鲁迅交往基础上，分别从政治思想和文化学术两个方面考察了章太炎对鲁迅思想之影响，颇为周详②。高俊林以"魏晋风度"为中心，详尽考察了周氏兄弟经由章太炎的媒介作用对魏晋思想的传承③。文宗理则在分析、总结章太炎东京期间思想文化特点基础上，分别从审美趣味、精神气质、文化思路三个方面，阐释章太炎文化思想对早期鲁迅思想生成产生的影响④。任珊则试图从章太炎"文学复古"的构想中追寻鲁迅文学发生的源头⑤，李国华围绕"自性"观念，分别从"立人""摩罗诗力""人国"三个角度，具体论证了章太炎佛学思想对鲁迅早期思想建构所产生的影响⑥。彭春凌则深入中国近代思想史的脉络，详尽辨析了鲁迅批儒思想与章太炎之间的紧密联系⑦。近年鲁迅与其他晚清人物的研究同样不绝如缕，如北冈正子对鲁迅与严复思想的细致考察⑧，高力克对鲁迅与梁

---

① 李生滨：《晚清思想文化与鲁迅》，博士学位论文，复旦大学，2005 年。
② 章念驰：《论章太炎与鲁迅的早年交往》，载《中华文史论丛》第 50 辑，上海古籍出版社 1992 年版，第 263—301 页。
③ 高俊林：《现代文人与"魏晋风度"：以章太炎与周氏兄弟为个案之研究》，河南人民出版社 2007 年版。
④ 文宗理：《"取今"、"复古"之间的文化穿越》，博士学位论文，山东大学，2009 年。
⑤ 任珊：《章太炎的文学复古与鲁迅文学的发生》，《学术月刊》2007 年第 7 期。
⑥ 李国华：《章太炎的"自性"与鲁迅留日时期的思想建构》，《中国现代文学研究丛刊》2009 年第 1 期。
⑦ 彭春凌：《中国近代批儒思潮的跨文化性：从章太炎到周氏兄弟》，《鲁迅研究月刊》2011 年第 10 期。
⑧ ［日］北冈正子：《严复〈天演论〉——鲁迅"人"之概念的一个前提》，载《鲁迅　救亡之梦的去向：从恶魔派诗人论到〈狂人日记〉》，生活·读书·新知三联书店 2015 年版。

启超启蒙思想的重新审视①等。限于篇幅，不再胪举。

总的看来，学界对早期鲁迅与晚清思潮的研究呈现出两大趋势：其一，研究者逐渐认识到鲁迅早期思想的重要价值，并自觉将其作为鲁迅思想的一个重要组成部分，甚至一个思想纲领，因此鲁迅早期思想越来越受到学界重视，学界对鲁迅与晚清思潮关联性的探索，不仅蕴含着寻找鲁迅思想"原点"的学术冲动，某种意义上也寄托着研究者对于当下思想现状的某种不满；其二，研究者自觉将鲁迅早期思想放置在中国近现代思想转型的大背景下进行考察，因此涉及的知识面越来越广，学理性也越来越强，在拓宽鲁迅早期思想生成背景的同时，也逐渐意识到本土思想资源对于鲁迅思想建构的重要意义。

作为语境存在的晚清思潮固然是鲁迅思想生存的本土语境，但是相对于晚清语境而言，中国传统思想文化才是鲁迅思想建构最为根本的本土语境。因此，近年来鲁迅与中国传统思想文化的研究也逐渐升温，有学者从家族文化和儒家文化地域传播的角度指出，鲁迅"在开始自己的人生历程时，儒家文化因子已经深深地铸入他的深层心理结构了"。②王富仁、杨义从宏观上对鲁迅和先秦诸子思想的重新辨析③，就是其中的典型代表。不仅是出于对中国传统文化热的一种回应，更重要的是，很多研究者试图在对经典的反顾中获得某种原质性的发现，这些原质性的文化基因不仅是构成鲁迅思想的文化密码，某种意义上也是中华文化不可或缺的文化构件，这种原质性的构件不会因为一时所谓的反传统而出现断层，但如何处理好这些文化构件与时代语境之间的关系，却是一个值得思考的问题。某种意义上，对鲁迅与中国传统思想文化之关联性的研究，最终一定要落实到这个层面上。在此意义上，鲁迅与中国传统思想文化的研究尽管看似热闹，但是能够真正做到这一点的并不多见。

四

大致说来，学界近年对鲁迅早期思想与本土语境的研究主要沿着"复古""开新""对话"等几条途径向前推进。

---

① 高力克：《"新民"与"立人"：梁启超与鲁迅启蒙思想之比较》，《天津社会科学》2019年第1期。

② 沈光明、陈方竞：《在断裂的深层——论鲁迅、郭沫若与中国传统文化的关系》，《天津社会科学》1990年第1期。

③ 参见王富仁《鲁迅与中国文化》，《中国传统文化的守夜人——鲁迅》，人民文学出版社2002年版；杨义《鲁迅诸子观的多维空间》，《中国社会科学》2012年第2期。

　　所谓"复古"，主要指以考察鲁迅早期思想的复古倾向为切入点，由此深入鲁迅早期思想（A）与中国传统思想文化（B）之间的关联，并由这些各自散落的点状关联提升到鲁迅对传统思想文化（某一维度）的继承。此类研究主要通过描述早期鲁迅与中国传统思想文化的点状契合来实现论证，换言之，这一展现 A、B 双方共同点的过程实际上也就是论证的过程。比如张永泉以传统天地观为切入点，指出早期鲁迅"对以普崇万物特别是敬天礼地为'本根'的中国传统文化是完全肯定的，对以此为'始基'的'一切睿知义理与邦国家族之制'是完全肯定的"，并认为这是鲁迅出于"从传统的宗教信仰中发掘'国人之内曜'的思想资源"的考虑。① 赵黎明则认为鲁迅所谓的"摩罗诗力"的"形成固然得益于西方浪漫主义文学的推助，但其'底子'却是中国近世的心学思想传统"，换言之，"摩罗诗力的形成，是对近代异端思想特别是宋明心学思想广受约取的产物"。② 胡辉杰等指出，鲁迅最具原创的"立人"思想与主张"立心"的宋明理学之间存在千丝万缕的联系③。田刚在追溯鲁迅"立人"思想资源时指出，"西方外来思想的作用应该是主要的。……但也不可否认，鲁迅在建构自己的'立人'思想时，那些传统的'遗传性基因'在其中所起到的潜在的决定性作用。而在这些'遗传性基因'中，其中就有《庄子》所散播的那些古老的阴魂"。④ 世纪之交，王富仁、杨义分别转向鲁迅与先秦诸子的关联性研究，而早期鲁迅与儒、道、墨的关系正是其中不可或缺的组成部分。可以说，此类研究主要采用了回溯性的研究思路，将鲁迅早期思想重新纳入其生成的初始语境中去，通过展现鲁迅早期思想与中国传统思想文化之间的某种结构性相似，进而归纳出二者之间的同质性，以此来证明A = B，从而将鲁迅与中国传统文化深深焊接在一起。这种研究模式，一方面突破了鲁迅全盘反传统的文化标签，极大拓展了鲁迅与中国传统思想文化研究的面向，某种意义上甚至表现出一代学人弥合传统文化与现代经典的努力；另一方面他们也意识到鲁迅早期思想研究中存在的过于重视西方资源和日本语境的做法，试图开拓鲁迅早期思想的本土语境，因此，这一研究思路及其初衷是值得肯定的。但这类研究模式也存在一定问题，此类研究看似具有较强的学术性、学理性，论证也很扎实，但是因为其"复古"

---

① 张永泉：《从天地观看鲁迅早期文化思想》，《鲁迅研究月刊》2001 年第 11 期。

② 赵黎明：《"摩罗诗力"与宋明心学传统——留日时期鲁迅诗学的本土资源》，《海南师范大学学报》（社会科学版）2014 年第 10 期。

③ 胡辉杰、黄蓉：《从宋明理学看鲁迅的立人思想》，《湖北社会科学》2005 年第 3 期。

④ 田刚：《鲁迅与中国士人传统》，中国社会科学出版社 2005 年版，第 153 页。

的基本前提存在，某种意义上限制了研究者对二者之间差异性的观察与分析，往往抓住一点不及其余，因此难免给人留下片面甚至自说自话的印象。

至于"开新"，主要是指研究者在承认中国传统思想文化对鲁迅早期思想发生影响的前提下，试图发现双方之间的不同，从而展现鲁迅早期思想的原创性意义与现代性价值基点。此类研究主要通过辨析鲁迅早期思想与传统思想文化的继承性差异来凸显鲁迅思想的特质，即通过研究展现 A＞B 的一面，并由此发掘鲁迅在 20 世纪初提出的一系列观点所具有的诸如反现代性的意义、主体间的文化价值等。如 1990 年代汪晖的鲁迅研究、高远东对鲁迅思想与传统文化之关系的剖析①等，这里主要以郜元宝《为天地立心——鲁迅著作所见"心"字通诠》一文为例稍作分析。该文以关键词梳理入手，发现"《文化偏至论》、《摩罗诗力说》、《破恶声论》三篇大文，基本概念都非'人'，而是'心'"，由此将鲁迅与中国传统心性之学勾连起来，不仅指出鲁迅"立人"/国民性批判与"立心"之间的逻辑对应关系②，而且认为传统心性之学为鲁迅接受新神思宗提供了与之相近的思维架构，试图揭示出鲁迅"立人"方案的心学痕迹。文章指出，在青年鲁迅看来：一切文化的根柢在"自性""自心"，因此文化改造最为根本的是"心"的改造，由此鲁迅确立了"心声"的重要性并将文学奉为一身之事业。郜文将鲁迅文学界定为一种广义的心学，是一种对传统文化进行创造性转化的逻辑进路。应该说，郜文的观点并非空穴来风，鲁迅不仅在青少年时期接触过大量儒家心学著作，而且康有为、梁启超、孙中山、章太炎等晚清人物，几乎个个好谈心性，置身在这种思想风气中，青年鲁迅难免会受其流风之影响。郜文对鲁迅早期思想中传统心学因素的发掘，某种意义上矫正了学术界长期以来对鲁迅与中国传统文化的刻板印象，在拓展鲁迅早期思想研究面向的同时，亦体现出研究者对当下文学的某种现实关怀。唯一不足的是，郜文长于延伸发挥、疏于学理论证，其学术严谨性曾引发学者与之商榷③。

---

① 高远东：《鲁迅的可能性——也从〈破恶声论〉寻找支援》，《鲁迅研究月刊》2003 年第 7 期。

② "……如果着眼于早期著作中'立人'和'立心'之不可分割的关系，则似乎更应该考虑其'立人'思想与中国传统的渊源"，"所以说，早期对'国民性'的思考，思想资源主要来自'心学'。他是从'人心'的角度来理解所谓'国民性'的。"郜元宝：《为天地立心——鲁迅著作所见"心"字通诠》，《鲁迅研究月刊》2000 年第 7 期。

③ 有人撰文指出"著者对鲁迅 1907—1908 年思想状况的新观点，其实是建立在对《科学史教篇》的误读与曲解基础上的一种臆说"。邹进先：《〈鲁迅六讲〉对鲁迅的一点误解》，《鲁迅研究月刊》2002 年第 5 期。

　　无论是复古式研究还是开新式研究，就学术研究的过程来讲，均存在一个问题，即缺少了对于研究方法、研究立场的反思，我们将这种能够自觉对研究立场、研究方法进行反思的研究模式称为对话式研究。简言之，在上述研究过程中，研究者只是简单处理了鲁迅早期思想（A）与中国传统思想文化（B）二者之间的关系问题，无论是 A = B 还是 A > B，其实处理的均是一种相对简单的事实呈现与逻辑判断，在学术研究中，逻辑判断固然不可或缺，但在逻辑判断之外，还存在着更为重要的价值判断。逻辑判断处理的只是 A、B 二者的问题，而价值判断则须 A、B 之外，引入研究主体（I）对研究现状、研究立场、研究方法等多方面的反思。即是说，在此类研究中，既要处理 A、B 之间的逻辑推演问题，还要对这一逻辑本身以及研究的价值基点及其在当代语境中的意义有明确的认识，可以说，这是在上述两种研究方式基础上进行的二次研究。

　　汪卫东《鲁迅前期文本中的"个人"观念》对鲁迅早期"个人"观念的研究，一定程度上展现了这一研究所能达到的深度。在对鲁迅早期五篇文言论文进行逻辑梳理的基础上，汪卫东确认"'个人'，是鲁迅早期思想的一个重要起点，实际上也是贯穿他一生的支配性思想因素"。① 在梳理早期鲁迅的"个人"观念时，他敏锐地注意到鲁迅早期西方思想取向中对德国思想资源的青睐，并以此为线索探讨：鲁迅基于什么样的中国"自我"接受了德国的"个人"？通过对"精神"与"心"的思想史梳理和近代中国思想语境中"个人"思想的横向比较，汪卫东认为："庄子主观化的'精神'与儒家心学之'心'……共同参与了鲁迅的现代'个人'的建构，儒家心学之'心'的强烈主体意识使鲁迅视'自心'、'自性'等'心'化主体为个人的终极存在，同时，庄子超越式的'精神'又给他提供了质疑并超越种种既成规范……的精神动力。"② 并通过研究指出，中、德思想传统在某些方面的同构性决定了鲁迅对德国资源的择取。但汪卫东的研究指向并未止步于此，或者说，这只是他研究鲁迅"个人"观念的知识性、学理性基础，其研究鲁迅"个人"观念的初衷，并非只在追溯鲁迅"个人"观念的传统思想资源，而是着眼于中国现代知识分子接受外来思想的传统意识结构及其思想史影响。具体到鲁迅来说，鲁迅无意识地基于潜在的"前理解"来接受并建构现代"个人"观念，从而对其以"个人"为核心的前期思想产生重要影响。在堪称"反

---

① 汪卫东：《鲁迅前期文本中的"个人"观念》，人民文学出版社 2006 年版，第 8 页。
② 汪卫东：《鲁迅前期文本中的"个人"观念》，人民文学出版社 2006 年版，第 110 页。

传统"的代表人物鲁迅的现代"个人"观念中，遗留下的传统才是更深层的传统，因而，汪卫东研究的问题意识实际上已经越过了这一研究的范围，关注点在近现代思想史的论域，以鲁迅为深刻个案，揭示我们在接受现代观念时来自传统的决定性因素，由此重审和反思 20 世纪中国的思想文化问题。

五

1990 年代以来学界在探讨鲁迅早期思想的本土语境时，已经基本能够抛开鲁迅全面反传统的片面印象，回到鲁迅思想生成的原始语境，不仅注意对鲁迅与晚清思想文化的关联性展开研究，还注意从更长的历史时段来把握鲁迅思想生成的本土语境。研究方法上也不断推陈出新，关键词梳理、比较文化研究、跨学科研究等不断拓宽了鲁迅早期思想研究的面向。可以说，近年来学界从横向和纵向两方面深化了鲁迅早期思想之本土语境的研究，取得了一批具有标志性的成果。但是就这一议题所应达到的学术高度而言，目前依然存在两个亟待解决的问题。

第一，现有对鲁迅早期思想之本土语境的研究相对来说较为零散，大多数研究成果未能对鲁迅早期思想作整体上的观照，有些研究甚至还存在以偏概全的现象。谭桂林在考察伊藤虎丸的鲁迅论时，肯定了伊藤虎丸对鲁迅思维方式的重要借鉴意义。在伊藤虎丸看来，对鲁迅而言"重要的是鲁迅以什么方式，或者说鲁迅是以什么方式成为他所成为的"，正是基于这一方法论基础，"伊藤虎丸的鲁迅论一开始就特别注意鲁迅的思维方式"，经过细致考察，伊藤虎丸发现"从东京时期开始，鲁迅就一直具有并保持一种观察事物的整体意识"[1]。伊藤虎丸对鲁迅思维中"整体意识"的强调，值得我们重视。但是目前多数研究者仍习惯围绕鲁迅早期思想中的"立人"、国民性、个性主义、进化论等视角分别展开，缺乏整体意识，往往只是抓住一点、不及其余，未能将鲁迅早期思想当作一个有机整体进行审视。换言之，目前学界对鲁迅早期思想所进行的研究大都属于点状研究，研究者通常就鲁迅早期思想中的某一具体问题展开，这样难免有失之零碎之憾，因此近年来鲁迅早期思想研究看似热闹，却未能从根本上推进这一课题。究其原因，一方面未能找到新的突破口，大多研究成果仍在原有范围内打转，因此也就走不出现有研究的基本格局；另一方面未能

---

[1]　谭桂林：《伊藤虎丸的鲁迅论及其对当下鲁迅研究的启示意义》，《首都师范大学学报》（社会科学版）2014 年第 5 期。

将鲁迅早期思想作为一个有机整体加以把握。事实上，鲁迅早期思想是一个自足的存在，其各个面向主要是围绕着"精神革命"这一核心视点展开的。

青年鲁迅从严复、梁启超等人"鼓民力、开民智、新民德"的思路中，读出了"新民"的重要性，从而将关注的重心转向人的精神维度，并在此基础上提出"尊个性而张精神"为主旨的"立人"学说。至此，作为建构现代民族国家基本单位的"民"进一步摆脱其政治属性而落实到独立个体之上，具有自由意志和独立思想的个人成为青年鲁迅的致力方向。为实现这个目标，鲁迅分别采取了国民性批判和文艺运动两项举措，当然，这两种形式有其一致处，用林少阳的说法，即"以'文'为手段的革命"①，只是侧重点不同而已。鲁迅曾指出，"我们民族最缺乏的东西是诚和爱"②，而他之所以从事文艺运动，根本目的则是要改变国人的"精神"③。因此可以说，国民性批判和文艺运动是鲁迅实现其"精神革命"的两翼，鲁迅对国民性的思考，一方面回应了晚清国民性批判话语实践，另一方面也是其"精神革命"的一种反问表出。文艺运动，则试图从语言层面来更新国人的精神世界，而支撑其去实现这个终极目标的理论武器则是中国化的进化论思想。所谓中国化的进化论其实是一种注入了唯意志论因素、相信人定胜天的进化思想，因此鲁迅的进化论带有十分明显的精神进化论的痕迹。最后，为了实现"精神革命"的既定目标，鲁迅动用了大量东西方思想资源，除去西方新神思宗和摩罗诗人，还有陆王心学、庄学、佛学等本土思想资源。上述思想传统均强调通过主体道德——精神的锻造，在自我道德完善的基础上改造外部世界。同样，因为其"精神革命"的价值预设，也就影响到鲁迅对于现实革命的理解，鲁迅虽然一度认可"一血刃而骤列于共和"的暴力革命，但他更加看重的却是"革命先要革心"的运思逻辑，所以一直与现实革命保持着若即若离的关系。总之，鲁迅早期思想主要是围绕着"精神革命"这一终极目标展开的，只有抓住这个中心视点，其他方面才能贯通起来。因此，本书提出鲁

---

① 参见林少阳《鼎革以文——清季革命与章太炎"复古"的新文化运动》，上海人民出版社 2018 年版，第 17—18 页。

② 许寿裳：《回忆鲁迅》，马会芹编：《挚友的怀念——许寿裳忆鲁迅》，河北教育出版社 2002 年版，第 110 页。

③ "……我便觉得医学并非一件紧要事，凡是愚弱的国民，即使体格如何健全，如何茁壮，也只能做毫无意义的示众的材料和看客，病死多少是不必以为不幸的。所以我们的第一要著，是在改变他们的精神，而善于改变精神的，我那时以为当然要推文艺，于是想提倡文艺运动了。"鲁迅：《呐喊·自序》，《鲁迅全集》第 1 卷，第 439 页。

迅早期思想的特质在于"精神革命"，并以此展开进行课题设计，就是要从根本上改变目前学界对于鲁迅早期思想研究的零散局面。

第二，相对于研究的碎片化来说，缺乏问题意识与反思能力则是更为严重的问题。现有关于鲁迅早期思想与本土语境的研究虽然呈现出知识面逐渐拓宽、学理性不断加强等新特点，但与此同时在逐渐精细化的研究"作业"之下却呈现出一种为学术而学术的研究趋势。具体说，一方面表现为"学"与"术"的分离，梁启超曾这样界定学术，"学也者，观察事物而发明其真理者也；术也者，取所发明之真理而致诸用者也"，"学者术之体，术者学之用，二者如辅车相依而不可离。学而不足以应用于术者，无益之学也；术而不以科学上之真理为基础，欺世误人之术也"。①梁启超这段话充分表明了"学"与"术"二者的内在关联，但现有鲁迅早期思想研究往往表现出对"学"的无限探索，相应忽视了"术"的应用层面。文人领域的学术研究成果或许无法落实到具体实际应用方面，但是这种过度关注"学"的所谓形而上研究，的确拉大了学术与社会的距离。某种意义上，鲁迅早期思想研究近年来没有引发应有的关注，很大程度上就是因为大多研究未能参与社会热点问题的争鸣，说得直白一点就是学界已经失去了与社会问题、流行文化对话的能力。学与术分离的原因很多，其中最重要的无疑是研究者缺乏鲜明的问题意识，某种意义上正是问题意识的模糊，造成研究最终无法落实到相关的议题之上，只能沦为一种学术作业。这种研究模式一方面造成了整个社会对学术研究的淡漠，甚至将之看作一种自说自话的学术表演；另一方面，某种意义上也远离了鲁迅，因为无论是鲁迅还是他置身其间的晚清思想界，所取的并非一个为学术而学术的姿态，他们拥有着学术之外更大的社会关怀。我们的学术研究也应该在接近鲁迅思想生成的同时去尝试这种社会关怀，与社会关切展开对话，进而扩大学术研究的社会影响。

与此同时，学术研究中反思理性的缺席，在鲁迅早期思想的研究中尤为明显。曾经作为显学的鲁迅研究，如今之所以失去原有的社会效应，自然不能排除娱乐消费等亚文化崛起所带来的相关影响，但这只是外部原因。作为鲁迅研究本身来说，研究议题的重复、学术与社会的脱节，尤其是学术研究中反思能力的缺乏，某种意义上是将鲁迅研究送入象牙塔的推手。对于越来越精细化、学术化的鲁迅早期思想研究来说，影响研究是较

---

① 梁启超：《学与术》，《饮冰室合集·专集第二十五》（下），中华书局1989年版，第12页。

为常见的一种研究方法，无论是考察鲁迅早期思想的西方资源，还是探讨明治日本对鲁迅思想建构的影响，抑或溯源鲁迅早期思想的本土语境，影响研究模式屡见不鲜。值得注意的是，在大多数此类研究中，研究的终点往往落实在证明某一思想资源对鲁迅思想的某个维度产生了何种影响这一点上，至于鲁迅在接受这种思想资源时所发生的偏差、误解以及由此折射出的东西文化交流中的诸多问题，对多数研究者来说已经无力深入了，至于反思思想资源本身所蕴含的局限性以及与时代的适应性等问题就更无人问津。在这方面，梁展对鲁迅与西方资源的研究反思、李冬木对鲁迅与明治日本的研究反思、汪卫东对鲁迅个人观念与本土资源的研究反思，某种意义上为我们展现出了这种反思性研究的独特魅力。

总之，现有关于鲁迅早期思想与本土语境的研究，大都遵循着影响研究的常规模式展开，即将本土语境看作影响源，将鲁迅视作接受影响的对象，从各个层面、逐个议题来找寻双方之间的相似性，并以此为基础来论证前者对后者的影响。在这种研究模式中，所谓的研究结论通常是早于研究过程就被提了出来，在此过程中鲁迅只是作为一个可以无限接受的被动者来加以研究，不仅忽视了鲁迅的主观能动性，也未能将鲁迅早期思想视作一个自足的整体。更重要的是，研究者在此类研究中缺乏反思的视角、反思的能力，未能站在近现代转型的历史高度来反思本土语境在赋予鲁迅相关思想资源、思维方式的同时，对鲁迅接受西方资源/现代思想而言又起到了怎样的负面影响。换言之，鲁迅在经由传统思维方式接受西方资源时既然产生了某种误读，就要追问这种误读是怎样产生的？这种误读在鲁迅理解西方世界时又发生了怎样的遮蔽？以及我们应该怎样认识中西方文化的差异，进而在保持本土文化自信的前提下展开与西方文明的对话？这些均是鲁迅早期思想研究中不容回避的问题。

参考文献

一 基本文献

蔡尚思、方行编：《谭嗣同全集》，中华书局 1981 年版。

陈独秀：《陈独秀著作选》第 1 卷，上海人民出版社 1984 年版。

陈献章：《陈献章集》（上册），孙通海点校，中华书局 1987 年版。

戴震：《孟子字义疏证》，《戴震全书》第 6 册，黄山书社 1995 年版。

丁文江、赵丰田编：《梁启超年谱长编》，上海人民出版社 1983 年版。

冯雪峰：《冯雪峰忆鲁迅》，河北教育出版社 2001 年版。

冯自由：《革命逸史》初集，中华书局 1981 年版。

〔日〕宫崎滔天：《三十三年之梦》，林启彦改译，花城出版社 1981 年版。

龚自珍：《龚自珍全集》，上海人民出版社 1975 年版。

贺麟：《贺麟选集》，吉林人民出版社 2005 年版。

胡珠生编：《宋恕集》，中华书局 1993 年版。

黄宗羲：《黄宗羲全集》，浙江古籍出版社 1994 年版。

黄宗羲：《明儒学案》，沈芝盈点校，中华书局 1985 年版。

姜玢编：《革故鼎新的哲学——章太炎文选》，上海远东出版社 1996 年版。

康有为：《康南海自编年谱》，中华书局 1992 年版。

康有为：《南海康先生口说》，吴熙钊等点校，中山大学出版社 1985 年版。

李何林：《鲁迅年谱》，人民文学出版社 2000 年版。

李天纲编校：《万国公报文选》，中西书局 2012 年版。

李贽：《藏书》第 1 册，中华书局 1959 年版。

李贽：《焚书》，中华书局 1975 年版。

梁启超编著：《德育鉴》，北京大学出版社 2011 年版。

梁启超：《梁启超全集》，北京出版社 1999 年版。

梁启超：《饮冰室合集》，中华书局 1989 年影印本。

刘宝楠：《论语正义》，中华书局 1990 年版。

刘师培：《刘师培全集》第 3 册，中共中央党校出版社 1997 年版。

鲁迅博物馆等选编：《鲁迅回忆录（散编）》，北京出版社 1999 年版。

鲁迅博物馆等选编：《鲁迅回忆录（专著）》，北京出版社 1999 年版。

鲁迅：《鲁迅全集》，人民文学出版社 2005 年版。

鲁迅：《鲁迅译文集》第 1 卷，人民文学出版社 1958 年版。

石峻：《中国近代思想史参考资料简编》，生活·读书·新知三联书店 1957
　　年版。

宋教仁：《宋教仁集》，中华书局 1981 年版。

孙中山：《孙中山全集》，中华书局 1981 年版。

汤志钧编：《康有为政论集》，中华书局 1981 年版。

汤志钧编：《章太炎政论选集》，中华书局 1977 年版。

王国维：《王国维文学美学论著集》，北岳文艺出版社 1987 年版。

王栻编：《严复集》，中华书局 1986 年版。

王守仁：《王阳明全集》，吴光等编校，上海古籍出版社 2011 年版。

王韬：《弢园文录外编》，中华书局 1959 年版。

魏源：《魏源集》，中华书局 1976 年版。

夏东元编：《郑观应集》，上海人民出版社 1988 年版。

夏晓虹：《梁启超文选》，中国广播电视大学出版社 1992 年版。

许寿裳：《挚友的怀念——许寿裳忆鲁迅》，河北教育出版社 2002 年版。

薛绥之：《鲁迅生平史料汇编》，天津人民出版社 1982 年版。

姚淦铭、王燕编：《王国维文集》，中国文史出版社 1997 年版。

张枏、王忍之编：《辛亥革命前十年间时论选集》，生活·读书·新知三
　　联书店 1960—1977 年版。

章炳麟：《章太炎全集》，上海人民出版社 1984—1986 年版。

中国社会科学院文学研究所鲁迅研究室编：《1913—1983 鲁迅研究学术论
　　著资料汇编》，中国文联出版公司 1987 年版。

周永林编：《邹容文集》，重庆出版社 1983 年版。

周作人：《周作人自编文集》，止庵校订，河北教育出版社 2001 年版。

朱熹：《四书章句集注》，中华书局 1983 年版。

二　中文论著

［日］坂元弘子：《中国近代思想的"连锁"——以章太炎为中心》，郭
　　驰洋译，上海人民出版社 2019 年版。

［日］北冈正子：《鲁迅　救亡之梦的去向：从恶魔派诗人论到〈狂人日记〉》，李冬木译，生活·读书·新知三联书店 2015 年版。

［日］北冈正子：《摩罗诗力说材源考》，何乃英译，北京师范大学出版社1983 年版。

陈建华：《"革命"的现代性：中国革命话语考论》，上海古籍出版社 2000年版。

陈少明、单世联、张永义：《被解释的传统——近代思想史新论》，中山大学出版社 1995 年版。

陈旭麓：《近代中国社会的新陈代谢》，上海人民出版社 1992 年版。

陈学然：《再造中华：章太炎与"五四"一代》，上海人民出版社 2019年版。

陈赟：《困境中的中国现代性意识》，华东师范大学出版社 2005 年版。

成海鹰、成芳：《唯意志论哲学在中国》，首都师范大学出版社 2001 年版。

程麻：《沟通与更新——鲁迅与日本文学关系发微》，中国社会科学出版社 1990 年版。

程麻：《鲁迅留学日本史》，陕西人民出版社 1985 年版。

［日］岛田虔次：《中国思想史研究》，邓红译，上海古籍出版社 2009 年版。

董炳月：《鲁迅形影》，生活·读书·新知三联书店 2015 年版。

董炳月：《"同文"的现代转换——日语借词中的思想与文学》，昆仑出版社 2012 年版。

方立天：《佛教哲学》，中国人民大学出版社 1991 年版。

冯契：《中国近代哲学的革命进程》，上海人民出版社 1989 年版。

冯友兰：《中国哲学史新编》，人民出版社 2004 年版。

高俊林：《现代文人与"魏晋风度"：以章太炎与周氏兄弟为个案之研究》，河南人民出版社 2007 年版。

高瑞泉：《天命的没落——中国近代唯意志论思潮研究》，上海人民出版社 1991 年版。

高瑞泉主编：《中国近代社会思潮》，华东师范大学出版社 1996 年版。

郜元宝：《鲁迅六讲》，上海三联书店 2000 年版。

葛兆光：《西潮又东风：晚清民初思想、宗教与学术十讲》，上海古籍出版社 2006 年版。

顾长声：《传教士与近代中国》，上海人民出版社 2013 年版。

顾长声：《从马礼逊到司徒雷登——来华新教传教士评传》，上海书店出版社 2005 年版。

顾琅川：《周氏兄弟与浙东文化》，人民出版社 2008 年版。

郭朋等：《中国近代佛学思想史稿》，巴蜀书社 1989 年版。

郭湛波：《近五十年中国思想史》，山东人民出版社 1997 年版。

哈迎飞：《"五四"作家与佛家文化》，上海三联书店 2002 年版。

［美］郝大维、安乐哲：《汉哲学思维的文化探源》，施忠连译，江苏人民
　　出版社 1999 年版。

侯外庐：《中国近代启蒙思想史》，人民出版社 1993 年版。

黄进兴：《从理学到伦理学：清末民初道德意识的转化》，中华书局 2014
　　年版。

黄克武：《近代中国的思潮与人物》，九州出版社 2013 年版。

黄文前：《意志及其解脱之路——叔本华哲学思想研究》，江苏人民出版
　　社 2008 年版。

姜义华等编：《港台及海外学者论近代中国文化》，重庆出版社 1987 年版。

金宏达：《鲁迅文化思想探索》，北京师范大学出版社 1986 年版。

［德］康德：《历史理性批判文集》，何兆武译，商务印书馆 1990 年版。

乐黛云编：《当代英语世界鲁迅研究》，江西人民出版社 1993 年版。

乐黛云编：《国外鲁迅研究论集（1960—1981）》，北京大学出版社 1981
　　年版。

［美］勒文森：《梁启超与中国近代思想》，刘伟等译，四川人民出版社 1986
　　年版。

李长之：《鲁迅批判》，北京出版社 2009 年版。

李宏图主编：《欧洲近代政治思想史论》，天津人民出版社 2012 年版。

［美］李欧梵：《铁屋中的呐喊——鲁迅研究》，尹慧珉译，岳麓书社 1999
　　年版。

李怡：《日本体验与中国现代文学的发生》，北京大学出版社 2009 年版。

李泽厚：《中国古代思想史论》，人民出版社 1985 年版。

李泽厚：《中国近代思想史论》，人民出版社 1979 年版。

李泽厚：《中国现代思想史论》，东方出版社 1987 年版。

梁启超：《佛学研究十八篇》，上海古籍出版社 2001 年版。

［美］列文森：《儒教中国及其现代命运》，郑大华、任菁译，中国社会科
　　学出版社 2000 年版。

林非：《鲁迅和中国文化》，学苑出版社 1990 年版。

林少阳：《鼎革以文——清季革命与章太炎"复古"的新文化运动》，上
　　海人民出版社 2018 年版。

［美］林毓生：《中国意识的危机——"五四"时期激烈的反传统主义》，穆善培译，贵州人民出版社 1986 年版。

刘春勇：《多疑鲁迅：鲁迅世界中主体生成困境之研究》，中国传媒大学出版社 2009 年版。

刘禾：《跨语际实践：文学，民族文化与被译介的现代性（中国，1900—1937）》，宋伟杰等译，生活·读书·新知三联书店 2008 年版。

刘梦溪：《中国文化的狂者精神》，生活·读书·新知三联书店 2012 年版。

刘再复、林岗：《传统与中国人》，中信出版社 2010 年版。

鲁迅研究室：《鲁迅藏书研究》，中国文联出版公司 1991 年版。

吕澂：《中国佛学源流略讲》，中华书局 1987 年版。

罗慧生：《鲁迅与许寿裳——从另一个侧面看鲁迅》，浙江人民出版社 1982 年版。

罗宗强：《明代后期士人心态研究》，南开大学出版社 2006 年版。

麻天祥：《佛学与人生——近代思想家的佛教文化观》，中州古籍出版社 1993 年版。

［德］麦克斯·施蒂纳：《唯一者及其所有物》，金海民译，商务印书馆 1989 年版。

蒙培元：《中国哲学主体思维》，人民出版社 1993 年版。

孟泽：《王国维鲁迅诗学互训》，九州出版社 2007 年版。

闵抗生：《鲁迅的创作与尼采的箴言》，陕西人民出版社 1996 年版。

［美］墨子刻：《摆脱困境——新儒学与中国政治文化的演进》，颜世安、高华、黄东兰译，江苏人民出版社 1996 年版。

［日］木山英雄：《文学复古与文学革命——木山英雄中国现代文学思想论集》，赵京华编译，北京大学出版社 2005 年版。

［美］慕唯仁：《章太炎的政治哲学：意识之抵抗》，张春田等译，华东师范大学出版社 2018 年版。

倪墨炎：《鲁迅的社会活动》，上海人民出版社 2006 年版。

彭小燕：《存在主义视野下的鲁迅》，北京大学出版社 2007 年版。

钱理群：《心灵的探寻》，北京大学出版社 1999 年版。

钱理群：《与鲁迅相遇》，生活·读书·新知三联书店 2003 年版。

［日］山田敬三：《鲁迅世界》，韩贞全、武殿勋译，山东人民出版社 1983 年版。

［美］史华慈：《寻求富强：严复与西方》，叶凤美译，江苏人民出版社 1995 年版。

［德］叔本华：《作为表象和意志的世界》，石冲白译，商务印书馆 1986
　　年版。

宋克夫、韩晓：《心学与文学论稿：明代嘉靖万历时期文学概观》，中国
　　社会科学出版社 2002 年版。

孙宝瑄：《忘山庐日记》，上海古籍出版社 1983 年版。

［美］孙隆基：《历史学家的经线——历史心理文集》，广西师范大学出版
　　社 2004 年版。

孙郁：《鲁迅与周作人》，河北人民出版社 1997 年版。

田刚：《鲁迅与中国士人传统》，中国社会科学出版社 2005 年版。

［法］托克维尔：《旧制度与大革命》，冯棠译，商务印书馆 1992 年版。

［日］丸山升：《鲁迅·革命·历史——丸山升现代中国文学论集》，王俊
　　文译，北京大学出版社 2005 年版。

汪晖：《反抗绝望：鲁迅及其文学世界》，生活·读书·新知三联书店 2008
　　年版。

汪晖、钱理群：《鲁迅研究的历史批判——论鲁迅（二）》，河北教育出版
　　社 2000 年版。

汪晖：《声之善恶——鲁迅〈破恶声论〉〈呐喊·自序〉讲稿》，生活·
　　读书·新知三联书店 2013 年版。

汪晖：《汪晖自选集》，广西师范大学出版社 1997 年版。

汪晖：《现代中国思想的兴起》，生活·读书·新知三联书店 2008 年版。

汪卫东：《鲁迅前期文本中的"个人"观念》，人民文学出版社 2006 年版。

汪卫东：《现代转型之痛苦"肉身"：鲁迅思想与文学新论》，北京大学出
　　版社 2013 年版。

汪毅夫：《鲁迅与新思潮——论鲁迅留日时期的思想》，陕西人民出版社
　　1996 年版。

王东杰：《历史·声音·学问：近代中国文化的脉延与异变》，东方出版
　　社 2018 年版。

王汎森：《思想是生活的一种方式：中国近代思想史的再思考》，北京大
　　学出版社 2018 年版。

王汎森：《执拗的低音：一些历史思考方式的反思》，生活·读书·新知
　　三联书店 2014 年版。

王汎森：《中国近代思想与学术的系谱》，吉林出版集团有限责任公司 2011
　　年版。

王富仁：《中国鲁迅研究的历史与现状》，浙江人民出版社 1999 年版。

王富仁：《中国文化的守夜人——鲁迅》，人民文学出版社 2002 年版。

王乾坤：《鲁迅的生命哲学》，人民文学出版社 1999 年版。

王中江：《进化主义在中国》，首都师范大学出版社 2002 年版。

魏崇新：《狂狷人格》，长江文艺出版社 1996 年版。

魏韶华：《"林中路"上的精神相遇——鲁迅与克尔凯郭尔比较研究》，中
　　国社会科学出版社 2004 年版。

吴根友：《中国现代价值观的初生历程——从李贽到戴震》，武汉大学出
　　版社 2004 年版。

吴丕：《进化论与中国激进主义 1859—1924》，北京大学出版社 2005 年版。

熊月之：《西学东渐与晚清社会》，中国人民大学出版社 2011 年版。

徐复观：《中国人性论史：先秦篇》，上海三联书店 2001 年版。

徐嘉：《中国近现代伦理启蒙》，中国社会科学出版社 2014 年版。

徐麟：《鲁迅：在言说与生存的边缘》，山东文艺出版社 1997 年版。

徐麟：《鲁迅中期思想研究》，湖南师范大学出版社 1997 年版。

许纪霖、宋宏编：《现代中国思想的核心观念》，上海人民出版社 2011
　　年版。

杨代春：《〈万国公报〉与晚清中西文化交流》，湖南人民出版社 2002 年版。

杨国荣：《王学通论——从王阳明到熊十力》，华东师范大学出版社 2003
　　年版。

杨国荣：《心学之思——王阳明哲学的阐释》，生活·读书·新知三联书
　　店 1997 年版。

杨联芬：《晚清至五四：中国文学现代性的发生》，北京大学出版社 2003
　　年版。

杨念群：《中层理论：东西方思想会通下的中国史研究》，江西教育出版
　　社 2001 年版。

［日］伊藤虎丸：《鲁迅、创造社与日本文学——中日近现代比较文学初
　　探》，孙猛、徐江、李冬木译，北京大学出版社 1995 年版。

［日］伊藤虎丸：《鲁迅与日本人——亚洲的近代与"个"的思想》，李
　　冬木译，河北教育出版社 2000 年版。

［日］伊藤虎丸：《鲁迅与终末论：近代现实主义的成立》，李冬木译，生
　　活·读书·新知三联书店 2008 年版。

［英］麦肯齐：《泰西新史揽要》，李提摩太、蔡尔康译，上海书店出版社
　　2002 年版。

［英］斯宾塞：《社会学研究》，张红晖、胡江波译，华夏出版社 2001 年版。

余英时等：《不确定的遗产：哈佛辛亥百年论坛演讲录》，九州出版社 2012
　　年版。

余英时：《中国思想传统的现代诠释》，江苏人民出版社 1989 年版。

袁盛勇：《鲁迅：从复古走向启蒙》，上海三联书店 2006 年版。

张岱年：《中国哲学大纲》，中国社会科学出版社 1982 年版。

［美］张灏：《梁启超与中国思想的过渡（1890—1907）》，崔志海、葛夫
　　平译，江苏人民出版社 1995 年版。

［美］张灏：《危机中的中国知识分子：寻求秩序与意义，1890—1911》，
　　高力克、王跃译，中央编译出版社 2016 年版。

张灏：《张灏自选集》，上海教育出版社 2002 年版。

张梦阳：《中国鲁迅学通史》，广东教育出版社 2005 年版。

张汝伦：《现代中国思想研究》，上海人民出版社 2001 年版。

张世英：《天人之际——中西哲学的困惑与选择》，人民出版社 1995 年版。

张永泉：《在历史的转折点上：从周树人到鲁迅》，文化艺术出版社 2001
　　年版。

［澳］张钊贻：《鲁迅：中国"温和"的尼采》，北京大学出版社 2011 年版。

章念驰编：《章太炎生平与学术》，生活·读书·新知三联书店 1988 年版。

赵京华：《周氏兄弟与日本》，人民文学出版社 2011 年版。

郑师渠：《晚清国粹派——文化思想研究》，北京师范大学出版社 1993
　　年版。

中国社会科学院文学研究所鲁迅研究室编：《鲁迅与中外文化的比较研究》，
　　中国文联出版公司 1986 年版。

周令飞主编：《鲁迅思想系统研究》，人民日报出版社 2016 年版。

周宁：《天朝遥远——西方的中国形象研究》，北京大学出版社 2006 年版。

朱维铮：《求索真文明：晚清学术史论》，上海古籍出版社 1996 年版。

朱维铮：《走出中世纪》，上海人民出版社 1987 年版。

［日］竹内好：《近代的超克》，李冬木等译，生活·读书·新知三联书店
　　2005 年版。

三　研究论文

［日］北冈正子、靳丛林：《鲁迅与弘文学院学生"退学"事件》，《鲁迅
　　研究月刊》2002 年第 11、12 期。

曹禧修：《从〈藤野先生〉的学术场域看日本鲁迅研究的特质》，《文学评
　　论》2015 年第 6 期。

陈来：《梁启超的"私德"论及其儒家特质》,《清华大学学报》（哲学社会科学版）2013 年第 1 期。

陈玲玲：《留日时期鲁迅的易卜生观考》,《鲁迅研究月刊》2005 年第 2 期。

邓招华：《特立独行的深层思考——〈文化偏至论〉、〈破恶声论〉解读》,《鲁迅研究月刊》2007 年第 11 期。

董炳月：《鲁迅留日时代的俄国投影：思想与文学观念的形成轨迹》,《鲁迅研究月刊》2009 年第 4 期。

范国富：《鲁迅留日时期思想建构中的列夫·托尔斯泰》,《鲁迅研究月刊》2016 年第 10 期。

范阳阳：《早期鲁迅与近代"文明本末论"》,《鲁迅研究月刊》2017 年第 9 期。

方长安：《鲁迅立人思想与日本文化》,《鲁迅研究月刊》2002 年第 4、5 期。

［日］工藤贵正：《鲁迅早期三部译作的翻译意图》,赵静译,陈福康校,《鲁迅研究月刊》1995 年第 1 期。

郭国灿：《近代尚力思潮的演变及其文化意义》,《学习与探索》1990 年第 2 期。

胡辉杰、黄蓉：《从宋明理学看鲁迅的立人思想》,《湖北社会科学》2005 年第 3 期。

黄开发：《中外影响下的周氏兄弟留日时期的文学观》,《鲁迅研究月刊》2004 年第 1 期。

瞿秋白：《〈鲁迅杂感选集〉序言》,李宗英、张梦阳编：《六十年来鲁迅研究论文选》上册,中国社会科学出版社 1982 年版。

［澳］寇志明：《关于鲁迅早期文言论文的海外学术反应》,侯大千译,《鲁迅研究月刊》2017 年第 5 期。

李冬木：《芳贺矢一〈国民性十论〉与周氏兄弟》,《山东社会科学》2013 年第 7 期。

李冬木：《关于羽化涩江保译〈支那人气质〉》（上、下）,《鲁迅研究月刊》1999 年第 4、5 期。

李冬木：《留学生周树人周边的"尼采"及其周边》,《东岳论丛》2014 年第 3 期。

李冬木：《明治时代"食人"言说与鲁迅的〈狂人日记〉》,《文学评论》2012 年第 1 期。

李国华：《章太炎的"自性"与鲁迅留日时期的思想建构》,《中国现代文学研究丛刊》2009 年第 1 期。

李强：《严复与中国近代思想的转型——兼评史华慈〈寻求富强：严复与西方〉》，载香港《中国书评》第 9 期。

李生滨：《晚清思想文化与鲁迅》，博士学位论文，复旦大学，2005 年。

李震：《〈摩罗诗力说〉与中国诗学的现代转型》，《中国社会科学》2009年第 3 期。

吕周聚：《论鲁迅的诗学观及其对新诗发展的意义》，《鲁迅研究月刊》2013年第 12 期。

罗福惠、袁永红：《一百年前由译介西书产生的一场歧见——关于严复译〈社会通诠〉所引发的〈民报〉上的批评》，《学术月刊》2005 年第10 期。

孟庆澍：《"自性"与"中迷"——理解青年鲁迅的两个关键词》，《鲁迅研究月刊》2005 年第 9 期。

那瑛：《梁启超的公私观》，《史学集刊》2007 年第 5 期。

潘世圣：《鲁迅的思想构筑与明治日本思想文化界流行走向的结构关系——关于日本留学期鲁迅思想形态形成的考察之一》，《鲁迅研究月刊》2002年第 4 期。

彭春凌：《中国近代批儒思潮的跨文化性：从章太炎到周氏兄弟》，《鲁迅研究月刊》2011 年第 10 期。

钱理群：《鲁迅与进化论》，《中国现代文学研究丛刊》1980 年第 2 期。

钱理群、王乾坤：《作为思想家的鲁迅》，孙郁、黄乔生主编：《鲁迅研究的历史批判——论鲁迅（二）》，河北教育出版社 2001 年版。

邱焕星：《当思想革命遭遇国民革命——中期鲁迅与"文学政治"传统的创造》，《中国现代文学研究丛刊》2018 年第 11 期。

任册：《章太炎的文学复古与鲁迅文学的发生》，《学术月刊》2007 年第7 期。

宋克夫：《论徐渭的狂狷人格》，《湖北大学学报》（哲学社会科学版）2003年第 2 期。

宋声泉：《〈科学史教篇〉蓝本考略》，《中国现代文学研究丛刊》2019 年第 1 期。

谭桂林：《鲁迅与佛教问题之我见》，《鲁迅研究月刊》1992 年第 10 期。

汪晖：《声之善恶：什么是启蒙？——重读鲁迅的〈破恶声论〉》，《开放时代》2010 年第 10 期。

汪卫东：《"个人"、"精神"与"进化"：鲁迅早期文言论文的三个关键观念》，《中国现代文学研究丛刊》2005 年第 1 期。

汪卫东：《鲁迅国民性批判的内在逻辑系统》，《鲁迅研究月刊》1999 年第 7 期。

汪卫东：《鲁迅与尼采的相遇——中、西双重现代转型背景下的考察》，《文艺争鸣》2014 年第 10 期。

王得后：《致力于改造中国人及其社会的伟大思想家》，《鲁迅研究》第 5 辑，中国社会科学出版社 1981 年版。

王富仁：《从"兴业"到"立人"——简论鲁迅早期文化思想的演变》，《中国社会科学》1987 年第 2 期。

王士菁：《试论鲁迅早期思想的形成和它的战斗意义——〈鲁迅早期五篇作品〉译后记》，《南开学报》（哲学社会科学版）1977 年第 5 期。

王中江：《中国哲学中的"公私之辨"》，《中州学刊》1995 年第 6 期。

温儒敏：《鲁迅早年对科学僭越的"时代病"之预感》，《山东师范大学学报》（人文社会科学版）2013 年第 2 期。

文宗理：《"取今"、"复古"之间的文化穿越——从章太炎到鲁迅》，博士学位论文，山东大学，2009 年。

吴二持：《鲁迅早期思想与易卜生》，《鲁迅研究月刊》1994 年第 2 期。

吴武林：《对鲁迅早期文本的哲学探讨》，《鲁迅研究月刊》1995 年第 12 期。

夏晓虹：《梁启超对传统文学观念的反叛与复归》，载《文化：中国与世界》第三辑，生活·读书·新知三联书店 1987 年版。

夏中义：《林毓生与王元化"反思五四"——兼论王元化学案"内在理路"与"外缘影响"之关系》，《清华大学学报》（哲学社会科学版）2013 年第 4 期。

杨姿：《"尚力"精神与中国现代文学的浪漫传承》，《中国文学研究》2010 年第 1 期。

俞兆平：《科学与人文：鲁迅早期的价值取向》，《厦门大学学报》（哲学社会科学版）2003 年第 2 期。

俞祖华：《国民性改造思潮的最初发轫——龚自珍个性解放思想述评》，《中州学刊》2002 年第 5 期。

袁盛勇：《论鲁迅留日时期的复古倾向》，《鲁迅研究月刊》2000 年第 9、10 期。

张家成：《论阳明心学的人格理想》，《浙江大学学报》（社会科学版）1994 年第 3 期。

张锡勤：《对近代"心力"说的再评价》，《哲学研究》2000 年第 3 期。

张鑫、汪卫东：《新发现鲁迅〈文化偏至论〉中有关施蒂纳的材源》，《中国现代文学研究丛刊》2008 年第 5 期。

张永泉：《从天地观看鲁迅早期文化思想》，《鲁迅研究月刊》2001 年第
　　11 期。

张琢：《鲁迅早期在日本接触马克思主义的背景和情况——鲁迅前期思想研
　　究的若干问题之一》，《南开学报》（哲学社会科学版）1977 年第 5 期。

赵敬立：《鲁迅早期论著的文化洞见》，《鲁迅研究月刊》2013 年第 9 期。

赵黎明：《"摩罗诗力"与宋明心学传统——留日时期鲁迅诗学的本土资
　　源》，《海南师范大学学报》（社会科学版）2014 年第 10 期。

周宁：《"被别人表述"：国民性批判的西方话语谱系》，《文艺理论与批
　　评》2003 年第 5 期。

周扬：《精神界之战士——论鲁迅初期的思想和文学观，为纪念他诞生六
　　十周年而作》，载延安《解放日报》1941 年 8 月 12—14 日。

邹进先：《〈鲁迅六讲〉对鲁迅的一点误解》，《鲁迅研究月刊》2002 年第
　　5 期。

邹进先：《鲁迅与龚自珍》，《文学评论》2004 年第 6 期。

后　记

　　这本小书是在笔者博士学位论文基础上继续向前追问的结果，博士学位论文主要考察鲁迅早期思想的"主观主义"倾向与晚清学术思潮之间的错综关联。晚清学术思潮上下纵横、中西贯通，异常繁复，当年出于时间、学力等多方面原因，很多问题只是浅尝辄止，未能做更深入的思考。本书的写作一方面弥补了当年的遗憾，另一方面也是为稻粱谋的结果。

　　2013 年 7 月博士毕业后在河南谋得一份教职，当时我所在的单位几年间连续斩获十多项国家社科项目，我申报几次却均告失败，压力可想而知。于是 2016 年下半年开始专心看书，逐渐将那些隐约的记忆与新近获得的思考拼接起来，经过几个月的努力，文字竟也一天天厚实了，并且终于在 2017 年成功获批国家社科基金后期资助项目。在此，首先要感谢浙江大学黄健教授在百忙之中抽出宝贵时间为我写了申报所需的专家推荐书，另一份则是我的导师——苏州大学汪卫东教授所写，因此要特别感谢他们二位的提携。当然，对于汪老师的感激，还要从 2009 年说起。2009 年下半年我初次跟汪老师取得联系，并且表达了准备报考他的博士的想法，一年后，我有幸忝列师门，转眼间十年过去了。这十年中，我们相处时间最多的也就是读博的三年，在河南工作期间，虽然偶尔也有见面的机会，但是毕竟很少畅谈，直到 2018 年来绍工作后，见面的机会才多起来，每次他都鼓励我说鲁迅研究的空间还很大，要我心无旁骛，努力钻研。

　　在引领我走上学术研究道路的师长中，还有一位不得不提。他就是硕士阶段给我们开鲁迅研究课的郭运恒老师。记得上第一节课时，郭老师就跟我们说，如果想在现代文学研究领域安身立命，就要找到适合自己的一亩三分地。所谓一亩三分地，其实就是结合自己的兴趣，找准研究对象，他说学术研究既不能贪多务广，也不能为研究而研究，只有找准了这一亩三分地，才能既出成果又收获心得。尽管深知鲁迅研究这块地已历经无数学人的深耕细作，不会有随随便便就能捡到果实的可能，可我还是坚持了下来，所以这里要特别感谢郭老师！

　　这本小书的写作前后跨越了七八年时间，最早的内容是写作博士学位论文时的副产品，因为跟学位论文选题稍有距离，便半途搁置下来，但那些零碎材料和片段思绪并未就此消散，却不自觉地在脑海中发酵。这几年平日的阅读和思考也主要集中在鲁迅早期思想方面，虽然我知道鲁迅早期思想的研究很难出新，但它仿佛具有一种魔力，一直吸引着我——当然，吸引我的不仅仅是鲁迅，还有引领鲁迅的晚清一代。2015 年，汪师邀我参加他承担的国家重大项目子课题的研究，分给我的部分是鲁迅早期国民性话语与晚清思想语境研究，我答应下来。虽然我的研究文字汪师最后并未全部采用，但在我而言却因此多了一份鲁迅国民性话语与晚清传教士之关系的研究报告，后来稍作增补便成了这里的第四章。书中大多文字是2016 年下半年写下的，项目申请下来后又根据评审老师的意见对最后两章做了重大修改，并且增加了结语。所以在这里也要感谢课题评审及鉴定阶段的各位老师，他们给出了十分中肯的意见，为我最后的修改指明了方向。但囿于学力，有些部分虽不甚满意，却未能从容修改，还请各位老师谅解。

　　本书的部分章节曾在《鲁迅研究月刊》等专业刊物发表，有些章节作为会议论文在相关学术会议提交过，因此要感谢诸位编辑老师和评阅老师。另外，也要特别感谢中国社会科学出版社的郭晓鸿老师，有她的包容才有了这本小书的面世。原本想着春节假期回校后好好修改，不料却因新冠肺炎疫情而被困家中。跟着铺天盖地的新闻紧张了几天之后，我重新打起精神，决定索性利用这段居家的时光来修改，无奈家里资料有限，加之困在家里一个多月，效率也不甚高。尽管如此，还是断断续续修改完成了几章内容。当然，不尽如人意的地方也还有，有些是因为资料不在手边，难为无米之炊，有些是因为修改起来工作量太大，便只好知难而退。总之，这本小书存在的问题一定不少，但更让我觉得愕然的是，自读博以来十年光阴就这样过去了，这十年间我仿佛未曾看见自己的进步——有形的可以衡量的进步，但有时又感觉到内心有一种不可言喻的东西在生长，从未停歇。我不知道哪一种状态才是真正的自我，我有时候厌恶这样的自己，有时又觉得很真实。十年间，唯一不变的是对鲁迅的阅读，当然，更多时候我的阅读仿佛跟鲁迅的关联度并不高，每每这个时候，我总会想起汪师对我说的那句话，鲁迅研究的功力往往在鲁迅之外。这些年如果说还有一点进步，那便是我对这话的理解愈发深刻了，鲁迅研究所能抵达的深度，往往取决于研究者本身的学识、修养、阅历的厚度。

　　当然，也有遗憾。2017 年国家课题下来后，我去拜访了钱理群先生，想请他为小书写几句话，他答应了。但是 2019 年出版合同签订后，我再次拨通了钱先生的电话，这才知道崔老师病危，我当时非常后悔打这个电话，一时竟无言以对，但钱先生答应说可以将这个遗憾写进后记。我唯有继续努力，争取早日有机会弥补这一遗憾。